*Kugane Maruyama* | illustration by so-bin

마루야마 쿠가네 지음 김완 옮김

OVERLORD [3] The bloody valkyrie

선혈의 발키리

3

# 오버로드

Contents **목차**

'Ainz ooal gown' does not have defeat.

# 1장 포식자의 무리

# Chapter 1 | Herd of Predators

## 1

"뭐냐고, 이 요리는!"

날카롭고 히스테릭한 고함이 울려 퍼지더니, 뒤늦게 식기가 서로 부딪치는 딱딱한 소리가 주위로 퍼졌다.

식당에 있던 몇 사람의 눈이 소란을 피우는 여성에게 쏠렸다.

여성의 얼굴은 아름답다는 단어조차 무색해 보일 정도였다. '황금' 이라 칭송받는, 이 왕국 최고의 미희(美姬)에 필적할 만한 미모는 짜증으로 일그러져 있었음에도 눈부셨다.

게다가 소란을 피우고 있음에도, 그 움직임은 우아하며 기품마저 엿보였다.

분명 어딘가의 귀족, 그것도 고위 귀족의 영애임이 분명한 그녀는 나선 모양으로 길게 말아 내린 머리를 거추장스럽다는 듯 쓸어 넘기며 앞에 놓인 요리를 불만스러운 표정으로 노려보았다.

요리는 테이블 위에 빼곡하게 있었다.

광주리에는 갓 구운 따끈따끈한 흰 빵이 수없이 놓여서 희미하게 김이 피어오르고 있다. 불그레한 육즙이 뚝뚝 흘러내리도록 레어로 구운 고기가 두툼하게 놓인 접시에는 달콤한 옥수수, 버터를 듬뿍 사용한 매쉬드 포테이토가 곁들이로 나와 식욕을 강렬히 자극했다. 신선한 야채로 만든 샐러드는 여전히 싱싱했으며, 그 위에 뿌린 드레싱에서는 산뜻한 감귤계 향이 피어났다.

성새도시 에 란텔의 최고급 여관인 '황금휘정' 에서는 〈보존Preservation〉 마법을 걸어 선도를 유지한 재료를 조리한다.

당연히 초일류급 전속 주방장이 실력을 발휘한다.

최고의 식재를 최고의 요리사가 조리해 태어난, 왕후귀족이나 대상인밖에 먹을 수 없는 예술품과도 같은 요리를 앞에 두고, 여성은 불만을 늘어놓은 것이다.

발언을 들은 자들이 놀라워하는 동시에, 평소 먹는 요리에 관심을 기울이는 것은 지극히 당연한 이치이리라.

"맛없어!"

이어서 터져 나온, 이 자리에 가장 어울리지 않는 발언에는 모두 한순간 넋이 나간 듯한 표정을 지었다.

그런 가운데 그녀의 뒤에 서 있던 노인 집사만은 부동의 자세와 불변의 표정을 흐트러뜨리지 않았다. 그녀가 획 돌아보며 격렬한 감정을 담은 눈동자로 쏘아보아도 자신이 보일 표정은 이것뿐이라는 양 변함이 없었다.

"이딴 도시에는 한시도 있고 싶지 않아. 당장 출발 준비를 해!"

"하오나 아가씨, 지금은 이미 저녁——."

"닥쳐! 내가 출발한다고 했으면 출발하는 거야! 알았어?!"

어린아이 같은 역정에, 집사는 처음으로 자세를 바꾸더니 고개를 숙였다.

"알겠사옵니다, 아가씨. 즉시 출발 준비를 갖추겠습니다."

"흥! 알았으면 냉큼 착수해, 세바스!"

손에 들었던 포크가 소녀의 손을 떠나 쨍그랑 소리를 냈다. 그녀는 그 기세 그대로 일어나더니 분노를 돌릴 곳이 없다는 듯한 발걸음으로 메인 디시를 남기고 가버렸다.

폭풍이 지나간 후의, 안도라고 표현해도 좋을 누그러진 분위기가 퍼져가는 가운데, 관록 있는 목소리가 울려 퍼졌다.

"소란을 피워서 죄송합니다, 여러분."

주인이 일어나며 쓰러뜨렸던 의자를 세워놓은 집사는 식당에 있는 다른 손님들에게 고개를 숙였다. 기품 있는 노인의 완벽한 사죄에, 연민이 담긴 눈길이 수없이 모였다.

"——지배인."

"예."

한쪽에 물러나 있던 사내가 조용히 집사에게 다가왔다.

"결례를 범했습니다. 소란을 피운 것에 사죄가 될지는 모르겠으나, 이 자리에 계신 손님 여러분의 음식값은 저희가 지불하도록 하겠습니다."

그 말을 들은 몇몇 사람의 얼굴에 감출 수 없는 희색이 떠올랐다. 최고급 여관인 이 가게의 한 끼 식사비는 매우 비싸다. 그것을 지불해준다면야 소란을 피웠던 것도 충분히 용납해 줄 수 있으리라.

반면 지배인은 동요하는 기색을 드러내지 않고 집사의 제안에 정중하게 고개를 숙여 대응했다. 이 자연스러운 흐름은 지금 벌어진 것과 비슷한 사건이 '황금휘정' 에서 이 주인과 집사가 머문 후 몇 번이나 일어났던 광경임을 증명해 주었다.

세바스의 눈은 식당 한구석에서 걸신들린 듯 식사를 하는 빈궁한 사내를 향했다. 시선을 느꼈는지 사내가 허겁지겁 일어나더니 세바스에게 빠른 걸음으로 다가왔다.

다른 손님들과 달리, 사내는 너무나도 이 자리에 어울리지 않았다. 우선 용모에 '품성' 이나 '관록' 같은 것이 없었으므로 주변 분위기와 맞지 않는 강렬한 위화감을 풍기는 것이다. 옷만이야 다른 손님과 비교해도 손색이 없었으나, 옷을 입은 것이 아니라 옷 안에 들어갔다고 해야 할까, 어릿광대가 훌륭한 옷을 걸친 것 같아 우스꽝스럽기까지 했다.

"헤헤, 세바스 나리."

"왜 그러십니까, 잭?"

잭이라 불린 사내의 비굴한 말투를 들은 다른 손님들이 눈살을 찡그렸다. 손바닥을 비벼대고 있어도 이상하지 않을 것처럼, 마치 다리를 붙잡고 매달리는 말투였다.

그러나 세바스의 표정에는 변화가 없었다.

"고용된 몸으로 이런 말을 하기는 뭐합니다만요, 지금 출발하시는 건 다시 생각하시는 편이 좋지 않을깝쇼?"

"밤길에 마차를 몰기가 어렵다는 뜻입니까?"

"그것도 있고, 저도…… 그 뭐냐…… 거시기, 준비란 게 있으니깐 말입죠."

잭이 머리를 벅벅 긁었다. 깔끔하게 감았다지만 그래도 무언가가 주위로 흩어질 만큼 요란하게 긁어댄다. 몇 사람은 한층 눈살을 찡그렸으나, 이를 아는지 모르는지 긁는 속도는 서서히 빨라졌다.

"하나 아가씨께서 저의 제안을 받아들여 주시리라고는 생각하기 힘들군요. 아니, 아가씨의 성격으로 보건대 조금 전의 의견을 변경하시리라고는 도저히 생각할 수 없습니다."

세바스는 강철 같은 표정으로 단언했다.

"그러므로 출발 이외의 선택은 있을 수 없습니다."

"하지만 말입죠."

눈을 뒤룩뒤룩 이리저리 굴리며, 어떻게든 괜찮은 변명거리를 찾아내려 하지만 떠오르질 않는지 얼굴을 한껏 찡그리는 잭.

"물론 지금 당장 떠나려는 것은 아닙니다. 아가씨의 짐도 마차에 실어야 하니, 어느 정도는 시간이 필요하지요. 잭, 당신도 그동안 준비를 마쳐 주십시오."

여전히 무언가 말을 늘어놓으려던 빈궁한 사내의 눈 속에서 교활한 빛이 떠오른 것을 확인하면서도 세바스는 이를 가볍게 무시했다.

계획대로 돌아간다는 것을 감추기 위해.

"그럼 언제 출발하십니까요?"

"글쎄요. 두 시간, 어쩌면 세 시간 후가 아닐까요? 더 늦어지면 가도가 완전히 밤의 어둠에 휩싸일 테니까요. 그 정도가 한계일 겁니다."

다시 사내의 눈에서 추잡한 계산을 하는 기색이 드러났다. 세바스는 이번에도 애써 이를 무시했다. 몇 번씩 입술을 혀로 핥으며 잭은 입을 열었다.

"헤헤, 그 정도라면 문제없을 것 같습니다요."

"다행이군요. 그러면 즉시 준비를 시작해 주시겠습니까?"

잭이 나가는 것을 뒤에서 지켜보며 세바스는 몸에 달라붙었던 공기를 불식하듯 몸을 털었다. 지저분한 것이 끈적끈적하게 엉기는 불쾌함을 느꼈기 때문이다.

세바스는 한숨을 쉬고 싶은 심정이나, 그런 감정은 얼굴의 그늘 속으로 감추었다.

솔직히 저열한 존재는 영 좋아할 수가 없었다. 동료인 데미우르고스나 샤르티아는 그런 존재를 장난감으로 가지고 노는 데에서 희열을 느낀다지만, 세바스는 다가가고 싶지도 않았다.

나자릭 지하대분묘의 공동인식 중에는 이런 것이 있다.

『나자릭에 속하지 않은 자는 모두 열등한 생물.』

『극히 일부의 예외를 제외하면 인간종과 아인종은 짓밟아 마땅한 약자.』

'약자를 구하지 않고서는 강자임을 자칭할 자격이 없다' 는 조물주들의 사고방식에 공감하는 세바스가 보기에는 고개를 갸웃하지 않을 수 없는 사고방식이지만, 잭처럼 저열한 자를 상대하다 보면 나자릭의 기본 가치관도 별로 잘못되지 않은 것처럼 느껴졌다.

"이거야 원. 인간이란 본래는 훌륭한 생물일 터인데……."

세바스는 깔끔하게 다듬은 콧수염을 쓰다듬듯 어루만지더니, 다음으로 해야 할 일에 생각을 집중했다.

계획은 순조롭다. 그래도 감시자에게 확인을 받을 필요는 있다.

앞으로의 행동 방침에 생각을 집중하고 있으려니, 문득 자신에게 다가오는 존재가 느껴졌다.

"여러모로 힘드시겠습니다, 이런 시간에 출발하시다니."

말을 건 사람은 40대 후반 정도로 보이는 남자였다. 수염은 깔끔하게 깎았으며 거무스름한 머리카락에는 흰 것이 수없이 섞였다.

복부에는 나이와 포식이 만들어낸 군더더기가 듬뿍 붙어 있었다.

몸단장에는 기품이 있었으며, 복장은 화려함과 높은 지위의 균형이 잡힌 것이었다.

"아, 발드 님."

세바스는 가볍게 고개를 숙였다. 사내—— 발드는 이를 천천히 만류했다.

"아아, 아니. 그렇게 깍듯이 대하실 건 없다오."

발드 로플레라는 이 인물은 이 도시에서 식료품 거래의 큰 지분을 차지하는 상인인데, 곧잘 세바스에게 말을 걸곤 했다.

전쟁의 중요 거점인 이 성새도시에서 식료품 거래의 큰 지분을 장악했다는 것은 수많은 상인들 중에서도 매우 힘이 있는 인물이라는 뜻이다.

수만 명이나 되는 병사의 숫자가 예비 식량을 지니고 이동하려면 막대한 시간과 수고가 들게 마련이다. 그렇기에 최소한도의 식량만을 가지고 이 도시까지 진군해, 이곳에서 식량을 조달하는 것이 왕국의 기본 전략이었다. 따라서 일반적인 도시와는 달리 식량이나 무기를 다루는 상인은 이 도시에서 상당히 큰 권력을 지녔다.

에 란텔의 권력자 중 한 명으로 꼽히는 그가 같은 가게에서 식사를 했다는 것만으로 말을 걸 리가 없다. 이렇게 세바스에게 다가온 이상 분명 이유가 있을 것이다.

그러나 이것 또한 세바스 일행의 노림수이기도 했다.

"세바스 씨, 저건 별로 좋지 않아."

"그렇습니까?"

세바스는 표정을 처음으로 무너뜨리고 미소를 짓더니 정중하게 대답했다. 발드가 '저것' 이라고 지적했던 것이 무엇인지 잘 안다는 투로.

"신뢰할 수 있는 인물이 아니야. 왜 세바스 씨가 저딴 자를 고용했는지, 솔직히 이해할 수가 없군."

세바스는 머릿속으로 재빠르게 생각한 다음 이 자리에서 가장 적합한 대답을 찾았다.

왜 잭을 고용했는지를 솔직히 대답할 수는 없었다. 그러나 만약 모르고 고용했다고 대답하기라도 하면, 사람을 보는 눈을 의심받아 세바스의 평가는 떨어지고 말 것이다.

이 도시에서 나가는 것은 이미 확정된 사항이었지만, 발드에게 얕보이는 것만은 피해야 한다. 어쩌면 조만간 발드를 무언가에 이용할 날이 올지도 모르기 때문이다.

"그럴지도 모르겠습니다. 하오나 잭처럼 열성을 보였던 자가 없었습니다. 인격에서야 좀 문제가 있을지 모르겠지만, 그래도 아가씨께서 그의 열의를 높이 평가하셨으니."

난처하게 쓴웃음을 짓는 발드. 그 내면에서는 아가씨의 평가가 또 한 단계 떨어졌을 것이다.

하기야 그러려고 데려왔던 것이니 어쩔 수 없는 일이지만, 다소 가슴이 아픈 것도 사실이었다. 그렇다. 지저분한 역할을 떠넘긴다는 것은 가슴이 아프다.

"이건 지나친 참견이 될 테니 한 귀로 듣고 한 귀로 흘리면 좋겠는데, 주인을 잘 타이르는 게 좋지 않을까?"

"지당하신 말씀입니다. 하오나 아가씨의 아버님이신 저의 주인

님에 대한 은혜를 생각하면 도저히…….”

“충성심도 중요하지만…….”

발드는 중얼거리며 뒷말을 흐렸다.

“뭐하면 우리 쪽에서 신뢰할 만한 인물을 내줄 수 있는데?”

“그러실 것 없습니다.”

부드럽지만 칼로 자르는 듯한 거절의 말. 그 말 안에 도사린 의지를 인식했는지 발드는 다른 제안을 했다.

“그래? 하지만 경호할 사람은 확실하게 붙여두는 게 좋을 거야. 왕도까지는 제법 머니까. 제국과는 달리 왕국의 가도는 치안이 좋지 않고 말이지. 어느 정도 신뢰할 만한 용병에게 소개해 줘도 되는데?”

가도 경비는 가도가 있는 영지의 귀족들이 맡으며, 대신 통행세를 걷는다. 이것은 귀족의 권리이다. 그러나 실제로는 통행세를 노린 빌미일 뿐, 경비는 허술한 경우가 태반이다. 그렇기에 도적이나 노상강도로 변한 용병들이 가도를 여행하는 사람을 습격하는 경우도 많았다.

그 문제를 해결하기 위해 ‘황금’이라고 불리는 공주의 활약으로 국왕 직할 가도경비대가 순회하고는 있으나, 부대의 숫자가 적어 효과가 있었다고는 도저히 말하기 힘들었다. 이는 이권을 침해받을까 우려한 귀족들의 간섭 때문이었다.

결과적으로 국가의 힘으로는 가도의 안전을 완전히 지킬 수 없었다.

그렇기에 가도를 여행하는 상인은 모험자나 신뢰할 만한 용병단을 직접 고용해 스스로 몸을 지키는 것이 기본이었다.

그런 상인들 중에서도 힘을 가진 발드 같은 인물이라면 매우 훈련도가 높으며 신뢰할 만한 용병 그룹을 다수 알 것이다.

그러나 이를 받아들일 수는 없었다.

"그 말씀이 옳을지도 모르겠습니다만, 아가씨는 주위에 사람을 많이 두는 것을 별로 좋아하지 않는 분이신지라, 주인의 의향에는 되도록 따라야만 합니다."

"그런가?"

발드는 요란하게 얼굴을 찡그리더니 난처한 표정을 지었다. 그것은 어린아이의 짜증에 두 손을 든 어른의 표정이었다.

"친절을 베풀어 주셨는데도 거듭 거절하니 면목이 없습니다."

"너무 걱정하지 마. 솔직히 말해서, 빚을 만들어두고 싶었거든요. 억지로라도 얼굴을 팔아두려고 말이지."

제국의 모 도시에서 온 부자 상인의 여식과 수행 집사. 세바스 일행은 그런 설정으로 이 여관에 체류했으며, 부호에 어울릴 만한 재력을 가진 분위기를 풍겼던 것이다. 발드가 빚을 만들어두고 싶은 상대란 그 설정 속의 부자 상인 아버지였다.

세바스는 자신의 낚싯바늘에 걸린 물고기에게 부드럽게 미소를 지었다.

"발드 님의 친절은 큰주인님께 반드시 전하도록 하겠습니다."

발드의 눈동자 속에 어렴풋한 빛이 켜졌지만 순식간에 사라지고 말았다. 평범한 사람이라면 눈치채지도 못했을, 별이 깜빡이는 듯 미미한 변화. 그러나 세바스에게는 충분하고도 남았다.

"아무튼 죄송하지만, 아가씨께서 기다리시니 저는 이만."

발드가 입을 여는 순간을 노리고 세바스는 선수를 쳤다.

허탕을 친 발드는 세바스의 얼굴을 살짝 관찰하듯 쳐다본 다음, 한숨 섞어 입을 열었다.

"——후우. 그렇다면 어쩔 수 없지. 세바스 씨, 다음에 또 이 도시에 오면 보자고. 환영할 테니까."

"예. 그때는 모쪼록 잘 부탁드리겠습니다."

떠나가는 발드의 뒷모습을 지켜보며 세바스는 나직하게 중얼거렸다.

"십인십색이라는 거군요."

발드의 언행은 어디까지나 이익을 노린 흑심에서 나온 것만은 아니었다. 순수하게 한 여성과 집사를 걱정하는 마음도 있었던 것이 느껴졌다.

이런 인간이 있기에, 약자를 도우려는 인간이 있기에, 싫어할 수가 없는 것이다.

세바스는 거짓 웃음이 아닌 산뜻한 미소를 기분 좋게 지었다.

세바스는 몇 번 문을 두드리고, 고개를 숙이며 양해를 구한 다음 실내로 들어갔다.

"조금 전에는 실례가 많았어요, 세바스 님."

문을 닫고 안으로 들어온 세바스를 맞이한 것은 깊이 고개를 숙인 여성이었다. 만일 식당에 있던 자가 이 장면을 목격했다면 분명 눈을 휘둥그렇게 떴을 것이다. 고개를 숙이고 세바스를 맞이한 것은 조금 전까지 히스테릭하게 소란을 피웠던 응석받이 아가씨였기 때문이다.

그 얼굴에 드러난 표정은 조금 전 히스테리가 마치 거짓말이었던 것처럼 냉정함 그 자체.

태도는 자신보다도 존귀한 존재를 받아들이기에 합당한 것.

얼굴도 같고 복장도 같았다. 그러나 마치 알맹이가 완전히 바뀌고 만 듯했다.

또 한 가지 기묘한 것은 한쪽 눈── 왼쪽 눈을 감고 있다는 점일까. 식당에 있었을 때는 감지 않았는데도.

"고개를 숙일 필요는 없습니다. 당신은 할 일을 했을 뿐이니."

세바스는 호화롭고 널찍한 방 안을 둘러보았다. 물론 나자릭 지하대분묘 제9계층을 잘 아는 세바스의 눈에는 아무런 매력도, 놀랄 것도 없는 방이다. 하지만 이는 비교 대상이 별로 좋지 못한 탓이리라.

시선 끝, 방 한구석에는 이미 적잖은 짐이 모여 있었다. 이제는 출발만 남은 상태였다. 세바스가 한 적이 없으니 이를 꾸린 것은 먼저 온 한 사람밖에 없다.

"제가 하면 될 것을."

"무슨 말씀이세요. 이 이상 세바스 님에게 일을 시키다니."

고개를 든 여성── 전투 메이드 플레이아데스의 일원인 솔류션 입실론은 고개를 가로저었다.

"그렇습니까? 저는 지금 아가씨의 집사입니다만."

세바스는 주름진 얼굴에 장난꾸러기처럼 앳된 표정을 지었다.

마음에서 우러난 그 미소에 이끌려, 솔류션도 처음으로 난처한 듯 미소를 지으며 표정을 풀었다.

"그야 지금은 세바스 님이 저의 집사지요. 하지만 그와 동시에 저는 세바스 님의 부하인걸요."

"……그것도 그렇군요. 그러면 상사로서 부하에게 명령을 내리도록 하지요. 당신의 일은 끝났습니다. 이제부터는 제 일이니, 출발할 때까지 이곳에서 천천히 쉬도록 하십시오."

"……예. 고맙습니다."

"그러면 마차에서 기다리다 지치셨을 샤르티아 님께도 출발 시각을 알려드리고 오겠습니다."

세바스는 짐 중에서 가장 커다란 것을 가볍게 들었다. 그리고 지금 막 생각났다는 듯이 물었다.

"한데 그 친구는 잘 움직여 주고 있습니까?"

"예. 정말 잘 움직여주고 있어요."

솔류션은 여전히 뜰 줄 모르는 한쪽 눈을 눈꺼풀 위로 눌렀다.

"그거 다행입니다. 지금은 어떤 상황입니까?"

"네――. 지저분하게 차려입은 어떤 남자를 만나고 있어요. 무슨 이야기를 나누는지도 알려드릴까요?"

"그럴 것까진 없습니다. 저는 짐을 옮기러 갈 테니, 나중에 요점만 간추려 알려주시면 됩니다."

"그럴게요."

갑자기 솔류션의 얼굴이 일그러졌다.

눈꼬리를 내리고, 입가를 치켜 올리는―― 웃음에 가까운 형태이기는 했지만 '구물텅' 이라는 의태어가 어울릴 법한 그 변화는 인간의 안면 구조상 불가능에 가까운 변화였다. 점토로 만든 얼굴의 표정이 풀렸다는 것이 적절한 표현이리라.

"――그런데 세바스 님, 이건 다른 이야기지만요."

"무엇입니까, 솔류션?"

"……그자는 일이 끝나면 제가 직접 처분해도 될까요?"

세바스는 빈손으로 콧수염을 만지며 잠시 생각했다.

"——글쎄요. 샤르티아 님께 허가를 받을 수 있다면야, 마음대로 처리해도 좋겠지요."

살짝 눈썹을 모으며 실망했다는 표정을 만드는 솔류션을 위로하듯, 세바스가 말을 이었다.

"걱정할 것 없습니다. 한 사람 정도는 받을 수 있을 겁니다."

"그렇군요. 알겠습니다. 샤르티아 님께 말씀 잘 전해주세요. 가능하다면 그 남자를 받으면 좋겠다고요."

솔류션은 만면에 미소를 지었다. 누가 보더라도 반해버릴 것처럼 투명한 표정이었다.

세바스는 솔류션에게 그런 표정을 짓게 만든 장본인에게 소소하나마 연민과 함께 흥미를 느끼고 물었다.

"그나저나, 그자는 뭐라고 말했습니까?"

"저를 갖고 즐길 시간이 기대된다는걸요. 기왕이니 저도 즐겨볼까 하고요."

솔류션이 더 활짝 웃었다.

앞으로 일어날 일을 기대하는, 어린아이 같은 천진난만함이 깃든 웃음이었다.

## 2

변변찮은 인생이다.

종종걸음으로 서둘러 길을 나아가며 잭은 생각했다. 변변찮은 인생이었다고.

왕국에서 마을 사람의—— 농민의 생활이란 행복과는 거리가 멀다.

흙을 일구고, 필사적으로 일한 성과는 영주가 고스란히 가져간다. 100 중 60을 가져간다면 그나마 참을 수 있다.

40이면 가난하게나마 살아갈 수는 있으니까.

하지만 100 중 80을 가져간다면 큰 문제다. 40으로도 아슬아슬한데 그것이 20이 된다면 그 후의 생활이 얼마나 혹독할지는 더 말할 나위도 없으리라.

당시 어렸던 잭은 무슨 일이 일어난 것인지도 몰랐다. 예쁜 여동생이 느닷없이 행방불명되었는데도 부모님은 전혀 찾으려 하질 않았다. 이유도 이제는 확실하게 알 수 있다. 팔려나간 것임을. 지금은 '황금' 이라고 불리는 왕녀의 활약으로 폐지되는 추세지만, 당시 왕국에서는 노예 매매가 일반적이었다.

그래서 잭은 창녀를 살 때면, 스쳐 지나갈 때면 반드시 얼굴을 빤히 쳐다보곤 했다. 물론 찾을 수 있으리라고는 생각하지 않았고, 찾는다 해도 무어라 말해야 좋을지 알지 못했다. 그래도 자기도 모르게 찾곤 했다.

이처럼 혹독한 극빈 생활에, 징병의 의무가 박차를 가한다.

제국이 정기적으로 출병할 때마다 왕국에서는 마을의 건장한 젊은이들을 징집해 전장으로 보내곤 했다. 건장한 젊은이를 한 달이나 잃으면 마을의 노동력에는 큰 영향이 미친다.

물론 개중에는 징병을 행운으로 여기는 사람도 없는 것은 아니었다. 사람이 줄어든다는 것은 가족의 식량 소비량도 줄어든다는 뜻이다. 게다가 병사로 징병된 젊은이들도 식량이 지급되기 때문에, 전장에서 처음으로 배부른 식사를 경험하는 사람도 있었다.

다만 좋은 점이라고는 그 정도였다. 목숨을 걸고 싸워도 어지간히 활약하지 않는 한 포상은 내려오지 않았다. 아니, 결과를 내봤자 포상이 없는 경우마저 있었다. 상을 받는 것은 정말 운 좋은 사람뿐이다. 그리고 마을로 돌아오면, 일손을 잃어 밀렸던 시간만큼 이듬해의 생산량이 줄어든다는 절망적인 사실에 직면한다.

잭도 두 차례 징병되었고, 운명을 바꾼 것은 세 번째 때였다.

여느 때처럼 전쟁은 소규모 국지전으로 끝나고, 운 좋게 목숨을 건져 마을로 돌아가게 되려나 생각했을 때, 잭은 발을 멈추었다. 손에 든 무기를 내려다보는 그의 머리에 하늘의 계시가 내린 것이다.

마을로 돌아가느니, 다른 삶을 사는 것이 낫겠다고.

하지만 평범한 농부이며, 행군 때 소소한 훈련밖에 받은 적이 없는 잭에게는 새로운 인생의 선택지가 별로 없었다.

육체적 능력이 뛰어난 것도 아니고, 몇몇 사람들이 가지고 태어나는 특별한 힘도 물론 없었다. 지식이라고 해봤자 땅을 일구고 언제 무슨 씨를 뿌려야 좋은가 하는 정도였다.

그런 잭이 취한 행동은 유일한 비상수단. 왕국에서 잠시 대여해 준 무기를 든 채 탈영하는 것이었다. 자신이 도망치면 부모에게 폐를 끼친다는 생각은 들지 않았다. 동생을 팔아넘긴——설령 가족이 살아남기 위해서라고는 해도—— 부모에게 애정은 이미 없었으니까.

몸을 의탁할 사람도, 지리감각도 없는 자가 쉽게 도망칠 수는 없다. 하지만 탈영을 도와줄 존재와 만난 것이 행운이라면 행운이었으리라.

그를 도와준 자들은 용병단.

물론 그들이 봤을 때 일개 농부인 잭에게는 큰 가치가 없다. 다만 전쟁에서 인원을 많이 잃었던 그 용병단은 얼른 머릿수를 회복해야겠다는 목적이 있었다.

그런 사정 덕분에 손쉽게 멤버로 들어갈 만한 용병단이었으니, 제대로 된 곳이 아님은 당연했다. 전쟁 중에는 용병으로 활동하고, 전쟁이 끝나면 강도로 돌변하는 그런 집단이었다.

그 후 잭의 생활은 말할 필요도 없으리라.

없는 것보다는 있는 게 낫다. 빼앗기는 사람보다는 빼앗는 사람이 낫다. 자신이 우는 것보다는 남이 우는 것이 낫다.

그런 생활이었다.

잘못했다고는 생각하지 않았다. 후회 따위 없었다.

습격한 상대의 비명을 들을 때마다 잭은 더욱 확신했다.

잭은 빈민가를 누비듯 달렸다. 해가 지려는 찰나의, 한층 진해진 붉은색 세계를 필사적으로 달렸다.

여관을 나온 후로는 거의 멈추지 않고 뛰었기 때문에 호흡은 거칠었으며 이마에는 땀이 배어나왔다. 쉬고 싶다는 욕망을 부추기는 피로감이 숨을 가다듬으면 어떻겠냐고 말을 걸었지만, 시간이 절박했기 때문에 지친 몸을 채찍질해 잭은 달리고 또 달렸다.

그리고 모퉁이를 급한 각도로 꺾으려다——.

"어이쿠, 위험해라."

마침 모퉁이에 있던 사람이 투덜거림과 함께 절그럭 금속성을 울리며 크게 몸을 돌렸다.

갑작스러운 해프닝에 놀란 잭은 까만 그림자를 보았다.

그곳에 있던 것은 단정하게 생긴 여자였다. 까만 망토를 착용했기 때문에 그림자에 녹아드는 것처럼 보였지만, 그 속에서 번쩍이는 보라색 눈동자가 호기심을 머금고 잭을 일직선으로 바라보고 있었다.

지친 데다 마음이 조급해졌던 잭은 짜증을 그대로 드러내며 고함을 질렀다.

"그건 내가 할 소리야! 위험하게시리! 앞 똑바로 보고 걸어!"

위압할 생각으로 터뜨린 고함에, 여자는 움츠러드는 기색도 없이 씨익 웃었다.

등줄기가 서늘해지는 듯한 그 웃음에 잭은 자신도 모르게 뒷걸음질을 쳤다. 품속에 감춰두었던 날붙이를 뽑아들 용기가 나질 않았다. 마치 사자의 눈빛을 받은 쥐새끼 같았다.

조금 전 여자가 펄쩍 뛰어 물러난 순간 들렸던 금속성은, 그녀의 갑옷에서 난 소리가 아니었을까.

무장한 여자── 모험자인가.

싸움을 걸 상대를 잘못 잡았다.

잭의 머릿속에서 터진 위험한 신호와 함께 그런 말이 떠올랐다.

여자이니 약할 거라고 우습게볼 생각은 없었다. 모험자 중에도 여자들만으로 구성된 강한 팀이 있다는 사실을 안다. 용병단에서 가장 강한 사내가 슬쩍 해준 이야기를 들은 기억이 있었으니까.

반면, 용병단에 들어갔다고는 하지만 잭의 실력은 검을 쥔 자들 중에서는 가장 밑바닥 수준에 있다 해도 과언이 아니었다. 그렇기에 '그런 일'을 맡았던 것이다.

뛰면서 흘렸던 땀이, 자신이 저지른 행동을 후회하기 시작하면서 다른 땀으로 바뀌었다.

잭이 솔직한 두려움을 얼굴에 드러냈을 때, 갑자기 여자의 웃음이 별로 무섭지 않은 것으로 바뀌었다.

"음. 뭐, 됐어. 시간도 없으니까. 그래도 다음에 또 그랬다간 벌을 줄 거야. 알았지?"

여자는 느긋한 어조로 그렇게 말하더니 옆을 지나쳐 가버렸다. 흥미가 동해 그녀가 사라진 방향을 쳐다보던 잭은, 그쪽이 빈민가 중에서도 아무도 살지 않는 구역임을 떠올렸다.

미녀가 이런 시간에 무엇을 하러 가는 걸까. 흥미는 동했지만 지금은 그보다도 해야 할 일이 있었다. 잭은 미련을 버리고 다시 뛰었다.

이윽고 빈민가의 한 구역, 지저분한 판잣집이 이어진 한 모퉁이에 들어섰다. 흘끔 주위에 시선을 돌려 미행이 없는지 보았다.

저녁놀이 사라지고 어둠이 세계를 물들이기 시작했으므로, 어두운 곳에 숨은 자가 없는지를 중점적으로 체크했다. 일단 이곳에 오기 전에 몇 번 살피기는 했지만, 그래도 마지막으로 다시 한번 확인한다.

잭은 만족스럽게 고개를 끄덕이더니 문 앞에서 숨을 고르고 세 번 노크했다. 그리고 5초 간격을 둔 다음, 이번에는 네 번 연속으로 노크했다.

정해진 신호에 금세 반응이 돌아왔다. 문 너머에서 삐걱삐걱 바닥 울리는 소리가 들리더니 봉창을 덮은 판이 열리고 구멍 안에서 남자의 두 눈이 엿보였다. 눈이 뒤룩이면서 앞에 선 잭을 확인한다.

"너였군. 잠깐 기다려."

잭의 대답을 듣지도 않고 나무판이 다시 봉창을 닫더니, 자물쇠 푸는 무거운 소리가 들렸다. 문은 슬쩍 열렸다.

"들어와."

안에서 미미하게 떠도는 퀴퀴한 냄새. 조금 전 잭이 있던 장소와는 전혀 다른 환경이다. 얼른 코가 적응하기를 기대하며 잭은 안으로 들어섰다.

문을 닫자, 좁은 판자집 안은 금세 어두컴컴해졌다.

출입구에 인접한 식당 겸 부엌에는 테이블이 딱 하나 있었다. 테이블 위에 놓인 양초 하나가 어렴풋한 빛을 실내에 드리웠다.

폭력을 생업으로 삼는 인간 특유의 분위기를 내는, 지저분한 사내가 테이블 옆의 의자를 끌어당기더니 털썩 앉았다. 의자가 삐거덕 비명 같은 소리를 냈다. 몸은 든든하고 다부졌으며, 가슴팍은 두껍고, 옷에서 드러난 팔과 얼굴에는 희미한 칼자국이 남아 있다. 그런 사내의 체중을 받다 못해 비명을 지른 것이다.

"그래, 잭. 그래서, 무슨 일인데."

"상황이 바뀌었거든요……. 그 사냥감이, 움직이려는 것 같습니다요."

"아앙? 지금 당장?"

잭이 말없이 고개를 끄덕이자, 사내가 "이런 시간에……? 우리

사정도 좀 생각해 달라고."라고 투덜거리며 덥수룩하게 기른 머리를 북북 긁었다.

"그건 어떻게 안 되는 거야?"

"그건 어려울 것 같습니다요. 그 여자가 꺼낸 말인걸요."

잭에게 어떤 여자인지 몇 번이나 설명을 들었던 사내는 얼굴을 확 일그러뜨렸다.

"그 영감도 머리를 좀 써야지. 밤길엔 무서운 강도가 나타난다든가 해서 설득을 하란 말이야. 나 원……. 바보가 꼭 좋은 건 아니구만. 아…… 마차 바퀴를 때려부숴서 출발을 내일로 미루는 건 어때?"

"무리입죠. 이미 짐을 다 싣고 준비를 하는 중이라굽쇼. 차라리 냉큼 해치우는 게 낫지 않을까요?"

"뭐, 그것도 그렇긴 한데……."

사내는 생각에 잠긴 듯 허공을 노려보았다.

"그래서, 출발은 몇 시쯤 한대?"

"앞으로 두 시간쯤 후입니다요."

"빠듯하잖아. 아아, 어쩐다. 지금 당장 연락해서…… 시간적으로 여유가 그 정도 있으니까…… 쬐끔 어렵긴 해도, 절호의 사냥감이니 말이지……."

손가락을 꼽으며 타임스케줄을 생각하는 사내. 그 모습을 묵묵히 지켜보며 잭은 자신의 손을 내려다보았다.

"짜증이 난다니깐요, 그딴 부자들은……."

아가씨라고 불리던 여자의 예쁜 손이 떠올랐다.

밭일을 하던 사람들 중에서 그렇게 예쁜 손을 가진 사람은 없다.

모두 찬물에 트고 쟁기를 쥐어 굵어졌으며 손톱도 우툴두툴한, 그런 손을 가진 사람뿐이다.

이 세상이 불공평한 것은 잘 안다. 다만——.

잭은 입술을 일그러뜨리며 이를 드러냈다.

"그 여자, 갖고 놀아도 되는 거죠?"

"내가 먼저야. 그리고 돈을 뜯어야 하니까 너무 심하게 하면 안 돼. 다치지 않게 살살 즐기라고."

사내가 천박하게 히죽 웃었다. 그 욕망이 사내를 부추겼는지 자리에서 벌떡 일어난다.

"좋아, 해보자고. 단장님께 연락해 보마."

"알겠습니다요."

"열 명 정도, 늘 하던 그 자리에 대기시켜 놓을게. 넌 네 시간 후에 도착하도록 행동해. 만약 안 오면 우리가 갈 테니까, 사냥감들한테는 안심하고 코 자라고 전해놔."

## 3

성새도시를 뒤로하고 마차 한 대가 달려간다.

여섯 명 이상이 타도 여유가 있는 대형 마차를, 다부진 체구의 말 네 마리가 끌고 있다.

하늘에는 커다란 달이 떠서 주위는 의외로 밝았다. 그렇다고는 해도 이런 한밤중에 마차로 밖을 달린다는 것은 매우 어리석은 행위다. 불을 밝히고 보초를 세우고 야영지를 만드는 것이 가장 올바르게 밤을 보내는 방법이다.

밤의 세계는 인간이 지배하는 세계가 아니다. 아니, 정확히 표현한다면 빛이 들지 않는 장소는 인간의 세계가 아니다. 밤의 어둠 속에 도사린 동물이나 아인종, 기타 수많은 몬스터. 어둠을 꿰뚫는 눈을 가진, 인간을 습격하려는 존재는 얼마든지 있다.

그렇게 위험한 어둠 속에서, 마차는 미미한 진동을 승객에게 전달하는 정도의 속도로 가도를 달려간다.

진동이 적은 것은 마차의 스프링에 해당하는 부분이 뛰어나기 때문이 아니라 포장된 돌 블록 위를 달리기 때문이다.

돌 블록으로 가도를 정비하는 사업은 '황금공주'의 제안으로 시작되었는데, 아직은 국왕이 직할하는 일부 가도와 왕국 6대 귀족 중 한 사람으로 꼽히는 레에븐 후작의 영지만 포장을 마친 상태였다. 이동이 편해지는 가도가 완성되면 제국의 침략도 쉬워진다는 의견이 귀족들 사이에서 터져 나왔기 때문이었다.

게다가 가도 보강 비용 부담에 관해서도 실랑이가 벌어졌다. 상인들에게 금전을 제공받는다는 라나 왕녀의 안은 가도의 이권을 빼앗길 것을 우려한 각 영지 귀족들의 반대도 있고 해서 좌초되고 말았다. 그 결과 남은 것은 현재의 벌레 먹은 듯한 정비 상황이었다.

국왕 직할지인 성새도시에서 그리 멀리 떨어지지 않은 이 부근은 정비가 된 곳이었다.

그렇다고는 하나 완벽하다고는 말하기 힘들었다. 마차가 덜컹 흔들리며 안에 있는 사람들에게 진동이 전해졌다.

그 진동 때문에 마침 하나의 화제가 마무리된 것처럼 마차 안의 이야기가 끊어졌다.

마차에 탄 멤버들은 세바스, 그 옆에 솔류션, 그리고 그 맞은편 자리에 샤르티아, 그 좌우에 서번트 겸 애첩인 뱀파이어 브라이드(Vampire Bride)가 둘. 잭은 당연히 마부석에서 마차를 몰고 있다.

한동안 마차 안에 침묵이 자리했다가, 세바스가 느긋한 어조로 입을 열었다.

"전부터 여쭙고 싶었던 것이 한 가지 있습니다."

"응? 나한테? 뭔데?"

"아우라 님과는 별로 사이가 좋지 않으신 것 같습니다만, 무언가 특별한 이유라도 있으신지요?"

"……진짜로는 나쁘지 않다고 생각하는데."

종알거리듯 대답하며 샤르티아는 심심한 것처럼 자신의 새끼손가락 손톱을 바라보았다.

진주처럼 하얀색으로 2센티미터 정도 뻗어 있다. 한 손으로 손톱을 다듬는 도구를 만지작거리고 있지만, 이미 단정하기 그지없어 손질을 해야 할 것 같지는 않았다. 샤르티아도 필요성을 못 느꼈 는지 옆에 앉은 뱀파이어에게 휙 던지듯 건네준다.

그리고 두 손을 좌우에 앉은 뱀파이어의 가슴으로 뻗으려 하다가, 앞에 앉은 두 사람의 표정을 깨닫고는 멋쩍은 얼굴로 그만두었다.

"그런 것 같지는 않습니다만."

이야기를 계속하는 세바스. 씁쓸한 것을 씹듯, 샤르티아는 얼굴을 일그러뜨렸다.

"나의…… 소녀의…… 에이, 됐고. 나의 창조자이신 '페로론치노' 님이 사이가 나쁘다고 정해주셨으니까 적당히 놀리는 것뿐이야. 뭐, 그 아이도 '부글부글찻주전자' 님이 나와 사이가 나쁘도록 정해주신 걸지도 모르지만."

재미없다는 투로 한 손을 파닥파닥 흔들었을 때, 처음으로 샤르티아와 세바스의 시선이 부딪쳤다.

"게다가 내 창조자이신 페로론치노 님과 그 아이의 창조자── 부글부글찻주전자 님은 남매였잖아. 어떤 의미에선 우리는 자매나 마찬가지야."

"남매── 그랬습니까!"

"옛날에 페로론치노 님이 지고의 존재── '루시★퍼' 님, '니시키엔라이' 님 두 분과 함께 나의 영역을 걸으시면서 그런 이야기를 나누었지."

과거의 위대한 인물들과 함께 걸었던 기억을 되새기며 동경의 눈빛을 띠는 샤르티아.

"부글부글찻주전자 님은 성우라는 클래스에 종사하시는 분으로, 인기인이면서 동시에 '야게임'에도 목소리를 내고 계셨기 때문에, 페로론치노 님은 기대하는 신작을 사면 누나의 얼굴이 눈에 떠올라 시들해진다고 말씀하셨어."

무슨 의미인지는 전혀 이해할 수 없었지만.

샤르티아가 그렇게 덧붙이자 세바스도 이상하다는 듯 고개를 갸웃거렸다.

"'성우'라……. 분명 목소리를 사용하는 클래스였던가요. 노래도 부른다고 들었습니다만, 음유시인과 비슷한 일이었을까요?"

세바스의 대답을 듣고 샤르티아는 키득 웃으며 입을 열었다.

"아니야."

"아닙니까? 그럼 어떤 일인지요?"

"나는 부글부글찻주전자 님 본인께 성우란 일은 목소리를 불어넣어 영혼을 부여하는 일이라고 들은 적이 있지. 다시 말해 생명 창조에 관한 클래스였어."

"오오, 그랬군요! 거참 터무니없는 착각을. 가르쳐 주셔서 고맙습니다, 샤르티아 님."

세바스를 비롯해 지고의 존재에게 창조된 자들은 태어남과 동시에 지식도 부여받지만, 어디까지나 지식만 있을 뿐이다. 실체를 모르다 보니, 지금처럼 주인의 직업을 오해하고 마는 경우도 있다.

세바스는 자신을 부끄러워하며 두 번 다시 착각하지 않겠노라 입속으로 몇 번 되풀이해 성우라는 클래스의 의미를 되새겼다.

"마음에 둘 것 없어. 그보다 세바스, 함께 여행하는 처지에 그렇게 딱딱한 말투를 쓸 필요는 없지 않을까?"

"그렇습니까, 샤르티아 님?"

"님이라니……. 똑같이 지고의 존재를 섬기는 몸인걸. 실제로 지고의 존재들께서 역할과 지위를 부여해 주셨을 때야 상하관계가 있었지만, 원래라면 우리에게 차이는 없잖아."

그 말이 맞다. 솔류션이 세바스를 섬기는 것도 그렇게 명령을 받았기 때문일 뿐이다. 원래 그녀와 세바스는 대등하다.

"알겠습니다, 샤르티아. 이 자리에서는 그렇게 부르도록 하지요."

"그러면 돼. 그러고 보니 그대도 데미우르고스와는 사이가 나빴지?"

세바스는 입을 다물었다. 샤르티아는 그런 반응에 장난꾸러기처럼 눈을 가늘게 뜨며 말을 이었다.

"딱히 그대는 그러하라고 지고의 존재들께 명령을 받았던 것도 아닐 텐데, 왜 그렇지?"

"……왜 그럴까요. 저도 그 점은 잘 모르겠습니다. 본능적이랄까, 아무래도 혐오감이 들더군요. 하기야 그 점은 데미우르고스님도 마찬가지인 것 같습니다만."

"흐응. 나는 그런 사람이 없는데…… 창조하신 분들의 마음이 깃들기라도 한 걸까?"

"가능성은 있겠군요."

샤르티아는 진지하게 고개를 끄덕이는 세바스를 가만히 바라보았다. 그리고 그 역할이나 지위라면 혹시나 싶은 마음에, 이제까지 품었던 의문을 던져보기로 생각했다.

"8계층에는 누가 있어? 빅팀이 있다는 건 알지만, 그 외에도 있지 않아?"

갑작스러운 화제 변화에 세바스는 눈썹을 살짝 올리더니, 진의를 파악하고자 샤르티아에게 진지한 눈빛을 보냈다. 곁에서 솔류션이 아주 살짝 표정을 움직였으나 너무나도 작은 변화였으므로 이야기를 나누는 두 사람조차 간파하지 못했다.

"……전에 지고의 존재를 거역하는 어리석은 놈들이 대거 침공했을 때, 7계층까지는 뚫렸어도 지고의 존재들이 계시던 9계층까지는 침입하지 못했지. 그렇다면 마지막 격전지는 8계층이었던 거 아냐? 기억은 없지만, 상당한 전력을 앞세워 쳐들어왔던 것 같으니 반격에도 나름 전력이 필요했겠지. 그런데 누구인지도 모르다니. 아니, 알베도는 아는 것 같지만, 그 여자는 나자릭의 관리자니 모르는 게 이상하고."

말이 없는 세바스를 아랑곳하지 않고, 샤르티아는 말을 이었다.

"……한 발짝 뒤처진 것 같아 좀 싫단 말이야. 어떤 극비의 존재가 있는 걸까? 혹시 아인즈 님이 창조하신 자?"

세바스는 '터치 미' 가, 데미우르고스는 '우르베르트 어레인 오도루' 이, 코퀴토스는 '무인 타케미카즈치' 가 만든 것처럼. 그러나 지고의 41인 중 최고위에 있는 아인즈—— 모몬가가 창조한 존재는 샤르티아도 알지 못했다.

없다고 생각할 수는 없었다.

그렇다면 샤르티아가 모르는 제8계층에 있다고 생각하는 것은 당연한 추측이었다.

"……아니, 그렇지는 않을 겁니다. 언뜻 들은 적이 있지만 아인즈 님이 창조하신 존재의 이름은 판도라즈 액터. 수호자 여러분이나 저에 필적하는 능력의 소유자이며, 보물전 심장부의 묘지기라고 하더군요."

"그런 애가 있었어?"

알베도처럼 나자릭의 모든 존재에 관한 지식을 부여받지는 못한 샤르티아는 처음 듣는 이름이었다.

그러나 링 오브 아인즈 울 고운이 없으면 침입하지 못하는 보물전이라고는 해도, 경비가 없다는 것은 생각해 보면 이상한 일이 맞다.

그리고 보물전 심장부.

그곳은 길드 아인즈 울 고운이 모아놓은 최고봉의 매직 아이템이 자리한 곳이며, 세계급 아이템도 몇 가지 안치해 놓았다고 들은 적이 있다. 그렇다면 그런 장소를 지키는 자는, 지고의 41인 중 최고위자인 아인즈가 창조한 존재여야 마땅하리라.

자신이 바로 그곳을 지키는 존재가 아니라는 생각에 샤르티아는 살짝 자존심이 상했지만, 그것도 어쩔 수 없는 일이라고 자신을 위로했다. 침입자와 처음 맞닥뜨리는 지하 3계층까지를 지키는 것도 그에 필적하는 막중한 임무라고 생각하며.

게다가.

지금도 자신은 주인에게서 큰 임무를 맡지 않았던가.

"예, 저도 만나 본 적이 없습니다. 아니, 반지를 가진 자만이 접근할 수 있는 곳이니까요."

"흐응."

관심을 잃었는지 샤르티아는 무미건조하게 대답했지만, 세바스는 딱히 신경을 쓰는 기색도 보이지 않았다.

"그럼 결국 8계층은 수수께끼네……. 좀 아쉬운걸."

"그렇지요. 저희의 출입도 허가되지 않았으니, 무언가가 있기는 하겠지만."

"무언가라면, 뭐가?"

"우리도 공격하는 존재라면 어떨까요?"

"으음, 그것도 나쁘진 않지만…… 가차 없이 발동하는 데스 트랩 같은 게 있다든가?"

"나자릭은 지고의 존재들께서 건축하시고 충성을 맹세한 우리가 지키는, 난공불락의 요새입니다. 그런 곳을 제7계층까지 돌파한 자들이, 그 정도 수단에 쓰러질 것 같지는 않습니다만…….”

“몰래 엿보고 오는 건 안 될까?”

장난을 떠올린 어린아이── 그런 표정을 보이는 샤르티아. 그에 반해 세바스는 여느 때와 별로 다를 바 없는 미소를 지었다. 아주 살짝 짙었을 뿐.

“아인즈 님의 의향을 저버리시겠다는 말씀입니까?”

“농담이야, 농담. 그렇게 무서운 표정 짓지 마.”

“샤르티아…… 호기심은 고양이도 죽이는 법입니다. 아인즈 님께서 가르쳐주셔도 좋겠다고 생각하실 때까지 우리는 기다려야 하지 않을까요?”

“그렇겠지……. 그래서, 사냥감은 낚싯바늘에 걸린 거야?”

화제가 갑자기 바뀌는데도 딱히 뭐라고 하지 않고, 세바스는 그 화제로 넘어갔다.

“예. 잘 걸렸지요. 이제 낚싯대를 드는 일만 남았습니다.”

가볍게 고개를 끄덕이자 샤르티아는 자신의 혀를 날름 핥으며 진홍색 눈동자에 이채를 띠었다.

그것이 무슨 감정에서 기인한 것인지 순식간에 눈치챈 세바스는 조금 전 솔류션의 부탁을 전할 좋은 기회라고 판단했다.

“그 건에 대해 샤르티아에게 부탁할 것이 있습니다만.”

“……뭔데.”

앞으로 일어날 광경을 상상하며 쾌감을 얻던 도중 방해를 받아 불만스러운 목소리를 내는 샤르티아. 세바스는 달래듯 말을 이었다.

"지금 마차를 모는 자는 이 아이에게 주시면 안 될까요?"

"……똘마니야?"

"예. 전령 정도의 지위에 해당하는 자일 겁니다."

그 말을 들은 샤르티아는 잠시 눈을 감더니 깊이 생각했다. 수많은 가능성을 고려해 답을 도출했는지, 크게 고개를 끄덕였다.

"그렇다면 좋아. 빨아 봤자 맛도 없을 테고."

"고맙습니다. 샤르티아의 관대함에 감사드립니다."

"고맙습니다, 샤르티아 님!"

"괜찮아, 괜찮아. 마음에 두지 마."

저런 표정도 지을 수 있는가 싶을 정도로 친근함을 담은 미소를 솔류션에게 보내는 샤르티아. 그리고 시선만 세바스에게 돌린다.

"조금 전의 실언은 이걸로 비긴 셈 쳐주면 좋겠는데."

"알겠습니다. ……애초에 샤르티아가 진심으로 그런 어리석기 짝이 없는 행동을 저지르리라고는 생각하지 않았으니까요. 장난이었겠지요."

"뭐, 그야 그렇지. 나도 세바스가 그런 말을 했다면 이렇게 생각했을 거야. 잠자코 서번트들에게 감시를 시키다가, 반기를 들 의도가 보이면 즉시 팔다리를 잘라다 아인즈 님앞에 사슬로 묶어 끌고 가야겠다고."

"저는 그런 짓은 하지 않습니다, 샤르티아."

"안 해? 그게 더 충성심을 의심할 일 아니야?――무조건 할 거잖아?"

샤르티아와 세바스는 진심으로 재미있다는 듯 웃었다.

"게다가 난 예쁜 애들 편이야. 그리고 솔류션에게 주면 그건 그

거대로 즐길 수 있을 것 같고——.”

“——그래서 샤르티아는 어떻게 포박하실 생각입니까? 〈마비Paralyse〉나 〈인간종 속박Hold Person〉인가요?”

에 란텔로 향하기 전, 세바스가 아인즈에게 받은 명령은 아래와 같은 것이었다.

『무투기나 마법 같은 것을 수련한 인간을 포박하고 싶다. 다만, 사라져도 문제가 되지 않을 법한 범죄자들을 노려라.』

그 일환으로 세바스와 솔류션은 대상인의 바보 같은 딸과 이에 휘둘리는 집사를 연기해, 잭 같은 물고기가 미끼를 물기를 기다렸던 것이다.

그리고 샤르티아의 역할은 그 물고기를, 뒤에 헤엄치는 물고기 떼와 함께 낚는 것이었다.

“설마아. 누가 그런 번잡한 짓을 해. 아인즈 님께선 피를 빨아 노예로 삼아도 좋으니 무조건 잡으라고 말씀하셨는걸. 뭐, 일일이 조사하는 것도 번잡하니까 남김없이 몽땅 빨아버릴까.”

세바스는 입을 다문 채 수긍했다. 하지만 그렇다면 샤르티아에게 큰 불안이 느껴지는 것도 사실이었다. 그런 판단에서 자신도 모르게 이런 말을 하고 말았다.

“그런 의미에서는 데미우르고스 님이 제일 적임이었겠군요. 아우라 님의 숨결과 마찬가지로 상대의 의지를 조작하실 수 있으니까요.”

데미우르고스에게는 지배의 주언(呪言)이라는 스킬이 있다. 그것은 강력한 정신지배계 능력이다. 이번처럼 상대를 사로잡는 일에는 타의 추종을 불허하는 효과를 발휘한다.

"……아앙?"

갑자기 샤르티아의 목소리로 믿기지 않는 중저음이 나왔다.

마차 안의 공기가 단숨에 무거워지고, 피부에 박히는 듯한 냉기 같은 기운이 가득 찼다. 말들도 이를 감지했는지 마차가 크게 휘청거렸다.

샤르티아의 좌우에 앉은 뱀파이어들의 창백한 피부가 한층 시퍼렇게 물들고, 세바스의 옆에 앉았던 솔류션이 온몸을 떨었다. 동격의 힘을 가진 세바스조차 등골이 싸해지는 기분이었다.

나자릭 계층수호자 최강자의 진심 어린 살기. 아우라와의 싸움이 어린아이 장난일 뿐이었음을 깨달을 만큼 명확한 적의가 소용돌이쳤다. 대응하기에 따라서는 어느 한쪽만이 살아남을 때까지 전투가 벌어질 수도 있다.

마차 안의 공기를 최악의 것으로 바꿔버린 샤르티아의 진홍색 홍채에서 마치 피가 배어나오듯 붉은빛이 흰자로 퍼져갔다.

"세바스── 다시 한번 말해보겠어? 아니면 뭐야, 용인(龍人)이기도 한 네가 그 형태로──."

뒤룩, 완전히 진홍색으로 물든 안구가 움직였다.

"나와 목숨을 걸고 싸워 보겠다고?"

"실언이었습니다. 용서해 주십시오. 그저 불안을 느꼈을 뿐입니다. 샤르티아의 '피의 광란' 이 발동하지 않으면 좋겠다고."

세바스의 말에 샤르티아는 침묵으로 대답했다.

그 침묵은 샤르티아 자신도 불안을 느꼈기 때문임을 세바스도 간파했다.

위그드라실에서는 강한 클래스에 약점이나 페널티를 주어 전체의 밸런스를 유지했다. 그리고 샤르티아가 가진 몇 가지 페널티 중에, 피를 계속 뒤집어쓰면 살육충동에 몸을 맡겨 전투력이 크게 올라가는 대가로 정신제어가 통하지 않는 상태에 빠져드는 '피의 광란' 이란 것이 있다.

그렇게 명령을 무시하고 폭주할지도 모르는 샤르티아가 이번 임무에서 아인즈에게 선발된 이유는, 단순한 소거법이었다.

알베도는 아인즈가 없는 나자릭 지하대분묘를 지켜야만 한다. 그리고 나머지 두 명의 수호자—— 샤르티아와 코퀴토스 중 하나를 택한다면, 멀리서 보면 그나마 인간이라고 변명이 통할 법한 샤르티아를 택하게 된 것이다.

그로부터 몇 초 동안 샤르티아는 심호흡을 되풀이했다. 분노를 가라앉히려 한다기보다는 자신의 마음속에 떠오른 불안을 억누르려는 것처럼 보였다.

마지막으로 한 차례 크게 숨을 내쉰 샤르티아의 표정은 여느 때와 같은—— 요염한 분위기를 풍기는, 음탕한 소녀였다. 안구의 색도 원래대로 돌아왔다.

"……일단, 우리가 피를 빨면 노예가 되니, 늑장을 부리는 일은 없을 거야. 딱히 살려둔 채로 끌고 오라고 하신 건 아니잖아. 그 정도는 아인즈 님도 허락하셨어. 그리고 피의 광란은 내가 억제하고 말 거야."

뱀파이어는 피를 모조리 빨아, 절대복종하는 자신의 하위종을 만들어낼 수 있다. 평범한 뱀파이어는 지능이 훨씬 떨어지는 레서 뱀파이어(Lesser Vampire)밖에 만들지 못하지만, 샤르티아라면 인간과 거의 같은 지능을 가진 뱀파이어를 만들 수 있다.

생사불문을 전제로 한다면, 만드는 숫자에 제한은 있지만 샤르티아 또한 뛰어난 포획자라 할 수 있다.

"그래, 맞아. 아인즈 님께 받은 이 역할을 멋지게 수행해야 '잘했다, 샤르티아. 너야말로 나의 가장 소중한 노예다.' 라고 칭찬을 받을 수 있는걸. 그리고 '너야말로 내 옆에 서기에 적합하다.' 라는 말도 함께."

"제 짧은 생각을 용서해 주십시오."

세바스의 솔직한 마음에서 비롯된 사과였다. 조금 전에 한 말은 샤르티아에 대한 폭언이었다. 그리고 하나 더.

"당신을 선택한 아인즈 님에 대한 폭언이라는 것도 알아차리지 못한 채, 결례를 저질렀습니다. 불쾌하게 만든 점을 용서해 주십시오. 그리고 여러분도."

솔류션과 뱀파이어들에게도 고개를 숙였을 때—— 마차가 덜커덩 크게 흔들리더니 말들이 울부짖는 소리가 들렸다.

"……마차가 멈춘 것 같은걸."

"그렇군요."

임무에 성공해 주인에게서 받을 희열을 상상하고 이성을 되찾은 샤르티아는 장난을 꾸미는 소녀처럼 웃었다. 세바스는 수염을 문지르며 조용한 미소를 머금을 뿐이었다.

## 4

근처의 숲에서 튀어나온 열 명의 남자들이 마차 주위를 반원형으로 포위했다. 각자 다른 장비를 걸쳤다. 모양새는 하나같이 볼

품없었지만, 열악한 것은 아니었으며, 일단 무기의 기능을 다할 수 있도록 주의를 기울였다는 점을 알 수 있다.

그들은 입을 모아 사냥감을 어떻게 할까, 순서는 어떻게 할까 대화를 나누고 있었다. 완전히 방심한 태도였다. 실제로도 몇 번씩 되풀이했던 행위였다. 이번에만 긴장하는 게 더 이상하다.

잭은 마부석에서 뛰어내리더니 종종걸음으로 사내들에게 다가갔다. 물론 도망치지 못하도록 말고삐는 이미 끊어놓았다. 그리고 한쪽 문은 열리지 않도록 꼼수를 부렸다. 남자들이 있는 쪽의 문만 열리도록.

안에 있는 사냥감들에게 보이게끔, 남자들은 손에 든 무기를 슬쩍슬쩍 흔들어 말없이 경고했다. 얼른 나오지 않으면 큰일 날 줄 알라고.

이에 대답하듯, 마차 문이 천천히 열렸다.

달빛 아래 한 미녀가 모습을 드러냈다. 그 자리에 모인 용병, 아니, 강도들에게서 솟아난 비열한 웃음소리와 욕망에 물든 눈빛이 미녀에게 집중되었다. 표정에서는 희열이 넘쳐났다.

그중에서 경악한 사람이 하나 있었다. 잭이었다.

그의 놀라움을 한마디로 표현한다면, '누구지?' 였다. 모르는 인물. 그러나 아는 마차. 그 차이에 잭은 완전히 혼란의 바다에 빠져 말도 나오지 않았다.

그리고 그 후, 똑같은 차림을 한 다른 여성이 모습을 나타내 몇 사람이 의아한 표정을 지었다. 그들은 모두 이렇게 들었던 것이다. 세상 물정 모르는 부잣집 아가씨와 집사 영감 2인조라고.

여기에 또 한 명, 소녀라고 해도 좋을 나이의 여자가 모습을 나타냈을 때, 그들의 의문은 하늘 저편으로 날아갔다.

가느다란 은실 같은 머리카락이 달빛을 반사해 빛난다. 진홍색 눈동자가 젖은 듯 요사스러운 광택을 머금고 있다.

감탄성조차 나오지 않는 미희의 등장을 앞에 두고 찬미하는 자들의 한숨이 강도들 사이에서 흘러나왔다. 진정으로 아름다운 것을 보면 짐승 같은 욕구조차 고개를 숙이고 만다는 사실이 증명된 순간이었다.

넋이 나간 사내들의 시선을 온몸에 받으며, 샤르티아는 음탕한 웃음을 짓고 그대로 사내들 앞으로 아무렇게나 걸어나갔다.

"여러분, 나를 위해 모여주어 참으로 고맙사와요. 한데 여러분 중 가장 높으신 분은 어느 분이신가요? 교섭을 하고 싶사와요."

강도들의 시선이 한 사람에게 모인 것을 확인한 샤르티아는 필요한 정보를 얻었다고 판단했다. 다시 말해 다른 인간은 필요 없다는 뜻이다.

"뭐, 뭔데, 교섭이란 게."

절세의 미(美)와 조우한 충격에서 간신히 회복된, 리더로 보이는 사내가 한 걸음 앞으로 나왔다.

"아아, 죄송하사와요. 교섭이란 필요한 정보를 얻기 위한 장난스러운 농담이옵지요. 정말로 죄송하사와요."

"댁들은 대체……."

중얼거린 잭에게 샤르티아가 고개를 돌렸다.

"당신이 잭이라는 인물인가요? 당신은 약속대로 솔류션에게 넘길 생각이니 조금 떨어진 곳에 계셔요."

몇 사람이 무슨 말인지 이해하려고 서로 얼굴을 보는데, 그중에서——.

"헹, 어린애치고는 몸이 실한데? 헐떡이게 해주마."

우연히 샤르티아 앞에 있던 강도 중 하나가, 샤르티아의 나이치고는 커다랗게 부푼 가슴에 손을 뻗었다. 그리고—— 무언가가 툭 떨어졌다.

"지저분한 손으로 건드리지 마사와요."

남자는 손목째 잘려나간 자신의 손을 넋 나간 표정으로 쳐다보다가, 뒤늦게 절규했다.

"아아아악! 소, 손, 내 소오오오온!!"

"손 하나 없어졌다고 그렇게 소리 지르지 마사와요. 남자가."

샤르티아는 중얼거리더니 아무렇게나 손을 휘둘렀다. 그 동작에 맞춰 사내의 머리가 너무나도 간단히 바닥에 툭 떨어졌다.

날붙이라곤 아무것도 없는 가녀리고 아름다운 손으로 어떻게 저런 짓을 했단 말인가. 마치 악몽과도 같은, 현실감이 없는 광경에, 강도들은 모두 넋이 나가 정신적 충격에 몽롱해졌다. 그러나 다음 광경이 일으킨 공포가 의식을 되돌려주었다.

잘려나간 부위에서 솟구친 피가 마치 의지를 가진 것처럼 샤르티아의 머리 위에 모여들어 조그만 구체를 형성했다.

샤르티아의 일행은 그것이 그녀의 스킬 '선혈의 저장고Blood Pool'로 만들어낸 것임을 잘 안다. 그러나 정체를 모르는, 인간의 것이 아닌 기술을 본 자들은 우선 이렇게 생각했다.

"매직 캐스터다!"

지식이 있는 인간이라면 더 자세히 경고할 수 있었으리라. 매직 캐스터란 어디까지나 넓은 의미의 명칭일 뿐이므로 세분화된 각 클래스에 따라 대응 방법이 달라지기 때문이다.

특히 샤르티아처럼 드레스밖에 걸치지 않은 몸이라면 처음 떠오르는 것이 마력계, 혹은 정신계 캐스터일 것이다. 그러나 그런 경고가 없었던 것을 보면, 마법에 대한 지식은 전무하다고 판단해도 좋으리라. 뭐가 뭔지 모르는 것은 곧 마법이라 생각한 것이다.

이를 이해한 샤르티아는 주위에서 황급히 검을 뽑는 강도들에게 재미없다는 듯 시선을 보냈다.

"참으로 재미없사와요. 나머진 여러분이 정리하시어요. 그리고 그거랑 그거만은…… 아시겠지요?"

"예, 샤르티아 님."

좌우 후방에 대기하던 뱀파이어들은 앞으로 나서더니 샤르티아에게 검을 내리치려던 강도 중 하나를 걷어찼다.

그것은 마치 온 힘을 다해 금속 방망이를 휘두른 것 같은 광경이었다.

알맹이를 가득 채운 풍선이 터지는 듯한 소리와 함께, 강도는 크게 허공에 춤추었다. 온갖 잡다한—— 피며 뇌수가 뒤섞인 것이 머릿속에서 사방으로 흩어졌다. 액체가 달빛을 반사해 빛나는 모습은 끔찍하면서도 아름다웠다.

머리가 절반 이상 날아가 깨진 곳에서 핑크색 뇌수를 흘리던 시체가 중력을 못 이기고 땅바닥에 쓰러지는 소리. 그것이야말로 강도들에게는 공포와 고통을, 샤르티아에게는 희열을 주는 전투의 개막 종소리였다.

뻣뻣한 웃음을 지으며 잭은 그 광경을 바라보고 있었다.

끔찍한 광경이었다.

잔인한 살육이 자아내는 피비린내에 속이 뒤집힐 정도였다.

인간의 팔다리가 종잇장처럼 찢겨나가고, 두 손에 붙들린 머리는 석류처럼 터져나간다.

갑옷이 뜯겨나가 드러난 복부에 손이 박힌다. 젖은 광택이 나는 내장이 몇 미터나 뽑혀 나왔다. 저러고도 죽지 않는다니, 인간이란 얼마나 튼튼한지.

지면에 굴러다니는 것은 도망치려다 두 다리가 부서진 놈이었다. 허연 것── 뼈가 살점과 피부를 뚫고 튀어나온 것이 보였다. 녀석은 지금도 두 손으로 열심히 바닥을 긁으며 조금이라도 공포에서 벗어나고자, 조금이라도 살고자 발버둥을 친다.

발밑에 엎드려 목숨을 구걸하는 사내를 내려다보는 절세의 미소녀. 그녀가 발하는 음정이 뒤틀린 웃음소리가 묘하게 귀에 거슬렸다.

'어쩌다 이렇게 된 거야…….'

잭은 열심히 생각했다.

아무리 미사여구로 포장한다 해도 세상의 근원에 흐르는 섭리는 약육강식이다. 강한 자가 약한 자에게서 빼앗는 것은 지극히 당연한 이치이며, 잭도 이제까지 그렇게 했다. 하지만 그렇다고 이런 끔찍한 짓을 해도 된단 말인가.

될 리가 없다. 저렇게 끔찍한 살인을 허용해서 되겠는가. 그렇다면 어떻게 해야 한단 말인가. 운이 좋아 잭에게는 공격이 날아오지 않지만, 도망치려고 하면 두 번 다시 그런 짓을 못하도록 모종의 수단을 취할 것이다. 가장 고통스럽고 구역질나는 방법으로.

잭은 품에 감춰두었던 단검을 옷 위로 더듬어보았다.

이 얼마나 시시한 무기란 말인가. 이런 것으로 인간의 팔을 쉽게 뜯어버리는 존재와 싸울 수 있겠는가.

내가 도대체 뭘 어쨌다는 거야. 저런 괴물들에게 뭘 어쩌겠다고 생각한 적은 한 번도 없었는데.

잭은 자신의 몸을 조금이라도 감추려는 것처럼 두 팔로 몸을 꽉 끌어안았다. 리드미컬하게 울리는 자신의 이가 시끄러웠다. 이 소리를 듣고 저 괴물들이 이쪽을 돌아보면 어떡하려고.

열심히 참으려 했지만 의지와는 달리 이는 계속 울렸다.

게다가 뭐냔 말이냐, 저놈들은. 저딴 놈들은 몰라.

그렇게 생각했을 때――.

"잭 씨, 이쪽으로."

――갑자기 이 잔혹한 풍경에는 어울리지 않는, 시원한 목소리가 잭의 뒤에서 들렸다.

공포에 물든 채 돌아본 곳에 있던 것은 자신의 고용주였다.

평소에는 거만한 목소리로 소란을 떨어대던 고용주라고는 생각할 수 없는 표정이었다. 만약 냉정했더라면 경계가 앞섰을지도 모른다. 하지만 이 기괴한 세계와 피 냄새 때문에 혼란에 빠진 잭에게는 위화감을 느낄 여유가 조금도 없었다.

"뭐, 뭐야, 저 자식들은!"

잭은 음정이 어긋나 찢어지는 목소리로 세상 물정 모르는 부잣집 아가씨――솔류션에게 고함을 쳤다.

"저딴 괴물들이 있으면 있다고 말을 해야지!"

그렇다. 그랬더라면 이런 짓을 하지는 않았을 것이다. 이 끔찍한 광경은 이 불쾌한 여자의 소행이다.

"잠자코 있지 말고 뭐라고 말 좀 해. 전부 너 때문이잖아!"

초조함과 공포를 원료 삼아 타오르는 분노에 몸을 그슬리며, 잭은 손을 뻗어 솔류션의 멱살을 움켜쥐고 난폭하게 이리저리 흔들어댔다.

"……알겠어요. 이쪽으로 오시지요."

"구, 구해주는 거야?"

"아뇨. 마지막으로 즐기려고요."

잭의 손에 하얗고 싸늘한 손이 겹쳐지더니 꽉 쥔다. 그대로 손을 당기며 걸어 나간다.

"세바스 님은 이런 행위를 별로 좋아하지 않으시거든요. 허가를 받아두기는 했지만, 그래도 하다못해 이쪽에서."

무슨 말인지 이해할 수가 없었다. 하지만 자신만 따로 데리고 간다는 이 상황에서 잭은 아주 미미한 생존의 실마리를 찾은 것 같았다.

여전히 뒤에서 들려오는 비명에는 귀를 막았다.

어쩔 수 없잖아. 난 약한걸. 나보다 강한 놈들을 구하러 가다니, 어떻게 그럴 수 있겠어.

"너무 격하게 하지는 말아주세요. 가능하다면…… 부드럽게 해주시면 좋겠어요."

마차 뒤까지 잭을 데려간 솔류션은 그렇게 중얼거리더니, 드레스를 풀기 위해 등에 손을 뻗었다. 그 광경에 잭은 넋이 나갔다. 이 여자가 대체 무슨 짓을 하는 거냐고, 기묘한 생물을 바라보는 눈으로 솔류션을 쳐다보았다. 그러는 동안에도 솔류션의 손은 멈추지 않았다. 잭은 결국 이해할 수가 없어 의문을 터뜨렸다.

"뭐, 뭘 하는 거야?"

"뭘까요?"

솔류션은 안에 입었던 뷔스티에까지 풀었다.

그 순간을 기다렸던 것처럼, 답답하게 억눌렸던 두 개의 봉우리가 튀어나왔다. 볼록 솟아난 원뿔형이었으며 하얀 피부는 달빛에 드러나 투명하게 보였다.

그 광경에 잭은 자기도 모르게 목을 꼴깍 울렸다.

"어서요."

만지라는 것처럼 잭에게 알몸이 된 가슴을 내민다.

"뭘……."

잭은 모든 것을 잊고 그 자태를 응시했다.

아름답다. 이제까지 잭이 보았던 어떤 여자의 몸보다도 아름다웠다.

잭이 이제까지 안았던 것 중 가장 아름다웠던 여자는 역시 습격했던 여행 마차에 탔던 여자였다. 다만 잭에게까지 차례가 돌아왔을 때는 축 늘어진 채 꼼짝도 하지 않아, 개구리처럼 다리를 벌리고 있을 뿐이었다. 그래도 아름다움은 잃지 않았다.

하지만 지금 눈앞에 있는 여자는 그 이상으로 아름다웠으며, 그때처럼 반응이 없는 것도 아니었다.

욕망이 잭에게 불을 붙였다. 다리 사이를 중심으로 몸이 뜨거워졌으며, 개처럼 거친 숨을 흘리며 솔류션의 피부에 손을 미끄러뜨렸다.

비단실로 이루어진 천── 그런 감촉이었다.

더 이상 참을 수 없었던 잭은 솔류션의 모양 좋은 가슴을 콱 움켜쥐려 했다.

손이 움푹 들어갔다.

너무 부드러워 손이 파고드는 것 같았다. 잭이 처음 생각한 것은 그런 느낌이었다. 그러나 손을 쳐다보고, 자신의 착각이었음을 한 박자 늦게 깨달았다.

손이 말 그대로 솔류션의 몸속으로 들어간 것이다.

"뭐, 뭐야, 이게!"

이해할 수 없는 사태에 직면해 절규하며 손을 빼려고 했다. 그러나 꿈쩍도 하지 않는다. 그뿐이랴, 더욱 빨려 들어갔다. 솔류션의 몸 안에 꿈틀거리는 무수한 촉수가 있어 그것이 손을 휘감고 끌어당기는 것 같았다.

솔류션의 고운 얼굴은 이 이상한 상황에서도 변화가 없었다. 그저 조용히 잭을 바라본다. 치명적인 무언가를 주입한 실험동물을 관찰하는 과학자의 싸늘하고도 무자비한, 그러면서도 호기심과 흥미로 빛나는 눈으로.

"야, 그만해! 이거 놔!"

잭은 반대쪽 손으로 주먹을 쥐더니 온 힘을 다해 솔류션의 얼굴을 내리쳤다.

한 번, 두 번, 세 번──.

주먹이 뒤틀리는 것도 아랑곳하지 않고 온 체중을 실어 일격을 날렸다. 사내의 전력을 그 고운 얼굴로 받아도 솔류션은 꼼짝도 하지 않은 채 태연했다. 아픔을 느끼는 기색조차 없었다.

그에 반해 잭은 때린 감촉이 이상한 데에 전율했다.

물이 들어간 부드러운 가죽자루를 때리는 듯한 감촉이었던 것이다. 원래 전해져야 할, 주먹이 뼈에 닿는 충격도 없었다. 그것은 결코 인간에게선 있을 수 없는 감촉이었다.

흥분해 잊어버렸던, 지금도 뒤에서 펼쳐지고 있을 지옥의 광경이 머릿속에 떠올랐다.

잭은 비명을 꾹 참았다.

겨우 완전히 깨달았던 것이다.

눈앞에서 맨살을 드러낸 여자 또한, 괴물이라는 사실을.

"이제야 이해하셨나요? 그럼 슬슬 시작할게요."

되묻기도 전에, 빨려 들어갔던 손을 타고 수백 개의 바늘에 동시에 찔리는 듯한 격통이 올라왔다.

"아아아아악!"

"녹이는 거랍니다."

격통 속에서 들려온 싸늘한 목소리. 그 의미를 이해할 수는 없었다. 잭이 아는 세계에서 너무나도 크게 일탈했기 때문에.

"저는 사실 무언가가 녹아드는 모습을 관찰하는 걸 좋아하지요. 잭 씨는 제 안에 들어오고 싶어 했으니, 마침 잘됐다 싶어서요."

"끄아아아악! 빌어처먹을 몬스터! 뒈져버려!"

격통을 참으며 내뱉은 잭은 품에서 꺼낸 단검을 휘둘렀다.

그리고 단숨에 솔류션의 안면에 깊이 처박았다. 꿈틀, 솔류션의 몸이 튀어 올랐다.

"꼴좋다!!"

그러나 그것은 너무나도 얄팍한 생각이었다. 금방 그 사실을 깨달았다.

호수에 단검을 박는다고 무엇이 달라질까? 기껏해야 파문만 생길 것이다. 다시 말해 그런 것이었다.

단검이 안면에 꽂힌 채 솔류션은 눈을 뒤룩 돌려 잭을 바라보더니, 조용히 말했다.

"죄송합니다. 저는—— 물리공격에 대한 내성이 있어서, 그걸로는 상처를 입힐 수가 없어요. 아무튼 녹일게요."

자극적인 냄새가 피어나며, 겨우 몇 초 만에 칼날이 녹은 단검이 솔류션의 얼굴에서 바닥으로 떨어졌다. 그 밑에서 드러난 것은 선언한 대로 상처 하나 없는 깨끗한 얼굴이었다.

"대체 뭐냐고, 너희는……."

아직까지도 손에서 격통이 전해졌지만, 눈앞에 있는 죽음에 대한 공포 때문에 아픔을 반쯤 잊은 잭은 눈물을 줄줄 흘리며 중얼거렸다.

돌아온 대답은 귀를 막고 싶어지는 것이었다.

"포식형 슬라임이랍니다. 너무 시간을 들일 수는 없으니, 그만 삼켜버릴게요."

쑤부욱, 잭의 팔이 단숨에 솔류션의 몸으로 파고들었다.

그 힘은 압도적이라 잭의 저항이 무의미할 정도였다.

"안돼안돼안돼안돼안돼——! 살려살려살려!"

울부짖고 소리치며 목숨을 구걸하는 잭. 그러나 몸 안으로 집어삼키려는 힘은 여전히 강했다. 인간은 절대 저항할 수 없을 정도로 강하게 팔을, 어깨를 빨아들였다.

"리리아!"

마지막으로 그 이름을 외치며 잭의 얼굴은 솔류션에게 빨려 들어갔다. 뱀이 삼킨 먹이처럼, 잭의 몸은 그대로 사라졌다——.

겨우 몇 분 만에, 그 자리에 살아있는 자는 사라지고 없었다. 다만 코를 자극하는 기이한 냄새만이 강렬하게 떠도는 공간으로 변했다.

아니, 단 한 사람, 아직까지 목숨을 부지한 자가 있었다.

그는 필사적으로 혀를 움직였다. 샤르티아가 반쯤 장난으로 강도의 머리를 짓밟을 때 하이힐에 달라붙은 누군가의 뇌수를, 발밑에 웅크린 채 청소하는 중이었다.

샤르티아는 아름다운 광채를 되찾은 하이힐에 만족스러운 시선을 돌렸다.

"수고했사와요. 그러면 죽이지는 않겠사와요. 약속대로."

공포로 얼굴을 일그러뜨린 사내는 꿇어 엎드린 채 샤르티아에게 감격의 시선을 보냈다. 필사적으로 고개를 숙이고 감사의 뜻을 표한다. 그런 개와도 같은 사내에게 샤르티아는 자애로운 표정을 짓더니, 손가락을 딱 울렸다.

"빨아."

그 말이 어떤 뜻인지 사내가 깨달은 것은 두 뱀파이어가 곁에 섰을 때였다.

"언데드의 삶을 얻는 것이니, 거짓말은 아니사와요."

거친 동작으로 목을 물어뜯는 뱀파이어들에게 사내의 생명이 급격히 빨려나가는 모습을 곁눈질하던 샤르티아는 흐트러진 옷매무새를 고치며 마차 쪽에서 걸어 나오던 솔류션에게 말했다.

"어머, 벌써 끝났사와요?"

"예, 만족했어요. 정말 고맙습니다."

"괜찮사와요. 같은 나자릭의 동료인걸요. 한데 인간은 좋은 기분을 맛봤을까요?"

"그러는 도중이지요. 한번 보시겠어요?"

"네? 그래도 되나요? 그럼 조금만 보여주시겠어요?"

갑자기 솔류션의 얼굴에서 사내의 팔이 튀어나왔다. 그와 함께 자극적인 냄새가 확 피어났다. 출처는 그 팔이었다. 강력한 산을 뒤집어쓴 피부는 온통 짓물렀으며 홀랑 드러난 살에서 흘러나온 피와 산이 반응해 연기를 피웠다.

호수의 수면에서 튀어나온 듯한 팔은 무언가를 움켜쥐려는 것처럼 필사적으로 퍼덕거리며 발버둥을 쳤다. 그때마다 녹아내린 피부에서 울컥울컥 배어나온 액체가 주위로 튀었다.

"죄송합니다, 이렇게 기운이 남았을 줄은."

솔류션은 팔이 튀어나온 괴상한 얼굴을 한 채 사과했다.

그리고 팔을 다시 아무렇게나 얼굴에 쑤셔 넣는다. 퍼덕퍼덕 날뛰지만 아랑곳 않고 완전히 집어삼키더니 미소를 짓는다.

"굉장하시와요. 사람 하나를 통째로 삼켜도 겉으로 봐선 전혀 변화가 없다니."

"고맙습니다. 겉으로 드러나지 않도록 원래 제 몸속이 텅 비어 있었기 때문이지요. 그리고 그런 생물이다 보니 특수한 마법의 효과가 작용하는 거라고 생각해요."

"흐음~. 이건 쓸데없는 참견일지도 모르겠지만, 그 인간은 언제 죽나요?"

"글쎄요. 당장 죽이라고 하시면 더 강력한 산을 분비하겠지만, 기왕 제 안에 들어오고 싶다고 생각했던 분이니 하루쯤은 탐닉하게 해 드릴까 하고요."

"비명도 전혀 안 들리사와요. 산으로 태워버려서 그러시어요?"

"아니에요. 산으로 목을 태워버리면 호흡을 못 해 질식할 우려가 있으니까, 제 몸의 일부를 몸속까지 집어넣어 억눌러 놓은 거예요. 그렇게 해서 냄새도 풍기지 않도록 하는 거죠."

"끝나는 순간까지 제대로 즐기는, 생명을 소중히 여기는 태도에 고개가 숙여지사와요. 그런데 산으로 태울 부위도 지정할 수 있나요? 이를테면, 어느 한 부분만 태운다거나."

"네, 할 수 있어요. 그런 것도 문제 없이 가능하지요. 그 증거로 제 몸속에는 스크롤이나 포션 같은 아이템을 수없이 담아놓고 있는데요, 그쪽에는 피해가 미치지 않는답니다. 샤르티아 님을 몸속에 넣은 채 태연하게 걸어 다닐 수도 있는걸요. 물론 안에서 몸을 심하게 움직이시지 않는다는 전제가 따르지만요."

"정말 포식형 슬라임은 대단하사와요……. 좋아, 다음에 같이 한 번 놀아보실 생각이 있으시어요?"

"저야 좋지만…… 장난감은 어떻게 마련하시려고요?"

흘끔 솔류션의 시선이 뒤에 선 뱀파이어에게 향했다. 이를 깨달은 샤르티아는 즐거운 듯이 웃었다.

"저 아이들도 나쁘지야 않지만, 침입자가 있으면 붙잡아다 아인즈 님께 달라고 졸라볼까 생각했사와요."

"그럼 그때는 저도 불러주세요. 가슴께까지 삼켜놓고 다른 부분을 밖으로 꺼내놓는 것도 재미있을 것 같네요."

"좋은데요. 그 고문관과 말이 잘 통하지 않겠어요?"

"아, 뉴로니스트 님 말이군요. 특별정보 수집관이신. 유감이지만 저는 그분의 예술은 도저히 따라가지 못하겠어요."

샤르티아가 다시 입을 열려 했지만, 뒤에서 들려온 목소리가 이를 가로막았다.

"솔류션, 이쪽의 준비는 다 끝났습니다. 그만 출발하지요."

말고삐를 다 교체한 세바스가 마부석에서 말했던 것이다.

"네, 지금 갑니다. 샤르티아 님, 아쉽지만 이만 실례할게요."

후다닥 마차 안으로 들어가는 솔류션의 뒷모습을 보며 마부석에 앉은 세바스를 올려다본다.

"그러면 세바스하고는 여기서 그만 작별해야겠는걸."

"그렇습니까? 강도들의 소굴을 발견하신 모양이군요."

"응. 지금 당장 습격해서, 아인즈 님의 마음에 드실 만한 정보를 가진 녀석을 물색해볼까 해. 이번 놈들은 실패였으니까."

"그렇군요. 이곳까지 함께 오면서 즐거웠습니다, 샤르티아 님."

"그거 고마운걸. 나자릭에서 다시 만나."

"예. 그럼 실례하겠습니다——."

# 2장 진조(眞祖)

# Chapter 2 | True Vampire

## 1

숲속을 질주하는 그림자는 둘. 샤르티아의 서번트이면서 애첩이기도 한 뱀파이어 브라이드들이다.

숲을 가르듯 달리는 거친 오솔길의 좌우에서는 가느다란 나뭇가지가 잇달아 튀어나왔다. 그러나 어둠 속에서도 두 사람은 드레스에 상처 하나 입지 않은 채, 하이힐을 신었으면 서도 험로를 거짓말 같은 속도로 한없이 나아갔다.

앞장서서 달리는 뱀파이어는 두 손에 샤르티아를 소중히 안아들었으며, 뒤를 따르는 뱀파이어는 고목 둥치 같은 것을 끌고 있었다.

세바스 일행과 헤어진 장소에서 별로 떨어지지 않은 숲속이었다. 미터기가 있는 것도 아니므로 목적지까지 거리가 얼마나 되는지는 알 수 없지만, 아직도 더 달려야 할 것이다.

그러나 느닷없이 딱딱한 금속성이 울려 퍼지더니, 그에 맞춰 앞서 가던 뱀파이어가 급히 발을 멈추었다.

가느다란 한 줄기 오솔길이니, 앞서 가던 자가 멈추면 당연히 뒤따르던 자도 멈출 수밖에 없다.

"왜 갑자기 멈추사와요?"

뒤에서 들려온 의문에 앞장서던 뱀파이어 브라이드가 대답하려

했다. 그러나 그녀의 품에서 뿜어져 나온 싸늘한 시선을 한순간 먼저 알아차리고 몸을 부르르 떨었다.

등줄기를 타고 기어오르는 오싹함의 이유는, 자신의 주인이 온화하지도, 자비롭지도 않다는 것을 잘 알기 때문이다.

옆으로 안긴——혹은 공주님처럼 들린—— 샤르티아가 불만스레 발을 슬쩍 움직였다.

여기에 담긴 의미를 예민하게 알아차리고, 뱀파이어는 두 팔에 주었던 힘을 풀었다.

새장에서 날아오르듯, 샤르티아가 뛰어올랐다.

둥실 허공에 뜨고, 하이힐을 신은 가녀린 다리가 지면에 닿고, 드레스가 이를 덮어 가리듯 흘러내린다.

지면에 내려선 샤르티아는 긴 은발을 거추장스럽다는 듯 쓸어 넘기더니 고개를 슬쩍 돌렸다. 뱀파이어는 자신의 주인이 뿜어내는 싸늘한 시선에 침을 삼켰다.

"대체 무슨 일이사와요?"

숲속에서 샤르티아 자신이 달리지 않는 것은 단순히 귀찮기 때문이었으며, 신발이 지저분해지는 것을 피하기 위해서이기도 했다. 그 외에도 한 가지 이유가 더 있지만 이를 입 밖에 내거나 생각하려는 자는 이 자리에 없었다. 면전에서 그 말을 할 수 있는 사람은 나자릭 내에서도 극소수이기 때문이다.

아무튼 그렇게 발 대신 쓰이는 이상 뱀파이어 브라이드는 샤르티아의 지시 없이 걸음을 멈추어서는 안 된다. 제멋대로 움직이는 발은 필요가 없는 법이다.

이유에 따라서는 체벌 대상.

그런 의지가 질문 속에서 냄새를 풍기는 것 같았다. 아니, 체벌로 끝나면 고마울 지경이다. 조금 전의 질문 속에는 어렴풋한 살기마저 있었다.

나자릭 지하대분묘에서 지고의 41인에게 직접 창조된 자들 이외의 생사여탈권은 지배하는 계층수호자 혹은 영역수호자에게 있다. 이 이상 샤르티아의 기분을 상하게 했다간 즉시 죽임을 당할 것이다.

이를 아는 뱀파이어는 이것이 마지막 말이 될지도 모른다는 예감을 느끼면서도 천천히 입을 열었다.

"용서해 주십시오. 베어 트랩에 걸렸습니다."

샤르티아의 시선이 움직여, 뱀파이어의 가느다란 발을 무미건조하고 강력한 금속제 덫이 단단히 물고 있는 것을 포착 했다.

인간이 아니라 야생의 강인한 짐승, 그야말로 곰 같은 것에게 사용하는 덫이다. 인간의 발목이 걸렸다면 그리브를 착용했더라도 충격에 금세 뼈가 부러지고 말았을 것이다. 그러나―― 뱀파이어는 모든 면에서 평범한 인간과는 달랐다.

덫의 이빨이 발에 박히기는 했으나, 뼈가 부러지기는커녕 아픔을 느끼는 것 같지 않았다. 아니, 별다른 부상을 입었다는 낌새조차 드러내지 않았다.

뱀파이어는 은이나 그에 준하는 특수금속, 혹은 어느 정도의 마력을 띤 마법의 무기 이외에는 거의 모든 물리공격을 경감하는 능력이 있다. 이 능력이 있는 한, 평범한 쇠로 만든 베어 트랩으로는 상처를 내는 것은 물론 대미지를 입히기란 불가능하다. 베어 트랩이 풀리면 이빨이 박혀 뚫렸던 구멍도 금세 아물 것이다.

다만, 대미지는 무효화하더라도 베어 트랩의 또 다른 효과인 행동을 저해하는 작용은 충분히 발휘되고 있었다. 원래이 덫에 상대를 죽일 의도가 없었다는 것은 독을 발라놓지 않았다는 점을 보더라도 일목요연했다. 단순히 발을 묶어놓 으려는 생각이었으리라. 부상자를 만들어 상대의 움직임을 둔하게 만들려는.

"냉큼 푸시어요."

"예! 즉시!"

샤르티아의 명령을 받들어 뱀파이어는 가냘픈 손을 뻗더니 양쪽 이빨을 붙잡고는 아무렇게나 틀어 벌렸다. 베어 트랩은 곰을 능가하는 압도적인 근력을 견디지 못하고 사냥감을 풀어주었다.

미녀가 베어 트랩을 틀어 벌린다. 거짓말 같은 광경이기는 했으나, 뱀파이어의 근력을 아는 사람이라면 놀랄 일도 아니다.

"하지만 이런 덫이 있는 것을 보면, 아무래도 예정한 장소까지 얼마 남지 않은 모양이어요. 아직 더 있을 것 같지만."

"예. 잠시만 기다려 주십시오."

뒤따르던 뱀파이어가 손에 든 고목 둥치 같은 것을 땅에 던졌다.

그것은 온몸의 수분을 잃고 완전히 미라로 변한 인간의 시체였다. 그러나 그녀들이 가지고 온 것이 평범한 시체일 리가 없다. 그 증거로, 내팽개쳐진 시체는 거짓된 생명력을 얻어 뻣뻣하게 움직이기 시작했다.

고목 둥치의 팔 끝에는 날카로운 손톱이 있었으며, 공허한 눈구멍에는 붉은—— 뱀파이어와 같은 빛이 있었다. 살짝 벌어진 입에서는 매우 날카로운 송곳니가 튀어나왔다.

레서 뱀파이어라 불리는 몬스터였다.

뱀파이어에게 피를 모조리 빨렸던, 조금 전에 조우한 강도단의 일원이었다.

"묻겠습니다. 당신들의 소굴까지는 거의 다 왔나요?"

레서 뱀파이어는 자신의 주인에게 깊이 고개를 끄덕이며 신음인지 비명인지 알 수 없는 목소리를 냈다.

"——그렇다고 합니다, 샤르티아 님."

"그렇군요. 연동식 함정이 없는 이유는 어째서이실까요?"

베어 트랩에서 그칠 것이 아니라, 알람장치나 다음 함정을 설치해두는 편이 합리적이다. 그러나 그런 것은 보이지 않았다.

샤르티아가 주위를 둘러보았다. 누군가가 숨어 있는지 기척을 살피는 것이리라. 뱀파이어 브라이드들도 이를 따랐다. 그 행동은 샤르티아가 고개를 가로저을 때까지 이어졌다.

"괜찮사와요. 수색계 능력이 있는 것도 아니니……."

그런 중얼거림을 듣고, 뱀파이어는 자신이 용서를 받은 이유를 깨달았다.

조금 전의 베어 트랩은 자신의 주인을 포함해, 함정 발견 계통의 스킬을 가진 이가 아무도 없어서 발견하지 못했다. 그렇기에 목숨을 건졌다. 자기가 못 하는 일로 벌을 주긴 뭐하다는 이유에서.

"그 아가씨를 빌려오는 게 나았사오려나요."

솔류션은 암살자 클래스를 습득했다. 도적계 스킬도 가진 그녀라면 함정 발견은 쉬웠을 것이다.

"뭐, 없는 걸 졸라 봤자 도리가 없지요. 자, 어서 도적들의 소굴로 가도록 해요."

이웃고 용병들의 소굴 부근까지 도착했다. 숲속인데도 점점 나무가 드문드문해지더니, 그곳을 빠져나가자 나무가 완전히 사라지고 바위 몇 개가 대지에서 얼굴을 드러낸 초원이 펼쳐졌다.

카르스트 지형이라 불리는 것이었다.

화분처럼 생긴 이 분지 지형의 한복판, 지면에 뻥 뚫린 구멍이 있었다. 안에서 어렴풋한 빛이 새나온다. 빛의 느낌으로 보건대 아마 내부는 완만한 경사를 그리며 아래로 이어졌을 것이다.

굴 입구의 양쪽 옆에는 한눈에 봐도 사람이 손을 댔음을 알 수 있는 물건이 놓여 있었다.

그것은 인간의 배 정도 높이까지 오는 통나무 바리케이드였다. 딱히 대단한 물건은 아니었다. 통나무 몇 개를 얽어 만든 조잡한 것이다. 다만 좌우에 한 사람씩 합계 두 명의 보초가 서 있다. 하반신을 가리는 엄폐물로 사용하면서, 활 공격을 받으면 여기에 몸을 감춘 채 적의 습격을 알리려는 심산 이리라.

평범하게 전투한다면—— 이 거리에서 돌격한다면 분명 안에서 증원군이 나올 테고, 상대에게 준비할 시간을 주고 말 것이다. 숨어서 접근하려고 해도 주위에 있는 암석 중에 몸을 감출 만큼 커다란 것은 모두 철거된 상태였다.

게다가 보초는 어깨에 커다란 방울을 달고 있었다. 만약 그들을 기습해 쓰러뜨린다 해도 방울이 소리를 내 안에 있는 사람들에게 적이 왔음을 알려줄 것이다.

제법 똑똑하다 해도 좋을 것이다.

그러나 물리적으로 어쩔 수 없는 상황을 타파할 수단이 하나 있다.

그것은 마법.

〈정적Silence〉 마법을 건 다음 단숨에 죽인다. 〈투명화Invisibility〉로 접근한다. 〈인간종 매료Charm Person〉로 꼬드겨도 된다. 방울을 파괴하는 방법도 있다.

어떤 수단이 가장 즐거울까. 여기까지 생각한 샤르티아는 중요한 정보를 한 가지 입수하지 못했음을 깨달았다.

"입구는 하나뿐인가요?"

샤르티아의 질문에 레서 뱀파이어는 뻣뻣하게 고개를 끄덕여 대답했다.

샤르티아는 활짝 웃었다. 그렇다면 더 이상 생각할 필요도 없다.

튼튼한 수비란 기습을 노리는 자들을 막기에는 유용하다.

소수로 다수를 상대하는 것이 불리하다고 생각하는 자들에게도. 그러나 샤르티아 일행은 달랐다.

인간이라는 버러지를 압도적인 힘으로 짓밟을 수 있는 자들이라면, 정면으로 당당히 들어가도 문제가 생길 이유가 전혀 없었다. 다른 출구가 있어서 그곳을 통해 놈들이 도망치는 것만이 걱정이었으니까.

"뭐람. 그렇다면 여기까지 온 이상 숨어서 갈 필요도 없잖사와요? 아무래도 살금살금 밀정처럼 움직이는 건 성미에 안 맞아서 말이지요."

"샤르티아 님은 가만히 계시어도 빛이 나는 분이니까요."

"당연한 말은 아부가 아니와요. 아부를 하고 싶으면 조금 더 생각하사와요."

용서를 빌며 고개를 숙이는 뱀파이어를 무시하고, 샤르티아는 손을 내밀더니 레서 뱀파이어의 몸을 붙잡았다.

"당신에게 선봉이라는 막중한 임무를 명하겠사와요. 자, 가시어요."

늘씬한 팔이 휙 움직이더니, 대기를 헤집는 듯한 소리와 함께 레서 뱀파이어를 집어던졌다. 말라빠진 시체 같은 몸이 허공에서 세로로 수십 차례나 회전하며, 저 멀리 선 보초를 향해 날아갔다.

그것들이 격돌하면서 믿기 어려운 광경을 연출했다. 보초의 머리만으로 모자라 가슴까지 피를 흩뿌리며 터져 나갔다.

선혈의 냄새가 주위에 충만한 가운데, 눈앞에서 일어난 일을 이해할 수 없었는지 나머지 한 보초는 넋이 나간 표정으로 동료의 무참한 시체를 바라보았다.

던진 쪽에게는 그야말로 매우 즐거운 광경이었다.

"스트라이크~."

"훌륭하십니다, 샤르티아 님."

팔을 번쩍 치켜드는 샤르티아에게 뱀파이어 두 사람이 짝짝 박수를 쳤다. 말할 것도 없이 레서 뱀파이어의 몸 또한 터졌지만, 이를 신경 쓰는 사람은 아무도 없었다. 원래 나자릭의 존재조차 아니었던, 장난처럼 만들어낸 자가 죽는다 한들 아무런 감정도 생기지 않는다.

게다가 인간 따위와 나누었던 약속이 샤르티아의 머리에 남았을 리가 있겠는가.

"음, 하나 더 있었지?"

샤르티아의 시선이 이리저리 움직이자, 두 뱀파이어는 황급히 적당한 크기의 돌을 샤르티아에게 건넸다.

"어영차."

멀리서 방울소리가 들리는 가운데, 샤르티아의 손이 다소 커다란 돌을 움켜쥐었다.

가녀린 팔이 무시무시한 속도로 움직였다. 다음 순간, 멀리서 일어난 결과를 본 샤르티아는 희희낙락 성과를 발표했다.

"음, 이번에는…… 투 스트라이크……라고 해도 되겠사와요."

다시 박수.

방울소리를 들은 동굴 안의 보초가 적이 나타났다고 외치는 것이 이곳까지 들렸다.

서서히 소란스러워지는 동굴 내부를 향해 부드럽게 미소를 보내며 샤르티아가 명령했다.

"자, 가시어요. 당신은 근처 나무에 올라가 도망치는 놈이 있는지 감시하사와요. 그리고 당신은 앞장서사와요. 다만 강한 놈이 있다면 내가 즐길 시간이니, 어떻게든 알려주사와요."

"예, 샤르티아 님."

"다녀오십시오."

명령을 받은 뱀파이어가 샤르티아의 앞으로 나서서는, 동굴 입구 부근까지 천천히 걸어 나가더니——.

——그리고 사라졌다.

대지가 함몰된 것이 보였다. 아니, 함몰된 것이 아니다. 함정이었다.

샤르티아라면 함몰되기 전에 피했을지도 모르지만 뱀파이어의 순발력으로는 발밑이 사라지는 함정까지는 회피할 수 없었던 모양이었다.

"어~?"

함정을 찾는 스킬도 없고 레벨도 낮은 서번트니 이는 어쩔수 없는 일이다. 그렇기에 조금 전에도 용서했다. 하지만 이를 알면서도 샤르티아는 자기도 모르게 실망에 찬 목소리를 낼 수밖에 없었다. 그리고 빙긋 웃었다. 다정한 것도, 호의에 찬 것도, 멋쩍어하는 것도 아니었다.

잘 생각해 보면 동굴 앞에 함정이 있으리라는 정도는 당연히 예측해야 한다. 그것을 간파하지 못한 자신의 어리석음, 그리고 함정에 빠졌다는 분노. 그러한 감정이 솟아나 웃음이라는 형태로 나타난 것이다.

특히 명예로운 나자릭 지하대분묘에서 여러 계층을 수호하는 샤르티아 블러드폴른의 서번트가 그딴 함정에 걸렸다는 것이 용서할 수 없었다.

살기가 넘쳐나는 목소리가 샤르티아의 진홍색 입술에서 흘러나왔다.

"죽여 버린다. 냉큼 못 나와?"

크게 도약한 뱀파이어가 함정 가장자리에서 모습을 나타냈다. 입고 있던 옷이 흙으로 지저분해졌을 뿐 상처는 보이지 않았다.

"날 너무 실망시키지 마."

"죄송합——."

"됐으니까 가. 아니면 내가 집어던져 줄까? 저 쓰레기처럼?"

붙잡으려는 듯이 한 손을 움직이는 샤르티아에게 비명에 가까운 목소리로 알았다고 하고, 뱀파이어는 종종걸음으로 동굴에 들어갔다. 샤르티아는 그 뒤를 따라 천천히 안으로 걸음을 옮겼다.

## 2

그의 귀에 소음이 날아들었다. 할당된 개인실에서 무기를 손질하던 손을 멈추고 귀를 기울였다.

소음. 여러 사람이 달리는 분주한 소리. 어렴풋한 비명.

습격을 당한 것은 분명했다. 하지만 적의 숫자와 실력을 전혀 파악할 수 없었다. 습격을 당했을 때는 그런 정보를 큰 목소리로 외치도록 훈련을 받았음에도.

소리가 들리지 않는 것도 아니다. 개인실이라 해도 동굴 안이다. 문도 벽에 구멍을 뚫고 커튼을 드리웠을 뿐이니까.

두껍다고는 하나 천 너머로 목소리는 충분히 들을 수 있다.

용병단 '죽음을 뿌리는 검단' 의 전체 인원은 약 70명. 단원 중에는 이 사내만큼 실력이 있지는 않지만, 숱한 전장을 누비고 살아남은 고참도 있다.

그런 자들이 얼마 안 되는 적에게 기습을 당해 이 정도로 혼란에 빠졌으리라고는 생각할 수 없었다. 그렇다면 나름 규모가 있다는 뜻일까? 하지만 그런 것치고는 다수의 적이 움직이는 소리가 들리지 않았으며, 기척이 적은 것도 설명이 되지 않는다.

"그렇다면…… 모험자로군."

극소수이면서도 전투력이 있는 존재라면 이 위화감도 이해할 수 있다.

그는 천천히 일어나 무기를 허리에 찼다. 방어구는 체인 셔츠(chain shirts). 입는 데 시간이 걸리지 않는다. 다음은 도자기로 만든 포션 병 몇 개가 담긴 가죽 파우치를 벨트에 차고 끈으로 고정한다. 방어 마법이 깃든 목걸이와 반지는 이미 착용했으므로 준비는 끝났다.

커튼을 뜯어낼 듯한 기세로 젖히고, 동굴의 큰길에 해당하는 장소로 나왔다.

벽에는 다른 곳에서 약탈해 걸어둔 〈영속광Continual Light〉 랜턴이 일정한 간격으로 걸려 있어서, 동굴 안이라고는 생각할 수 없는 밝기를 유지했다.

빛이 그의 전신을 비춘다. 몸이 가느다랗기는 하지만 마른 것은 아니다. 옷 안의 육체는 강철처럼 단단했으며, 근육운동이 아니라 실전에서 단련된 몸을 하고 있다.

머리카락은 대충 잘라서 때문에 길이가 제각각이었 으며 덥수룩하게 사방으로 뻗쳤다. 갈색 눈은 날카롭게 전방을 노려보았고 입가에는 냉소 비슷한 것을 지었다. 턱에는 손질하지 않은 수염이 곰팡이처럼 돋아났다.

해이한 분위기를 풍기고는 있지만, 걷는 모습은 매끄러우면서도 우아해 야생동물을 방불케 했다.

그런 그가 습격을 당한 입구로 향해 걸어가고 있으려니, 반대로 이쪽으로 달려오는 자가 있었다. 눈에 익은 얼굴로, 용병 중 하나였다. 사내는 이쪽을 보자마자 이제는 다 이겼다는 듯 밝은 표정을 지었다.

"무슨 일이야."

"적이에요, 브레인 씨!"

쓴웃음을 지으며 그는── 브레인은 입을 열었다.

"그건 나도 알아. 인원은? 어떤 놈들이야?"

“네! 적은 둘이고, 모두 여자입니다.”

“여자아? 그것도 겨우 둘? 청장미……일 리는 없을 테고.”

고개를 갸웃한 브레인은 아직까지 소음이 들리는 동굴 입구로 걸어갔다.

왕국 최강으로 명성이 자자한 모험자 파티 ‘청장미’는 여성 5인조였고, 예전에 브레인이 조우했다가 몇 합을 주고받고 끝났던 상대는 노파였다. 그리고 제국 내에서 최고라 일컬어지는 암살자 또한 여성이라는 소문을 들었다.

여자이면서 강한 자들이 드물지는 않다. 기초 육체능력에서 차이가 난다 해도 마법이 이를 쉽게 뒤집어주기 때문이다.

물론 최고의 육체능력에 최고의 마법이 더해진다면 그야말로 무적이겠지만.

끓어오르는 듯한 고양감, 적은 인원으로 습격을 했다는 데에 대한 경의, 그리고 강자와 대치한다는 굶주림와도 같은 전투 의욕이 브레인의 마음속을 지배하기 시작했다.

“아, 안 따라와도 돼. 그보다 안쪽에서도 수비를 강화하라고.”

용병에게 그렇게 말한 브레인은, 다리에 힘을 주며 미지의 강적을 향해 걸어갔다.

그 남자── 브레인 앙글라우스.

원래는 평범한 농부였다. 다만 그에게는 진짜 하늘이 내렸다고 표현할 수밖에 없는 재능이 있었다. 그것은 검술 재능이었다. 게다가 탤런트까지 뒷받침해 주니, 무기를 들면 아무에게도 지지 않았다. 전장에서 찰과상보다 더 큰 부상을 경험한 적이 없는, 전투의 천재.

검으로는 패배하지 않으며, 항상 승리의 길을 걸으리라.

누구나 그렇게 생각했으며, 본인도 의심하지 않았다. 그런 그의 인생이 바뀐 것은 왕국 어전시합이었다.

처음부터 우승을 노리고 참가한 것은 아니었다. 단순히 자신의 실력을 온 왕국에 알리고 싶었다. 모두 자신의 아래에서 무릎을 꿇으리라고 생각했다. 그러나 그 결과, 믿을 수 없는 사태에 직면했다.

패배——.

무기를 든 후로, 아니, 어쩌면 태어나서 처음 맛보는 패배였는지도 모른다.

그를 꺾은 상대의 이름은 가제프 스트로노프. 지금은 왕국 전사장이며, 주변 국가에 최강의 전사로 이름을 떨치는 사내이다.

두 사람은 거의 한순간에 승리를 거두며 결승까지 올라왔다. 그러나 두 사람이 맞붙자, 그동안 아껴두었던 시합시간을 모조리 방출하는 듯 긴 시합이 되었다.

마지막으로 가제프의 무투기 '사광연참(四光連斬)'에 승패가 갈리기는 했지만, 아직까지도 사람들 입에서 회자되는 그 싸움이 어떤 것이었는지는, 출신계급이 낮은 가제프가 현재까지도 전사장에 있다는 것을 보면 잘 알 수 있으리라. 가제프를 미워하는 귀족조차 그를 약하다고 깔볼 수 없을 정도로 격렬했던 시합이었다.

승자에게는 영광이 돌아갔지만, 패자인 브레인에게는 그때까지 쌓았던 모든 것을 파괴당한 것과 마찬가지였다. 간발의 차이로 패하기는 했지만, 자신보다 뛰어난 전사는 없다는 생각이 좁은 시야에서 비롯된 오만이었음을 깨달았으니까.

한 달 이상이나 혼자만의 세계에 틀어박혔던 브레인은, 보통 사람이라면 술로 도망치고 싶어지기도 하는 절망감을 떨쳐내고 일어났다.

수많은 귀족의 제안을 거절하고, 처음으로 힘을 추구했다.

무술을 추구해 몸을 단련했다.

마법을 추구해 지식을 함양했다.

천재가 수재의 노력을 한다.

패배가 브레인을 한 단계 위의 존재로 끌어올렸다.

귀족을 섬기지 않았던 것은 자신의 실력을 썩히지 않기 위해. 열심히 익힌 무술을 극한까지 단련하려면 상대가 필요했다. 사교용 검술을 원했던 것이 아니니까. 실전을 빈번히 접할 수 있는 직업, 그러면서도 돈벌이가 되는 직업이어야 했다.

파격적인 보수를 얻을 수 있는 모험자의 길을 선택하지 않았던 이유는, 모험자는 인간을 벨 기회가 적기 때문이다. 몬스터를 상대하는 것도 나쁘지는 않지만 브레인의 마지막 목적은 가제프를 꺾는 것이었다. 그렇다면 인간을 상대해야만 했다.

얼마 안 되는 선택의 여지에서 브레인이 고른 것이 바로 여기, 죽음을 뿌리는 검단이었다. 사실 용병단이라면 어디든 상관없었지만.

추구하는 것은 단 하나.

과거의 패배에 승리를 덧칠하는 것.

그러기 위해 필요한 힘, 자신이 탐내는 무기를 위해서라면 브레인은 모든 것을 버릴 수 있었다.

마법의 무기는 비싸다. 그러나 그가 진정으로 원한 것은 단순한 마법의 무기가 아니었다.

왕국보다도 훨씬 남쪽―― 사막 한복판에 있는 도시. 그곳에서 이따금 흘러들어오는, 마법이 걸리지 않은 상태로도 어지간한 마법 무기를 능가하는 절단성능을 보유한 무기. 그만큼 매우 비싸, 말 그대로 눈이 튀어나올 만한 존재. 그것을 원했던 것이다.

그렇게 해 마침내 '카타나'를 얻었다.

지금 브레인의 힘은 극한의 영역에 도달했다. 가제프조차 쉽게 이길 수 있으리라 확신할 만큼. 그래도 오만해지는 일없이, 하루도 단련을 빼먹지 않았다.

눈을 감으면 브레인은 언제나 눈꺼풀 뒤에 떠올릴 수 있었다.

그 시합에서 보았던 가제프의 미려한 싸움을. 그때까지 피한 자가 없었던 자신의 일격을 꿰뚫듯 회피하는 그 남자의 모습을. 동시에 날린 네 번의 참격을.

자신이 패배했던 모습은 떠올릴 수 없었다. 그저 오로지, 자신을 쓰러뜨렸던 사내의 모습만이 새겨져 있었다.

동굴 입구로 나아가던 브레인의 코가 미미한 피 냄새를 감지했다. 이미 비명은 들리지 않는 것을 보면 입구 부근에 대기하던 자들은 모두 죽었다는 뜻이다. 시간은 겨우 2, 3분.

입구에 대기하던 최소 열 명 이상의 용병에게 주어진 명령은 방어를 전념해 후방에서 준비를 갖추기 위한 시간을 버는 것이었다. 그런 자들을 단시간에 죽이다니――.

"정말로 침입자가 둘이면, 나만한 강자가 있다는 뜻이로군."

브레인은 씨익 웃었다.

가벼운 발놀림으로 걸어가며 벨트 파우치에서 꺼낸 포션을 꿀꺽 들이켰다. 쓴맛이 강한 액체가 목을 타고 흘러내려 위에 들어갔다. 이어서 또 한 병.

위장에서 화악 열기가 부풀며 몸 구석구석까지 흘러드는 것이 느껴졌다. 그 열기에 반응해 온몸의 근육이 우두둑 소리와 함께 부풀었다.

이 급격한 육체강화는 병 안에 든 마법약의 작용이었다.

효과는, 먼저 마셨던 것이 〈하위 근력증대Lesser Strength〉, 다음 것이 〈하위 민첩력증대Lesser Dexterity〉.

포션은 굳이 마실 필요 없이 일정 이상의 양을 몸에 끼얹기만 해도 효과를 발휘한다. 그러나 브레인은 뿌리는 것보다 마시는 것이 더 효과가 있는 것 같았다. 물론 기분 탓일지도 모르지만, 기분이란 때때로 믿을 수 없는 힘을 발휘하는 법이다.

다음으로 카타나를 꺼내, 검신에 오일을 발랐다. 오일은 검신에 어렴풋한 빛을 남기며 빨려 들어가듯 사라졌다. 그 오일의 이름은 〈무기마법화Magic Weapon〉. 일시적이기는 하지만 검신에 마법의 힘을 부여해 더욱 날카롭게 만드는 것이다.

"기동 1, 기동 2."

키워드에 반응해 반지와 목걸이에서도 어렴풋한 마력이 넘쳐나 브레인의 온몸을 감쌌다.

눈동자 목걸이Neckless of Eye. 발동 중 눈을 보호해 주는 목걸이다. 맹목화 내성, 암시(暗視), 광량 보정 등등. 전사의 무기도 맞지 않으면 의미가 없다. 시야를 차단하거나, 멀리 떨어진 곳에서 장

거리 무기를 날리는 방법은 모험자라면 당연히 사용하는 전술이다. 사실 브레인은 이 목걸이를 얻기 전에 그런 작전을 쓴 모험자들에게 당한 경험이 있다.

그리고 위계가 낮은 마법 하나를 반지에 담아 원할 때 발동시킬 수 있는 마법주입 반지Ring of Magicbound에서 속성 대미지 경감 효과가 있는 〈하위 속성방어Lesser Protection Energy〉를 발동시켰다.

정말로 적은 인원으로 쳐들어왔다면, 준비를 단단히 갖추고 상대해야 할 적일 것이다. 그때 마법을 쓸 걸 그랬다고 나중에 가서 후회해도 소용이 없다.

이로써 준비는 모두 끝났다.

몸속에서 끓어 넘치려는 듯 격렬한 열기를 심호흡을 되풀이해 배출한다.

현재의 브레인은 육체강화까지 맞물려, 아마 인간으로서는 최고봉에 달한 검사일 것이다. 자기 능력을 절대적으로 자신하는 인간 특유의 용맹함이 엿보였다.

이만한 준비를 갖추었으니, 한참 놀아줘야겠어.

걸음을 옮길 때마다 피 냄새는 조금씩 강해지고── 그곳에 두 사람의 그림자가 있었다.

"어이쿠, 아주 재미있어 보이는걸."

"딱히 재미는 없었사와요. 별로 강하지 않아서 그런지 좀처럼 풀(pool)이 차질 않사와요."

불쑥 모습을 나타낸 브레인에게는 별 경계도 하지 않는 대답이었다. 그가 오고 있음을 이미 알아차렸기 때문이리라.

브레인도 숨을 생각은 없었기 때문에 당연하다면 당연하지만.

침입자를 쳐다보며 브레인은 살짝 눈살을 찡그렸다.

'여자 둘이라고 듣기는 했지만, 하나는 꼬마잖아. 게다가 드레스……라고?'

그러나 순식간에 그 생각을 집어던졌다. 그것은 절세라 해도 좋을 만한 아름다움을 자랑하는 소녀의 머리 위에 피로 만든 듯한 구체가 떠 있었기 때문이다.

"본 적도 없는 마법인 것 같지만…… 매직 캐스터인가?"

두 사람 모두 이 자리에 어울리지 않는 드레스 차림이지만, 매직 캐스터라면 갑옷을 착용하지 않는 이유를 이해할 수 있었다.

"신앙계 매직 캐스터이지만요. 태초의 혈통, 신조(神祖) 카인아벨을 신앙하는."

"신조 카인아벨? 들어본 적이 없는 신이군. 사신(邪神)인가?"

"그쪽 계통이사와요. 뭐, 지고의 존재들께 쓰러졌다고는 하지만요. '허접 이벤트 보스' 였다나요."

이번에는 지고의 존재 운운하는 소녀에게서 눈을 돌려, 종자처럼 서 있는 여자를 관찰했다. 이쪽도 미녀였다. 가슴이 크게 부풀어 관능적인 분위기를 풍겼다.

하얀 드레스 여기저기에 진홍색 반점이 보였다. 그렇다면 이쪽이 전열 담당일까.

브레인은 어깨를 으쓱하더니 카타나를 힘껏 쥐었다.

"뭐, 됐고. 이쪽은 준비가 끝났으니, 그쪽이 아직이라면 시간을 줄 텐데. 어떡할 텐가?"

소녀는 놀란 듯 브레인을 쳐다보더니, 입가를 가리며 어렴풋한 웃음소리를 냈다.

"용감하시어요. 정말 혼자서 괜찮으셔요? 친구 여러분을 부르셔도 상관없사와요."

"피라미가 몇 사람 있어 봤자 너희는 당해내지 못할 거 아냐? 그럼 나 하나면 되지."

"하늘이 높은 줄 모르는 거야 어쩔 수 없지만요? 별에 손을 뻗으면 닿을 거라 생각하는 건 아우라처럼 소녀심이 남은 어린아이들이나 하는 짓이사와요. 어른이 되어서도 그러면 징그럽기만 할 뿐이지요."

"그런 놈도 하나쯤 있으면 어때서? 남자의 낭만은 소녀들이 이해하기 힘든가?"

브레인은 카타나를 중단으로 들었다. 이에 소녀는 재미없 다는 투로 천장을 올려다본 다음 시선을 되돌렸다.

"시작하사와요."

소녀가 턱짓을 하자 여자가 달려들었다.

그 움직임은 그야말로 질풍. 그러나—— 브레인이라면 충분히 벨 수 있었다.

"타아앗!"

포효와 동시에 온몸의 힘을 이용해 카타나를 쳐들고 크게 내리쳤다. 갑옷을 입은 전사도 쉽게 양단하는 일격의 기세는 폭풍이 몰아치는 것 같았다.

"큭!"

"흥, 얕았군."

뛰어들다 반격당하는 바람에 여자는 어깻죽지를 움켜쥐며 펄쩍 물러났다. 왼쪽 쇄골을 통해 들어간 카타나는 가슴을 베면서 빠져 나왔다.

브레인은 눈살을 찡그리며 노려보았다.

일격으로 해치우지 못했던 것 외에도 이해가 가지 않는 점이 하나 있었다. 여자의 어깨에서 피가 한 방울도 흘러나오지 않는 것이었다. 대량의 피가 쏟아져 나와도 이상하지 않을 텐데.

'마법인가?'

그렇게 생각했던 브레인은 여자가 붙잡은 손 밑에서 일어난 현상을 목격하고 눈을 가늘게 떴다.

카타나에 베인 어깻죽지의 상처가 느리기는 하지만 회복되고 있었다. 고속 치유 마법이 존재한다는 소문은 들었지만, 그것이 아닌 듯한 분위기. 그렇다면 해답은 하나.

재생능력을 가진 몬스터. 입속에서 드러난 날카로운 송곳니. 적의로 가득한 진홍색 눈동자. 인간과 거의 같은 겉모습…….

여기까지 생각한 브레인은 그 몬스터의 정체를 깨달았다.

"뱀파이어……인가. 특수능력은…… 고속치유, 매료의 마안(魔眼), 생명력 흡수, 흡혈에 따른 하위종 창조, 무기 내성, 냉기 대미지에 내성이었던가? 더 많이 있었던 것 같기도 하지만…… 뭐 됐고."

어쨌거나 베어버린다.

그렇게 내뱉고, 카타나를 힘껏 쥐었다.

여자는 눈을 크게 떴다. 진홍색 눈동자가 기이하게 크게 보였다.

그 순간 브레인의 뇌리에 한순간 안개 같은 것이 끼었다. 눈앞의 적에게 친근함이 생긴다. 그러나 가볍게 고개를 흔들자 그 안개는 쉽게 사라졌다.

"……마안이었나? 그 정도로 영향을 받을 만큼 어수룩한 정신을 가지진 않았거든?"

카타나를 뽑은 브레인의 마음은 그야말로 카타나와도 같다. 어지간한 정신지배 따위 쉽게 불식할 수 있었다.

뱀파이어는 밉살스럽다는 듯 이를 드러내며 위협했으나 그것은 공포를 머금은 시위행동이었다. 만일 자신이 강하다고 인식했다면 아무 말 없이 달려들면 그만이다. 다시 말해 반격을 당한 것을 보고 경계했거나, 혹은 상대를 강적이라고 인식했기 때문이다.

"똑똑한 것 같군. 하기야 야생의 짐승도 그 정도는 아는 것이 도리지만……."

슬금슬금 발을 움직여 브레인이 뱀파이어에게 다가갔다.

그에 따라 뱀파이어가 조금씩 후퇴했다.

시시하다며 브레인은 코웃음을 쳤다. 이를 도발로 받아들였는지 후퇴를 멈추고 살짝 전진하는 뱀파이어.

쌍방의 거리는 약 3미터. 뱀파이어의 입장에선 단숨에 좁힐 수 있는 거리였다. 그래도 발을 내딛지 않는 것은 브레인의 기량을 경계했기 때문이다. 그리고—— 희미하게 웃음을 띤 뱀파이어가 갑자기 손을 내밀었다.

〈충격파Shock Wave〉.

충격파가 대기를 일그러뜨리고 브레인에게 육박한다. 전신갑주조차 손쉽게 우그러뜨리는 마법을 제대로 맞았다간 사슬옷만 걸친 브레인에게는 큰 대미지가 될 것이다. 그리고 일격이라도 받았다간 전황이 한쪽으로 크게 기울어진다. 기초가 되는 능력이 완전히 다르기 때문이다.

그러나—— 뱀파이어는 놀라 눈을 크게 떴다.

"명중한 다음에나 웃어라 이거야. 공격 동작을 다 읽히고 싶지 않으면."

——멀쩡했다.

눈에 보이지 않는 충격파를 쉽게 피하고 브레인은 선드러진 웃음을 머금었다. 놀라 당황한 뱀파이어는 크게 후퇴했다. 인간을 하등종족이라 깔보고 격이 떨어진다 매도했는데, 그것이 잘못이었음을 깨달은 얼굴로.

브레인도 표정으로는 드러내지 않았지만 전법을 바꿀 필요가 있겠다고 인식했다. 설마 마법까지 쓸 수 있을 줄은 몰랐다.

브레인의 목표는 가제프라는 사내였으며, 검으로 싸우기를 원했다. 그렇기에 마법은 검술만큼 익히지 못했다. 상대가 어떤 수단을 사용할지, 지식이 없기에 감도 잡지 못했다.

그 결과, 양측은 방심하지 않고 눈싸움만 하는 꼴이 되었다.

이를 불쾌하게 여긴 것은 이 광경에 싫증을 낸 소녀였다.

"하아……. 교대."

소녀가 손가락을 딱 울리자, 그 메마른 소리에 뱀파이어의 몸이 크게 떨렸다.

황급히 시선을 돌리는 뱀파이어를 앞에 둔 채 브레인은 움직이지 않았다.

공격하기 아주 좋은 기회였으나 치고 들어가진 않았다. 그 대신 눈앞의 뱀파이어에게서 시선을 돌려 소녀를 관찰했다.

가녀린 몸이었다. 풍만한 가슴이 매우 이상하게 여겨질 정도로 가늘었다. 팔은 브레인이 마음만 먹으면 쉽게 부러뜨릴 수 있을 정도였다.

신앙계 매직 캐스터 중에도 여러 타입이 있다. 육탄전에 뛰어난 신관Cleric과는 달리 마법구사능력이 뛰어난 여주교Priestess, 혹은 마법구사능력에 특화된 사제Bishop가 아닐까.

하지만 교대해 싸우겠다는 말은, 전위가 없어도 싸울 자신이 있다는 뜻. 그렇다면——.

여기까지 생각한 브레인은 슬쩍 웃었다.

'소환Summon해 사역하는 타입 같지는 않군. 그렇다면 이 여자도 뱀파이어겠어.'

게다가 태도로 보건대 소녀는 뱀파이어보다도 상위에 속한 것 같았다. 몬스터라면 외견과 알맹이가 일치하지 않는 것이 당연하다. 소녀의 육체능력이 조금 전의 뱀파이어보다도 높다 해도 이상하지 않다. 브레인이 얼마나 강한 전사인지를 보고도 싸우기로 했다면.

게다가 뱀파이어의 반응을 보면, 이것은 겁을 먹은 것이 아닐까.

'뱀파이어가 두려워하는 주인……. 상당한 강적이고, 방심할 수 없는 상대겠군.'

소녀의 기척을 관찰하며 브레인은 열심히 소녀의 정체를 꼴똘히 생각했다.

'뱀파이어의 주인이라면, 전설에 나오는 뱀파이어 로드라는 존재인가? 분명 유명한 뱀파이어 로드 중 국가를 멸망시켜 '랜드폴Landfall' 이라고 불리는 존재가 있다고 들었는 데……. 13영웅에

게 죽었다고 그랬지?'

과거의 영웅이 해냈다면, 쓰러뜨릴 수 없는 상대는 아니다.

브레인은 카타나를 든 손에 힘을 주고 천천히 자세를 잡았다.

"브레인 앙글라우스다."

강적에게 이름을 대고 돌아온 대답은, 의아하다는 듯 일그러진 표정이었다.

브레인은 다소 멋쩍음을 느끼면서 소녀에게 물었다.

"……그쪽의 이름은?"

"아! 이름을 물으셨사와요? 코퀴토스라면 이미 했겠지만, 저는 그런 눈으로 사람을 보지 않았기 때문에 눈치를 채는 것이 늦었사와요. 죄송하와요. 말씀을 해주셨더라면 좋았을 것을."

소녀는 드레스 자락을 잡더니, 무도회에서 남자에게 댄스 제안을 받은 것처럼 인사를 했다.

"샤르티아 블러드폴른. 일방적으로 즐기도록 하겠사와요."

*

눈앞에서 무기를 들고 있는 사내에게 우아하게 인사한다. 사내가 공격하지 않으리라 판단했는지, 혹은 공격당해도 손쉽게 대처할 자신이 있는지. 해답은 소녀의 표정에 있었다. 후자라고. 너 따위는 전혀 무섭지 않다고.

——그 여유를 뜯어내주마.

브레인은 역전의 전사조차 겁을 먹을 만큼 날카로운 시선으로 말없이 샤르티아를 보았다. 솔직히 그 여유가 마음에 들지 않았다. 그러나 한편으론 그래주었으면 하는 바람도 있었다.

강자의 오만.

그것이 바로 인간을 아득히 넘어선 육체능력을 보유한 몬스터에게 파고들 수 있는, 인간의 무기 중 하나였다. 사실 브레인은 그 점을 찔러 자신보다도 강한 몬스터를 몇 마리나 해치운 적이 있다.

그리고 무엇보다—— 쓰러뜨린 후 비웃어 주면 그만인 것이다. 여유를 보여도 되는 상대와 안 되는 상대가 있음을 가르쳐준 후에.

"무투기는 사용하지 않사와요?"

——무투기.

전사들이 단련 과정에서, 자신의 실력을 드높여가는 과정에서 배우는 특수한 능력. 그것은 기(氣) 혹은 오라(Aura)라고 불리는, 아직까지 설명되지 않은 것이 일으키는, 무기로 사용하는 마법의 총칭이었다.

체격 차이가 있는 거대한 적을 앞에 두었을 때 〈요새(要塞)〉가 있다면 그 거구에서 뿜어져 나오는 공격의 충격을 없애주므로 정면으로 대치할 수 있으리라.

검신에 기를 담아 강렬한 참격을 날리는 〈참인(斬刃)〉이라면 체력이 강한 적도 일격에 무릎 꿇릴 수 있다.

장갑이 단단한 적에게는 타격계 무기 무투기인 〈강타(强打)〉가 적절하다.

육체능력을 일시적으로 높여주는 〈능력향상(能力向上)〉이 있다면 기초 육체능력의 차이로 승리를 거머쥘 수도 있다.

이렇듯 수많은 상황을 상정하고 풍부한 무투기를 배워 자신의 것으로 만드는 것은 전사라면 당연한 대비였다. 특히 다양한 상황에 대응할 필요성이 많은 모험자라면.

그렇다면 브레인은 어떨까――.

"헹. 너 따위를 상대하는데 무슨 무투기를 쓴다고."

질문의 대답을 바라는 샤르티아에게 그렇게 되받아치긴 했지만, 물론 거짓말이었다. 자신의 카드를 보여줄 만큼 어리석은 자가 아니라는 뜻이다.

브레인은 천천히 숨을 토해내며 몸을 낮추고 카타나를 칼집에 꽂았다.

발도의 자세.

호흡을 가늘고, 길게.

의식 전체가 한 점에 집중되어 극한에 달한 순간, 반대로 막대하게 부풀었다. 주위의 소리, 공기, 기척. 모든 것을 인식하고 지각할 수 있는 그런 세계에 달했다. 그것이야말로 그가 가진 첫 번째 오리지널 무투기――〈영역(領域)〉.

그것은 반경 3미터 정도의 그다지 넓지 않은 범위이기는 하지만, 공간 내에 있는 모든 것을 파악할 수 있는 무투기였다.

공격 명중률과 회피율을 극한까지 높여주는 무투기라 한다면 설명이 쉬워질까.

여기에 브레인의 단련된 육체가 더해지면 이 무투기는 비할 데 없는 힘을 발휘한다.

가령 천 발의 화살이 쏟아진다 해도, 자신을 사선에 포착한 화살만을 식별해 모두 쳐낸 후 멀쩡하게 생환할 자신이 있었다. 그뿐이랴, 멀리 떨어진 곳에 있는 밀알조차 양단하는 정밀 동작도 가능하다.

그리고—— 날붙이가 급소를 베면 생물은 죽는다. 그렇다면 그것만을 추구하면 그만이다.

범용성보다도 일점특화. 상대보다도 한순간이라도 일찍, 치명적인 일격을 정확히 꽂는다. 그 과정에서 태어난 것이 두 번째 오리지널 무투기—— 〈순섬(瞬閃)〉.

고속의 일격은 회피가 불가능할 정도의 속도에 도달했으나, 그는 여기서 단련을 그치지 않았다.

그 후의 단련은 보통 힘든 것이 아니었다. 수십만, 아니, 수백만 차례나 〈순섬〉을 되풀이했다. 카타나를 쥔 손이 여기에만 특화되어 굳은살을 만들고, 그립이 손 모양으로 닳아 해질 때까지.

칼을 휘둘러도 속도 때문에 검신에는 핏방울조차 남지 않는, 그야말로 신의 영역에 도달한 듯한 빠르기. 이름하여 〈신섬(神閃)〉.

그것은 한 번 뿜어져 나가면 지각하는 것조차 불가능했다.

이 두 가지 무투기, 절대필중과 신속의 일검, 〈영역〉과 〈신섬〉을 함께 사용한 일격은 회피가 불가능하면서도 일격 필살.

그 참격으로 노리는 것은 대상의 급소.

특히 목.

이것이 바로 비검(秘劍)—— 대숲바람.

목을 일도양단하여 피가 치솟는 소리에서 따 이름을 붙인 기술이다.

뱀파이어가 상대라면 피가 치솟지 않더라도, 목을 양단하면 거의 승리할 것이다.

"이제 준비가 되셨사와요?"

침묵을 관철하며 날카로운 호흡을 되풀이하는 브레인에게, 샤르티아는 재미없다는 투로 어깨를 으쓱했다.

"준비가 됐다고 생각하고 공격하겠사와요. 만일 뭔가 할 말이 있다면 부디 지금 말씀하시지요——."

한동안 시간이 흐르고——.

"——유린을 시작하겠사와요."

샤르티아는 자못 즐겁게 선언하고는 걸어 나왔다.

'개소리 작작 해라. 목이 떨어진 다음에도 여유를 부려 보시지.'

말로는 하지 않았다. 입에 담으면 몸에 깃든 기합이 빠져 나가고 말 것 같았기 때문이다.

샤르티아는 아무렇게나 다가왔다. 경계도 전혀 하지 않는 걸음걸이. 피크닉이라도 가는 것처럼 가볍다.

전사의 것이 아닌 그 걸음에 브레인은 쓴웃음을 참았다.

어리석다고밖에 생각할 수 없었다. 그러나 기회는 주지 않는다.

〈능력향상〉을 사용하면서 브레인은 자신의 〈영역〉, 그것도 검격의 간격에 들어오는 순간을 고대했다. 절대강자인 척하는 어리석은 몬스터는 대개 이렇다. 인간은 분명 나약한 생물이다. 육체 기능은 떨어지고, 특수능력도 없다.

'그러나 인간을 한 수 아래로 보는 행위가 얼마나 위험한 것인지를 가르쳐주마.'

브레인은 마음속으로 말했다. 무술이라는 것은 인간을 훨씬 초월한 생물들을 상대하기 위해 만들어낸 것이다.

'——일격에 해치우겠어.'

거만한 몬스터일수록 궁지에 몰리면 꼴사납게 발버둥 치는 법이다. 일격으로 죽이지 못한다면 분명 부하 뱀파이어에게 도움을 청하겠지. 그렇게 되면 2 대 1. 아무리 브레인이라 해도 고전을 면할 수 없었다.

브레인은 무표정하게 조소했다.

무작정 다가오는 그 행위. 그것이 단두대로 가는 계단 임을 이해하지 못하고 있구나.

앞으로 세 걸음. 두 걸음.

……한 걸음.

그리고——

'——목을 받아가마!'

속으로 내뱉으며 브레인은 모든 것을 내질렀다.

"쉭!"

호흡은 날카롭고 짧았다.

칼집에서 카타나가 뽑혀나가 공기마저 찢어발기며 샤르티아의 목을 향해 날아갔다.

그 속도를 비유하자면——*운요(雲耀). 빛이 났다고 인식했을 때는 이미 목이 떨어지는——그만한 속도. 수백만 차례의 반복 연습이 그야말로 신의 영역에 도달한 일섬을 낳았다.

'베었다.'

브레인은 확신하고——.

——자기도 모르게 눈을 크게 떴다.

*운요(雲耀) : 일본의 고검술 지겐류(示現流)에서 말하는 최고 속도의 경지. 맥박이 한 번 뛰는 시간의 8000분의 1.

참격이 허공을 갈라, 혼신의 힘을 담은 일격이 빗나갔다면.

그랬다면 상상조차 할 수 없는 강적이 마침내 나타났다고, 이해라도 할 수 있었으리라.

그러나――.

샤르티아는 손끝으로 잡았던 것이다.

――그 일격을. 운요의 속도에 달한 일격을.

그것도 나비 날개를 잡듯 우아한 동작으로――.

공기가 얼어붙는 것 같았다. 브레인은 필사적으로 호흡을 되풀이했다.

"……이, 이럴 수가."

꺼져 들어가는 목소리로 신음을 흘렸다.

브레인은 부들부들 떨리려는 몸을 열심히 붙들었다. 지금 눈앞에서 일어난 일이 믿기지 않았다. 그러나 뻗어나간 칼끝에 있는 것은 분명 새하얀 샤르티아의 두 손가락―― 엄지와 검지였다.

그것도 칼날 쪽이 아니라, 손목을 90도 꺾어 뒤에서 칼등 쪽을 잡고 있다. 궤적을 가로막은 것이 아니라 카타나의 속도――〈신섬〉을 따라잡은 것이다.

힘을 주지도 않고 가볍게 쥔 것처럼 보이지만, 브레인이 온 힘을 다해 밀어내려 해도 잡아당기려 해도 꼼짝하지 않았다. 자신의 수백 배나 되는 거석에 이어진 사슬을 잡아당기는 것 같았다.

갑자기 카타나에 걸린 힘이 늘어나더니 오히려 브레인의 자세를 무너뜨리려 했다.

“흐응. 코퀴토스가 몇 자루 가지고 있긴 했지만, 사용자가 이 정도로 다르면 경계심도 들지 않는 법이로군요.”

손끝으로 잡은 검신을 눈앞까지 들어 빤히 바라보는 샤르티아.

무슨 말을 들은 것인지 이해하지 못해 브레인의 머릿속이 새하얗게 물들었다.

자신의 인생 전체를 부정당한 듯한 절망감.

그래도 아직까지 꺾이지 않은 것은 과거의 패배가 있었기 때문이었다. 부러진 뼈가 더 굵고 단단해지듯, 패배라는 상황에 대한 내성이 있었기 때문이다.

있을 수 없다. 그러나 인정할 수밖에 없었다.

신속의 일격을 쉽게 붙잡혔다는 사실을.

창백해진 얼굴로 충격에서 헤어 나오지 못한 브레인에게 샤르티아는 의아한 듯 눈살을 찡그렸다. 그리고 실망했다는 투로 짐짓 한숨을 쉰다.

“아무튼 이해하셨사와요? 저는 무투기를 사용하지 않고서는 이길 수 없는 상대랍니다. 그것을 이해하셨다면, 그만 아껴두셨던 진심을 발휘하심이 어떠시어요?”

그런 잔혹한 말이 들렸다. 브레인의 입에서는 자신도 모르게 한 마디가 흘러나왔다.

“괴물…….”

그 말을 들은 샤르티아는 순진무구하게 웃었다. 마치 꽃이 활짝 피어나는 듯했다.

“그렇사와요. 이제야 이해하셨나요? 저는 잔혹하고 냉정 하고 비정하며—— 어여쁜 괴물이사와요.”

칼을 잡았던 손을 놓더니 둥실 크게 뒤로 물러난다. 그것은 샤르티아가 원래 있던 위치였다. 아마 1밀리미터의 차이도 없을 것이다.

“이제 준비가 되셨사와요?”

자못 즐거운 듯 웃음을 짓는 샤르티아. 조금 전과 똑같은 말에 브레인의 뇌리가 화악 불을 뿜었다. 얼마나 사람을 우습게 보는 것이냐고.

한편으로는 상대가 인간으로서 극한의 강함을 얻었던 브레인을 조롱할 여유마저 가지고 있음을 깨닫고 전율했다.

‘——도망칠까.’

브레인은 살아남는 것을 가장 중요하게 여긴다. 이기지 못할 거라면 도망쳤다가 다시 싸우면 된다. 살아남아 마지막에 승리하면 되는 것이다. 왜냐하면 아직도 강해질 여지가 분명히 있다고 생각하니까.

그러나 도망쳐도 육체능력의 차이는 어찌할 도리가 없다.

브레인은 시선 때문에 의도를 들키지 않도록, 노릴 곳을 주의 깊게 확인했다.

그곳은 다리. 이동 속도를 떨어뜨린 다음, 전력을 다해 도망치면 된다.

조금 전 회심의 일격을 막았던 그녀의 손이 닿는 범위를 피해, 방어하기 어려운 곳을 공격한다.

그렇게 결심한 브레인은 시선을 목에 고정한 채 카타나를 다시 칼집에 거두었다. 〈영역〉이 발동하는 동안에는 눈을 감는다 해도 노린 곳을 벨 수 있다. 그렇다면 눈으로 페인트를 가하는 것이 자명한 이치.

"——유린을 시작하겠사와요."

다시 샤르티아가 짐짓 걸음을 내디뎠다.

조금 전까지는 〈영역〉에 파고들기를 고대했는데, 지금은그 반대였다. 가능하다면 들어오지 않았으면 했다.

대체 얼마나 마음이 약해졌단 말이냐. 그렇게 브레인은 자신의 마음을 필사적으로 질타하며 분기시키려 했으나 타오르는 것은 없었다. 이제는 연료가 다 떨어진 불꽃 같았다. 혀를 한 번 찼다. 그대로 샤르티아의 발놀림을 〈영역〉으로 관찰한다.

세 걸음, 두 걸음, 한 걸음——.

——간격에 들어왔다.

목덜미를 노려보는 브레인의 시야 속에 샤르티아의 조소 어린 표정이 들어왔다.

——노릴 곳은 한 점. 막 내디디려는 오른쪽 발목.

내리치듯 카타나를 미끄러뜨리고, 자신의 체중으로 조금 이라도 더 가속시킨다.

정신적 중압을 날려버리고 조금 전보다도 더한 가속이 나왔음을 확신했다. 만일 자신이 방어 측이라면 막을 수 없는 속도였다.

'할 수 있다!'

그 스커트 자락에서 아주 살짝 보이는, 소녀에게 잘 어울 리는 가녀린 발목을 날려버리려고 했을 때——.

——카타나의 그립에서 브레인의 손이 미끄러져 빠져나왔다.

그때 무슨 일이 일어났는지, 시선을 고정했던 브레인은 알 수 없었다. 그저 〈영역〉에 의해 발생한 특수한 지각능력, 그것이 땅바닥에 굴러간 애검과 칼등을 위에서 짓누르듯 올라탄 하이힐의 발굽을 인식했다.

있을 수 없는 일이었다. 그러나 사실이었다.

브레인의 손에서 카타나가 미끄러져 떨어진 것은 검신이 하이힐에 밟혀 충격이 전해졌기 때문이었다.

믿고 싶지 않았던 이유는 또 하나.

극한까지 드높인 집중력 속에서조차 그것을 지각할 수 없었기 때문이었다. 그렇다. 자신이 자랑하는 〈영역〉 속에서조차.

손을 뻗으면 쉽게 닿을 만한 그런 거리에서, 내려다보는 듯한 샤르티아의 시선이 브레인을 싸늘하게 노려본다. 무시무시한 중압이 대기와 함께 브레인을 짓누르는 것 같았다.

브레인은 헐떡거리는 호흡을 되풀이했다.

솟아난 땀이 브레인의 온몸에 흐르고, 구역질이 났다. 시야가 어질어질 일그러졌다.

극한 상황은 몇 번이나 겪어보았다. 죽을 고비는 일상다반사였다. 그러나 그것들은 지금 처한 상황에 비교하면 가짜── 마치 어린아이의 놀이터 같았던 기분마저 들었다.

하이힐이 검신에서 떨어지고, 샤르티아는 말없이 뒤로 물러났다.

"──이제 준비가 되셨사와요?"

"큭!"

세 번째 목소리에, 무엇보다도 절망을 느꼈다.

다음으로 날아올 목소리는 '유린을 시작하겠사와요.' 겠지. 그렇게 생각한 브레인에게 다른 말이 들렸다.

"무투기…… 못 쓰시는 건가요?"

연민과 실망을 내포한 목소리에 브레인은 숨을 들이 마셨다.

아무 말도 할 수 없었다. 아니, 무슨 말을 해야 좋단 말인가. 지금 썼지만 모조리 꺾였다고, 광대처럼 익살을 떨면 될까?

입술을 깨물며, 브레인은 떨어진 애검을 주웠다.

"……혹시 그렇게까지 강하지는 않으셨던 건가요? 조금 전 입구에 있던 자들보다야 강하다고 생각했는데…… 죄송하사와요. 제가 잴 수 있는 강함의 잣대는 1미터 단위였나 봐요. 1밀리미터와 3밀리미터의 차이는 분간할 수 없었던 거지요."

자신의 끊임없는 노력.

가제프와 싸웠을 때는 자신의 재능을 과신했다. 노력하지 않았기에 노력했던 자에게 패했던 것이다. 그렇기에 그 패배는 자신 안에서 승화되었다.

그 후 기어오르는 심정으로 진심 어린 단련을 했던 자신의 모든 존재. 그것을 눈앞의 괴물은 조롱하고 있다.

'우습겠지. 이제까지 어떤 건방진 몬스터도, 자기가 육체 능력이 뛰어나다고 비웃던 괴물들도 해치웠던 내가——.'

여기까지 생각한 브레인은 솟구치는 생각을 짓눌렀다. 그 대신——.

"——아아아아아아!"

노성을 터뜨리며, 샤르티아를 향해 칼을 쳐들고 달려들었다. 기묘한 표정으로 브레인을 관찰하던 샤르티아를 향해, 카타나를 전력으로—— 온 체중을 실어 내리친다.

온몸의 근육을 동원해 내리친 참격. 투구를 썼더라도 인간 한 사람이라면 쉽게 갈라버렸을 것이다.

그런 격렬한 일격을 피하려고도 하지 않은 채 날아드는 백광을 바라보고만 있는 샤르티아. 이번에야말로 잡았다는 생각이 들끓었다.

그러나 바로 조금 전 보았던 있을 수 없는 광경이 이를 부정했다. 그리 쉽게 잡을 수 있겠느냐고——.

그리고 그 직후. 그 예감이야말로 옳았음이 증명되었다.

딱딱한 소리가 울려 퍼지고, 다시 브레인은 믿기지 않는 것을 보았다.

고속으로 움직인 샤르티아의 왼손 새끼손가락 손톱—— 2센티미터 정도의 손톱에 튕겨났던 것이다. 그것도 샤르티아의 손에는 힘도 들어가지 않은 것처럼 보였다. 주먹에는 틈새가 있었으며, 새끼손가락은 가볍게 구부린 채였다.

장난 이하의 동작으로, 브레인의 온 힘을 담은 일격을 튕겨낸 것이다.

전신갑주를 베고, 검을 깨부수고, 방패를 꿰뚫었던 일격을——.

산산이 부서지려는 의지를 필사적으로 긁어모아, 튕겨 나온 충격에 찌릿찌릿 떨리는 손에 힘을 주어, 다시 카타나를 들었다가 내리친다. 그리고—— 마찬가지로 샤르티아에게 튕겨 나왔다.

"후암~."

일부러 그러는 것임이 명백한 샤르티아의 하품. 당연히 나머지 오른손으로는 입가를 가렸다. 시선도 짐짓 천장을 향한다. 이제는 브레인을 상대한다는 기척이라고는 요만큼도 없었다.

그래도.

그래도—— 브레인의 카타나는 연신 튕겨 나왔다.

"우워어어어어어어어어어!!"

브레인의 목에서 포효가 터졌다. 아니, 포효가 아니었다.

그것은 비명이었다.

횡베기—— 튕겨났다.

좌상단 대각선베기—— 튕겨났다.

수직베기—— 튕겨났다.

우상단 대각선베기—— 튕겨났다.

올려베기—— 튕겨났다.

역횡베기—— 튕겨났다.

온갖 방향에서 온갖 장소로 날아든 공격이 모두 튕겨났다.

카타나가 손톱이 있는 곳으로 빨려 들어가는 것 같았다.

브레인은 이 순간 겨우 완전히 이해했다.

진정한 절대강자. 노력해도, 천부의 재능을 지녔어도, 도달은 고사하고 발밑에도 다가갈 수 없는 영역에 서 있는 존재를.

"어머? 지치셨나요? 그건 그렇고, 이 손톱깎이는 영 날이 안 들어서 못쓰겠사와요."

어이없다는 투로 내뱉는 그 말에 카타나를 휘두르던 손이 멈췄다.

산을 칼로 깎아낼 수 있을까. 그런 것은 불가능하다. 어떤 어린아이라도 상상할 수 있는 당연한 일이다. 그렇다면 샤르티아에게 이길 수 있을까. 그것 또한 어떤 전사라도 한번 상대해 보면 이해할 수 있는 일이었다.

어떻게 이기라고.

인간의 상식을 초월한 힘을 가진 존재에게 인간이 이길 수있을 리가 없다. 만일, 가령, 승부할 수 있다면, 그것은 인간을 넘어선 존재뿐이다.

유감스럽게도 브레인은 인간으로서 최고의 영역에 달한 전사일 뿐이었다. 그렇다. 암만 노력했다 해도 인간으로 태어난 이상 갓난아기가 나뭇가지를 들고 휘두르는 것일 뿐이었다.

"나는…… 노력해서……."

"노력? 의미 없는 단어이어요. 나는 마땅히 강하도록 창조되었으니 강함을 얻고자 노력할 필요가 없사와요."

그 말에 브레인은 웃고 말았다.

이제까지의 모든 것은 쓸데없는 노력. 어째서 자만했더란 말인가. 자신이 천재라고.

마치 족쇄를 찬 것처럼 팔다리가 무거웠다.

"……? 아하하하하, 왜 우시는 거사와요? 슬픈 일이라도 있으셨사와요?"

샤르티아가 무언가 이야기를 한다는 것은 알겠지만, 멀리서 말하는 것처럼 잘 들리지 않았다.

손에 잡힌 물집을 연신 터뜨렸던 것도, 무거운 쇠막대를 휘둘렀던 것도 무의미. 무거운 갑옷을 입은 채 뛰고 또 뛰었던 것도 무의미. 홀몸으로 몬스터와 대치해 아슬아슬하게 승리를 거두었던 것도 무의미.

모든 것이 무의미했으며, 브레인의 인생 또한 무의미했다.

진정한 강자 앞에서는, 브레인 또한 이제까지 비웃어왔던 재능

없는 약자와 무엇 하나 다를 바 없었던 것을.

"나는 바보였어……."

"……이제는 만족하셨사와요? 슬슬 끝을 내도 될까요?"

키득키득 웃으며 새끼손가락을 세운 샤르티아가 다가와, 브레인은 소리를 질렀다. 그것은 조금 전까지 냈던 전사의 포효가 아니었다. 어린아이가 울고 있는 것과 똑같았다.

브레인은 뛰었다.

등을 돌리고.

진저리가 날 정도로 톡톡히 깨달은 샤르티아의 육체능력이라면 금방 따라잡히고 말 것이다.

그러나 그런 일은 마음에도 두지 않았다. 아니, 마음에 둘 여유조차 없었다. 그저 무방비하게 등을 보이고 눈물로 얼굴을 일그러뜨리며 필사적으로 안쪽을 향해 뛰었다.

그런 브레인에게, 호흡 속에서 피 냄새가 느껴지는 소녀의 천진난만한 목소리가 들렸다.

"이번에는 술래잡기? 다양하게 놀아 주시는군요? 그럼 즐겨 보도록 할까요? 아하하하하하."

## 3

싸늘한 공기가 넓은 홀에 휘몰아쳤다. 바리케이드 틈새에서, 그 뒤에 있는 용병단 '죽음을 뿌리는 검단' —— 잔존 병력 42명의 몸을 쓰다듬으며.

이 홀에서는 평소에 식사를 한다. 동굴에서 가장 넓은 곳이기 때문이다. 하지만 이제는 즉석 요새로 모습을 바꾸었다.
용병들의 소굴인 이 동굴은, 가장 깊은 곳에 위치한 가늘고 긴 이 홀을 중심으로 방사형을 이루며 여러 개의 수평굴이 뚫린 형태를 이루고 있다. 개인실이며 무기고, 식량창고 등이다. 그렇기에 이곳을 빼앗기면 나머지는 각개격파의 대상이 되므로, 습격을 당했을 때는 이곳을 최종 방어선으로 진지를 구축한다.

진지라 해봤자 좋은 자재로 만든 것은 아니었다.

우선 조악한 테이블을 옆으로 눕히고, 여기에 맞춰 나무상자를 쌓아 간이 바리케이드를 만든다. 다음으로 홀 입구와 바리케이드 사이에 인간의 배 높이로 수많은 로프를 걸쳐놓는다. 침입자가 바리케이드까지 돌격하는 것을 막기 위한 용도였다.

이렇게 만든 방어진지 뒤에서 거의 전원이 석궁을 들고 대기한다. 배치는 중앙, 우익, 좌익이다.

사격전이 벌어진다 해도 입구의 폭과 홀의 크기를 생각하면 홀 쪽이 압도적으로 유리하다. 게다가 산개진형을 짜면 적이 어딘가를 공격하려 해도 다른 곳에서 공격을 받게 된다. 범위 공격을 시도하더라도 대상이 뿔뿔이 흩어져 있으니 효과적인 타격을 주기는 어렵다. 이른바 상호지원 원칙을 따른 십자포화였다.

이처럼 간소하면서도 비교적 많은 숫자와도 호각으로 싸울 수 있는 진지를 구축한 자들은, 얼굴에 불안의 빛을 띠고 있었다.

떨리는 몸이 체인 셔츠를 흔들어 사슬 부딪치는 소리가 났다.

동굴 내의 온도가 그리 높지 않은 것은 사실이다. 여름에도 매우 지내기 편할 정도였다. 그러나 지금 그들을 엄습한 것은 추위와는 다소 거리가 있었다.

조금 전 입구 방향에서 들렸던 홍소(哄笑). 동굴 내에서 메아리쳐 성별도 파악할 수 없었던 찢어지는 웃음소리. 그것이 그들의 온몸을 안쪽부터 얼어붙게 했다.

'죽음을 뿌리는 검단' 최강의 사나이—— 브레인 앙글라우스. 그가 맞서 싸우러 나갔으니 바리케이드를 만들어 봤자 의미가 없다는 의견은 그 홍소에 모조리 날아가고 말았다.

브레인을 꺾을 만한 상대는 존재하지 않는다. 그들은 이제까지 그렇게 생각했다.

브레인의 능력은 차원이 달랐다. 제국기사도 상대가 되지 않는 능력의 소유자였으며, 몬스터조차 예외가 아니었다. 오우거를 일격에 물리치고, 고블린 무리에 혼자 뛰어들어 풀을 베듯 목숨을 빼앗는다. 아마 정면으로 대치한다면 '죽음을 뿌리는 검단' 전원의 목도 딸 수 있을 그런 사내를, 최강이라 부르지 않고 무어라 부른단 말인가.

그런 사내가 졌다. 그것이 무슨 뜻인가.

브레인과 대치하고도 웃을 수 있다는 사실에서 유추된 해답은 하나뿐이었다.

모두가 알면서도, 입 밖으로는 내지 않았다.

서로 말없이 얼굴을 바라보는 것이 고작이었다.

이곳에 모인 모두가 입을 다문 채, 홀의 입구—— 동굴 입구 방향을 가만히 노려보았다.

긴장감이 조금씩 높아졌다. 그런 가운데—— 누가 뛰는 듯한 소리가 들렸다. 그것이 서서히 커졌다.

어디선가 침을 삼켜 꼴깍 하는 소리가 들렸다. 정적이 홀 전체를 지배했으며, 석궁의 시위를 당기는 철컥 소리가 연속으로 들렸다.

용병들 전원이 주목하는 홀 입구로 뛰어든 것은 숨을 헐떡이는 사내였다. 그 사내를 향해 화살이 날아가지 않았던 것은 놀라운 기적이었다.

"브레인!"

용병 두목——용병단 단장이 소리를 질렀다. 뒤이어 홀 안에서 폭발적인 환성이 터졌다. 침입자를 쓰러뜨린 것이 분명하다는 환희의 포효가.

곁에 있던 자의 어깨를 두드리고, 브레인을 칭송하는 목소리가 울려 퍼졌다.

브레인의 이름이 수없이 되풀이되었다. 칭송 속에서 한쪽 손에 힘없이 무기를 쥔 브레인은 홀 입구에 멍하니 선 채 잠자코 용병들의 얼굴을 둘러보았다.

아니, 그것이 아니었다. 무언가 다른 것을 찾는 듯했다.

여느 때와는 전혀 다른 브레인의 태도에 등을 떠밀린 것처럼, 환성이 천천히 잦아들었다.

브레인이 바리케이드를 향해 뛰어들었다.

"아, 이봐! 잠깐 기다려! 지금 열 테니까!"

목소리를 무시하듯 억지로 몸을 비집고 들어온다. 1분 1초가 아깝다는 듯 억지로 바리케이드를 돌파해서는 그대로 말없이 달려간다.

어이가 없어 도적들이 쳐다보고 있으려니 창고로 쓰이는 동굴 문을 열고는 그 안으로 뛰어들었다.

"뭐지? 저기 뭐 놔둔 거라도 있나?"

"글쎄? 분위기가 이상했는데……. 울고 있었던 게…… 그럴 리가 없겠지?!"

크게 고개를 가로저으며 닫힌 문을 바라보면서도, 용병들은 눈앞에서 일어난 기이한 사태의 의미를 알아차리지 못했다.

그런 가운데 혼자 크게 얼굴을 일그러뜨린 남자가 있었다.

그것은 단장이었다. 혼자만이, 아니 브레인을 포함해 겨우 두 사람만이 아는 사실에 생각이 미쳤기 때문이다. 다만 그에게는 자신의 생각이 옳은지를 확인할 시간이 없었다.

또각. 조용한 소리를 울리며 입구에서 다른 사람이 천천히 모습을 나타냈다.

그 외견은 당연히 처음 보는 것이었다. 용병단 그 누구의 기억에도 없는 인물이라면, 곧 소란을 일으킨 침입자라는 뜻이다. 술렁임은 한순간에 잦아들었다.

그럴 리가 없다. 이래서는 브레인이 이 자리에 모습을 나타낸 이유가 바뀌고 만다. 침입자가 살아 있다는 것은 그가 도망쳤다는 뜻이 되고 만다.

모습을 나타낸 침입자는 하나. 그 인물은 기이할 정도로 등이 구부정했다.

체구는 그리 크지 않았으며 소녀인 것 같았다. 두 손은 힘없이 축 늘어뜨린 채 고개는 완전히 숙였다. 기묘한 것은 머리가 있는 위치와 목덜미의 위치를 생각해 보면, 목이 보통 사람의 세 배는 길 것 같다는 점이었다.

그런 인물이, 길고 윤기 있는 은색 머리카락이 땅에 끌리는 것도 아랑곳하지 않은 채 천천히 홀로 들어왔다. 새까맣고 고운 드레스가 마치 어둠을 두른 것처럼 보였다.

아무도 말을 하지 않았다.

너무나도 기이한 그 모습. 마치 심장이 멈출 것만 같은 냉기.

흐느적── 머리가 움직였다. 얼굴을 완전히 뒤덮은, 은색 실을 연상케 하는 가느다란 머리카락 안쪽에 진홍색 빛이 두개 켜져 있었다. 그것이 천천히, 바늘처럼 가늘어졌다.

누구나가 그것을 이해했다. 아니── 이해하고 말았다.

웃고 있는 것임을.

스윽, 그 끔찍한 소녀가 고개를 들었다. 그곳에 있던 것은 매우 단아한 얼굴. 그러나 조금 전의 모습을 아는 사람이 보기에는 이처럼 기분 나쁜 일도 없으리라. 너무나도 단아한그 얼굴이 초일류 예술가의 손으로 빚어낸 가면처럼 보여서.

"안녕하신지요. 저는 샤르티아 블러드폴른. 이곳이 종점인가요? 술래잡기도 다 끝났사와요?"

의미를 알 수 없는 소리를 지껄인 소녀── 샤르티아는 휘릭 주위를 둘러보았다. 그러나 목적하던 인물을 찾지 못했는지 아름다운 얼굴을 찡그렸다. 끼어드는 사람도 없는 가운데 다시 소녀의 목소리가 홀에 울려 퍼졌다.

"이번에는 숨바꼭지이이이이이일?"

키득키득 웃는다. 어지간히 재미있었는지 샤르티아는 고개를 숙이고 계속 웃었다. 긴 은발이 얼굴을 가렸다.

용병들이 심상찮은 사태에 숨을 흠칫 들이마셨다. 그러는 동안에도 샤르티아의 웃음소리는 점점 커져갔다.

“아하하아아하핫핫하아하하하아아아아하하하!!”

홍소를 쩌렁쩌렁 울리며 천천히 소녀가 고개를 들었다.

그 얼굴에 도적들은 심장을 붙들린 듯한 충격과 혈관 속에 냉기를 주입당한 듯한 기분을 동시에 맛보았다.

그곳에 미모는 없었다. 홍채에서 배어나온 색깔에 안구는 모조리 붉은색으로 물들었다. 조금 전까지 하얗고 아름다운 이가 가지런히 엿보였던 입에서는 주사기를 연상케 하는 가느다랗고 허연 것이 상어처럼 무수히 돋아났다. 핑크색으로 요염하게 빛나던 입술은 번들번들했으며 투명한 침이 입가에서 흘러내렸다.

“아핫하핫하아아아아아하하하!”

샤르티아는 귀밑까지 찢어질 듯 입꼬리를 올리더니, 음정이 벗어난 종이 수십 개씩 울리는 것 같은 음색을 터뜨렸다.

홀의 공기가 쩌렁쩌렁 비명을 질렀다.

동굴 안이라는 것을 고려해도 기이한 울림이었다. 공기마저 소리를 견디다 못해 같이 울부짖는 것이 아닐까 싶을 정도였다.

——소녀?

——몬스터?

——괴물?

그 어느 것도 아니었다.

저것은 공포의 화신——.

너무나도 농후하기 때문에 이만큼 떨어져 있어도 입에서 풍기는 피비린내가 충분히 느껴졌다. 공기마저 붉게 물드는 것 같았다.

“으아아아아아아!”

비명이 터지고, 공포에 사로잡힌 한 용병이 석궁을 쐈다.

공기를 가른 화살은 샤르티아의 가슴 깊이 박혔다. 이를 받은 샤르티아가 살짝 휘청거렸다.

"——발사!!"

단장의 목소리에 제정신을 차린 용병들은 일제히, 공포를 거절하고 싶어 석궁을 쐈다. 화살은 마치 소나기 같은 소리를 내며 샤르티아의 몸에 박혔다.

발사한 것은 40발. 명중한 것은 31발. 모두 몸에 깊이 꽂혔다. 이 거리에서는 금속 갑주도 충분히 꿰뚫을 수 있으므로 이는 당연한 결과였다.

그리고 머리에는 네 개나 박혀 있다. 인간이라면 치명상이다.

"잡았다……."

누군가가 중얼거렸다.

그것은 모든 이가 품었던 희망을 토로한 것이었다. 아직 서 있기는 하지만, 화살에 온몸이 고슴도치 같은 상태였다.

상식적으로 생각하면 분명히 죽었을 것이다. 다만 머리로는 그렇게 생각해도 마음 한구석에 피어나는 공포라는 이름의 불씨는 결코 꺼지지 않았다.

용병들은 야생의 감이라 부를 만한 무언가에 사로잡혀 다음 화살을 장전하기 시작했다.

그리고—— 샤르티아가 움직였다.

지휘자가 지휘봉을 휘두르는 것처럼 크게, 그러면서도 천천히 두 팔을—— 벌린다. 깊이 박혔던 화살이 몸에서 서서히 빠져나와, 모조리 땅바닥에 떨어졌다. 떨어진 화살에는 피 한 방울도 묻지 않았다. 화살촉이 짓이겨지지도 않았다. 마치 한 번도 쓰지 않은 것 같았다.
샤르티아는 웃었다. 그녀의 얼굴에 떠오른 것은 그야말로 추악한 웃음이었다.
공포에 사로잡힌 용병들의 절규가 여기저기서 터져 나오고, 이에 등을 떠밀린 듯 다시 무수한 화살이 공기를 가르며 샤르티아에게 쇄도했다.
안구를 관통하고, 목을 꿰뚫고, 배에 박히고, 어깨를 헤집는다. 그런 화살비 속에 있으면서도, 마치 가랑비가 거추장스럽다는 정도의 태도.
"아아안 통하는데에에에에에. 차아암 고생들 많으시네요오오오오."
한 걸음을 내디딘다. 그리고―― 도약.
천장 높이는 거의 5미터쯤 됐지만, 마음만 먹으면 충분히 닿을 만한 도약을 거쳐 바리케이드 뒤에 우아하게 내려선다. 하이힐이 딱 소리를 냈다. 그리고 몸에서 모든 화살이 떨어졌다.
고개를 휙 돌려, 자신의 뒤에서 석궁을 장전하던 용병들을 본다.
발을 내디디고―― 때린다.
체중을 싣지도 않은, 그저 손만 내민 것으로밖에 보이지 않는 펀치였다. 그러나 그 속도와 파괴력은 차원이 달랐다.
주먹은 용병 한 사람의 몸을 너무나도 쉽게 관통해 그대로 바리케이드에 꽂혔다. 바리케이드를 구축했던 목재는 폭발처럼 커다란 소리를 내며 분쇄되었다. 파편이 사방으로 흩어졌다.
홀에는 무거운 침묵의 장막이 내려앉은 가운데 후둑후둑 나무 파편이 땅바닥에 떨어지는 소리만 울려 퍼졌다.

넋이 나간 용병들은 석궁에 화살을 장전하던 손을 멈추고 샤르티아를 응시했다.

샤르티아는 머리 위에 떠 있는 핏덩어리에 검지를 꽂더니 스윽 뽑았다. 피가 손가락을 따라 실처럼 끌려나오더니 샤르티아 앞에 문자를 그렸다. 범어(梵語)나 룬 문자와도 비슷한, 마법문자라 불리는 것이었다.

그것은 샤르티아의 클래스 중 하나인 블러드 드링커(Blood Drinker)로 습득한 스킬, 〈선혈의 저장고〉. 죽인 상대의 피를 저장해 다양한 용도로 사용할 수 있는 마(魔)의 덩어리였다. 그리고 여기서 힘을 빨아들여, 마법강화계 스킬을 MP 추가 소비 없이 발동할 수 있다.

〈마법저항 난이도 강화Penetrate Magic : 내부폭발Inplosion〉.

제10위계 마법── 최고위 마법이 발동하자 용병 열 명의 몸이 안에서 부풀었다.

비명을 지를 새도 없었다. 그저 부풀어 오르는 자기 몸을 내려다보며, 무언가 형언할 수 없는 일이 일어나고 있다는 공포를 표정에 드러낼 정도의 시간만이 허용되었을 뿐이다. 다음 순간── 풍선이 파열하는 듯 경쾌한 소리를 내며 터져나갔다.

"아하핫하아아아앗하하하하아아아아하하! 폭주우우우욱! 너무 예쁘다아아아아아아아아아아──!!"

샤르티아는 피안개를 일으킨 곳을 가리키고 깔깔 웃으며 손뼉을 짝짝 쳐댔다.

"우워어어어어!"

노성과 함께 날아든 에스톡(estoc)이 샤르티아의 가슴── 심장이 있는 곳을 등에서부터 관통했다. 그리고 위아래로 상처를 벌리려는 듯 움직여댔다.

"뒈져버려!"

뒤이어 날아든 브로드소드가 머리를 반쯤 가르고 왼쪽 눈이 있는 곳에서 칼끝을 박은 채 멈추었다.

"계속 공격해, 자식들아!"

비명과 포효가 뒤섞인 고함을 지르자 세 명의 용병들이 손에 든 무기를 잇달아 샤르티아에게 내리쳤다.

몇 번이고 몇 번이고 검을 내리친다. 그러나 브로드소드가 얼굴에 박힌 채 샤르티아는 태연히 서 있었다. 가렵지도 아프지도 않다는 듯, 부아를 돋우는 미소만을 지으며.

수없이 공격을 퍼부어대다가 지친 용병들은 검에서 손을 떼더니, 울상을 지으며 주먹으로 때리고 발로 걷어찼다. 체격 차이가 있음에도 거대한 바위를 때리는 것처럼 샤르티아는 꿈쩍도 하지 않았다.

샤르티아는 고개를 갸웃한 채 그런 용병들을 바라보며 생각에 잠기는 눈치였다. 그리고 좋은 방법이라도 떠올랐다는 듯 손뼉을 짝 친다.

"하아아아아아아으아아아아아아."

한껏 열을 모았다가 방사하는 것처럼 숨을 토해낸다. 속이 울렁거리는 농후한 피비린내가 주위에 진동했다.

샤르티아는 자신의 머리에 박힌 브로드소드를 아무렇게나 쑥 뽑았다. 물론 뽑은 후에도 상처 따위는 전혀 남지 않았다.

이를 내리치려다, 샤르티아는 손을 멈추었다. 브로드소드는 녹이 슬어 천천히 부스러지고 있었던 것이다. 피에 굶주린 머리로 자신의 클래스 중 하나—— 커스드 나이트(Cursed Knight)의 페널티를 떠올리고, 실망했다는 듯이 집어던진다. 그리고 섬섬옥수를 아무렇게나 휘두른다.

세 개의 머리가 덜렁 바닥에 나뒹굴었다.

"튀! 튀어! 얼른 튀어!"

"저딴 괴물을 어떻게 이겨!"

입을 모아 외치며 도망치려는 용병들.

이제는 전의를 완전히 잃고 도망치려던 한 사람의 머리를, 샤르티아는 뒤에서 두 손으로 잡아 단숨에 힘을 주었다. 쩌적쩌적, 갑각류의 껍질을 억지로 벗겨내는 듯한 소리와 함께 뇌수를 흩뿌리며 머리가 터져나갔다.

"아핫핫하아아아하하하. 대가리 뭐야아아아아아 이거어 무서워어어어어어! 아하핫하핫하아아하하! 기다리렴, 술래들아아아아아! 아하하하핫핫하아아아아아아아!"

기괴한 소리에 호기심이 동하는 바람에 구역질이 나는 광경을 보고 말았던 사내들을 향해, 피에 굶주린 악몽의 여왕은 놓치지 않겠노라 웃으며 달려들었다.

도망치려다 발이 꼬여 넘어진 용병이 샤르티아의 발밑에 무릎 꿇듯 엎드렸다.

"살려주세요! 제발! 이제 나쁜 짓 안 할게요!"

울상을 지으며 다리를 붙잡고 필사적으로 목숨을 구걸하는 그 모습에 샤르티아는 얼굴에 균열이 생긴 듯한 미소를 지었다. 그것이 무슨 의미인지 순식간에 깨닫고 용병의 얼굴은 창백하다 못해 새하얗게 물들었다.

"부우우우우우우우우웅 날아보세요오오오오오오오오오."

"안돼에! 안돼에에에에에에에에!!"

필사적으로 발에 매달리는 사내의 등 언저리를 잡은 샤르티아는 한 손으로 천장을 향해 가볍게 던졌다.

압도적인 완력에 견디다 못해 손을 놓고 만 용병은 눈을 질끈 감은 채 한순간의 무중력을 체감했다가, 다시 중력에 붙들리고—— 팔이 바닥에 부딪치면서 격통이 전해졌다.

"아그윽!"

아픔을 느꼈다는 것은 살아 있다는 증거. 그 사실에 감사한 용병은 질끈 감은 두 눈을 살짝 떴다가, 그것이 섣부른 판단임을 깨달았다. 샤르티아가 그 가녀린 팔로 부드럽게 용병을 받아준 덕분에 몸까지 바닥에 부딪치진 않았던 것이다.

아직 최악의 괴물에게서 벗어나지 못했다.

아니, 그뿐이랴——. 눈앞에 거대한 입. 응축된 핏덩어리가 있는 듯한, 이제까지 맡아 본 적이 없는 냄새가 코를 찔렀다.

"아하하핫하하아아아, 재미있어어어어어어어. 죽을 수 있을 줄 아셨어요오오오오오오? 에비이이이이이."

"사, 살려——."

"아아아아아아안되죠오오오오오, 오랜만에 쪼오오오오옥 빠는 거란마랴아아아아아아아아."

쩌억. 입이 귀까지 찢어지고, 인간의 머리까지 통째로 삼킬 수 있는 것 아닌가 싶을 만큼 크게 벌어졌다.

이 자리에 있는 그 누구도 모른다.

위그드라실이라는 DMMO에서 몬스터로 출현하던 진조True Vampire는 끔찍한 괴물이었음을.

귀까지 찢어진 입은 커다랗게 반원을 그리고, 튀어나온 두 개의 송곳니는 턱 아래까지 늘어졌으며, 형형히 빛나는 진홍색 눈은 핏빛으로 번뜩이는 데다, 고목 같은 손발 끝에는 수십 센티미터는 될 법한 날카로운 손톱이 있고, 움직이는 모습은 약간 구부정하며, 껑충 뛰듯 목표물을 향해 덤벼드는, 그런 모습이었다.

뱀파이어는 박쥐와 인간의 혼종 같은 괴물이고, 상위종인 시조Origin Vampire는 더욱 괴물처럼 생겼다.

뱀파이어 계통의 몬스터 중 아름답다고 할 수 있을 만한 것은 샤르티아의 애첩인 뱀파이어 브라이드 정도뿐이었다.

그런 진조 뱀파이어인 샤르티아가 아름답게 생긴 이유는, 단순히 그녀를 디자인한 길드원의 그림 실력과 3D 모델링이 뛰어났던 것뿐이었다.

현재 샤르티아의 모습이야말로 진조 뱀파이어의 본래 모습. 다시 말해 평소가 거짓된 모습이다.

끈적이 고무 장난감처럼, 혹은 추악하게 비대해진 거머리처럼 샤르티아는 용병의 목에 달라붙었다.

용병은 수십 개나 되는 바늘이 목에 박히는 감촉을 느낀 것과 거의 동시에, 피를 단숨에 빨아들이는 지저분한 소리를 들었다.

그리고 추위와 함께 자신이라는 물체가 빨려나가는 감각을 느꼈다. 이제까지 한 번도 경험하지 못했던 끔찍한 기분.

그러나 날뛰려고 해도 팔다리가 무거웠다. 시야는 급속도로 흐려졌다.

이윽고 샤르티아는 피가 완전히 빠져나가 바짝 말라비틀어진 시체를 내팽개치더니, 입술 가장자리에서 흘러내린 선혈을 매끄러운 긴 혀로 핥았다. 그리고 우왕좌왕 도망치는 용병들을 보며 활짝 웃었다.

"아아아아아아직도오오오오오 마아아아아아아아않이 있네에에에에에에?"

무수한 비명, 원한의 비명, 절망의 통곡이 홀에 메아리쳤다――.

*

이제는 움직이는 것도 없어 정적만이 깔린 홀에서, 샤르티아는 방글방글 웃으며 서 있었다. 머리 위에 뜬 핏덩어리에도 대량의 피가 모여, 이제는 인간의 머리보다도 조금 작은 사이즈까지 자라났다.

"즐거워어어어어어어어어어어어어!"

샤르티아의 환희에 찬 외침에, 홀 입구로 도주하려는 자를 막는 역할을 맡았던 뱀파이어 브라이드가 머리를 숙이며 대답했다.

"즐거우신 것 같아 저도 기쁩니다, 위대하신 주인님."

"메에에에에인디시이이이이이!"

샤르티아는 브레인이 도망쳐 들어갔던 문을 억지로 잡아 뜯었다. 빗장이 튕겨 날아가고, 문은 경첩이 달린 채 샤르티아의 손에 들렸다.

좁은 방이었지만 수많은 자루며 나무상자가 놓여 있었다.

그곳에서 샤르티아는 생각지도 못한 냄새를 맡았다. 그것은 흙먼지 냄새에 섞여 떠도는── 신선한 공기. 바깥바람의 냄새였다. 그와 동시에 인간의 기척은 흐릿해지고 있었다. 피의 광란 때문에 이성을 잃었으면서도, 샤르티아는 자신에게 주어졌던 임무를 어렴풋이 기억하고 있었다.

"크아아아아아아아아아아아아!"

노성인지 포효인지 모를 기괴한 목소리를 터뜨리며 샤르티아는 바람이 떠도는 장소로, 방해되는 짐을 날려버리며 다가갔다.

짐짝 뒤에서 나타난 것은 구멍이었다. 1미터도 가지 않아 토사로 막혀 있었지만 조그만 틈새를 통해 신선한 공기가 흘러들어왔다.

"비밀 통로오오오오오, 이이이이이있었잖아아아아아아!"

레서 뱀파이어가 거짓말을 했던 것은 아니다. 그가 이 탈출구를 몰랐을 뿐이다.

착각하기 쉽지만, 마법 등의 수단을 써서 매료시킨다 해도 대상은 자신이 아는 사실만을 대답할 뿐이다. 모르는 사실을 말할 수는 없으며, 거짓말을 진실이라 믿어 의심치 않고 있다면 허위 정보를 늘어놓는다.

마레와는 달리 샤르티아에게는 토사를 치울 만한 마법이 없었다. 충격파로 날려버린다면 구멍이 무너질 가능성도 있다.

놓쳤다.

진홍색 사고회로에 그런 말이 떠오르고, 샤르티아는 그것이 곧 자신이 받은 임무가 부분적으로 실패했다는 뜻임을 어렴풋하게

나마 깨달았다.

샤르티아는 분노로 얼굴을 일그러뜨렸다.

왜 버러지 같은 인간 따위가, 나자릭의 수호자인 샤르티아의 생각대로 행동하지 않는단 말인가.

쓸데없는 목숨을 나자릭에 도움이 되도록 바쳐주리라 생각했거늘, 왜 그것을 이해하고 기뻐하지 않는단 말인가.

샤르티아가 뿌득뿌득 이를 갈고 있으려니, 뒤에서 동굴 밖에 배치해두었던 뱀파이어 브라이드가 말을 걸었다.

"——샤르티아 님!"

제멋대로 자기 자리를 이탈한 뱀파이어 브라이드에게 역정이 난 샤르티아는 박살내 버릴까 하고 한순간 시야를 시뻘겋게 물들였으나, 필사적으로 그 분노를 억눌렀다. 중요한 용건으로 온 것이라면 거들어야 한다는 생각에.

"뭐어어어언데에에에에에에에!"

"다수로 구성된 집단이 이쪽으로 오고 있습니다."

"으으응? 생존자일까아아아아아아아? 그러며어어어어어어언, 마중을 나갈까아아아아! 아하핫하아아하하아아아아아아아아!"

## 4

샤르티아는 뛰어올랐다. 어둠 속에서 솟구치는 새처럼 도약해, 입구의 통나무 바리케이드 위에 한 발로 내려섰다.

수행원인 두 명의 뱀파이어 브라이드는 천천히 입구를 향해 올라오고 있었다.

샤르티아는 웃음을 머금은 채 표적을 노려보았다.

그곳에 있던 것은 빈틈없는 대열을 짠 일행이었다.

전열은 남자 전사 셋이었다. 장비는 각자 달랐지만, 그중에서 가장 질이 떨어지는 것도 여러 겹의 비늘을 겹쳐 만든 스케일 아머(scale armor)였으며, 모두 한 손에 무기를 들고 등에는 라지 실드를 짊어졌다.

그리고 그 뒤에는 밴디드 아머(banded armor)를 착용한 붉은 머리의 여전사.

그 뒤에서 보호를 받듯 걸어오는 것이 경장에 지팡이를 짚은 남자. 아마 마력계 매직 캐스터일 것이다. 그 옆에 나란히 서서 갑옷 위에 신관복을 걸치고 불꽃같은 형상의 성표(聖標)를 목에 건 신앙계 매직 캐스터가 보였다.

모두 여섯 명의 남녀는 동굴에서 튀어나온 샤르티아에게 놀라면서도, 혼란에 빠지는 일 없이 경계를 늦추지 않았다.

그것은 경험에서 비롯된 행동이었다.

"괘애애애애앤찮은데에에에에."

두부처럼 약해빠진 인간을 죽이는 것도 좋지만, 다소 싸울 맛이 나는 상대가 역시 재미있다.

그런 즐거움을 진홍색 두 눈에 빛내면서 싱글싱글 웃었다.

"말했……!"

마력계 매직 캐스터가 얼굴에 경악을 드러냈다. 하지만 그 놀라움은 한순간. 금세 표정을 다잡더니——.

"추정, 뱀파이어! 은제 무기 내지 마법 무기만이 유효. 이길 수 없음! 퇴각전! 눈을 보지 말 것!"

——분지 전체에 들릴 만큼, 상당히 큰 목소리로 외쳤다.

중요한 점만을 추출해 발한 지령에 다른 자들은 신속한 반응을 보였다. 앞에 있던 전사들은 등에 진 라지 실드를 장착하더니 돌출 방어태세를 취했다. 시선은 정면으로 보지 않고 샤르티아의 복부나 흉부만을 노려본다. 그동안 뒤에 있던 여전사가 전열 전사들에게서 무기를 받아 무언가를 바르기 시작했다. 어렴풋이 샤르티아의 코에 떠도는 불쾌한 냄새.

그것은 연금술은(鍊金術銀).

연금술사Alchemist들이 만들 수 있는 특수한 도포제였다.

무기에 바르면 마치 유막을 형성하듯 은과 같은 효과를 가진 특수한 마법약으로 검신을 덮는다.

보통 은으로 만든 무기는 값이 비싼 것치고는 철제 무기보다 도신이 물러 오랜 기간 사용하는 데는 적합하지 않다. 그래서 모험자들은 대부분 이 도포제를 사곤 한다. 그리고 필요할 때만 사용해 잠시 은과 같은 효과를 얻는 수단을 취하는 것이다.

일시적으로 은의 광채를 얻은 무기를 번뜩여 견제하며, 일행은 후퇴를 시작했다.

후퇴하는 모습도 매우 훌륭했다. 모두가 마치 하나의 생물인 것처럼 질서정연한 움직임으로 물러난다.

"나의 신, 염신(炎神)——."

"쓸데없는 짓 관둬! 방어 마법에 들어가!"

성표를 내밀려는 신관을 제지하고 마력계 매직 캐스터가 전열에만 마법을 걸기 시작했다. 그에 맞춰 신관도 마법을 다시 외워나갔다.

클래스에 따라서 다르기는 하지만 대부분의 신관들은 신의 힘을 행사하여 언데드나 악마, 천사 같은 존재를 퇴치, 종속, 소멸시킬 수 있다. 다만 그것은 자신의 역량보다도 훨씬 격이 낮은 존재에게만 유효한 수단이다. 다시 말해 지금 저 모습은, 신관이 언데드 퇴치를 사용하려 했지만 매직 캐스터는 피아의 역량 차이를 순식간에 간파했고, 그런 데에 할애할 여력이 있으면 다른 수단을 취하라는 지시를 내린 것이리라.

일련의 흐름을 통해 일행의 리더를 짐작한 샤르티아는 명령에 따라 포박해야겠다고 생각했다. 그러나 피를 더 보고 싶다는 진홍색 살육충동이 아직까지도 마음을 덮고 있었다.

죽이고 싶어서, 짓밟고 싶어서, 토막을 내고 싶어서, 피를 뒤집어쓰고 싶어서 참을 수가 없었다. 연신 거친 호흡이 새나오고, 입가에선 거품이 일었다.

〈대악방어Anti Evil Protection〉.

〈하위 정신방어Lesser Mind Protection〉.

두 매직 캐스터는 전열의 전사들에게 차례차례 방어 마법을 걸었다.

흥분에 빠진 샤르티아의 머리에 어렴풋하나마 감탄과도 같은 감정이 솟아났다. 사용한 것은 비록 최하 레벨—— 제1위계뿐이기는 해도 이 상황에 적절한 마법이었다. 조금 전 마구잡이로 공격만 하던 용병이나, 혼자서 튀어나와선 무투기조차 쓰지 않았던 어리석은 전사와는 다르다.

그렇다고는 하나—— 헛수고는 헛수고다. 엄연한 실력 차이 앞에서는 아무런 의미도 없다.

그런 귀여운 저항이, 샤르티아의 자제심이라는 가느다란 실을 끊는 마지막 계기가 되었다.

"이젠…… 안 되겠어어어어어! 못 참아아아아아아아아아아아!"

고삐가 끊어진 목소리를 내며 샤르티아는 발을 내디뎠다.

정말로 가벼웠다. 스텝을 밟는 듯 가벼웠다. 그러나 이를 보는 자들에게는 질풍보다도 빠른 속도였을 것이다.

그대로 손을 내지른다.

방패를 관통하고, 갑옷을 부수고, 마법의 방어를 무시하고, 가죽과 살과 뼈를 가르고, 조금 전까지 맥박이 뛰던 심장을 손에 거머쥔 채, 단숨에—— 뽑았다. 맥없이 쓰러지는 전사는 내버려둔 채, 샤르티아는 손 안에서 벌컥벌컥 모양을 바꾸는 검붉은 덩어리를 일행에게 보여주었다. 여전사가 작은 비명을 지르고, 신관이 가증스럽다는 듯 얼굴을 일그러뜨렸다.

바라던 반응에 만족한 샤르티아는 싱글싱글 웃음을 흘리며 마법을 발동시켰다.

〈불사자 창조Animate Dead〉.

심장을 잃은 전사가 천천히 일어났다. 최하위 언데드 몬스터인 좀비가 되어서. 그러나 행동은 여기서 끝나지 않았다.

샤르티아는 손에 든 심장을 날름 핥더니 머리 위에 떠오른 핏덩어리에 집어넣었다. 그리고 다시 빼내자 그 손에 들린 것은 맥동하는 핏덩어리—— 심장의 형태를 본뜬 핏빛 물체가 있었다. 그것을 좀비에게 날린다.

핏덩어리는 벌레처럼 꿈틀거리고 일그러지며 좀비의 몸으로 스며들어갔다. 꿈틀. 한순간 좀비의 몸이 떨렸다. 그대로 몇 차례 온

몸이 경련하더니, 좀비는 천천히 변하기 시작했다.

온몸의 수분이 증발하듯 고목 같은 피부로 변하고 손톱이 쑥쑥 자라났으며 송곳니가 튀어나온다. 그리고 그곳에 있던 언데드는 더 이상 좀비가 아니었다.

레서 뱀파이어의 탄생을 보고 모험자들은 경악해 입을 모아 외쳤다.

"말도 안 돼! 대가도 없이 저런 고등한 마법을 사용하는 뱀파이어는 들어본 적도 없어!"

"실제로 눈앞에 있잖나. 진정해! 냉정하게 대처해!"

"하지만!"

"——후퇴는 무리다! 맞서 싸우자!"

"알았어!"

신관이 혼란을 일으켰고, 이를 어떻게 받아들였는지, 전사 중 하나는 무기를 들고 샤르티아에게 달려들었다. 남은 한 사람은 옛 동료이자 현재 레서 뱀파이어로 전락한 존재에게.

"나의 신, 염신이시여. 부정한 자를 퇴치해주소서!"

신관이 든 성표에서 눈에 보이지 않는 신성한 힘이 방사형으로 뿜어져 나왔다. 물론 샤르티아에게는 아무런 효과도 없었다.

"아아하아아아아하하핫하하!"

전사 한 명의 검이 레서 뱀파이어에게 박혔다. 신관의 신성한 힘에 속박당해 움직임이 부자유스러워진 탓이리라. 완전히 레서 뱀파이어로 변하지 않은 불안정한 좀비이기에 효과가 있었겠지만, 자신의 창조물이 하찮은 신의 힘에 졌다는 것은 샤르티아에게 불쾌감을 주기에 충분했다.

자신에게 날아든 검을 새끼손가락으로 튕겨내며 샤르티아는 일행의 후방에 있던 신관을 짜증스럽게 노려보았다.

“꺼어어어어져져져져어어어어어어어!”

오른손을 아무렇게나 한 차례 휘두른다. 그런 시시한 동작에, 검을 치켜들던 전사가 목이 잘려나가 피를 뿜으며 쓰러졌다.

“〈하위 근력증대〉.”

마지막으로 남은 전사에게 강화 마법이 날아들었다. 움직임이 둔해진 레서 뱀파이어와 강화 마법을 듬뿍 받은 전사.

이들의 전투는 전사에게 약간 유리한 상황으로 바뀌어가고 있었다.

즐기고 있는 것 같으니 방해하면 안 되겠지. 게다가 사냥감은 아직도 많으니까. 아직까지 피에 굶주린 머리로 그런 생각을 하며 샤르티아는 다시 신관을 돌아보았다.

그 시선을 차단하듯 여전사가 앞을 가로막고 섰다. 그것도 단순한 철제 무기로.

진짜 귀엽다. 흠칫흠칫 겁을 내면서도 꿋꿋하게 검을 든 그 모습은—— 마치 작은 동물의 가련한 저항과도 같았다. 샤르티아는 아랫배가 열기를 띠는 듯한 열락에 휩싸였다.

손가락을 물어뜯으면 어떤 소리를 낼까. 귀를 잘라내 먹여 보는 것도 좋겠지. 아니, 그런 짓을 하기 전에 피를 빨아야겠어. 밖으로 나온 후 처음으로 만난 여자 사냥감이니까.

“디저어어어어어트으으으으으으으으으, 결저어어어어어엉.”

입을 크게 벌리고 외친 후, 도약.

여자를 가볍게 뛰어넘어, 마력계 매직 캐스터와 신관 앞으로.

신관이 움직이기도 전에, 성표를 쥔 손을 위에서 감싸듯 움켜쥐고 단숨에 짓이겼다. 신관의 손은 압도적인 악력에 짜부라져, 뼈는 산산이 부서지고 갈 곳이 없어진 살점과 피부는 안쪽에서 터져 나갔다.

"끄아아아아아아아아악!!"

신관의 절규를 들으며 만족감을 얻은 샤르티아는 자상하게도 자비를 베풀었다. 고통을 덜어준 것이다.

손을 한 차례 휘두르고, 신관의 목에서 솟아나는 피가 머리 위의 핏덩어리로 흡수되어가는 모습에 고개를 끄덕이며 기뻐한다.

그런 샤르티아의 등에 누군가가 혼신의 일검을 꽂았다. 그러나 마치 거목과 마찬가지로, 샤르티아는 그 정도에 꿈쩍도 하지 않았다. 그저 가슴께에서 튀어나온 검이 조금 거추장스러웠을 뿐이다.

"세상에…… 안 통해! 이거 은제 무기 맞는데?!"

검이 가슴을—— 그것도 심장의 위치를 멋지게 꿰뚫었는데도 그것을 무시하고 움직이는 샤르티아에게 여자는 비명 섞인 목소리로 외쳤다.

조금 전에 봤을 때 여자는 은제 무기를 들고 있지 않았다.

아마 죽은 전사의 검을 가져왔을 것이다.

마력계 매직 캐스터가 외쳤던 정보는 사실이다. 그러나 틀린 것도 있었다. 샤르티아에게 유효한 무기는 은제이면서 동시에 일정 이상의 마법을 지녔거나, 압도적인 마력이 담겨 있거나, 어떤 특정한 속성의 무기뿐이다. 단순한 은제 무기에는 대미지를 입지 않는다.

샤르티아는 뒤에 있는 여자는 무시한 채, 여전히 경악에서 벗어나지 못한 마력계 매직 캐스터를 쳐다보았다. 그는 필사적으로 입을 움직였다.

"〈마법화살Magic Arrow〉."

마법이 발동되어, 빛으로 이루어진 두 개의 화살이 샤르티아에게 날아가고—— 순식간에 사라졌다.

그것은 샤르티아의 스킬—— 마법 무효화에 따른 것이었다. 완벽한 것은 아니며 마법을 행사하는 자의 능력에 좌우되지만, 이만한 차이가 있다면 쉽게 무효화할 수 있다.

다시 말해, 이 매직 캐스터에게는 샤르티아에게 대항할 수단이 아무것도 없다는 뜻이다.

"재미어어어어어어어어어없어어어어어어어어어!"

샤르티아는 손을 휘둘러, 흥미를 잃어버린 대상의 목을 순식간에 날려버렸다.

돌아서니, 아직까지 접전을 벌이고 있는 레서 뱀파이어와 전사가 보인다.

샤르티아는 굴러다니던 두 개의 머리에 손을 뻗었다. 머리채를 움켜쥐고, 그것을 지루하다는 표정으로 양측에 집어던진다. 대략 6킬로그램의 무게를 가진 물체가 어마어마한 속도로 날아들었으니 결과는 말할 필요도 없으리라. 양쪽 모두 천천히 쓰러졌다.

샤르티아가 무시하는 동안 디저트—— 여전사는 필사적으로 검을 휘둘러 수없이 샤르티아의 몸을 찌르고 베었다.

그러나 그것이 어쨌다는 말인가.

아픔도 가려움도 느끼지 않는 샤르티아에게는 의미가 없는 행위였다. 그나마 옷에 구멍이 뚫리기는 했지만, 마법의 옷이기 때문에 샤르티아만 무사하면 자동으로 수복될 것이다.

"그러며어어어언, 디저어어어어트으으으! 먹어어 보오오올까아아!"

좋아하는 음식을 마지막에 가서 먹는 어린아이 같은—— 그러면서도 구역질을 유발하는 사악한 웃음으로, 샤르티아는 등 뒤에서 검을 내리쳐대던 여자를 마주 보았다.

샤르티아의 진홍색 눈동자와 시선이 마주치고, 최후의 한사람이 된 것을 완벽히 깨달은 여전사는 눈물을 글썽이며 한 걸음, 또 한 걸음 후퇴했다. 그러면서 필사적으로 벨트 파우치를 뒤져 무언가를 꺼내려 했다.

샤르티아는 진홍색으로 물든 세계에서 그런 광경을 느긋하게 바라보았다. 무엇을 하려는지 약간 호기심이 동했던 것이다.

여자는 재빨리 병을 꺼내 집어던졌다.

샤르티아는 허공에서 빙글빙글 회전하며 날아오는 병을 슬쩍 쳐다보고, 싱글싱글 웃었다.

여자는 진심을 다해 집어던졌겠지만, 샤르티아가 보기엔 너무나도 느린 속도였다. 쉽게 피할 수 있다. 그러나 강자의 오만이 그것을 허용하지 않았다. 그리고 그 이상으로, 보고 싶었던 것이다. 마지막 비밀병기가 덧없이 박살난 순간을 맞는 여전사의 표정을.

치밀어 오르는 살육의 욕구.

그러나 샤르티아는 필사적으로 참았다. 참으면 참은 만큼, 맛봤을 때 강한 희열을 느낄 수 있으니까.

샤르티아는 병이 자신에게 다가오는 것을 바라보며 멍하니 생각했다.

성수? 아니면 착화형 화염병일까? 무슨 짓을 해도 헛수고인데, 이 얼마나 가엾은 저항이란 말인가. 역시 처음에는 죽지 않을 정도로만, 천천히 피를 빨자. 처녀라면 죽을 때까지 빨아도 되고. 아니라면 이런저런 방법으로 가지고 놀아야지. 되도록 피를 흘리지 않도록.

그렇게 결심한 샤르티아는 날아드는 병을 한 손으로 아무렇게나 쳐냈다. 그 충격으로 열려 있던 병 주둥이에서 붉은 용액이 튀어나와, 샤르티아의 피부를 적셨다.

그리고 느껴진—— 어렴풋한 아픔.

샤르티아의 머릿속이 순식간에 새하얗게 물들었다. 조금 전까지 몸속을 휩쓸던 피에 굶주린 감정은 어딘가로 사라지고 없었다.

멍하니 아픔이 발생한 곳을 바라보았다. 그것은 병을 튕겨낸 손. 용액이 묻은 곳에서 자극적인 냄새와 어렴풋한 연기가 피어났다.

시선을 움직여 땅바닥을 내려다보았다. 지면에 굴러다니던 병. 뚜껑은 열린 채였으며, 그곳에서 어렴풋이 향긋한 냄새가 피어났다. 그것은 샤르티아도 잘 아는 용기였다.

나자릭 지하대분묘에서 일반적으로 쓰이는 포션 병이었다.

내용물은 아마도 하급치료약Minor Healing Potion. 언데드는 치유계 아이템에 대미지를 입는다. 샤르티아의 피부가 살짝 녹아든 것은 그 이유였다.

"이럴 수가!!"

공기가 뒤흔들리는 듯한 노성.

"그 여자를 사지 멀쩡하게 잡아와!"

샤르티아의 말에 반응해, 이제까지 뒤로 물러나 있던 뱀파이어 브라이드들이 움직였다. 샤르티아가 정신이 나간 사이에 몸을 돌려 도망쳤던 여자와 순식간에 간격을 좁히고는 그녀의 양팔을 붙잡았다.

여자는 필사적으로 저항했지만 인간과 뱀파이어는 근력이 다르다. 너무나도 쉽게 샤르티아의 앞까지 끌려왔다.

"눈을 봐!"

샤르티아는 여자의 아래턱을 붙잡고 억지로 자신의 마안을 들여다보게 했다. 물론 힘은 잘 조절했다. 함부로 힘을 써서 아래턱을 잡아 뜯기라도 했다간 눈뜨고 봐줄 수없는 꼴이 될 테니까. 샤르티아는 신관계 마법을 익혔지만, 언데드인 이상 평범한 회복 마법은 쓸 수 없기 때문이다.

억지로 들여다보게 한 여자의 눈동자에 희미한 막 같은 것이 끼고, 적의와 공포에 가득했던 얼굴에는 이제 우호적인 감정만이 떠오를 뿐이었다. 스킬 '매료의 마안(魔眼)' 이 매혹 효과를 발휘한 것이다. 충분히 효과가 있었다고 느낀 샤르티아는 여전사에게서 손을 떼었다.

몇 가지 질문할 것이 있었다.

그러나 가장 먼저 물어봐야 할 것은 단 하나.

샤르티아는 떨어진 포션 병을 주워, 여자의 눈앞에 들이댔다.

"이 포션은 어디서 났어! 누구에게서, 어디에서 입수한 거야!"

"여관에서 검은 갑옷을 입은 사람에게 받았습니다."

그게 뭐 어쨌냐는 듯한 가벼운 대답에 샤르티아의 온몸이 얼어붙었다.

"설마……. 아니, 그럴 리가……. 하지만…… 어느…… 어느 도시의 여관이지?"

"에 란텔의 여관입니다."

샤르티아는 세상이 덜컥 흔들리는 것처럼 놀랐다. 여자가 말한 검은 갑옷을 입은 사람이 누구인지 짐작 가는 바가 있었기 때문이다.

그렇다고 한다면, 더 큰 문제는, 어떤 이유로 이 여자가 포션을 가지고 있는가였다. 그분이 아무 이유도 없이 주었으리라고는 생각하기 어려웠다.

"설마……."

이 여자에게도 모종의 지령을 내리셨나? 아니면 연줄을 만들고자, 우호관계를 강화하기 위해 건네주었다고도 생각할 수 있다.

샤르티아의 머릿속에 나자릭 지하대분묘의 절대적 지배자, 아인즈 울 고운의 늠름한 모습이 떠올랐다. 어쩌면 자신은 주인이 강구한 모종의 계획을 망쳐버렸을지도 모른다는 불안이 마음을 조금씩 태워나갔다.

"어째서 여기에 왔지?! 목적은 뭐냐!"

이제는 엉터리 규방 말씨를 사용할 여유조차 없었다. 필사적으로 정보를 수집해야 한다고, 조금 전과는 다른 의미에서 핏발이 선 눈으로 여전사를 노려보았다.

"예. 저희의 주요 임무는 가도 경비였습니다. 그런데 이 부근에서 도적떼가 소굴을 차렸다는 정보를 듣고, 살피러 왔던 것입니다. 그랬더니 무언가 이변이 일어난 것 같아, 팀을 둘로 나누어, 저희는 강행정찰 임무를 띠고 이곳에 왔습니다."

"팀을 둘로 나누었다고?"

"예. 도적의 수가 얼마나 되는지 알 수 없어서, 저희가 건드려 보고, 나머지 한쪽이 현재 만들고 있는 함정 구역까지 유인하는 계획이었습니다."

"팀이 하나 더 있단 말이지."

샤르티아는 또 귀찮은 일이 생겼다며 혀를 찼다.

"그래서, 전부 몇 명이지?"

"이곳에 온 것은 저를 포함해서 일곱, 그리고——."

"뭐? 잠깐, 일곱? 여섯이 아니고?"

샤르티아의 시선이 주위에 굴러다니던 시체로 향했다. 전사가 셋, 신관이 하나, 마법사가 하나—— 그리고 이 여자.

인원이 맞지 않는다.

의문에 가득 찬 시선을 받으며 여전사는 대수롭지 않다는듯 대답했다.

"예. 비상사태가 일어났을 경우, 에 란텔로 구원을 청하러 갈 레인저가 하나 있었습니다."

"뭐라고……?"

조금 전 마력계 매직 캐스터의 목소리가 공연히 컸다. 그랬다. 이 분지 전체에 들릴 만한—— 그런 목소리.

"큭!"

눈을 크게 뜬 샤르티아는 질풍을 넘어서는 속도로 단숨에 분지를 뛰어 올라갔다. 위로 나가 주위를 둘러보지만, 어둠을 꿰뚫어보는 샤르티아의 눈으로도 나무 너머까지 파악할 수는 없었다. 귀를 기울여도 바람이 초목을 흔드는 소리 말고는 들을 수 없었다.

샤르티아에게는 지각계 능력이나 수색계 마법이 없다. 이 상황에서, 이 숲속에서 한 인간을 찾아내기란 아마도 무리일 것이다.

"빌어먹을!"

노성을 내뱉었다.

놓쳤다. 솔직히 지나치게 방심했다. 이로써—— 두 마리째다. 빠득빠득 이를 갈았다.

"권속이여!"

샤르티아의 발밑에서 그림자가 꿈틀거리더니, 불거져 나오듯 늑대 여러 마리가 모습을 드러냈다. 물론 평범한 늑대는 아니다. 칠흑의 털결은 한밤의 어둠을 누벼놓은 것 같았으며, 붉은빛을 뿜어내는 진홍색 눈동자에서는 사악한 지혜가 엿보였다.

그것은 7레벨 몬스터, 뱀파이어 울프Vampire Wolf.

샤르티아가 보유한 스킬 중 하나인 '권속초래(眷屬招來)' 로 불러낼 수 있는 몬스터는 여럿 있지만, 그중에서도 추적이 가능할 법한 것은 이놈들뿐이었다.

"쫓아라. 이 숲에 있는 모든 인간을 물어 죽여라!"

노성에 가까운 포효로 명령하자 열 마리의 뱀파이어 울프는 일제히 숲으로 뛰어나갔다.

그 뒷모습을 지켜보면서도, 해치울 가능성은 낮으리라 느끼고 있었다. 머릿속에 아우라의 모습이 떠올랐다. 그녀의 수준까지는 못 되더라도, 레인저라면 추적을 따돌릴 방법 정도는 알 것이다.

다시 말해 놓쳤다고 가정하고 다음 수를 생각해야만 한다.

샤르티아는 서둘러 원래 자리로 돌아가, 덤벼들듯이 여전사에게 힐문했다.

“우선, 검은 갑옷을 입은 사람에게 포션을 받은 사람이 너말고도 있나?”

“아니요, 없을 것입니다.”

“그래! 그럼 다음 질문이다. 그 레인저는 나머지 한 팀과 합류할 가능성이 있나?”

“없습니다. 그는 우리 팀이 궤멸당할 상황이 발생했을 경우 팀을 버리고 도시로 돌아가도록 협의했습니다. 그것이 우리가 생존할 가능성이 가장 큰 작전이기 때문입니다.”

패배했을 때의 준비와 주의사항까지 착실하게 고려한 행동이었다. 그렇기에 샤르티아는 궁지에 몰렸다 해도 과언이 아니었다. 이 사실을 깨닫자 분노의 불꽃이 솟아났다.

“인간 주제에 쓸데없는 지혜를——. 만일 네놈들을 지배해도 좋다는 윤허를 받는다면, 버러지는 버러지에게 어울리는 대접으로 길러 주마!”

노성을 터뜨려 봤자 현재 상황은 바뀌지 않는다.

뱀파이어가 있다는 정보는 거의 확실하게 도시에 전해진다.

샤르티아의 생김새까지 파악했을지는 알 수 없지만, 인간의 시력으로 한밤중의 분지 한복판에 있던 샤르티아를 자세히 관찰할 수 있었으리라고는 생각하기 힘들다.

그래도——.

“빌어먹을!”

샤르티아는 욕지거리를 내뱉더니 혼자서 더욱 골똘히 생각하기 시작했다.

아인즈에게서 받은 명령은——

『이번에 노릴 사냥감은 범죄자다. 없어진다 한들 아무도 불만을 제기하지 않을 만한 자들.』

『이를테면 강도떼 중에 무투기나 마법을 쓰는 자가 있다면 피를 빨아 노예로 삼아도 좋으니 반드시 붙잡아야 한다. 범죄자 중에서 세계정세나 전쟁에 해박한 자가 있다면 그놈도 놓쳐서는 안 된다. 그리고 소란을 피우지도 마라. 우리 나자릭이 움직이고 있음을 알렸다가는 훗날 귀찮은 일이 일어날 수도 있다.』

——이상이었다.

그렇다면 임무는 부분적으로 크게 실패한 셈이다.

샤르티아는 머리를 쥐어뜯고 싶어지는 마음을 열심히 참았다.

"아직, 괜찮아. 아직, 괜찮아. 아직, 괜찮아."

자신에게 암시를 걸듯 되풀이했다.

뱀파이어가 있다는 정보는 도시에 전해지겠지만, 자신의 이름이나 나자릭에 관한 정보가 누설된 것은 아니다.

다시 말해 이곳을 습격한 뱀파이어와 나자릭을 연결할 만한 선은 없는 셈이다. 이를 통해 추측컨대, 도시에 있는 자들은 이곳의 용병들이 야생——그런 존재가 있다면——뱀파이어에 의해 학살당했으리라고만 생각할 것이다.

물론 허점은 한두 개가 아니지만 그 이상은 정보를 손에 넣지 않고서는 도달할 수 없다.

샤르티아는 다시 생각의 소용돌이에 빠져들었다.

다음 문제는 이 생각을 전제로, 이 여자를 어떻게 처리할지 하는 것이었다.

매료 상태라고 해도 완전히 기억을 잃는 것은 아니다. 안전을 고려한다면 죽이는 편이 낫다. 그러나 그때 문제가 되는 것은, 자신의 주인이 이 여자에게 포션을 준 진의였다.

만약 이 포션을 모종의 목적이나 이유가 있어서 주었다면, 이 여자를 여기서 죽였다가는 주인의 목적을 방해하는 행위가 될 수 있다. 그것은 정말 위험하다.

살려서 돌려보낼 경우, 고용한 자들은 왜 이 여자만 살아남았는지 의문을 품을 것이다. 그리고 온갖 정보를—— 특히 샤르티아의 외견을 알게 될 것이다. 지금이야 크게 문제가 되지 않겠지만, 장래에는 어떤 일이 일어날지 상상할 수도 없었다.

최선의 방법은 주인에게 연락을 취하는 것이겠지만, 샤르티아는 〈전언Message〉 마법을 쓰지 못한다.

그렇다면 어떻게 해야 좋단 말인가——.

"아아아아아…… 아인즈 님께 혼날 거야……."

누구에게도 들리지 않을 만큼 작은 목소리로 중얼거리면서, 샤르티아는 머리를 싸쥐었다.

"피의 광란만 없다면……. 아니, 그건 나를 창조하신 페로론치노 님께 실례지. 피의 광란만 억제할 수 있다면……."

후회해도 이미 늦었다. 여전사를 어떻게 처분할지—— 이제는 어떻게 되더라도 질책은 피할 수 없었다. 그러나 어느 쪽이 더 적은 상처로 끝날 수 있을까.

worst보다는 worse.

샤르티아는 생각하고 또 생각하고, 머리에서 연기가 날 정도로 생각해, 결론을 냈다.

죽이는 것보다는 살려서 돌려보내는 것이 가능성의 폭이 더 넓어진다. 죽이면 돌이킬 수 없지만, 살려두면 어떻게든 할 수도 있다.

샤르티아는 그렇게 판단했다. 아니, 자신을 필사적으로 속였다 해도 틀린 말이 아니었다.

"네 이름은?"

"브리타입니다."

"알았다……. 똑똑히 기억했다!"

샤르티아는 브리타라는 이름의 여자를 적당한 장소에 세워두고는, 약간 떨어져서 자신의 서번트인 두 마리의 뱀파이어 브라이드를 불렀다.

"일단 여기 있는 것은 모두 회수하고 철수한다."

회수할 시간이 있을지 불안하기는 했다. 그러나 재산을 노린 자들의 소행으로 착각할 가능성에 도박을 걸었다. 이미 실패했으니 하다못해 허위 정보라도 뿌려놓아야 하지 않겠는가.

"샤르티아 님, 여자는 어떻게 하시겠습니까?"

그 질문에 샤르티아의 시선이 조금 떨어진 곳에서 오도카니 서 있는 브리타에게 향했다.

"저대로 내버려둬."

"아니요, 다른 여자 말입니다."

"……뭐? 다른 여자?"

"예, 샤르티아 님. 생존자가 없는지 내부를 수색해봤더니, 성욕 처리에 쓰였던 것으로 보이는 여자가 몇 명 발견되었습니다. 이들은 어떻게 처리할까요?"

샤르티아는 얼굴을 일그러뜨렸다.

뭐야, 그게.

샤르티아는 다시 머리를 굴렸다.

얼굴을 보지 않았다면 내버려두어도 상관이 없을 것이다. 그러나 그것이 과연 정답일까? 귀찮으니 아예 죽여버릴까? 아니, 그랬다간 브리타만 살려둔 것이 이상하지 않겠는가.

무엇이 자신에게 가장 유리할지 전혀 결론을 내지 못한 채 샤르티아는 머리를 싸쥐었다.

"어떻게——."

"아앙? 그딴 걸 내가 어떻게 알아!"

왜 그런 걸 물어본 거야, 이 자식.

그런 표정을 짓는 샤르티아. 모르면 뭘 하든 자기변호를 할 수 있다. 그러나 알아버린 이상 고의로 무시하는 것은 주인에 대한 명확한 반역이다.

"이제 됐어, 몰라! 난 모르니까 내버려둬! 내버려두고 가! 브리타도 그 여자들 속에 처박아놔!"

"그래도 괜찮으시겠습니까?"

"괜찮고 자시고 나도 몰라, 빌어먹을! 좀 닥치고 있어!"

"죄송합니다, 샤르티아 님."

"철수할 거야! 얼른 움직여!"

뱀파이어들이 고개를 숙이고 행동을 시작하는 가운데, 샤르티아는 천천히 머리를 쥐어뜯으며 몸을 웅크렸다.

"야단맞을 거야…… 어떡해……. 하지만……? 응?!"

샤르티아는 고개를 들고, 시선을 뱀파이어 울프들이 향한 숲으로 돌렸다.

"……발견했어?"

자신이 만들어낸 권속들이 눈 깜빡할 사이에 사라지는 감각. 마법으로 송환된 것이 아니라 누군가에 의해 죽은 것이었다.

"그 여자를 처박아놓고 나서 따라와! 마커를 준비해놓을 테니!"

결단은 빨랐다. 그 말만을 외치고 바람을 가르는 듯한 속도로 샤르티아는 달렸다.

숲속에서는 역시 속도가 둔해졌지만, 그래도 인간이라면 말을 탔다 해도 지금의 샤르티아에게서 도망칠 수 없을 것이다.

숲을 단숨에 빠져나가, 권속들이 마지막 반응을 보낸 장소에 도달했다.

그곳에 있던 것은 열두 명의 인간.

모두 각기 다른 무장을 갖추고 있었다.

무뚝뚝하지 않고 외견에서 장난기가 느껴지는 장비여서, 굳이 비교하자면 샤르티아가 가진 것에 가까웠다. 느껴지는 힘도 강대했다. 물론 샤르티아가 보유한 스킬에는 매직 아이템의 힘을 판별하는 능력이 없으므로 상상일 뿐이었지만, 전설급 이상의 무장인 것 같다는 생각마저 들었다.

웬 놈들인가 싶어 샤르티아는 의문을 품었다. 그 열두 명의 남녀는 샤르티아가 이제까지 보았던 이 세계의 인간들과는 분위기가 크게 달랐다. 사자와 생쥐 정도의 차이였다.

전원을 휙 둘러보고, 샤르티아의 시선이 한 남자에게 멈추었다.

'저건…… 강해?'

놀라움과 함께 얼마나 강한지 가늠해 보려고 했다. 하지만 전업 전사가 아닌 샤르티아는 자신이 데려온 뱀파이어 브라이드는 물론이고 전투 메이드 플레이아데스인 솔류션조차 아득히 능가한다는 사실밖에 판단할 수 없었다.

샤르티아는 그 사내를 관찰했다.

남자 장비라서 남자로 가정했지만, 용모는 중성적이었다.

남자라고 해야 할지 여자라고 해야 할지. 양쪽 모두인 것 같기도 하고 어느 쪽도 아닌 것 같기도 한 인간. 키가 작아—— 얼굴도 앳된 것을 보면 성장 중일 것이다—— 더더욱 단언하기 어려웠다.

칠흑처럼 새까만 머리는 길어 땅에 닿을 정도였다. 예리한 홍옥 같은 눈동자에선 샤르티아에 대한 경계가 엿보였다. 갑옷과는 달리 보잘것없는 창을 들고 쳐들었다.

"——사용하라."

남자가 서늘한 호수와도 같은 목소리를 내자 일동 사이에 술렁 동요가 내달렸다. 그것이 어떤 의미인지 샤르티아는 알지 못했다. 다만 상당히 강한 힘을 가진 아이템을 쓰라는 말이었으리라. 어쩌면 샤르티아의 유일한 신기급(神器級) 아이템에 필적할 만한 것.

인간들이 그 목소리에 따라 움직였지만, 샤르티아는 완전히 무시했다. 왜냐하면 샤르티아가 경계한 것은 단 한 사람뿐이며, 그 외에는 별로 위협이 되지 않으리라 판단했기 때문이었다.

중심이 되어 움직이던 것은 이상한 차림을 한 여자였다.

동그란 목깃에 가로로 깊은 슬릿이 들어간 여성용 원피스라고나 할까. 색깔은 은백색이며 발톱 다섯 개를 쳐든 용이 하늘을 향해 날아오르는 모습이 황금실로 그려져 있다.

그것은 아인즈의 세계에서 차이나 드레스라고 불리는 옷.

다만 그 옷을 입은 사람은 나이가 많아 얼굴은 주름투성이였고, 옷에서 드러난 다리도 우엉이나 말린 감자를 연상케 했다. 옷과는 너무 어울리지 않는다고 할까, 눈살을 찡그릴 만한 외모였다. 샤르티아가 일부러 시선을 돌리고 싶어질 정도로.

그러나 그것이 최후의 작은 착오였으리라.

모든 것은 아주 작은 변덕으로도 바뀔 만한 사건이었다.

만일 아인즈가 니군을 사로잡지 않았더라면, 만일 아인즈가 정보계 마법에 대해 법국에서 위협적으로 느낄 만한 반격을 가하지 않았더라면, 만일 법국이 '재앙의 용왕이 부활했다' 고 착각하지 않았더라면, 만일 샤르티아가 한눈을 팔지 않았더라면—— 모든 것이 바뀌었을 것이다. 그러나 수많은 우연이 겹쳐진 것은, 반대로 말하자면 필연이었을지도 모른다.

케이 세케 코쿠

그 의복의 이름은 경성경국(傾城傾國). 그들이 신앙하는, 인간을 구한 신이 남긴 물건. 샤르티아조차 가지지 않은 힘이 담긴 아이템이었다.

——오싹.

수호자이자 나자릭 지하대분묘에서도 최고 레벨인 샤르티아의 몸이 떨렸다. 그것은 예민한 감각이었으며, 육감이라고 부를 만한 것이 발한 경고였다.

샤르티아의 눈이 움직여, 경종을 울리는 자신의 직감이 외치는 곳에 있는 노파를 포착했다.

정말로 죽여야 하는 자는 저 인간이다.

그것을 깨달은 샤르티아가 움직이려 하고, 창을 든 사내가 사이에 끼어들었다.

"비켜!"

샤르티아는 진심을 담아 후려쳤다. 인간의 덧없는 육체라면 산산조각이 날 일격이었지만, 사내는 몸만 날아갔을 뿐 죽지는 않았다. 게다가 그러고도 아직까지 전의를 유지했다.

샤르티아는 노파를 중심으로 마법을 발동시켰다.

"〈집단 전종족 포박Mass Hold Species〉."

몇 명은 포박되었다. 이자들을 묶어놓은 이유는, 조금 전의 임무 실패를 만회하고도 남을 만한 자들이라고 느꼈기 때문이었다.

그렇게 생각한 직후, 샤르티아의 마음이 하얗게 덧칠되기 시작했다.

생각의 일부가 떨어져나가는 듯한 감각. 그것이 무엇인지 알 수 없었다. 그리고 무슨 일이 일어난 것인지를 깨달았을 때, 샤르티아는 크게 경악하며 언데드임에도 공포에 떨었다.

정신조작.

언데드이자 정신조작에 완전한 내성을 가져야 할 자신이, 정신을 지배당하고 있었던 것이다. 하얗게 물들어가는 마음 속에 필사적으로 증오를 담았다. 무수한 최악이 머릿속에 소용돌이치는 가운데——.

"키이이이이이이익!"

——절규를 터뜨리고 피눈물을 쏟으며 저항했다. 나자릭 지하 대분묘의 수호자인 자신을 더럽히려는 지배력에.

그러나 그런 샤르티아의 필사적인 저항을 무시하듯 의식은 하얗게 물들어갔다. 전이 마법을 사용할 여유는 없었다. 그런 짓에 정신을 돌렸다간 즉시 지배당하고 말 것이다.

샤르티아는 클래스 스킬로 청정투척창(淸淨投擲槍)을 만들어냈다. 신성계 속성을 내포한 이 거대 투척창은 가치관이 악에 치우친 자가 사용해도 상당한 손상을 준다. 그리고 무엇보다 발동에 MP를 추가로 지불하면 절대명중이라는 추가 능력을 부여할 수 있다.

샤르티아는 필사적으로, 온 힘을 다해 저항하며, 자신을 더럽히려는 능력을 행사하는 노파를 노려보았다. 이를 지키려는 듯 앞에서서 거대한 거울 같은 방패를 든 사내 따위 안중에도 없었다.

그리고——투척.

창은 마치 자아를 가진 것처럼 손에서 튀어나갔다.

하얗게 물들어가는 의식 속에서 보유 스킬을 되는 대로 쑤셔 박아 강화한 일격이다.

한순간의 섬광과도 같은 일격은 한 치도 빗나가지 않고, 앞을 가로막았던 사내를 방패와 함께 관통해 뒤에서 보호를 받던 노파에게까지 도달했다.

피를 토하는 두 사람. 술렁이는 집단. 그것이 샤르티아가 마지막으로 본 세계였다.

# 막간

리 에스티제 왕국, 왕도(王都).

이곳의 심장부에 해당하는 곳이며, 같은 간격으로 세워진 20채나 되는 원통형의 거대한 탑 사이를 성벽이 이어주는 왕성 로렌테. 그 부지 내에 발란시아 궁전이 있다.

호화롭다기보다는 기능성을 중시한 궁전의 한 곳. 여기서 열린 궁정회의에 수많은 대귀족이며 중신들이 모였다.

그 중앙에 왕국전사장 가제프 스트로노프의 모습이 있었다. 옥좌에 앉은, 충성을 맹세한 주인, 국왕 란포사 III세 앞에 무릎을 꿇은 채.

'더 나이가 드신 것 같구나.'

보름 정도밖에 지나지 않았음에도, 자신이 출정하기 전의 국왕과 지금의 국왕을 비교해보고 가제프는 그렇게 생각했다.

경애하는 주군의 허옇게 물든 머리카락은 흐트러졌으며, 홀쭉한 몸은 빈말로라도 건강하다고 하기 힘들었다. 안색도 좋지 못했다. 지팡이처럼 긴 왕홀(王笏)을 쥔 손은 마른 나뭇가지처럼 가늘었고 머리에 쓴 왕관은 무거워 보였다.

재위 39년, 연령 60세. 이미 후계자에게 자리를 물려주어야 할 때였지만, 물려받을 인물이 없는 것이 문제였다.

뒤를 이을 왕자가 없는 것은 아니었다. 다만 왕자는 둘 있는데 양쪽 모두 우수하다는 표현과는 거리가 멀다 보니, 국왕의 자리에 오른다 해도 뒤에 있는 대귀족들의 꼭두각시가 될 것이 뻔했기 때문이었다.

노인이 생기 없는 목소리로 말했다.

"무사히 돌아와주어 기쁘네, 전사장."

"예! 성은이 망극하옵니다, 폐하!"

따뜻한 말 한마디에 가제프도 깊이 고개를 숙여 대답했다.

"약식으로 보고를 받기는 했네만, 무슨 일이 있었는지 전사장이 직접 들려줄 수 있겠나?"

"분부에 따르겠나이다."

가제프는 왕도에서 출정했을 때부터 시작해, 카르네 마을에서 어떤 일이 있었는지까지 상세히 보고했다. 다만 아인즈 울 고운이라는 수수께끼의 매직 캐스터에 대해서는 자세히 설명했지만, 슬레인 법국에 속한 것으로 보이는 공작원들에 관해서는 입에 담지 않았다. 극소수만이 알아두면 될 사항이었으며, 여기서 그 화제를 꺼내는 것은 위험하다고 판단했기 때문이었다.

그렇기에 길 가던 나그네이면서 마을 사람들을 구하기 위해 과감히 위험 속으로 뛰어들었던 사내의 훌륭함만을 막힘없이 설명했다.

"그러한가. 감동적인 이야기로다. 위험을 무릅쓰고 약자를 구하려 하다니……."

감탄이 담긴 국왕의 말에, 귀족 몇 사람으로부터 아인즈 울 고운을 경시하는 발언이 나왔다.

그들이 말하길, 괴이한 인물이다.

얼굴을 감추는 수상한 존재.

이름이 이상한 매직 캐스터.

나아가서는, 자기 이름을 알리려고 습격을 준비해놓았던 것이 아니냐는 의견마저 나왔다.

가제프는 결코 얼굴에 드러나지 않도록 분노를 억눌렀다.

은인이 이런 평가를 듣는데도 변호조차 할 수 없는 자신이 한심하다고 생각하며.

물론 이유는 있다. 은인을 모욕하는 발언을 하는 귀족들에게는 하나같이 공통점이 있었다. 그것은 대귀족파라 불리는, 거대한 파벌에 속한 자들이라는 점이었다.

리 에스티제 왕국은 국왕이 전 영토의 3할을, 대귀족이 3할을, 그리고 그 이외의 다양한 귀족들이 4할을 차지한 봉건 국가이다. 그리고 현재 왕국은 둘로 나뉘어 권력 투쟁에 몰두하고 있다.

하나는 국왕파, 또 하나가 왕국 6대 귀족 중 절반 이상이 가담한 대귀족파였다. 국왕의 앞이라고는 해도 이곳 또한 그 연장선상에 있는, 투쟁의 장일 뿐이었다.

그렇기에 국왕파이자 왕의 심복이기도 한 가제프는 섣불리 입을 열 수 없었다. 가제프는 말재주가 없는 자신은 결코 귀족들에게 말로 이길 수 없다는 사실을 잘 안다. 그렇기에 말꼬리를 잡힐 만한 사태는 피해야만 했다.

'우리의 움직임에 맞춰 슬레인 법국의 비밀부대가 나타난 것도 그렇고…… 왕국 내부에 첩자가 있을 가능성이 크다. 그렇다면 대귀족파가 아니겠는가…….'

가제프의 시선이 귀족들 중 한 사람, 눈에 한층 싸늘한 빛을 머금은 사내에게 향했다.

금발을 완전히 넘겨서 굳힌, 가늘고 긴 벽안의 소유자였다.

그의 안색은 빛을 받지 못하는 사람 특유의 건강하지 못한 흰색. 키가 크고 가느다란 체구와 맞물려 뱀 같은 인상을 주었다.

나이는 아직 마흔이 못 되었을 텐데도 건강하지 못한 피부색 때문에 더욱 늙어 보였다.

그가 바로 레에븐 후작이다. 6대 귀족 중 한 명이며, 양대 파벌 사이를 박쥐처럼 오가며 이익을 추구하는 자였다. 그리고 국왕의 둘째 왕자에게 슬금슬금 접근하는 귀족이기도 했다.

'왕국을 배신한 자가 있다면, 저놈인가?'

가제프의 시선을 알아차린 레에븐 후작은 얇은 입술로 더 희미한 웃음을 띤다. 그 도발적인 태도에 가제프는 표정을 딱딱하게 굳혔다.

"그러면 전사장의 보고는 일단 이 정도로 하세. 그 외에도 결정해야 할 사항이 있으니."

피곤한 듯한 국왕의 말에 도열한 귀족들은 일단 칼날을 거두었다. 가제프는 국왕 곁으로 이동해 귀족들을 둘러보았다.

국왕의 측근이 된 후로 수많은 불쾌한 눈빛을 받는 데에는 이미 익숙해졌다.

"다음은, 예년대로 몇 달 후에 개시되리라 여겨지는 제국과의 전쟁에 대해 협의하겠노라. 레에븐 후작, 시작하게."

"분부에 따르겠나이다, 폐하."

레에븐이 유령처럼 스윽 앞으로 나가더니 조용한 목소리로 말을 시작했다.

소란을 떠는 자는 없었다. 어느 쪽 파벌에나 안면이 있으며, 6대 귀족 중에서도 가장 힘이 있는 자이기 때문이다. 누구도 적으로 돌리려 하지 않았다.

레에븐 후작은 앞으로의 계획, 누가 어느 정도의 병사를 낼지 하는 이야기들을 그 누구도 이의를 제기하지 않는 가운데 마치더니, 희미한 웃음을 지으며 국왕에게 인사했다.

"——이상이옵니다."

"고맙네, 레에븐 후작. 무언가 의견이 있는 자는 말하도록."

술렁임이 되돌아오고, 저마다 목소리를 냈다.

"이번에는 놈들을 격퇴하고 그대로 제국으로 쳐들어갈 차례겠지요."

"동감입니다. 이제는 제국의 침공을 격퇴하는 것도 신물이 나는군요."

"어리석은 제국 놈들에게 우리의 무서움을 보여줄 때가온 것이지요."

"그렇고말고요. 백작님의 말씀이 옳습니다."

한껏 치장한 사내들의 웃음소리가 실내에 울려 퍼졌다.

꿈도 크시군. 그렇게 말할 수 있다면 얼마나 속이 시원할까.

왕국은 이웃 나라인 제국과 1년에 한 번 꼴로 카체 평야에서 칼날을 맞대고 있었다.

어느 쪽에도 과도한 피해는 없지만, 그것은 제국이 진심이지 않기 때문이다. 만일 진심으로 왕국을 함락하려 든다면 굳이 카체 평야에 진을 치고 왕국이 나올 때까지 기다릴 필요가 있겠는가.

가제프나 다소나마 생각할 머리가 있는 귀족은 제국이 그러한 수단을 사용하는 이유를 왕국의 국력 저하를 노리기 때문이라고 생각했다.

평민을 징집해 군을 편성하는 왕국과 전업전사의 증거인 기사 작위를 수여하는 병사들로 구성된 제국.

어느 쪽이 더 강병인지는 일목요연하다. 그렇기에 왕국은 제국의 두 배가 넘는 평민을 동원해야만 한다. 그리고 병력이 많은 만큼 군에서 필요한 식량도 많아진다. 매직 아이템 중에는 식량을 생산하는 것도 있긴 하지만, 영양가만 있을 뿐이지 맛은 굶주린 사람조차 입에 대기를 주저할 정도였다. 그렇기에 결코 주요 식량원이 될 수는 없었다.

게다가 제국의 침공은 늦은 밀 수확기에 이루어졌으므로, 지방 마을에서는 노동력 부족으로 밀과 같은 곡물의 수확이 늦어지는 상황이 이어졌다.

진심으로 싸우지 않더라도 왕국의 국력은 떨어지고, 그와 함께 왕가의 권력도 줄어드는 상황이 이어지는 것이다.

그렇기에 대귀족파는 이 사실로부터 눈을 돌린다. 왕가의——적대 파벌의 권력이 저하되는 것을 기뻐하며.

'국력이 떨어지면 제국은 진심으로 침공할 터. 지금 같은 국지전으로 끝날 거라고 진심으로 생각한단 말인가! 왜 그렇게 어수룩하단 말인가.'

자신들의 절대권력이 영원히 계속될 것으로 믿는 귀족들에게, 가제프는 짜증이 났다.

"그러고 보니 전사장을 구해주었다는 그 수상쩍은 매직 캐스터는 어쩌면 제국의 수하일지도 모르겠구려. 첩자로 잠입한 것은 아닐지."

"아하, 그렇군요. 정말입니다. 제국에는 매직 캐스터의 학원이 있다고 들었으니까요. 가능성은 얼마든지 생각할 수 있겠군요."

"성명은 이름, 세례명, 성으로 구성된 슬레인 법국과 비슷한데, 이것도 위장의 일환일까요?"

"역시 그러한 인물이 왕국 내에 있다는 것이 찝찝하군요. 어떻게든 해야 하지 않겠습니까?"

"생포 또한 고려하는 편이 좋을지 모르겠습니다. 아니, 모험자 조합처럼 매직 캐스터를 다수 포섭해 멋대로 부리는 존재가 있다는 것이야말로 문제입니다. 우리의 직속으로 삼는 수를 강구하는 편이 좋을 것입니다."

"조합에 지불하는 돈도 엄청나니 말이지요. 왕국에서 살아가는 모험자가 왕국에 출현하는 몬스터를 퇴치하는 데 대가를 받다니, 말도 안 됩니다!"

"연행해서 이야기를 들어보는 것이 제일 좋겠군요."

이제는 가제프도 끼어들지 않을 수 없었다. 자신만이 아니라 마을 사람들과 부하들까지 구해준 은인에게 더 이상의 폭언을 내뱉도록 용납할 수는 없었다.

"기다려 주십시오. 우선 그 매직 캐스터는 왕국에 매우 호의적인 것으로 보였습니다. 그러한 인물을 사로잡는 생각이 과연 현명한지――."

가제프는 이상한 방향으로 굴러가는 궁정회의의 흐름을 바꾸고자 발언했다. 몇몇 귀족이 노골적으로 언짢은 기색을 보였다.

가제프는 검술 실력만으로 현재의 지위까지 오른, 역사 있는 귀족들이 보기에는 근본도 없이 벼락출세한 자.

그렇기에 지독히도 미움을 샀다. 특히 가제프가 왕국 내에서 독보적인 검술 실력을 지녔다는 사실이 더욱 깊은 적개심으로 돌아왔다.

그들 신분 높은 귀족들이 보기에는, 신분이 낮은 자보다도 자신들의 능력이 떨어진다는 사실이 무엇보다도 견디기 힘든 일이다.

가제프의 말을 덮어버리려는 듯 여러 귀족이 입을 열었다.

아인즈 울 고운을 부정하는 말이 쏟아지고, 이에 찬동하는 목소리가 이어졌다.

옥좌의 국왕에게서 한숨 섞인 갈라진 목소리가 들렸다.

"……됐네. 짐은 전사장의 판단이 틀림없으리라고 단언하네."

"으음……. 폐하께서 그렇게 말씀하신다면……."

귀족들이 국왕의 말을 받아 조소에 가까웠던 웃음을 잠시나마 거두었다.

가제프는 자신을 지지해 준, 자신이 충성을 다할 대상에게 감사를 담은 시선을 보냈다. 왕은 가볍게 고개를 끄덕였다.

*

여느 때처럼 권력 다툼과 아첨이 만연한 회의가 끝나고, 가제프는 심신 모두 지치기는 했지만 태도로는 드러내지 않은 채 국왕과 함께 궁정 복도를 걸었다.

과거의 싸움에서 무릎을 다친 탓에 지팡이를 짚은 국왕의 걸음은 매우 위태위태했다. 그러나 국왕의 긍지를 생각해 결코 부축하려 들지는 않았다. 게다가 부축을 받아야만 걸을 수 있다고 하면 왕위를 물려주어야 한다고 요구하는 대귀족파의 목소리는 더욱 거세질 것이다. 자신들의 꼭두각시 인형이 될 왕자를 옥좌에 앉히라는 목소리가.

가제프는 매우 애석했지만, 국왕은 혼자 걸어야만 한다.

느릿느릿 복도를 나아가 왕가 사람들의 방이 가까워졌을 때, 문득 국왕이 입을 열었다.

"……제국의 침공을 억지하려면 귀족 놈들의 힘이 필요하네. 놈들의 생각을 정면으로 반박한다면, 제국을 당해내기 전에 국가가 분열될 걸세."

갑작스러운 이야기였지만, 가제프는 국왕이 무슨 말을 하려는지 잘 이해했기에 입술을 꽉 깨물었다.

"제국이 부럽구먼."

왕의 중얼거림을 위로할 만한 말을 가제프는 알지 못했다.

제국도 3대 전까지는 봉건국가였다. 그러나 귀족들의 힘을 깎아내고 현 황제가 즉위하면서 절대왕정으로 바뀌었다.

현 황제── 지르크니프 룬 파로드 엘 닉스.

즉위 때 흘렸던 피의 양 때문에 선혈제(鮮血帝)라는 이름으로 알려진 청년. 그를 전장에서 보았을 때의 모습을 떠올렸다. 가제프에게 자신의 부하가 되라고 권하던 모습을.

그것은 그야말로 지배자였다. 타고난 지배자.

"하찮은 생각 탓에 자네를 별로 지켜주지 못해 미안하네. 위험한 명령인데 착실하게 무장을 갖추어 보낼 수조차 없는 짐을……

아니, 나를 용서해 주게. ……자네의 부하가 죽은 것은 그 탓이기도 했을 테지?"

"아닙니다, 그렇지는……."

"괜찮네, 가제프. 전사한 자들의 가족에게는, 사죄가 될 거라고는 생각하지 않네만, 내가 위로금을 보내겠네. 그리고 고운 공에게는 직접 감사를 전하고 싶군. 나의 가장 충실한 측근을 구해주어 진심으로 감사하노라고."

국왕 본인의 목숨을 구해준 것도 아니거늘, 일개 떠돌이에게 왕이 직접 감사를 전하기란 어려울 것이다. 그러나――.

"그 말씀만으로도, 인덕이 두터운 그분이라면 만족하시리라 생각합니다."

"그러한가…… 음?"

통로를 걷던 두 사람의 모습이 눈에 들어왔다. 특히 눈길을 끌었던 것은 앞장서서 걷는 아름다운 여성이었다. 너무나도 아름다워 초상화를 그릴 수 없을 정도라던 그 미모는 말로 다 표현하기 힘들었다.

왕의 얼굴이 밝아졌다. 막내 공주에 대한 애정은 다른 아이들에게 쏟는 것보다도 강했다.

라나 티엘 샬드론 라일 바이셀프.

제3왕녀이며, 찬란한 어머니의 미모를 그대로 물려받아 '황금'이라는 별명으로 알려진 왕녀였다.

나이는 열여섯. 이미 남편을 맞아도 이상하지 않을 나이였으므로 귀족들을 애타게 만드는 원인 중 하나이기도 했다.

별명의 유래이기도 한 황금색의 긴 머리카락은 윤기 있게 등으로 흘러내린다. 미소를 지은 입술의 색소는 벚꽃처럼 옅지만 건강한 색이었다. 블루 사파이어를 연상케 하는 진하고 푸른 눈동자는 부드러운 빛을 머금었다.

섬세한 장식이 들어간 하얀 드레스는 청초한 인상을 돋보이게 해주었으며, 목에 건 금목걸이는 그녀의 고결한 영혼을 상징하는 것 같았다.

그 뒤에 선 것은 소년과 청년의 경계에 있는 듯한 남자였다. 하얀 갑옷을 입은 그를 한 마디로 표현한다면 열화(烈火)가 아닐까.

치켜 올라간 삼백안에 굵은 눈썹.

강철처럼 굳은 의지가 여봐란 듯이 솟아나 하나의 표정으로 고정된 그 얼굴은 햇살에 그을려 까무잡잡했다. 금색 머리카락은 움직이기에 편하도록, 그리고 전투 때 남에게 붙잡히지 않도록 짧게 깎아놓았다.

클라임이라고 불리는 그 소년은 가제프에게도 영 어려운 상대였다. 싫어하는 것은 아니었다. 오히려 좋아하는 편이었다.

그러나 그가 풍기는 지극히 무거운 공기가 어려웠던 것이다. 성실한 것은 싫지 않다. 하지만 조금쯤 마음을 편히 먹어도 좋지 않겠는가.

다만 그 마음은 충분히 이해한다.

왕국 최고의 미녀 곁에 선 그는 언제나 수많은 시샘을 받는다. 아마 친구도 없을 것이다. 게다가 그는 가제프와 같은── 아니, 그보다 못한 출신이었다. 그렇기에 약점이나 주인의 평판을 깎아내릴 행실을 보일 수는 없을 것이다.

"아바마마, 전사장님."

오종종 달려오는 라나에게 국왕은 미소를 짓고, 깊이 고개를 숙인 클라임에게 고개를 끄덕여 대답했다.

"이제야 회의가 끝났나 보네요."

"음, 그래. 의제가 이것저것 많아서 말이다."

"그랬군요. 제가 잠깐 생각한 것이 있어서요. 아바마마께서 말씀을 들어주셨으면 해서 기다렸답니다."

"그렇구나. 그거 미안하게 됐다."

그녀가 하려는 이야기는 단순한 잡담이 아니다.

'황금'. 그 별명의 또 다른 유래는 획기적인 기관을 설립하여 새로운 법률을 제안하는 명석한 두뇌, 그리고 빛나는 정신이었다.

그녀의 제안은 대부분 평민을 비롯한 지위 낮은 자들에 대한 구제조치였다. 그것도 위에서 도와주는 것이 아니라, 도와줄 수 있는 수단을 마련해 스스로를 구제하려는 자에게 기회를 제공해 주는 형태였다. 동시에 평민의 지위 향상, 왕가를 향한 충성심의 향상, 생산성 강화 같은 왕가의 이익으로도 이어질 만한 수단으로.

평민의 지위가 강화되는 것을 싫어하는 귀족들이 방해하는 바람에 대부분 무산되고 말았으나, 식자층이나 은혜를 입었던 사람들의 평가는 매우 높다.

"그럼 방으로 돌아가서 듣자꾸나."

"하지만 아버님, 저는 지금 산책 시간이라서요. 클라임과 요 근처를 어슬렁어슬렁 돌아다닐 생각이거든요."

왕과의 대화보다도 산책을 우선시한다는 말에 클라임의 표정이 한층 딱딱해졌으며, 가제프는 아주 조금 가엾다는 생각을 했다.

'그렇다고 해도 라나 님은 자신만의 리듬을 중시하는 분이지.

종자가 된 이상 따를 수밖에.'

"그러냐? 그러면 다녀오려무나. 돌아오면 내 방에 들러다오."

"알겠습니다. 이만 가요, 클라임."

"실례하겠나이다."

고개를 숙인 클라임에게 전사로서 가제프가 말을 걸었다.

"클라임 자네도 검술 실력을 키우게. 언제 어떤 상황에서도 라나 님을 지킬 수 있도록 말일세."

"예!"

클라임이 힘차게 고개를 끄덕이고, 그에 반해 라나는 불만 스러운 듯 말했다.

"클라임은 괜찮아요. 어떤 순간에도 저를 지켜주는걸요."

아무런 근거도 없는 말이었다. 그러나 이 공주가 말하면 정말 그럴 것만 같다.

"그럼 그만 가죠, 클라임."

라나의 섬섬옥수가 바로 곁에 선 클라임의 옷자락을 잡았다. 아마 무의식적인 행동이었겠지만, 그 사실을 깨달은 클라임의 표정은 한층 딱딱해져 이제는 다이아몬드 같았다.

"예, 공주님."

라나의 손에 이끌려, 무표정하지만 고통이라고도 비탄이라고도 할 만한 빛을 눈동자에 떠올린 클라임이 이끌려 나갔다.

예의범절을 잊은 모습이었지만, 국왕은 나무라지 않았다.

그저 먼 과거에 잃어버렸던 흐뭇한 것을 보는 표정으로 지켜볼 뿐이었다.

"왕으로서 연민을 느껴서는 안 될 테지만……."

클라임은 태생조차 모르는, 라나가 성 밖에 나갔을 때 주워온 빈민의 아이이다.

말라빠져 금방이라도 죽을 것 같던 아이는 자신을 구해준 은인을 지키기 위해 노력했다. 아니, 노력이라는 간단한 말로 치부해버려서는 안 될 것이다.

검의 재능은 없었다. 마법의 재능도 없었다. 체격 조건도 좋지 못했다.

그러나 하나씩 해냈던 것이다. 온갖 것들을. 물론 가제프의 영역까지, 영웅의 영역까지 이르기에는 재능이 부족했다. 그래도 왕국 병사 중에서는 상위에 들어갈 만한 수준까지 올랐다.

그럼에도 결코 넘어서지는 못하는 것이 있다.

그것은 지위와 권력, 그리고 인간으로서의 가치였다.

왕녀인 라나의 가치는 매우 크다. 클라임에게는 어울리지 않을 정도로.

"폐하의 심중을 헤아립니다."

"어리석다는 것을 알면서도, 그래도 딸아이 하나만큼은…… 자유로이 해주고 싶다네. 아니…… 다른 딸들에게 야단을 맞으려나? ……정말로 늙었구먼. 이런 생각을 하게 되다니."

왕은 허공을 노려보았다. 마치 그곳에 누군가가 있는 것처럼.

"결국 나는 저 아이까지 불행하게 만들어야만 할지도 모르네."

현재 상태로 시집을 보내려 한다면, 상대는 대귀족파의 인물이 될 것이다.

그렇게 생각하면서도 가제프는 아무 말도 하지 못했다. 해야 할 말이, 건네야 할 말이 없기 때문이다. 국왕이라는 지위에서 비롯된 고뇌를 이해할 수 있는 것은 같은 지위에 있는 자뿐이다. 그것은 가제프가 아니었다.

무거운 침묵이 내려오고, 두 사람은 이를 불식하려는 듯다시 걷기 시작했다.

# 3장 혼란과 파악

# Chapter 3 | Confusion and Understanding

## 1

전이한 아인즈의 시야에 들어온 것은 언덕이었다. 아니, 언덕이라고 할 만큼 높지는 않다. 기껏해야 높이 6미터 정도로 완만하게 솟은 땅이다.

그 땅에는 초원과 마찬가지로 키가 작고 뾰족한 잎을 가진 식물이 우거져, 지면이 융기된 것은 먼 과거의 일인 것처럼 보였다. 둘러보면 주위에도 여러 군데가 있어 이 일대가 원래부터 그런 지형인 것처럼 보이기에는 충분했다. 그러나 물론 그렇지는 않았다.

이 지형은 나자릭 지하대분묘 수호자 중 하나인 마레의 마법으로 만들어낸 것이었다. 이 대지 아래에는 나자릭 지하대분묘의 지표부에 해당하는 벽이 감추어져 있다.

아인즈는 〈비행Fly〉 마법을 발동해 단숨에 사면을 넘어갔다. 넓어진 시야에는 풀에 뒤덮인 대지가 펼쳐졌으며, 나자릭 지하대분묘의 지표 부분인 묘지의 모습은 어디에서도 볼수 없었다. 완전히 흙에 묻힌 것만 같았다.

아인즈는 그런 광경에는 마음을 두지 않고 속도를 유지하며 하늘을 날았다.

어떤 한 지점에 도달한 순간 얇은 막을 뚫은 듯한 감각과 함께 시야에 들어오는 광경이 돌변했다. 언덕은 사라지고, 눈에 익은 아인즈의 집이 얼굴을 드러낸다. 환술 방벽을 돌파했다는 증거였다.

〈비행〉을 늦추지 않은 채 아인즈가 향한 곳은 가장 거대하고 장엄한 중앙영묘였다. 나자릭 지하대분묘 내부로 들어갈 수 있는 입구는 그곳뿐이기 때문이다.

하얀 대리석으로 이루어진 영묘의 계단 부근까지 날아가, 아래쪽에 무수한 사람의 모습이 있음을 발견한 아인즈는 조바심을 억누르면서 그 앞에 사뿐 내려앉았다.

"어서 오십시오, 아인즈 님."

부드러운 여성의 목소리에 이어, 아인즈의 귀환을 환영하는 수많은 목소리가 울려 퍼졌다.

선두에 선 순백색 드레스 차림의 여성이 바로 나자릭 지하 대분묘의 수호자이자 총책임자인 알베도였다. 현재 상황에 대해 가장 자세한 정보를 쥐고 있을 인물이었다.

바로 뒤에 선 네 명은 전투 메이드 플레이아데스였다. 그리고 그 뒤에는 80레벨의 서번트들이 대열을 갖추고 서 있었다.

아인즈는 알베도와 〈전언〉으로 대화를 나눈 다음 즉시 나베랄에게 명령을 내리고 전이했다. 〈전언〉을 나눈 지 5분 정도밖에 지나지 않았음에도 이만한 숫자로 아인즈의 귀환을 맞이했다니, 알베도의 관리능력을 엿볼 수 있었다.

감탄하면서도 아인즈는 가볍게 손을 들어 그 인사에 응했다. 원래는 치하하는 말이라도 한마디 건네주는 것이 타당하겠지만, 지금은 그럴 겨를이 없었다.

"알베도, 〈전언〉으로 이야기했던 것이……."

샤르티아가 반기를 들었다는 것이 사실이냐.

그렇게 물으려다 입을 다물었다. 말을 꺼내면 그것이 진실이 되고 말 것 같은 불안감이 솟아났기 때문이다. 게다가 서번트들 앞에서 이야기하기에는 지나치게 위험한 내용이었다.

"예. 그러면 이동을 하시겠습니까?"

"그래……. 옥좌의 홀이 좋겠구나."

"예. 그러면, 유리. 아인즈 님께 반지를."

뒤에 서 있던 메이드 중 안경을 낀 자가 조용히 앞으로 나섰다.

그녀가 입은 메이드복은 나베랄과 마찬가지로 전투용 메이드복이었으나 몇몇 소소한 부분이 달랐다.

나베랄의 메이드복은 방어를 우선시한 것이지만, 그녀의 옷은 움직임을 중시한 것이었다. 그 증거로 스커트 앞부분에는 금속판이 없었다. 건틀릿에는 가시가 튀어나와서 주먹을 쥐면 흉악한 무기로 변할 것 같았다. 목에 찬 푸른색의 굵은 초커에는 반투명한 작은 알갱이의 보석이 달려 있는데, 빛을 반사해서 생긴 것이 아닌 불꽃의 일렁임이 떠올라 있었다.

머리는 프렌치 트위스트로 틀어 올렸으며, 단정한 얼굴에는 예리함과 냉정함을 겸비한, 한눈에도 알아볼 수 있는 지적인 이미지가 있었다.

그녀가 바로 유리 알파. 플레이아데스의 서브리더였다. 남자인 세바스가 리더이므로 그녀들 중에서는 유리가 총책임자라 해도 과언이 아니었다.

그녀가 두 손으로 받쳐 든 쟁반 위의 보라색 천에는 반지 하나가——링 오브 아인즈 울 고운이 놓여 있었다.

아인즈는 반지를 집어 약지에 끼었다.

나자릭 지하대분묘를 자유로이 전이할 수 있는 이 반지는 아인즈가 밖에 나갔을 때 빼앗길 가능성을 우려해 맡겨놓았던 것이다.

자신의 뼈 손가락에 낀 반지를 바라보며 아인즈는 고개를 끄덕였다. 빼놓았던 며칠 동안 느꼈던 위화감이 사라진 데 만족했다.

"이제 가자, 알베도."

옥좌의 홀로 직접 전이할 수는 없으므로, 반지의 힘을 기동하여 그 바로 앞의 방인 레메게톤으로 전이했다.

중후한 문을 열고, 수정으로 만들어진 옥좌를 향해 알베도를 거느리고 나아갔다. 걸음을 옮기면서 아인즈는 조금 전부터 궁금해했던 질문을 건넸다.

"자, 시작하기 전에 몇 가지 묻고 싶은 것이 있다. 샤르티아가 반역했다는 이야기 말이다만, 같이 있던 세바스는 어떻게 되었느냐? 세바스는 반역하지 않았느냐?"

"예. 반역의 기척은 없었사옵니다."

"그렇다면 세바스에게 정보는 수집했느냐?"

"예, 이미 마쳤사옵니다. 세바스의 말에 따르면 강도의 무리와 조우했으며, 그 후 샤르티아는 강도를 포획하고자 아지트로 향했다고 하옵니다. 그동안 수상쩍은 점은 없었으며, 아인즈 님에 대한 충성을 언급한 적도 있다고 하옵니다."

"그렇군. 그렇다면 그 이후로 반기를 들 만한 무슨 일이 일어났다는 뜻이군."

"예. ……그리고 서번트를 둘, 뱀파이어 브라이드를 데려갔다 하옵니다만, 소멸한 것으로 보입니다."

"그래. 뭐, 그 정도 피라미라면…… 아니지, 소멸할 만한 일이 있었다는 소리로군. 그렇다면 이번에는 내 쪽에서 무슨 일이 있었는지를 대충 이야기하마."

옥좌로 이어지는 계단 아래에 도달했을 때 이야기는 거의 끝났으나, 가장 중요한 묘지 이야기는 아직 덜 끝났으므로 아인즈는 그대로 말을 이었다.

이야기를 마치고, 조용히 듣던 알베도는 알았다는 뜻으로 고개를 숙였다.

아인즈는 자신이 취했던 대응에 실수는 없었는가 묻고 싶은 기분은 굴뚝같았지만, 그보다도 먼저 확인해야 할 것이 있었다.

아인즈는 옥좌를 올려다보며 정해진 말을 영창했다.

"마스터소스 오픈."

콘솔과도 비슷하지만 그와는 다른 반투명한 창이 열렸다. 태그로 구분된 무수한 문자가 보드에 떠올랐다.

이것은 나자릭 지하대분묘 내의 관리 시스템이다.

하루의 유지비, 현재 보유한 서번트의 종류와 숫자, 기동 중인 수많은 마법적인 함정을 포함한 장치 등이 열거되어 있으며, 이 자리에서도 대체적인 관리가 가능한 구조였다. 위그드라실 시절에는 이것 외의 다른 수단을 사용해 언제 어디서나 볼 수 있었으나, 이 세계에서는 심장부인 옥좌의 홀에서만 발동하는 시스템이 된 것을 아인즈는 실험으로 파악했다.

'일일이 이곳에 와야만 한다니, 귀찮다면 귀찮지만……. 반지가 있으니 뭐…… 마음에 둘 필요는 없겠지.'

아인즈는 익숙한 손놀림으로 그 안에 있던 NPC 태그를 열었다.

그곳에 기재된 것은 길드 멤버들과 함께 만들었던 NPC들의 이름 리스트였다. 표시 형식을 이름 순서가 아닌 레벨 순서로 바꾼 아인즈는 위에서 순서대로 늘어선 이름을 바라보고—— 시선을 한곳에서 멈추었다. 그리고 말없이 알베도에게 눈을 돌렸다.

"예. 그렇게 바뀌었습니다."

하얀 문자로 표기된 이름이 이어지는 가운데, 샤르티아 블러드 폴른의 이름만이 검게 바뀐 것이었다.

그 변화한 문자가 나타내는 의미는 분명 아인즈도 알고 있다. 그러나—— 두 번 세 번 되풀이해 바라보고, 그것이 결코 자신이 잘못본 것이 아님을 이해하자, 아인즈는 마음속으로 말도 안 된다고 크게 소리를 질렀다. 만약 해골 얼굴이 움직일 수 있다면 분명 경악의 표정을 지었을 것이다.

"……사망인가?"

아인즈는 포기하지 못한 채 알베도에게 물었다. 어쩌면 이세계에 전이하면서 무언가가 바뀌었을지도 모른다고 기대하며. 그러나 알베도의 말은 한없이 잔혹했다.

"사망한 경우 문자가 사라지며 한동안 공백이 됩니다. 이는 반역을 나타내는 의미가 아니온지요?"

"뭐…… 그렇다고 할 수 있지."

아인즈는 알베도에게 대답하며, 위그드라실 시절에 보았던 그 문자의 변화를 다시 떠올렸다.

알베도에게는 그렇게 말하긴 했지만, 사실은 미묘하게 의미가 다르다. 분명 넓은 의미에서는 반역에 가까운 것일지도 모르지만, 이것은 제3자에게 정신지배를 당해 일시적으로 적대행동을 취하는 NPC의 이름 색 변화였다.

말도 안 돼.

다시 아인즈는 마음속으로 내뱉었다. 아인즈와 마찬가지로 샤르티아는 언데드이다. 다시 말해 정신작용은 좋은 것이든 나쁜 것이든 무효화하는 종족이라는 뜻이다. 그런 샤르티아가, 어떻게 정신지배를 받았다는 말인가.

순수하게 샤르티아가 나자릭을 배신했다고 생각하는 편이 그나마 수긍이 간다. 이를테면 모종의 이유—— 자신의 대우에 불만이 있거나, 외부의 누군가가 더 좋은 조건을 제시해서.

그렇지 않다면 이세계로 전이한 데에 따른, 아인즈의 지식에 없는 무언가 때문에.

머릿속에 떠오른 것은 운필레아의 얼굴이었다. 그렇다. 그가 가진 탤런트처럼 미지의 힘이 있다면 언데드의 정신에 영향을 미치는 것도 가능하지 않겠는가.

"……이 세계 특유의 존재나 현상 같은 것 때문에 특수한 영향을 받았을 가능성도 있을까?"

"잘 모르겠사옵니다. 하오나 샤르티아가 반기를 든 것은 사실이옵니다. 속히 토벌대를 편성하실 것을 진언드리옵니다."

그리고 아인즈는 문득 깨달았다. 조금 전 아인즈의 귀환을 마중했던 서번트들의 역할은 사실 샤르티아 토벌이 아니었을까 하고. 돌이켜 생각해 보면 신성 속성 등 언데드에게 효과적인 공격수단을 가진, 나자릭에서도 드문 서번트들이었다.

강철 같은 어조로 알베도가 말을 이었다.

"부대의 지휘는 제가 맡겠사옵니다. 그리고 부지휘관으로는, 아인즈 님이 허락해주신다면 코퀴토스와 마레를 선발하고자 하옵니다."

그 선발은 샤르티아를 확실하게 말살하기 위한 완벽한 포진이어서 알베도의 진심이 전해졌다.

샤르티아 블러드폴른은 강하다. 단순히 수호자들끼리 강함을 경쟁한다면, 그녀는 가르간투아를 제외하고 최강이었다. 그만한 존재인 샤르티아에게 필승을 꾀한다면 알베도가 말한 멤버가 아니고서는 오히려 어렵다.

"어떻사옵니까?"

"아니, 그것은 다소 섣부른 생각이다. 대체 왜 샤르티아가 반기를 들었는지, 그것부터 확인해야겠지."

"역시 아인즈 님은 자상하시옵니다. 하오나 설령 어떤 이유가 있다 한들 지고의 존재께 적의를 들이댄 자에게 자비를 베푸실 필요는 없을 줄로 아옵니다."

"그것은 아니다, 알베도. 나는 자비를 베푸는 것이 아니야. 순수하게 샤르티아가 어째서 반역을 했는지가 이상한 것이다."

만일 이것이 샤르티아 이외의 다른 자에게도 일어날 수 있는 일이라면 대처법을 찾아내야만 한다. 대우에 불만을 느낀 것이라면 다른 서번트나 NPC들도 같은 마음을 품을 가능성이 있다. 장래에 다른 자들에게도 일어날 가능성에 대해 대책을 마련해야 하지 않겠는가.

가령 탤런트 같은 것을 사용해 강제로 그렇게 만든 것이라면, 이에 대한 대처법도.

과거의 동료들이 창조한 NPC가 반역을 했다는 〈전언〉을 받았을 때는, 길드 마스터로서 길드 멤버에게 인정을 받지 못한 듯한 기분이 들어 무릎을 꿇고 싶을 정도로 충격을 받았다. 하지만 이제는 그 정도 문제가 아니었다.

길드 마스터로서가 아니라, 나자릭 지하대분묘의 절대지배자로서 문제를 해결해야만 한다. 좌절하긴 아직 이르다. 가령——있을 수 없는 일이겠지만——샤르티아가 강제로 그렇게 된 것이라면, 구해내야만 한다.

부하가 난처해졌을 때 구하지 않고서 잘난 척하는 상사 따위, 남의 위에 서는 자로서 실격이다.

지배자인 아인즈는 부하를 지켜야만 한다.

"그래서 샤르티아는 지금 어디 있느냐? 소재는 파악했느냐?"

"송구스럽사오나, 미확인이옵니다. 지금은 샤르티아가 나자릭에 쳐들어올 때를 대비해, 샤르티아의 직속 부하들을 구속함과 동시에 방어를 다지기 위해 제1계층으로 서번트를 이동시켜 두었습니다."

"그랬구나. 그렇다면 우선 샤르티아의 소재를 파악해야겠군. 네 언니에게 가 보자."

## 2

나자릭 지하 제5계층은 빙하(氷河)를 이미지로 만들어낸 극한의 땅이다.

내부에서 빛이 뿜어져 나오는 듯한 착각을 불러일으키는 청백색 빙산이 끝없이 이어진 것만 같은 대지에서 묘비처럼 솟아나 있다.

두꺼운 구름에 뒤덮인 천공에서 불어 내리는 하얀 눈은 얼음을 핥아 극한의 냉기를 머금은 변덕스러운 바람에 이리저리 희롱당하며 흘러간다. 멀리 보이는 수빙림(樹氷林)은 완전히 눈에 뒤덮여 순백의 로브로 온몸을 감싸고 숨은 거인 같았다.

아인즈의 의복이 몸을 에일 듯한 싸늘한 바람에 크게 펄럭였다. 문득 뒤를 따르는 알베도의 차림을 떠올리고 물었다.

"춥지는 않느냐? 원한다면 갑옷을 걸쳐도 좋다. 그 정도 시간은 있으니."

아인즈는 냉기계 공격을 완전히 무효화하여 아무리 추워도 얼어붙는 일이 없다. 그러나 알베도는 다르다. 장비를 갖추면 이 정도 냉기에서는 대미지를 입지 않겠지만, 지금의 알베도는 하얀 드레스 차림이었다. 전이하기 전에도 물어보았지만 혹시 괜히 오기를 부리는 것이 아닌가 하는 마음을 떨쳐버릴 수 없었던 것이다.

그러나 알베도는 아인즈의 걱정에 부드럽게 웃었다.

"염려해 주셔서 감사하오나, 괜찮습니다, 아인즈 님. 이 정도 냉기라면 문제는 없으니까요."

아인즈는 그러냐고 고개를 끄덕였다.

원래는 냉기 대미지와 동시에 움직임을 둔하게 만드는 광역효과가 발동되어야 하지만 비용이 들기 때문에 현재는 해제해놓았다. 그 덕분일까, 아니면 알베도 자신이 냉기 대미지를 차단하는 매직 아이템이나 스킬을 익혔던 것일까.

기본적으로 NPC의 무장은 설정을 만든 멤버가 준 것이므로, 아인즈가 확실하게 기억하는 것은 판도라즈 액터 외의 몇 명뿐이다. 이곳으로 전이한 직후에 모든 NPC의 데이터를 다시 살펴보기는 했지만.

아인즈는 머리에 떠오른 의문을 떨쳐내고, 눈앞에 있는 2층 건물 크기의 서양식 저택을 바라보았다.

전체가 얼음으로 뒤덮인 싸늘한 세계에서 이 건물만이 이질적인 분위기를 풍겼다. 마치 이야기 속에서나 나올 법한 저택인 것이다. 그것도 동화풍의. 다만 표면은 얼어붙어 살풍경하고 기분 나쁜 분위기를 풍겼다. 사실 이름도 동화와는 매우 거리가 멀었다.

이 저택의 명칭은 빙결뇌옥(氷結牢獄).

나자릭을 적대한 모든 이가 떨어지는 장소이다.

"가자."

아인즈는 짧게 고하더니 얼음에 뒤덮인 문을 밀어젖혔다.

두꺼운 얼음이 표면에 달라붙어 있음에도 문은 매우 간단히 열렸다. 들어오는 자를 환영하는 것처럼 활짝.

문을 연 순간 냉기가 흘러나왔다. 극한의 세계보다도 저택 내부가 더 춥기 때문이다.

바람이 온몸을 쓸며 지나가자 알베도가 처음으로 몸을 떨었다. 그것을 본 아인즈는 공간에 손을 넣어 진홍색 망토를 꺼냈다. 끝자락 부분이 타오르는 불꽃을 본뜬 문양을 이루고 있다.

"이것을 입거라, 알베도. 특별히 강한 마법효과는 없다만, 냉기는 충분히 차단해줄 것이다."

"이처럼 훌륭한 것을! 감사하옵니다! 평생의 보물로 간직하겠나이다!"

딱히 준다고 한 것은 아니었지만, 알베도의 얼굴에 피어난 웃음을 보니 더 뭐라고 말할 수 없었던 아인즈는 활짝 열린 문 너머를 바라보았다.

조용하고 어두운 통로가 안쪽까지 이어졌다.

"그러고 보니 살아남은 양광성전도 이곳에 있었지?"

"예, 뉴로니스트가 잘 돌보고 있을 것이옵니다. 따뜻해……. 마치 아인즈 님의 품에 안긴 것 같사옵니다……. 크흐흐흐."

"……그러냐. 다행이구나."

살도 피부도 없는 품에 안겨봤자 따뜻할 리가 없다는 말은 아인즈도 차마 할 수 없었다. 그 정도로 눈치가 없지는 않았으니까.

망토를 감고 몸을 비비 꼬아대는 알베도를 시선 밖으로 완전히 밀어내고, 아인즈는 천천히 걷기 시작했다.

"무엇을 하느냐. 시간은…… 이번만큼은 유한하다."

"아, 네!"

아인즈의 패시브 스킬 '불사의 축복'이 저택 이곳저곳에 도사린 언데드의 존재를 헤아려 주었다. 그것이 번잡하게 느껴진 아인즈는 스킬을 해제하고 언데드를 무시하며 청백색 얼음에 뒤덮인 복도를 걸어 나갔다. 이동 저해에 대책을 세우지 않는다면 표면을 완전히 뒤덮은 얼음에 발이 미끄러지고 말지도 모른다.

"……뉴로니스트를 부를까요, 아인즈 님? 안내도 없이 나자릭의 최고지배자이신 분을 걷게 할 수는……."

"그럴 필요까지는 없다. 뭐라 하는 것은 아니지만, 그 녀석은 말이 좀 길어서 말이다. 지금은 조속히 해결해야 하는 일이 있다. 쓸데없는 시간은 조금이라도 줄이고 싶다."

"알겠나이다. 그러면 이 건이 끝나는 대로 뉴로니스트에게는 쓸데없는 이야기를 하지 말라고 못을 박아두겠나이다."

"아니, 아니, 그럴 것까진 없다. 그 정도로 불쾌하게 생각했던 것은 아니니."

"하오나……."

옆에 나란히 서서 눈살을 찡그리는 알베도에게 아인즈는 움직이지 않는 얼굴로 쓴웃음을 지었다. 주인에게 잘 보이고 싶다는 마음은 이해하지만, 이대로 두었다간 자칫 푸념도 늘어놓을 수 없게 되지 않겠는가.

"괜찮다. 나는 너희 모두를 사랑하니. 너희의 좋은 점도 나쁜 점도, 옛 동료들이 만들어낸 것이 아니더냐. 그런 마음이 담긴 부분을 보면서 불쾌하게 여긴다면, 그것은 나의 허물일 것이다."

그렇다. 그러니 샤르티아가 설정에 따라 배신했다면 용서해야만 한다. 샤르티아를 만든 페로론치노의 의지에 따른 것일 테니까. 다만 그는 길드 내에 불화의 씨앗을 뿌리는 그런 타입의 사내는 아니었다. 그것이 아인즈의 고개를 갸웃거리게 했다. 굳이 따지자면 장난기 많은 성격이었으며, 동료들과의 화합을 사랑하는 사내였다.

'그렇게 따지면 역시 외적 요인이려나. 그 이름 표시가 나타내는 것은 정신지배 같은 데에서 오는 효과니까……. 그래도 완전히 확실한 건 아니고, 이 세계에 오면서 설정이 바뀌지 않았으리라고는 단언하지 못하겠지만, 아무리 그래도 모든 NPC의 성격 설정까지 기억하는 건 아니고……. 게다가 보아하니 NPC의 성격에는 만든 사람과 비슷한 부분이 약간 있는 것 같으니……. 모든 성격을 설정할 수는 없기 때문일까? 그렇다면 샤르티아는…… 설정? 시한폭탄 식으로 뭔가 심어놓았나? 페로론치노는 야게임을 좋아

했으니 공략 이벤트를 설정해놨다거나…… 우와, 이건 상당히 그럴 듯한데.'

아인즈는 힘없이 한숨을 쉬고, 곁에서 걷는 여성의 기이한 변화를 겨우 깨달았다.

"사랑하니…… 사랑하니…… 사랑하니……."

그 부분만 고장 난 음악재생기처럼 되풀이하고 있었다.

"……알베도? 모두를 말이다. 모두를 사랑한다고 했던 거다?"

빙그르르. 알베도의 얼굴이 기이한 방향으로 돌아왔다.

"하, 하오나, 저도 사랑해 주신다는! 그런 말씀이시죠?!"

"으, 음, 뭐, 그렇지."

"크흑――!!"

알베도가 두 발을 모아 가볍게, 그리고 귀엽게 폴짝 뛰어―― 천장에 부딪쳤다.

차원이 다른 육체능력이란 바로 이런 걸 말하겠지.

쩌억! 아니, 빼억!! 이었을까. 천장이 커다랗게, 놀랄 정도로 커다랗게 비명을 질렀다. 얼마나 신나게 뛰었는지 느껴지는 소리였다.

포탄이 격돌한 것 같은 소리를 듣고 흐느적흐느적 바닥이며 천장에서 실체 없는 몬스터들이 반투명한 모습을 드러냈다. 이 저택에 도사린, 조금 전 아인즈의 스킬에 걸려들었던 언데드들이다.

"어허, 물러나거라. 별일 아니니."

아인즈는 당장에라도 콧노래를 흥얼거릴 것 같은 알베도를 보았다. 천장에 격돌했다고는 하나 종족 스킬로 대미지 경감 능력을 갖추었으니 아픔은 없었으리라.

다종다양한 언데드들이 충성을 표하고는, 다시 모습을 감추고 침입자를 대비하는 업무로 돌아갔다.

"……알베도, 이제 곧 네 언니의 방에 도착할 거다. 각오는 됐겠지?"

들떠 있던 알베도의 표정이 순식간에 긴장으로 물들었다.

"알겠나이다. 그러면, 인형을."

"그래, 이리 다오."

알베도가 손을 벽에 내밀자 벽에서 하얗고 투명한 손이 튀어나오더니 알베도의 손 위에 인형을 떨구었다. 갓난아이의 인형이었으며, 크기도 대충 그 정도였다.

아인즈는 그것을 받아들더니 뚫어지게 보았다.

"정말 으스스하게 생겼군."

갓난아이의 캐리커처다. 큐피 인형을 크게 일그러뜨려 놓은 듯한 모양이었으며, 특히 커다랗게 튀어나온 눈이 징그러웠다. 아인즈는 있지도 않은 눈썹을 찡그리며 시선을 통로 막다른 곳으로 향했다. 그곳에는 문을 중심으로 벽 전체에 커다란 프레스코화가 그려져 있었다.

어머니와 갓난아이일까. 자상한 어머니가 아이를 안고 있는 그림이었다.

그것뿐이었다면 훌륭한 그림이었을 것이다. 하지만 시간이 흐른 탓인지 칠이 군데군데 벗겨져 무참한 모습을 드러내고 있었다. 특히 갓난아이의 모습은 거의 없고 잔해 같은 것만이 남았을 뿐이었다.

아인즈는 문을 열었다.

소리도 없이 미끄러지듯 문이 열리고—— 아기의 울음소리가 울려 퍼졌다.

숫자는 한둘이 아니었다. 그렇다고 메아리 때문에 그렇게 들리는 것도 아니었다.

수십, 수백의 무수한 울음소리가 겹쳐져, 하나의 소리가 되어 아인즈 일행에게 밀려들었다. 그러나 방 어디에도 아기는 보이지 않았다.

보이지 않지만 있는 것이다.

가구라고는 아무것도 없는 휑뎅그렁한 방 한복판에는 요람이 있었으며, 이를 조용히 흔드는 한 여성이 보였다.

까만 상복을 입은 여성은 아인즈 일행이 방에 들어왔음에도 아무 말도 하지 않은 채, 그저 요람만을 흔들고 있었다. 얼굴은 보이지 않는다. 긴 흑발이 완전히 가리고 있기 때문이다.

지고의 존재인 아인즈가 나타났음에도 무시하는 NPC라니, 평소 같으면 알베도가 질책을 했겠지만 오늘은 아무 말도 하지 않았다. 그 이유는 아인즈도 잘 안다. 은근히 경계하는 알베도의 자세 또한 그 이유를 보여주고 있었다.

"슬슬 시작하려나?"

"그럴 거라, 생각되옵니다. 주의하십시오."

마치 두 사람의 대화가 신호가 된 것처럼, 여성의 움직임이 얼어붙은 듯 우뚝 멈추었다. 그리고 천천히 요람에 손을 넣더니, 아기를 살짝 들어 올렸다. 아니, 그것은 아기가 아니다. 인형이었다.

"아니야아니야아니야아니야!"

도리질을 치며 집어던진다. 온 힘을 다해 집어던진 인형은 벽에 부딪쳐 산산이 부서졌다.

"내아기내아기내아기내아기이이!"

여성에게서 따닥따닥 이 부딪치는 소리가 울려 퍼지고, 이를 신호로 바닥과 벽에서 들리던 울음소리가 강해지더니 그 소리의 근원이 모습을 드러냈다. 반투명한 아기 같은 살덩어리가 주르륵 흘러내렸다.

"타블라 님도 참, 이런 데 이 정도로 몬스터를 배치하다니……. 돈을 얼마나 쓴 거야."

그 갓난아이와도 비슷한, 꿈틀거리는 살덩어리는 10레벨 후반대의 몬스터이며 송장아기Carrion Baby라 불리는 것이다.

위그드라실이라는 게임에서는 게임 내 통화나 현실세계의 돈을 써서, 리스폰 타입이 아닌 고정 타입의 몬스터를 던전 내에 배치할 수 있다. 다시 말해 죽더라도 자동으로 부활하지 않으므로 플레이어들의 입장에서는 사치품이라는 인식이 강해, 롤플레이를 중시하는 사람이 아니면 잘 배치하지 않는다.

그런 고정형——이를테면 저레벨이라 해도 캐리온 베이비를 이만큼 배치했으니, '타블라 스마라그니다' 라는 인물의 집착을 엿볼 수 있었다.

아인즈가 감탄하는 동안 여자는 어디선가 거대한 가위를 꺼내더니 꽉 움켜쥐었다. 흐트러진 머리카락 틈에서 드러난 눈이 아인즈 일행을 노려보았다.

"너희가너희가너희가너희가, 아기를아기를아기를아기를 잡아갔어잡아갔어잡아갔어잡아갔어어어어!"

"……정말 네 언니구나. 많이 닮았어."

"네에?! 그, 그런가요?"

아인즈 일행이 느긋하게 대화를 나누는 것을 적대 행동으로 파악했는지, 여자는 살기 어린 한 줄기 바람이 되어 아인즈를 향해 질주했다. 거의 몇 걸음 만에 품까지 파고들 것처럼 보폭이 큰 걸음걸이로 까만 상복을 펄럭인다.

여자는 손에 쥔 가위를 아인즈에게 내지르려는 듯 크게 치켜들고——.

"네 아기는 여기 있다."

——아인즈가 인형을 내밀자, 여자의 움직임이 정지 버튼을 누른 것처럼 딱 멈추었다. 그리고 가위를 집어넣더니, 천천히 이를 받아들었다.

"오오오오!"

소중한 아기를 두 번 다시 놓지 않으리라는 듯 다정하게 안아 들더니, 요람으로 돌아가 아기 인형을 눕힌다. 그리고긴 머리카락에 가려진 얼굴을 아인즈 일행에게 돌렸다.

"모몬가 님 아니십니까. 그리고 나의 귀여운 쪽 여동생도. 안녕하셨습니까."

"오랜만이다, 니그레도. 너도…… 뭐, 변함없는 것 같아 기쁘구나."

일련의 흐름 속에서 아인즈가 놀라지 않고 냉정하게 대처할 수 있었던 것은 조금 전의 광란을 위그드라실 시절에 본 덕분이었다.

'그때는 비명을 질렀지만.'

새 캐릭터를 만들었으니 보러 오라는 말에 놀러 갔다가 비명을 질러대는 길드원들과 다 함께 힘을 합쳐 공격했던 것은 그리운 추억이었다.

"언니, 오랜만이어요."

그렇다. 그녀—— 니그레도는 알베도의 언니이다. 그리고 알베도와 마찬가지로 타블라 스마라그디나라는 인물이 설정한 NPC였다.

알베도가 타블라 스마라그디나라는 인물의 '갭'에 대한 기호를 강하게 표현한 캐릭터라면, 니그레도는 호러 영화에 대한 기호를 강하게 표현한 캐릭터였다.

'절대 나쁜 사람은 아니었지만, 여러 가지 의미에서 지나치게 개성이 넘쳤지.'

평범하게 대화해 보면 똑똑하고 성실한데, 깊이 파고들어 보면 이래저래 상종하기 힘든 부분이 겉으로 드러나는 사람이었다. 그런 옛 길드원을 떠올리고 있으려니, 니그레도가 얼굴을 완전히 가린 긴 흑발을 한가운데에서 갈라 맨얼굴을 드러냈다.

얼굴을 가린 채로는 실례라고 생각한 것이겠지만, 아인즈는 그대로 두었으면 싶었다.

그 얼굴은 그야말로 괴이했다. 가죽이 없는 것이다. 근육이 그대로 드러난 얼굴이었다.

입술과 눈꺼풀이 없으니 진주처럼 고운 치아도, 반짝이는 듯한 눈동자도, 하나씩 보면 아름다울 텐데도 전체적으로 보면 징그러울 뿐이었다.

그런 호러 영화에 나올 법한 얼굴이 더욱 기분 나쁘게 일그러졌다. 피부가 없어서 판별하기 약간 어려웠지만, 아인즈와는 달리 근육이 있으니 그것이 웃음임을 짐작할 수 있었다.

"그런데 모몬가 님께서 어인 일로——."

"——아아, 미안하다. 너는 그때 옥좌의 홀에 오지 않았지. 이제 나는 모몬가가 아니다. 아인즈 울 고운이라는 이름을 쓰고 있다. 앞으로는 아인즈라 부르도록."

놀란 듯 숨을 삼키는 소리가 들리더니, 니그레도가 천천히 고개를 숙였다.

"분부에 따르겠나이다, 아인즈 님."

"그래. 니그레도, 너에게 부탁할 것이 있어 왔다. 네 능력을 빌려주겠느냐?"

"저의 능력 말이시옵니까? 생물 쪽이옵니까, 아니면 무생물 쪽이옵니까?"

"일단은 생물…… 생물이지……? 솔직하게 말하마. 목표는 샤르티아 블러드폴른이다."

"계층수호자를? ……실례했사옵니다. 아인즈 님의 명령이시라면 즉시 개시하옵지요."

의혹에 찬 목소리를 냈지만, 니그레도는 즉시 이를 삼켰다.

"부탁해, 언니."

알베도의 말에 니그레도는 장난기가 발동했는지 엄지를 척 세워 대답하더니 다종다양한 마법을 발동하기 시작했다.

아인즈는 그 마법의 대부분이 최근 들어본 것이었음을 떠올렸다. 어젯밤 나베랄에게 시켰던 온갖 대 정보계 마법이었다.

니그레도는 매직 캐스터이자, 나자릭 내에서도 최고위에 가까운 위치를 차지한 고레벨 NPC였다. 생긴 것만 봐서는 상상하기 힘들지만, 특히 정보 수집 같은 조사 계통에 특화된 클래스 구성을 하고 있다. 그렇기에 샤르티아를 발견하고자 이곳으로 온 것이다.

보유한 힘에 어울리는 속도로 니그레도는 결과를 보고했다.

"발견하였나이다."

"〈수정 화면Crystal Monitor〉을."

다시 마법이 발동되자 그곳에 떠오른 수정 화면에는 어딘가 숲 속의 탁 트인 장소인지, 나무들 사이에 오도카니 서 있는 갑옷을 입은 존재가 떠올랐다.

아인즈가 신음했다.

"훌륭하구나. 정확히 표적을 포착하다니. 역시 특화형 매직 캐스——."

감탄사는 영상이 선명해지면서 사라지고 말았다.

영상 속에 선 존재가 걸친 것은 피에 젖은 듯한 진홍색 전신갑주. 얼굴 부분이 열린 투구는 백조의 머리를 연상케 했으며 좌우에서 새 같은 날개가 튀어나와 있었다. 가슴에서 어깨로 이어지는 선에도 새의 날개를 본뜬 듯한 장식이 달렸으며, 허리에는 진홍색 스커트를 감아놓았다.

한 손에는 요리에 쓰는 스포이트와도 흡사한 기괴하고도 거대한 창을 쥐고 있다.

그것은 신앙계 매직 캐스터 중에서도 전투능력에 특화된 클래스인 발퀴레Valkyrie 등을 보유한 샤르티아 블러드폴른의 완전전투 태세였다.

"스포이트 랜스! 페로론치노 님께서 샤르티아에게 하사하셨던 신기급 매직 아이템!"

샤르티아의 무기를 본 알베도가 경악성을 질렀다. 아인즈도 온몸의 장비 슬롯을 모두 채울 수 있을 만큼 신기급 아이템을 가지고 있다. 그렇다고 해서 그것이 간단히 얻을 수 있는 물건이라는 뜻은 아니다.

위그드라실의 매직 아이템은 데이터 크리스탈을 박아 만드는데, 몬스터가 드롭하는 데이터 크리스탈의 성능은 천차만별이라 신기급 아이템을 만들려면 하이레어 드롭 아이템이라 불리는 데이터 크리스탈이 여러 개 있어야 한다. 그리고 그만한 데이터 크리스탈을 넣을 그릇——무기라면 검 같은——을 만드는 데에도 엄청나게 희귀한 금속이 필요하다.

그렇기에 100레벨을 찍고도 신기급 아이템이 하나도 없는 플레이어는 드물지 않았다.

상위 10대 길드의 하나였던 아인즈 울 고운의 길드원들도 NPC의 장비를 신기급 아이템으로 맞추진 않았다. 기껏해야 한두 개 쥐어주는 정도였으리라.

그리고 샤르티아 블러드폴른이 가진 신기급 아이템이 바로 스포이트 랜스였다.

이름은 바보 같지만, 능력은 극악하다. 상대에게 입힌 대미지의 몇 퍼센트를 흡수해 장비한 사람의 체력을 회복하는 데이터 크리스탈이 있는데, 스포이트 랜스는 여기에 특화된 것이었다.

"……당장 가자."

"네? 아, 기다려 주시옵소서! 샤르티아가 무장을 완비한 이상, 즉시 전투가 벌어지리라 예상되옵니다. 옥체를 지킬 자들을 선발해야 하옵니다!"

"그럴 시간이 없다. 교섭이 결렬할 때는 즉시 철수하면——."

『아인즈 님, 실례하겠나이다.』

머릿속에 울려 퍼지는 여자의 목소리. 그것은 에 란텔에 남겨두고 온 나베랄의 것이었다.

아인즈는 이 타이밍에 갑자기 끼어든 목소리에 약간 짜증을 느꼈다.

"무슨 일이냐, 나베랄? 지금은——."

바쁘다고 말을 끊으려던 아인즈는 입을 다물었다.

어젯밤에도 엔토마의 〈전언〉을 끊었던 사실이 떠올랐기 때문이었다. 그때는 어쩔 수 없다고 생각했으나, 만일 그때 곧바로 행동했더라면 상황은 지금과 달랐을지도 모른다. 운필레아 구출은 나베랄에게 맡기는 방법도 있었던 것이다.

어렴풋한 후회가 아인즈에게 냉정함을 되찾게 해주었다.

NPC들은 아인즈를 절대자로 추앙한다. 그렇기에 아인즈의 말을 최우선으로 생각하기 쉽다. 그것이 설령 잘못된 판단이더라도. 그렇기에 아인즈는 냉정하게, 되도록 주의 깊게, 실수가 없도록 행동해야만 했다.

'나처럼 단순한 일반인에게는 무리한 요구라고…….'

구멍투성이인 자신의 판단력을 비웃으며 그런 것은 불가능하다고 쓴웃음을 지은 아인즈는 〈전언〉에서 전해지는, 주인의 칙명을 기다리는 나베랄의 충직한 기척을 느끼고 벼락을 맞은 것처럼 몸을 떨었다.

'무슨 생각을 하는 거지? 나는 아인즈 울 고운이다. 나자릭의 지배자이며 모두의 이름을 내건 자다. 그래, 스즈키 사토루가 아니

지. 불가능? 아니. 이 이름을 댄 이상 반드시 해내야만 해.'

"……아니, 아무것도 아니다. 무슨 일이냐? 긴급사태이기에 내게 〈전언〉으로 연락을 한 것이겠지?"

『예. 실은 모험자 조합 사람이 아인즈 님을 부르고 있습니다.』

"……어젯밤 사건 때문이라면 기다리라고 하여라. ……아니지, 그게 아니겠군. 다른 건이더냐?"

『예! 명석하신 판단이옵니다.』

나베랄은 여기서 잠시 말을 흐리더니, 망설임을 침묵의 형태로 드러냈다. 이윽고 그녀의 내면에서 모종의 결론을 내렸는지, 다시 입을 연다.

『실은 그 건과는 다른 문제가 발생한 듯하여. 그것이…… 뱀파이어에 관한 건이었사옵니다.』

"무엇이? 뱀파이어라고?"

아인즈의 시선이 〈수정 화면〉에 비친, 아직까지 우뚝 서있는 샤르티아에게 옮겨갔다.

"그 뱀파이어에 대해 무언가 말한 것이 있더냐? 은발이라든가, 진홍색 갑옷을 걸쳤다든가."

『아닙니다. 유감스럽게도 부르러 온 자는 단순한 심부름꾼입니다. 자세한 이야기는 조합에서 할 테니 속히 와 주십사 하고. 이미 몇몇 모험자 팀이 모였다고 하옵니다만……. 지금 근처에 조합에서 온 심부름꾼이 있습니다. 어떻게 전하면 좋을지요.』

아인즈는 눈을 감았다. 물론 안구는 없으므로 눈동자 속에 깃든 불꽃이 살짝 가늘어진 것뿐이었지만.

"어떻게 생각하느냐, 알베도. 나베랄에게서 이런 〈전언〉이 왔다만.”

설명을 마치자 알베도는 눈을 내리깔더니 몇 초 후 다시 아인즈에게 시선을 돌렸다.

“정보가 부족한 이 상황에서는 어느 쪽을 우선시해도 이익과 불이익이 있을 것으로 사료되옵니다. 아인즈 님이 원하시는 대로 선택하실 수밖에 없을 것 같습니다. 개인적으로는 인간 따위의 존재는 무시해도 상관이 없으리라 보입니다만.”

아인즈는 알베도에게 감사의 뜻을 표하고 깊이 생각에 잠겼다.

샤르티아를 우선시했다가 그것이 최악의 사태로 발전할 경우.

조합을 우선시했을 경우의, 샤르티아의 현황 변화.

나쁜 상상을 하자면 한없이 최악의 사태가 떠올랐다.

만일 이곳에 동료들이 있다면 다수결로 금방 결정했을 것이다. 그러나 지금 이 자리에는 아인즈 혼자뿐이다. 나자릭 지하대분묘를 맡은 자, 소중한 이름을 내건 자로서 자신이 결정해야 한다.

망설이다, 결론을 내렸다.

“알베도, 샤르티아에게는 감시할 자를 파견해 두거라. 나는 에란텔의 모험자 조합으로 가겠다. 그것이 끝나면 나를 샤르티아가 있는 곳으로 안내해다오.”

“분부에 따르겠나이다.”

“들었느냐, 나베랄?”

『예. 하오면 지금 가겠노라고 심부름꾼에게 전하겠나이다.』

“그래, 그렇게 해다오. 알베도, 미안하지만 나는 그만 가겠다.”

“알겠사옵니다. 저는 조금 전의 말씀에 따라 몇몇 서번트를 파견해 두겠나이다.”

"부탁하마. 그리고 반지를 유리에게 주마. 나중에 회수해다오."

사실은 사서장에게 맡겨두고 싶은 것도 있었으나, 그럴 시간은 없으리라 판단하고 아인즈는 반지의 힘을 발동시켜 전이했다.

방에는 자매만이 남아 긴장된 공기가 풀어졌다. 이를 기다렸다는 듯 니그레도의 눈꺼풀 없는 눈동자에 호기심이라는 이름의 광채가 깃들었다.

"뭔데? 샤르티아가 무슨 일이라도 저질렀어?"

"응. 배신한 것 같아."

"믿겨지지 않는걸……. 그랬어? 정말?"

"나도 믿을 수가 없지만, 그렇다는 결론은 나왔어."

"그럼 냉큼 죽여 버리면 될 거 아냐. 아인즈 님 분위기를 보니, 그걸 바라시지는 않는 것 같던데?"

"그러게. 아인즈 님은 자상하시니까……. 아니, 왜 샤르티아가 배신했는지 이유를 알아내지 않고 죽일 경우 큰 오점이 될 수도 있다고 판단하신 거 아닐까? 아인즈 님이시라면 그 정도는 쉽게 생각하실 테니까."

"흐응~."

니그레도는 수긍한 듯 못한 듯 애매한 소리를 냈다.

"알았어. 일단은 네가 파견한 서번트가 물리적으로 감시를 시작할 때까지 내가 여기서 샤르티아를 마법적으로 감시할게."

"부탁해, 언니."

이야기가 끝났다고 판단해 반지의 힘을 해방하려던 알베도는, 언니가 무언가 말하고 싶은 기색을 보이는 것을 깨달았다. 제정신일 때의 언니는 해야 할 말은 확실하게 전하는 사람이다. 그런 언니가 말을 주저하는 이유는 하나뿐이다.

듣고 싶지는 않지만, 그래도 만에 하나, 그 이야기가 아닐 가능성도 있으리라 생각하면, 싫어도 물어볼 필요가 있었다.

"왜 그래, 언니?"

"……나는 이 빙결뇌옥에서 밖으로 나가도록 허용되지 않았으니 모르겠지만, 그 스피넬은 지금도 건강해?"

……역시.

알베도는 내심 그렇게 생각하며 괜히 물어보았다고 후회 했지만, 표정으로는 드러내지 않은 채 말을 받았다.

"언니, 그 아이를 그렇게 부르는 건……."

"나는 그 계집애가 정말 싫어. 설령 우리와 마찬가지로 타블라님께서 만들어주신 존재라 해도……. 아니, 스피넬은 우리하곤 완전히 다른 식으로 만들어졌는걸. 절대 흉금을 터놓을 만한 존재가 아니야."

"그렇지 않아, 언니. 귀여운 아이인걸."

"내가 보기엔 네가 속고 있는 것 같아. 분명 스피넬은 나자릭에 큰 재앙을 불러일으킬 거야. 내기해도 좋아."

"……그 점에 대해선 언제까지나 평행선이구나. 난 그 아이가 절대로 해를 끼치지 않을 거라 확신하는걸."

"그래. 네가—— 수호자 총책임자인 네가 그렇게 생각한다면, 나는 더 말하지 않을게. 하지만 나는 그렇게 걱정하고 있다는 사실을, 총책임자로서 기억해 줬으면 해."

"알았어. 언니가 그렇게 걱정하고 있다는 건 잘 기억해둘게."

한숨을 참으며 알베도는 전이했다.

다만, 평소였다면 웃어넘겼을 텐데도 오늘만큼은 그 말이 마음에 가시처럼 박혔다.

지고의 존재에게 창조된 자는 모두 절대적인 충성심을 품는다. 그런 줄 알았건만, 샤르티아는 배신을 했다. 그렇다면 다른 자도 배신할 가능성이 있지 않을까.

어쩌면 동생도 배신할지 모른다——.

그런 마음을 완전히 지워버리기란 불가능했다. 다만 그것이 알베도에게 불이익이 되지는 않을 것이다.

전이를 마친 알베도는 눈동자를 황홀하게 물들였다.

"아인즈 님, 사랑하는 분이시여. 소녀는 당신의 충실한 개이자 노예이옵니다."

이 자리에 없는 남자에게 선언한다.

"나자릭 전체가 적이 될지라도, 저만은 당신의 곁에."

## 3

"자, 모몬. 빈자리에 앉아 주게나."

실내에는 여섯 명의 남자가 있었다. 무장을 갖춘 우락부락한 남자가 셋, 그리고 건장하기는 하지만 무장은 하지 않은 남자——그가 자리에서 일어나 아인즈에게 자리를 권했다.

그리고 로브를 입었으며 신경질적으로 보이는 말라빠진 자.

마지막이 방 안쪽에 있는 뚱뚱한 사내였다.

전원의 시선을 받으며 아인즈가 의자에 앉자, 서 있던 사내가 다시 입을 열었다.

"우선 내 소개부터 하지. 나는 이 도시에서 모험자 조합장을 하고 있는 플루톤 아인잭이라 하네."

기백이 넘치는 장년 사내였다.

풍기는 분위기는 역전의 강자 그 자체였으며, 누가 어떻게 보더라도 우수한 전사임은 의심할 여지가 없었다.

"그리고 이분은 도시장이신 파나솔레이 그루제 데이 레덴타이어 님."

아인즈가 슬쩍 고개를 숙이자 파나솔레이는 가볍게 손을 들어 대답했다.

살집이 좋은—— 아니, 까놓고 말해 매우 비만한 사람이었다. 복부에는 넘치다 못해 흘러내릴 정도로 지방이 끼었으며 턱 밑에도 두둑한 살점이 붙었다. 이렇게 뚱뚱하니, 얼굴은 못미더운 비만형 불독이라는 표현이 딱 어울릴 것 같았다.

머리카락은 안쪽의 두피가 빛을 반사할 만큼 가늘었으며, 남은 머리카락도 흰색이었다.

"부훅— 반갑네, 모몬 씨—."

코가 막혀서인지 숨소리가 부훅 흘러나왔다. 그런 돼지 같은 사내에게 모몬은 다시 고개를 숙였다.

"이쪽이 에 란텔 마술사 조합장 테오 라케실."

너무 말라서 신경질적으로 보이는 사내가 아인즈에게 꾸벅 인사했다.

"그리고 저기 세 사람이 자네와 마찬가지로 우리의 소집에 응해준, 에 란텔이 자랑하는 모험자 팀의 대표들일세. 오른쪽부터 '크랄그라' 의 이그발지 씨, '천랑(天狼)' 의 벨로테 씨, '무지개' 의 모크나크 씨일세."

소개를 받은 자들은 모두 목에 건 플레이트의 색깔——미스릴——에 어울리게 자세는 훌륭했으며 힘이 느껴졌다. 장비도 아인즈가 보기에는 잡동사니이기는 했지만, 이 도시에서 만난 모험자들에 비하면 좋은 것을 착용했다.

눈동자에는 저마다 다른 감정을 품고 있었으나, 공통된 것은 호기심이었으리라.

그중 한 사람—— 크랄그라라 불렸던 모험자 팀의 대표 이그발지가 자리에 앉은 아인즈를 날카롭게 노려보며 험악한 목소리로 말했다.

"그 전에 좀 들려주쇼, 아인잭 조합장님. 난 모몬이라는 이름을 들어본 적이 없는데, 미스릴인 이상 무언가 대단한 일을 해내셨겠지? 어떤 위업을 달성하셨나?"

미미한 적의가 느껴졌지만, 아인잭은 이를 깨닫지 못한 것처럼 밝은 어조로 대답했다.

"그는 숲의 현왕을 복속시켰으며, 어젯밤 묘지에서 일어난 사건을 신속히 해결하는 위업을 달성했네."

"묘지 사건?"

모르겠다는 투로 되묻는 이그발지에게, '무지개' 라 불렸던 모험자 팀의 대표 모크나크가 놀라 소리를 질렀다.

"혹시 언데드가 대량으로 발생했다는 그 사건인가?"

"부훅—. 자네, 정보 한번 빠르군. 귀찮은 사건이 생겨서, 정보는 가능한 누설되지 않도록 해 두었는데? 어디서 들었나—?"

코가 막힌 탓인지 말을 하는 도중에도 부훅부훅 얼빠진 소리가 들렸다. 게다가 입으로 호흡을 하기 때문인지 억양이 거의 없었다. 마치 연극 대본을 서툴게 읽는 것처럼 어색했다.

“실례했습니다, 도시장님. 저도 언뜻 들은 정도라, 어디서 들었다고 말씀드리기는 매우 어렵군요. 당연히 자세한 정보는 모릅니다.”

두 사람의 시선이 부딪치고, 서로 미소를 짓는다. 모크나크는 거짓 웃음이었으며, 도시장은 쓴웃음이었다.

“흐음—. 수상하지만, 뭐 됐네. 언데드가 설쳤다는 이야기는 알고 있는 자들도 많을 테니. 부훅—. 미안하네, 괜히 끼어들어서.”

“아닙니다. 괜찮습니다, 도시장님. 그래서 조합은, 이를 통해 모몬이 미스릴에 어울릴 만한 모험자라고 판단했던 걸세.”

“그거 하나? 겨우 사건 하나 해결했다고? 차례차례 승격 시험을 거쳤던 모험자들은 불만이 생길 텐데요?”

조금 전까지는 아인잭에게 최소한의 예의를 차렸던 이그발지는 이제 그나마도 내팽개치고 뚜렷한 적의를 드러냈다.

그런 이그발지의 옆에서 서늘한 목소리가 날아들었다.

“흐음. 조합장, 확실하게 말해주게. 나도 그와 마찬가지로 모몬 씨가 미스릴이라는 데 불만을 가진 사람이니.”

옆에서 끼어든 것은 마술사 조합장—— 라케실이었다. 그 얼굴에는 비아냥거리는 기색이 있었다. 그러나 아인즈는 그것이 자신이 아니라 이그발지에 대한 조소임을 깨달았다.

다만 당사자에게는 그것이 전해지지 않았는지, 이그발지는 라케실에게 우호적인 미소를 보냈다.

"마술사 조합장님도 나와 같은 생각이신 모양이군요."

"크, 크크."

정말 재미있는 말을 들었다는 양 라케실이 얇은 입술에 더 희미하게 웃음을 띠었다. 결코 우호적인 감정에서 비롯된 웃음은 아니었다. 눈동자에서는 모멸의 빛이 뚜렷하게 스며 나왔으니까.

"그런가? 자네와 나는 크게 다르다고 생각했네만."

"그게 무슨 뜻――."

"이젠 그만하게, 이그발지. 조합에선 모몬 씨가 오리하르콘 클래스의 위업을 이루었다는 의견도 있었으니."

"뭣?!"

말도 안 돼――. 이그발지의 얼굴은 그렇게 외치고 있었다.

그 표정을 보며 라케실은 조소로 얼굴을 한껏 일그러뜨리며 설명했다.

"모몬 씨는 겨우 둘이서―― 아니, 숲의 현왕을 포함해 셋이서, 수천은 되는 것으로 보이는 언데드 무리를 돌파해, 그곳에서 사악한 의식을 치르던 인물을 쓰러뜨렸네."

"――그 정도야 잠입에 조금만 능숙하면!"

라케실은 여봐란 듯 하아 한숨을 내쉬고 말했다.

"그래, 자네 말도 옳아. 나도 그 정도였다면 모몬 씨를 오리하르콘이라고까진 하지 않았겠지. 하지만 어떤 언데드의 잔해가 모몬 씨의 힘을 증명해 준 게야."

라케실은 말을 끊더니 칠흑의 갑옷을 걸친 아인즈를 진지하게 바라보았다.

"……골룡Skeletal Dragon. 절대 마법방어를 가진, 무시무시한 언데드를 해치우셨던 걸세."

"그, 그건! 그, 그야 골룡은 강하죠! 하지만 미스릴 클래스의 모험자라면 해치울 수——."

"——두 마리를 동시에 말인가?"

"뭐?!"

이그발지만이 아니라 나머지 두 명의 모험자도 놀라 소리를 질렀다. 두 사람의 아인즈를 보는 시선에 미묘한 변화가 섞였다. 깊은 호수 밑바닥을 조사하는 듯한, 조사원과도 같은 눈빛이었다.

"그곳에 있던 잔해는 두 마리 분량이었네. 자네들의 팀은 수천이나 되는 언데드의 무리를 돌파해, 두 마리의 골룡을 퇴치하고, 미지의 현상을 일으켰던 주모자를 해치우는 일을 단시간에 해낼 수 있나? 묘지에 갔던 모험자들 중에는 영혼을 일그러뜨리는 사령Wraith처럼 강력한 언데드를 목격한 자도 있네. 그 정도의 사지를 답파할 수 있겠나?"

이그발지는 아무 말도 못하고 입술을 깨물었다.

"거듭 묻겠네. 모몬 씨의 팀은 모몬 씨와 한 명의 여성밖에 없었다고 들었네. 여성은 매직 캐스터였으니, 절대 마법내성을 가진 골룡을 상대로는 무력했겠지. 그 점을 고려해서, 자네들도 단둘이…… 아니, 숲의 현왕도 있었으니 셋이, 그만한 위업을 달성할 수 있겠나?"

라케실은 천천히 아인즈에게 고개를 숙였다.

"이 도시에 살아가는 한 명의 주민으로서 모몬 씨께 감사드리오. 귀하가 조속히 움직여 주시지 않았더라면 얼마나 큰 희생을 치렀을지 알 수 없었소. 나의 개인적인 감사이기는 하지만, 무슨 일이 있을 경우 말만 해주시면 최대한의 지원을 아끼지 않겠소."

"그러실 것 없습니다, 마술사 조합장님. 저는 발레아레 씨에게 의뢰를 받아 문제를 해결했을 뿐이니까요."

"후후후후……."

테오 라케실은 소리를 내 웃었다. 여기에는 감동한 느낌이 있었다.

"역시 귀공은 오리하르콘…… 아니, 아다만타이트에 필적하는 무언가가 있구려. 그만한 위업을 극소수의 인원으로 달성하고도, 이를 자랑하기는커녕 마치 아침 쉬운 일처럼 말씀하시다니. 소문으로는 일행분께서 제3위계 마법까지 구사하실 수 있다 들었소만…… 사실은 아니겠지?"

"과찬의 말씀은 기쁘지만…… 그리 쉽게 카드를 보여드릴 수는 없는 관계로."

"그렇소? 그건 유감이구려."

아인즈와 라케실이 서로 웃고, 이그발지는 그런 모습에 얼굴을 시뻘겋게 물들이더니 목소리를 높였다.

"우리 팀이 있었더라도 문제는 해결할 수 있었을 거요! 애초에 인원이 적은 것은 그들의 문제지! 인간성에 문제가 있어 멤버가 모이지 않았던 것뿐 아니겠소?!"

실내의 분위기가 열기를 띠고, 이를 가로막는 얼빠진 숨소리가 부훅 들렸다.

"그쯤 해두는 게 어떻겠나—. 자네들을 이 자리에 부른 건, 싸움을 시키기 위해서가 아니거든—?"

마지막으로 이어진 부훅 소리에, 이그발지는 살기가 꺼진 것처럼 자리에 앉았다. 그러나 분노를 참는 듯한 시선은 아인즈에게 못 박힌 채였다. 그런 모습에 두 명의 조합장은 못말리겠다며 고개를 가로저었다.

"힘을 중시하는 자네들 마음도 이해하네만, 본론은 그게 아니야. 후다닥 문제를 좀 해결해 줄 수 없을까—?"

"도시장님, 말씀 고맙습니다."

"음—? 무슨 말인가, 조합장—? 아무튼 이야기를 계속해 주게나. 나도 사실, 자세한 이야기는 하나도 모르거든—."

"예. 즉시 보고드릴 수 있었더라면 좋았겠습니다만……."

"마음에 두지 말게나—. 스트로노프 군 때문에 다소 바빴던 내 잘못이지—."

부훅. 얼빠진 숨소리가 흘러나왔다.

"그럼 본론으로——."

"그 전에 최소한의 예의로, 헬름 정도는 벗어야 하지 않겠수?"

다시 말을 자른 이그발지의 비아냥거리는 목소리에는, 설령 정론이라고는 해도 짜증을 느끼지 않을 수 없었다. 다른 모험자들도 살짝 눈살을 찡그렸을 정도였다.

"아닙니다. 이번에는 그 말이 옳습니다. 하긴, 예의에 어긋나는 짓이었지요."

하지만 당사자인 아인즈는 매우 냉정하게 헬름을 벗고 마법으로 만들어낸 거짓 얼굴을 드러냈다. 평범하기 그지없는 얼굴을.

"이처럼 외국에서 온 탓에, 귀찮은 일을 일으키고 싶지 않아서 헬름을 쓰고 있었습니다. 무례를 용서해 주십시오."

"쳇, 외국에서 왔어?"

"그만하지 못하겠나, 이그발지. 몬스터에게서 시민들을 지키는 모험자에게 국경은 없네. 창립 이래의 불문율에 불평하다니, 같은 직업에 종사하는 자로서 부끄럽지도 않나."

다시 뭐라 말하려던 이그발지를 나무라는 목소리가 들리고, 그것이 이 자리에 있는 모두의 의견임을 이해하자 이그발지도 어쩔 수 없이 입을 다물었다.

"……이처럼 외국에서 왔다는 것만으로 차별을 받는 경우가 종종 있었습니다."

아인즈의 말에 몇 사람의 얼굴에 쓴웃음이 떠올랐다. 이그발지는 얼굴을 분노로 시뻘겋게 물들였으나, 아인즈가 다시 헬름을 쓰는 데 불만을 제기하는 사람은 더 이상 없었다. 조합장 아인잭이 말했다.

"그러면 더는 아무 일도 없기를 빌며, 본론으로 들어 가겠네."

"지각한 놈 때문에 이야기를 듣지 못했으니 말이지."

"그 점은 잘못했소. 용서해 주시오."

아인즈는 고개를 숙이고, 이것만큼은 진심으로 사과했다.

회사원 시절, 모두 모이기 전까지는 회의를 시작하지 않겠다는 말에 일찍 퇴근하고픈 심정을 꾹 참았던 기억이 있었기 때문이다. 그 마음은 정말 잘 이해한다.

이렇게 마음에서 우러난 솔직한 사죄가, 적의를 노골적으로 드러내고 비아냥거리기만 하던 이그발지와 대비되어 겸허한 인상을 준 모양이었다.

"호오."

누군가가 감탄했다는 듯 중얼거리고, 이그발지는 한층 얼굴을 찡그렸다. 자신의 평가가 얼마나 떨어졌는지 충분히 깨달았기에.
다만 이그발지보다도 불쾌감을 드러낸 사람이 있었다.

"……작작 좀 하게. 더 이상 내 말을 끊을 생각이라면 나가줘야겠어."

그것은 당연히 아인잭이었다. 이그발지를 노려보는 눈에는 분노의 불꽃이 뚜렷이 깃들었으며 조금 전까지의 온화한 어조는 사라지고 없었다. 이그발지는 사과의 의미를 담아 고개를 가볍게 숙였다.

그런 솔직함을 보며 아인즈는 의문을 느꼈다. 조금 전부터 자신에게 향했던 적의를 생각해 보면, 이번에도 중학생이 부모에게 반항하는 듯한 태도를 보여도 이상하지 않았으리라.

그러면 왜 이번에는 창을 거두었단 말인가.

잠시 생각하다, 어떤 한 가지 결론에 이르렀다.

미스릴 모험자들이 모인 이 자리에서 혼자만 나가게 된다는 것이 어떤 평가를 불러올까. 사실과는 다르다 해도, 가치가 없기 때문에 쫓겨난 것처럼 보일 가능성이 있다. 그렇게 될 경우 모험자들 사이에서 지위가 떨어지고 말기 때문이 아닐까.

"우선 간결하게 설명하지. 이틀쯤 전 밤, 에 란텔 근교의 가도를 순찰하던 모험자들이 뱀파이어와 조우했네. 그 뱀파이어는 조우한 모험자 다섯 명을 살해했지. 이번에 자네들을 부른 것은 그 뱀파이어 때문일세."

이어서 아인잭이 그 뱀파이어의 외견을 설명했을 때, 아인즈의 희망은 모조리 부서졌다.

살아남은 모험자의 이야기에 따르면, 너무나도 무서워 복장 같은 외견은 어렴풋한 기억밖에 없었지만, '은발에 거대한 입' 이라는 인상은 강하게 남았던 모양이었다.

어렴풋하다 해도 샤르티아를 아는 사람이 들으면 그녀를 연상하기에는 충분했다. 뱀파이어의 정체는 아인즈의 마음속에서 이미 확정사항이 되었다.

'대체 어쩌다 이런 일이 일어난 거람. 도통 모르겠어. 아무튼 그 생존자의 기억은 바꿔놓아야겠군. 기회가 오는 대로 행동하자.'

아인즈가 환영으로 된 눈썹을 찡그리는 동안 이야기는 그다음으로 나아가고 있었다.

"부훅— 그랬군—. 하지만 나는 그런 데 별로 지식이 없어서 말입니야—. 나한테만 길게 설명하느라 시간을 잡아먹어도 미안하니, 여러분 이야기를 옆에서 듣다가, 궁금한 점이 생기면 질문하겠네—."

"알겠습니다, 도시장님. 그러면 제군, 질문 있나?"

"근교란 게 어디쯤입니까?"

"도시 북문에서 걸어서 세 시간 정도 거리일세. 그 부근부터 펼쳐진 숲은 다들 잘 알 테지. 그 안쪽이었네."

"증언한 모험자의 플레이트는?"

"아이언이었지."

"……좀 묻고 싶은데, 겨우 뱀파이어 때문에 이만한 모험자가 모인 겁니까? 입찰이라도 하려는 거요?"

"동감입니다. 뱀파이어라면 플래티넘 클래스로도 문제가 없을 텐데요? 미스릴 클래스가 이만큼 모인 이유를 모르겠 군요."

"간단하지. 그 뱀파이어가 강하기 때문일세."

라케실이 끼어들고, 의문 어린 시선의 집중포화를 받았다.

"강한 뱀파이어……?"

"상위 뱀파이어……. 십삼영웅의 사가(saga)에도 등장하 는, '랜드폴' 이라는 별명으로 유명한 뱀파이어 로드라도 된단 말이오?"

"그 뱀파이어 로드인지 어떤지는 알 수 없지만, 모험자와 조우했을 때 제3위계 마법 〈불사자 창조〉를 사용했네. 그것이 무슨 의미인지, 모험자인 여러분이라면 설명은 필요하지 않을 테지."

아무 말도 없었다. 그들의 굳은 얼굴이 웅변 이상으로 사태의 심각함을 말해주었다.

"부훅—. 나는 영 모르겠는걸. 좀 가르쳐 주겠나—?"

"실례했습니다, 도시장님. 그 영역의 마법을 구사했다면, 단순하게 평가해도 플래티넘 수준의 능력을 가졌다고 볼 수 있습니다."

무슨 말인지 거의 이해한 파나솔레이가 눈살을 찡그렸다.

"다시 말해—…… 에이, 이런 말투는 이제 그만두지."

파나솔레이가 눈빛을 날카롭게 바꾸었다. 그것만으로도 분위기가 돌변했다. 조금 전 맥없던 돼지 같은 표정에서 야생의 사나운 멧돼지로. 아니, 이것이 파나솔레이의 진짜 모습일 것이다.

"다시 말해 마술사 조합장께서는 이렇게 말씀하고 싶은 게로군. 플래티넘 수준의 팀에 필적하는 몬스터가, 플래티넘 수준의 기술을 지녔다고."

"바로 그렇습니다."

"그건, 단순히 더 강해지는 거라고 판단해도 상관이 없겠나?"

"그렇게 생각하셔도 무방합니다."

"군대로 따지면 어느 정도나 되지?"

"군대 말입니까……? 그건 어려운 질문이군요."

라케실은 잠시 고민하다가 다시 입을 열었다.

"이건 어림짐작이며, 반드시 그렇다고 단언할 수만은 없다는 것을 전제로 말씀드리겠습니다. 게다가 군대로 따진다면, 언데드는 피로를 느끼지 않고 음식물도 섭취하지 않으므로…… 글쎄요, 억지로 끼워 맞춘다면, 1만 정도가 아닐까요?"

"무엇이라!"

그 사실에 파나솔레이는 경악한 표정을 지으며, 의견을 청하듯 모험자들을 둘러보았다. 아인즈를 제외한 전원이 고개를 세로로 끄덕여 마술사 조합장의 의견에 동의를 표했다.

"테오를 대신해 말씀드리자면——."

아인잭이 라케실에게서 바통을 넘겨받듯 이야기를 시작했다.

"플래티넘 이상 모험자의 비율은 왕국 모험자의 2할 정도일 겁니다. 왕국 내의 모험자가 3천 명 정도라고 하니, 플래티넘 클래스는 왕국 전체 800만 이상의 백성 중 600명밖에 없다는 계산입니다. 이해하시겠습니까? 플래티넘 이상이라는 것이 얼마나 소수의 존재인지."

"그렇군. 이해하고 싶지 않았네만, 이해하고 말았네. 그러면 그 점을 염두에 두고, 자네들 모험자들에게 묻고 싶네. 토벌할 자신이 있나? 만약 무리라면…… 그래, 전사장 스트로노프 군에게 협력을 청하는 것은 어떻겠나?"

가제프 스트로노프—— 왕국 최강의 전사. 아다만타이트 수준의 모험자를 능가하리라는 평가를 듣는 인물. 왕국의 비밀병기라고도 불릴 만한 존재였다.

그러나 아인잭은 즉시 부정했다.

"물론 스트로노프 공을 이길 전사는 없을지도 모릅니다. 그러나 그분보다도 힘이 떨어지는 모험자 팀과 겨룬다면, 분명 모험자 팀이 이길 것입니다. 모험자 팀은 다종다양한 수단—— 스트로노프 공을 예로 든다면, 스트로노프 공의 네 배는 되는 마법과 무투기 같은 온갖 수단을 동원할 수 있습니다. 이 차이는 특수능력을 보유한 몬스터를 상대할 때 매우 뚜렷하게 나타날 거라고 확신합니다."

"흐음……."

"가장 좋은 방법은 아다만타이트나 오리하르콘 클래스의 모험자를 모으는 것입니다. 그때까지는 이곳에 있는 이 도시 최고의 모험자들로 경비망을 구축해 뱀파이어의 침입을 저지해야 합니다."

"너무 수세로만 나서는 것 아닌가?"

"최악의 사태를 상정하자면 이것이 최선이라 봅니다. 상대는 단독으로 1만 대군에 필적하니까요."

"방대한 병력에 필적하는 힘이 생각지도 못한 장소에 갑자기 나타난다는 공포……. 상상도 하고 싶지 않구먼."

1만 규모의 군세라면 행군의 흔적을 통해 어디에 있는지 발견하기 쉽다. 게다가 군을 유지하려면 막대한 식량이 필요한 이상 장기간의 작전행동은 어렵다.

그러나 이것이 개인이라면 어떻게 될까. 게다가 투명화 등의 마법을 구사해 잠입행동에 탁월한 개인이라면.

"한데 조합장님, 모험자로서 말씀드리자면, 경비망을 구축하긴 너무 어렵습니다. 서로 움직임을 맞추는 훈련을 할 시간이 필요하니……."

"그 정도까지는 아니더라도 공동작전을 입안해 줄 수는 없겠나, 제군?"

도시장의 의견에 모험자들이 즉시 반대 의견을 표했다.

"무리입니다. 호흡을 맞춰 행동하려면 치밀한 작전을 세워야 하는데, 치밀하면 치밀할수록 생각지 못한 사태가 일어났을 때 쉽게 무너지고 맙니다. 그러느니 차라리 협력하지 않고 싸우는 편이 낫습니다. 애초에 그 뱀파이어는 왜 그런 곳에 있었던 거죠? 조합은 어디까지 조사를 마쳤습니까?"

"그 점 말인데, 강대한 힘을 가진 뱀파이어다 보니 조합에서도 자세한 조사는 불가능했네. 조사 팀을 꾸리려 했을 때 어젯밤의 언데드 사건이 발발해, 그쪽에 인원을 할애하고 말았지."

"그렇군요. 두 사건이 서로 관련이 있었을지도 모르니……."

"바로 그걸세."

"묘지 쪽은 모몬 씨가 해결하신 것 아니오? 주모자의 시체나 유류품을 통해 뭔가 관련성을 알아내진 못한 거요?"

그 질문이 나온 직후, 약간의 정적이 감돌았다.

아인즈는 어라 싶었다. 지금까지 망설임 없이 대답하던 조합장이, 처음으로 도시장 쪽으로 시선을 살짝 돌렸기 때문이었다. 그것은 질문하는 듯한 시선이었다.

생각해 보면 도시에 테러 행위를 계획했던 자들이니, 모험자에게 이야기해도 좋은 정보와 안 좋은 정보가 있을 것이다.

"유류품을 통해 줄라논으로 판단했네."

모험자 셋의 얼굴이 확 굳었다. 반면 아인즈에게는 당연히 처음 듣는 단어였으므로, 자신에게 화살이 돌아오지 않게 해달라고 믿지도 않는 신에게 기도했다.

'정말 무지란 무섭군. 최대한 정보 수집을 서둘러야겠어.'

"언데드를 부리는 그 비밀결사 말이군. 그렇다면 역시 뱀파이어와 관계가 있을 법한데."

"도시 안팎에서 동시에 문제를 일으켜 전력을 갈라놓으려는 수작이었나? 아니면 양쪽 모두 양동이고 진짜는 현재진행형으로 움직이고 있다면…… 최악인걸."

"일단 정찰을 해야겠지. 레인저의 정보를 통해, 뱀파이어가 확인된 부근에 동굴이 있었다는 사실을 알아냈네. 소문에 따르면 강도의 근거지였다고도 하네만……."

"그곳에 있을 가능성은…… 이미 이동했을 가능성이 더 크겠지만, 없지는 않지. 우선 그곳을 보러 가야……."

발언하던 모험자가 갑자기 입을 다물었다.

당연하다. 뱀파이어가 있을 가능성이 가장 큰 장소를 조사하러 간다는 것은 일부러 위험 속에 뛰어드는 것과 마찬가지다. 게다가 맞닥뜨린 뱀파이어가 지금 예상한 전투력을 지녔다면 확실하게 죽게 되지 않겠는가. 그 발언은 죽으러 다녀오라는 완곡한 표현과 다를 바 없었다.

"……그건 뒤로 미뤄두세. 우선 도시 경비를 강화하는 것이 먼저 아니겠나. 어쩌면 지금 이 순간에도 안에 들어오려 하고 있을지도 모르니."

"……마법을 사용하면 침입은 쉬울 테니 말이지. 제국 수도처럼 공기병(空騎兵)이나 매직 캐스터가 순찰을 도는 곳과는 달라서."

〈비행〉을 사용해 상공에서 도시로 잠입하는 것도 가능할 테고, 〈투명화〉를 사용해 정면으로 들어올 수도 있다. 마법이란 그만큼 성가신 존재이다. 그렇기에 우선 전력을 집중해 경비를 강화하는 것은 지극히 당연하다.

"하지만 무언가 정보를 얻지 않고선 대처하기도 어렵겠지. 우선 그 동굴을 조사해야 해!"

지극히 당연한 제안에 따라 회의실 내의 의견이 점차 통일됐다.

그것은 아인즈의 입장에서는 상당히 성가신 일이었다.

샤르티아의 모습을 알리는 것은 매우 위험했다. 앞으로 어떻게 될지는 알 수 없으나, 샤르티아의 인상착의가 도시—— 나아가 왕국 내에 널리 퍼진다면, 앞으로 암약할 때 족쇄가 될 것이다.

아인즈는 필사적으로 머리를 굴려 어떻게든 이야기를 다른 방향으로 이끌 수 없을까 생각했다.

결국 샤르티아의 인상착의를 알리지 않을 방법은 하나뿐인데.

아인즈는 나오지도 않는 침을 삼키며 말했다.

"우선 한 가지 잘못된 점이 있습니다. 그 뱀파이어는 줄라논과는 관계가 없습니다."

"어째서인가, 모몬? 무언가 알고 있는 것이라도 있나?"

"예, 조합장님. 저는 놈의 이름을 잘 압니다. 왜냐하면 제가 이곳까지 쫓아온 뱀파이어이기 때문이지요."

"무엇이?!"

공기가 술렁 흔들렸다.

아인즈는 재빨리 머리를 굴렸다. 이제부터가 진짜 중요하다.

"매우 강력한 뱀파이어여서 말입니다. 제가 모험자가 되기로 결심한 것도, 사실은 놈들의 정보를 모으기 위해서였습 니다."

넌지시 던진 정보에 아인잭이 즉시 달려들었다.

"놈들? 놈들이라고 했나, 모몬?"

"예. 뱀파이어는 두 마리입니다. 그중 하나, 은백색 머리 카락을 가진 여자의 이름은——."

그리고 여기서 말문이 막혔다. 카밀라라고 할까 했지만 여자 뱀파이어에게 그 이름은 너무나도 전형적이었다. 만약 이 세계에 플레이어가 있다면 자신의 존재를 확실하게 알아차릴 만한 그런 이름이다. 그렇다면 뭐라고 해야 할까 주저하다가, 섬광처럼 번뜩인 이름을 입에 담았다.

"호뇨페뇨토."

"엥?"

얼빠진 목소리가 들렸다. 한 사람의 입에서 나온 말이 아니었다. 거의 전원이었다.

"……호뇨페뇨코."

아인즈는 자신이 말해놓고도 조금 전과 이름이 다른 것 같다고 생각했지만, 누군가 지적하면 잘못 말했다고 밀어붙일 생각으로 단언했다.

"호뇨페뇨……?"

"호뇨페뇨코, 다."

여자 뱀파이어라서 이름 뒤에 일본식으로 '코'를 붙이고 말았지만, 이것만은 어떤 위그드라실 플레이어라 해도 알아차리지 못하리라. 완전무결한 명명에 대한 자신감에 아인즈는 투구 안에서 자신만만하게 웃음을 지었다.

"그, 그랬군. 그 호뇨…… 에잇! 여자 뱀파이어의 이름을 알고 있다면…… 이제 그만 자네의 정체를 말해줘도 되지 않겠나? 어느 나라에서——."

"——유감이지만 대답할 수 없습니다. 극비 임무이기 때문이지요. 만일 여러분이 그 사실을 알게 된다면 저는 이 나라를 떠나겠습니다. 뱀파이어는 여러분의 손으로 해치우셔야 합니다. 국가 대 국가의 문제로 번지는 사태는 막고 싶으니까요. 도시장님이라면 이해하시겠지요?"

도시장이 천천히 고개를 끄덕이고, 그 모습을 본 아인잭이 입술을 깨물며 날카로운 시선으로 아인즈를 노려보았다.

아인즈는 조합장의 시선 따위 아무렇지도 않았으나, 자신의 거짓말을 그들이 어디까지 믿어줄지, 어딘가 모순은 없었을지 그 두 가지만이 불안감으로 밀려들었다. 그러나 이를 떨쳐내고 아인즈는 말했다. 이것만은 그 누구도 방해할 수 없다는, 미미한 분노와 함께.

"정찰은 우리 팀이 하겠습니다. 만일 그 자리에 있다면 그 뱀파이어를 토벌할 것입니다."

뒤늦게 등장한 칠흑의 전사가 그렇게 단언했다.

실력에 대한 자신감과 결의가 있다는 것을, 얼굴은 보이지 않아도 목소리를 통해 뚜렷이 느낄 수 있었다.

공기가 흔들린 것이 아닐까 싶은 압력에 숨을 훅 삼키는 소리가 들렸다. 이 자리에 있던 모든 이가 자신이 낸 소리가 아닐까 생각할 정도였다.

"그, 그러면 다른 팀은——."

"——됐소. 짐만 될 뿐이오."

말을 가로막고, 귀찮다는 듯 가볍게 손을 내저었다.

오만불손한 태도로 폭언을 내뱉는다. 동격의 모험자를 앞에 두고 취할 행동은 아니었다. 그러나—— 수많은 사선을 넘어서 이곳에 모인 사내들은 그것이 결코 오만이나 자만, 자아도취가 아니라 냉철한 계산에서 비롯된 말임을 직감했다. 그리고 동시에, 폭언을 내뱉을 만한 힘을 갖추었다는 것도.

이 사내는 인간의 상식에 존재하는 자가 아니다.

마치 눈앞에서 칠흑의 갑옷이 부풀어 오른 것 같았다. 압박되는 듯한 감각에 방이 좁아진 기분마저 들었다. 이 사내에게서는 결코 따라갈 수 없으리라 생각했던 인물, 이를테면 아다만타이트 플레이트를 찬 모험자들과 대적할 만한 것이 느껴졌다.

이자는 영웅으로 불릴 사내다.

아인잭은 입을 다물고 몇 차례 호흡을 되풀이했다. 아니, 그 자리에 있던 모든 이들이 같은 행동을 취했다. 도시장은 땀을 흘리며 옷깃을 풀 정도였다.

아인잭은 속삭이듯 물었다.

"——보수는?"

"그 이야기는 나중에 해도 좋습니다. 하지만 이번 사건…… 그 뱀파이어를 발견해 물리친다면, 최소 오리하르콘 플레이트를 약속해 주셨으면 합니다. 나머지 뱀파이어를 수색할 때 움직이기 쉽도록. 일일이 힘을 증명하는 것도 귀찮으니까요."

"그렇군……."

조합장만이 아니라 실내에 있던 모든 이가 수긍했다.

모험자는 도시나 국가를 섬기는 신분이 아니지만, 이 도시에는 현재 오리하르콘 플레이트가 없다. 만약 이 도시 최고의 모험자라면 이 도시에서 모르는 자가 없을 만한 명성을 얻을 수 있으리라. 그뿐이랴, 오리하르콘 클래스의 희소성과 맞물려 그 이름은 먼 곳까지 퍼지리라. 그렇게 되면 위험성이 큰 의뢰가 그 이름 앞으로 모여들고, 강대한 힘을 가진 뱀파이어의 정보를 얻을 가능성도 높아진다.

그러나 이성으로는 수긍하더라도 감정으로는 수긍할 수 없는 남자가 있었다.

덜컥, 하고 의자에서 소리가 났다. 시선이 모인 곳에 서 있던 자는 아니나 다를까, 아까부터 아인즈에게 대들던 이그발지였다.

"네가 얼마나 강한지 도저히 믿을 수 없어. 게, 게다가, 그 뱀파이어가 정말로 강한지 어떤지도 모르잖아! 마법을 썼다는 것도, 아이템으로 좀비를 만들었을 가능성도 있으니까. 우리도 따라가겠어!"

위압당하면서도 이그발지가 움직였던 것은 아인즈에 대한 불쾌감과 적개심 때문이며, 인정하고 싶지 않다고 생각했기 때문이기도 했다.

그런 태도에 같은 모험자로서 불쾌함을 느꼈는지 벨로테가 가시 돋친 목소리를 냈다.

"이그발지, 그 태도는——."

"——상관없소."

아인즈는 편안하게 허락했다. 그러나 결코 우호적인 의지 에서 나온 소리는 아니었다. 그 후에 이어진 말은 매우 냉혹 했다.

"다만, 따라오겠다면…… 확실하게 죽을 거요. 전멸일지 어떨지는 모르겠지만."

지극히 당연하다는 어조. 협박을 한 것도 아니거니와, 농담도 아니었다. 그것이 네 앞에 기다리는 운명이라고 단언하는 듯한 말투에 이그발지는 온몸을 떨었다. 아니, 이그발지 만이 아니었다. 방에 있던 전원이 얼음장 같은 냉기에 사로잡혔다.

아인즈는 가볍게 어깨를 으쓱했다.

"경고는 했소. 그래도 상관없다면 따라오시오."

"다, 당연하지!"

허세였지만, 여기서 물러나려 하지는 않았다. 물러날 수 있을 리가 없다. 동격의 모험자, 그리고 도시의 권력자를 앞에 두고 더 망신을 당할 수는 없었다.

두 사람이 불꽃을 튀기는 가운데, 약간 여유를 되찾은 아인잭 조합장이 아인즈에게 물었다.

"자신감이 있는 것은 좋네만, 무언가 근거가 될 만한 것이 없겠나? 물론 자네가 강하다는 것은 잘 아네. 그러나 적 뱀파이어가 얼마나 강한지를 생각해 보면, 이건 어정쩡한 일이 아니라는 점도 이해할 걸세. 우리도 불안한 걸세. 자네에게 모두 맡겨도 좋을지. 만에 하나…… 자네가 패할 경우도 생각해야 하고……."

다 안다는 듯 아인즈는 즉시 대답했다.

"비밀병기가 있습니다."

"그것이 뭔가?"

관심이 끌렸던 아인잭의 말에 아인즈는 품속에서 수정을 꺼내 대답했다.

"그건 설마! 아니, 믿을 수 없어……!"

갑자기 소리를 지른 라케실이 신음하듯 다음 말을 입에 담았다.

"희귀본에서 읽은 적이 있지……. 법국에는 지보(至寶)로 불리는 강대한 힘을 가진 매직 아이템이 있다고. 그것은 그중의 하나…… 마법봉인 수정! 어떻게 그런 귀중한 아이템을!"

"대단하시군요……. 맞습니다. 그리고 이 안에 담긴 것은 제8위계 마법이지요."

"뭐! 뭐라고!!"

그 대답에 라케실은 절규했다. 닭의 목을 졸라 죽여도 그런 괴상한 소리를 내지는 않을 것이다. 표정도 무섭도록 일그러졌다.

놀란 것은 라케실만이 아니었다. 그 자리에 있던 전원—— 아니, 도시장을 제외한 전원이 경악과 두려움에 표정을 일그러뜨리고 있었다. 모험자의 경험이 조금이라도 있다면 아인즈가 한 말의 뜻을, 그리고 그 아이템의 가치를 이해했을 것이다.

"제8위계…… 그딴 건, 누가 지어낸 얘기 아냐?"

"가공의 이야기일지도 모르지만, 그런 영역의 마법이 있다고는 들었는데……. 그야말로 신화의 영역이다."

"말도 안 돼! 그딴 게 무슨…… 거짓말이지?!"

세 사람의 모험자——이그발지마저도——얼굴에 존경과 두려움을 띠고 칠흑의 건틀릿 위에 얹힌 수정을 바라보았다.

"미안하오! 그, 그 아이템을 좀 빌려주시오!"

"왜 그러십니까?"

"아니, 매직 캐스터로서 단순히 관심이 있을 뿐이오. 결코 이상한 짓을 하지 않겠다고 맹세합니다! 무언가 증거가 될 만한 것이 필요하다면, 내가 지금 가진 아이템을 모두 맡겨도 상관없소. 이를테면 이 벨트는——."

그 말과 함께 벨트를 철컥철컥 거칠게 풀려는 라케실에게 아인즈가 약간 어이없어하며 말했다.

"알겠습니다. 그럴 필요는 없습니다. 자, 보십시오."

"미안한데, 나도 좀 만져 봐도 되겠소?"

"그럼 나도!"

마법봉인 수정은 손에서 손을 거쳐 라케실에게 넘어갔다.

마지막으로 수정을 든 라케실은 도취된 표정으로 그것을 바라보았다. 마치 탐내던 보석을 받은 여자처럼. 아니, 탐내던 장난감을 받은 소년이라고 해야 할까.

"훌륭하군……. 모몬 씨, 여기에 마법을 걸어 봐도 되겠소?"

손짓으로 허가하자, 라케실은 가슴을 두근거리며 마법을 사용했다.

"〈도구감정Appraisal Magic Item〉, 〈부여마법 탐지Detect Enchant〉."

두 가지 마법을 건 사내가 얼굴을 천천히 찡그린다. 그리고——.

"끝내준다!"

——이제까지 보여주었던 점잖은 수완가의 분위기는 온데 간데없었다. 눈동자에는 천진난만하고 순수한 놀라움이 있었으며, 말투도 돌변해 소년의 모습이 나타났다.

"진짜네! 여기 담긴 건 제8위계야! 내 마법으론 이걸 알아보는 게 고작이지만…… 아니, 이건 진짜 끝내줘! 끝내준다고!"

되풀이해 광란한 듯 외친다. 그 자리에 있던 모든 인간을 어이없게 만든 라케실이 다음으로 취한 행동은 수정을 쳐들고, 핥고, 뺨에 비비는── 그야말로 광인의 소행이었다.

"지, 진정해! 뭐 하는 겐가!"

친구의 난생처음 보는 광란에 아인잭은 어안이 벙벙했지만, 벌떡 일어나 라케실에게 다가갔다. 실제로 주위에서는 경악인지 어이없음인지 알 수 없는 시선이 집중되고 있었다.

도시의 요직에 있는 사내가 이래서야 체면이 말이 아니다.

"이 바보야! 이게 진정할 일이야?! 끝내준다니까, 이거! 진짜로, 여기 봉인된 게 제8위계라고! 아무리 그래도 무슨 마법인지는 모르겠지만!"

흥분이 그치지 않고 라케실은 번쩍번쩍하는 눈으로 수정을 바라보았다. 그리고 그 눈동자에 살짝 이성의 빛을 되찾고, 아인즈에게 물었다.

"모몬 씨! 이, 이것은 어디에서 발견했소?! 가르쳐 주시오!"

"어떤 유적에서 찾았습니다. 다양한 아이템과 함께. 당연한 말이지만 그 안에는 이미 마법이 담겨 있었습니다. 그것을 어떤 위대한 매직 캐스터에게 부탁해 판별을 받았지요."

"그렇구나! 그, 그래서, 그 유적의 장소는?!"

"매우 먼 곳입니다……라고 대답해드릴 수밖에 없겠군요."

아인즈의 당연한 대답에 라케실이 아쉽다는 듯 입술을 깨물었다.

"그러면, 이제 그만 돌려주시겠습니까?"

"으……으으."

라케실은 주위를 둘러보고, 매우 아쉬운 듯 마법봉인 수정을 아인즈에게 돌려주었다. 양피지로 수정을 닦는 아인즈를 곁눈질하며 라케실은 강한 목소리를 냈다.

"그나저나 나는—— 모몬 씨가 뱀파이어를 퇴치하러 가는 데에 반대하겠소!"

황당해하는 정적이 깔리고, 아인잭은 얼굴을 가리고 싶은 심정이었다. 그래도 혹시 몰라 피를 토하는 심정으로 물었다.

"왜, 갑자기? 이유는 안 물어봐도 알 것 같네만…… 일단, 말해보게."

"아니, 그건…… 아깝지 않은가……."

완전히 미쳤다. 아인잭은 친구의 현재 상태를 그렇게 단정하고 완전히 무시했다.

"그러면 라케실의 의견은 무시하기로 하고——."

"잠깐만?! 제8위계라면 진짜로 신의 영역에 속한 마법인데?! 그렇게 귀중한 아이템을 뱀파이어 따위에게 쓰다니!"

아인잭의 눈동자에 불꽃이 일렁였다. 이 이상은 도저히 용서할 수 없는 폭언이었다. 윗사람으로서 보일 태도가 아니었다.

분노를 억누르고, 조용한 목소리로 아인잭이 라케실에게 말했다.

"……미안하네, 라케실. 정말로 그만하게."

그 말에 담긴 강한 감정에는 아무리 라케실이라 해도 이성을 되찾았는지 입을 다물었다. 얼굴에 약간의 붉은 기운이 돈 것은 조금 전의 자신을 부끄럽게 여겼기 때문이리라.

친구에게 상식이 돌아온 것을 곁눈질로 확인하고, 아인잭은 최대한 조용히 부탁했다.

"……그러면 모몬, 부디 잘 부탁하네."

아인잭이 머리를 숙이자, 아인즈는 천천히 고개를 끄덕였다.

"……알겠습니다."

그리고 헬름의 슬릿이 이그발지를 향했다.

"최대한 신속히 출발하겠소. 뱀파이어는 햇빛 아래에 나올 경우 페널티로 움직임이 둔해지니 말이오."

"페널티? 뭐, 약점이니까 확실히 움직임이 둔해지겠지. 우리는 금방 출발할 수 있어."

"……동료들과 상담은 하지 않아도 되겠소?"

"문제없어. 다들 금방 이해할 테니."

"……그렇군. 그렇다면 에 란텔 정문 앞에서 한 시간 뒤에."

"한 시간? 너무 이른 거 아냐? 아직 해가 지려면 시간이 있는데."

"나는 서둘러 가고 싶소. 당신이 용기가 없어 각오를 다지는 데 시간이 필요하다면 두고 가겠소. 불만이라도 있는지?"

"알았어. 당장 준비하지."

누구나 느낄 수 있을 만큼 짜증이 깃든 목소리에 이그발지는 순순히 고개를 끄덕이고 일어났다. 아인즈는 그 뒷모습을 냉랭하게 노려보더니, 실내에 남은 자들을 둘러보았다.

"그러면 곧 출발하겠습니다. 다른 분들은 에 란텔을 단단히 방비해 주십시오. 조우하지 않고 돌아왔더니 귀찮은 일이 일어난다는…… 그런 일은 사양하고 싶으니까요."

"그래, 맡겨만 두라고. 단언할 수는 없지만 최대한 노력하겠네. 그쪽도 위험하다고 생각하면 즉시 철수하게."

아인즈는 고개를 끄덕이고 방을 나왔다.

마지막으로 실내에 남은 것은 세 사람. 파나솔레이, 아인잭, 그리고 아직까지 눈동자에 아쉬움을 담은 라케실이었다.

"꼴사나운 모습을 보여드려 정말 죄송합니다."

"아니, 뭐, 괜찮네만."

라케실의 사죄에 쓴웃음과 함께 파나솔레이가 대답했다. 그러나 라케실의 평가는 분명 크게 바뀌었을 것이다.

라케실 자신도 참담한 기분이리라. 그래도 흥분은 아직 완전히 가시지 않았다.

약사 리이지와 만나 이야기를 나누었을 때, 그녀는 포션에 대해 뜨겁게 이야기했다. 그 흥분된 자세에, 정말 그만한 것이었을까 하고 약간 싸늘한 시선으로 보았던 자신을 조소하고 싶은 마음이 가득했다.

손이 닿지 않으리라고 생각했던 영역이 눈앞에 나타났을 때, 경악과 감동의 마음을 억누르는 것이 얼마나 어려운지를 깨닫고.

"정말 그만한 아이템이었나?"

라케실은 한순간 입을 다물었다. 조금 전 터져 나왔던 소년의 마음을 억누르기 위해.

"예. 이제까지의 마법에 관한 모든 것을 송두리째 바꿔놓을 가능성이 있는 아이템입니다. 실제로 제6위계를 넘어서는 마법의 존재란 소문으로는 있었습니다. 그러나 실물을 눈으로 본 것은 조금 전이 처음이었습니다."

위계마법이라 불리는 마법 전반이 이 세계에 주어진 것은 600년

전이라고도, 500년 전이라고도 한다. 그로부터 수많은 매직 캐스터가 태어났지만, 제7위계 이상의 마법을 사용 했다는 영웅은 십삼영웅을 제외하면 소문의 영역을 벗어나지 못했다.

사가에서는 '그건 제7위계 이상의 마법으로도 불가능하다.' 고 단언하고 싶어질 만한 일을 행사하는 영웅이 나오지만, 증거도 없는 옛날이야기라고 보는 것이 통례였다. 게다가 십삼영웅조차 정말로 제7위계 이상의 마법을 사용했는지에 대해서는 의문이 많다.

그러나—— 어쩌면 그러한 영웅담이 완전한 가공의 이야기는 아니었을지도 모른다고 생각한 라케실은, 훗날 시간이 빌 때 조사해 봐야겠다고 마음속 메모장에 기록해 두었다.

토네리코의 가지를 휘둘러 수많은 드래곤을 퇴치했던 고블린 왕, 천공을 달리고 또 달리는 날개 달린 영웅, 삼두룡Trihead Dragon을 탄 마전사, 충실한 열두 기사와 함께 수정의 성을 지배했던 공주 등등을.

"그러면 그자는 얼마나 신뢰할 수 있겠나?"

파나솔레이가 말한 '그자' 란 말할 것도 없이 아인즈였다.

칠흑의 멋들어진 갑옷을 입은 모험자에게 받았던 포션을 뱀파이어에게 던졌더니 도망쳤다——. 그것이 살아남은 모험자의 증언이었다.

따라서 포션에 대해, 이 도시 최고의 기술자인 리이지를 불러다 효과를 물어보았다. 그녀의 대답은 조금 전의 마법봉인 수정과 동등할 정도로 희귀한 아이템이라는 것이었다.

희귀 아이템이 하나뿐이었다면 의심할 수도 있지만, 두 개나 가지고 있었다면 원래 그런 인물이리라 수긍도 갔다. 다만 문제는 그 뱀파이어가 공격을 중지한 이유였다.

가능성은 두 가지. 하나는 적대관계. 또 하나는 양측이 동맹 등 이익을 나누는 관계일 경우였다. 그렇기에 조금 전의 말이 나온 것이다. 갑자기 나타난 모몬이라는 모험자와 뱀파이어는, 정말로 적대관계일까.

"뱀파이어와 한패일 가능성은?"

그들이 걱정하는 것은 그 점이었다. 세 사람은 모몬이라는 인물과 조금 전의 이야기를 떠올렸다.

"거의 없다고…… 봅니다. 라케실은 어떤가?"

"같은 의견입니다. 그 여자 뱀파이어를 없앤 척하고 보호할 작정이라면, 더 좋은 방법이 있을 것입니다."

결국 뱀파이어와 한패라 해도, 조금 전의 모몬처럼 대응해서는 너무나도 이익이 없다는 것이었다.

"오리하르콘 모험자가 되는 것이 목적은 아니겠나?"

"그렇지는 않을 겁니다, 도시장님. 모험자가 명성이나 지명도를 탐내는 것은 사실이지만, 권력과는 거리가 머니까요. 그만한 모험자가 되어 얻을 이익이 뭐가 있지, 아인잭?"

"……보수가 좋은 일을 맡을 수 있다. 명성이 높아진다. 경우에 따라서는 좋은 조건으로 임관할 수도 있겠지만…… 그 정도로군. 권력에 빌붙으려면 더 빠르고 좋은 방법이 얼마든지 있을 걸세."

모험자는 몬스터 퇴치를 전문으로 하는 용병이라고 할 수 있다. 물론 모험자 조합의 조합장이 될 수도 있겠지만, 그래 봤자 왕국의 국정을 좌우할 만한 지위에 오르지는 못한다.

"돈이 목적이라면, 차라리 그 수정을 팔아 평생 호의호식하는 게 나을 겁니다. 그 친구만큼 강하다면 명성도 금방 오를 테고요. 실제로 묘지 사건 때문에 일부 위병이 그를 전설의 영웅이라고까지 부른다고 들었습니다."

파나솔레이는 고개를 끄덕였다.

하늘을 찌를 정도로 거대한 언데드를 단 일격에 물리치고 땅을 가득 메운 무수한 언데드의 무리를 돌파하는, 그 모습은 그야말로 대영웅.

그것이 모몬의 싸움을 잠깐 보았던 위병들의 평가였다. 모몬만 있다면 어떤 몬스터도 두렵지 않다고까지 증언했다.

"그렇다고는 하나 실로 유감인 것은, 확실하게 신뢰할 증거가 없다는 점입니다. 그래도 모몬 씨의 말에는 모순이 없었으며, 게다가 적이라면 그 자리에서 마법봉인 수정을 보여준 이유를 알 수 없지요. 신뢰해도 괜찮지 않겠습니까?"

라케실의 말에 나머지 두 사람은 씁쓸한 표정을 지었다.

아무래도 조금 전의 광란을 보고 난 다음인지라 신용할 수 없다는 생각이 얼굴에 드러났다.

"도시장님, 그리고 아인잭. 두 분이 모몬 씨를 신용할 수없는 이유란 갑자기 모습을 나타냈다는 점과 그 타이밍에 뱀파이어가 나타났다는 점 아닙니까? 그렇지만 개인적으로는 모몬 씨 본인의 말로 설명이 된다고 생각합니다."

그건 그렇다며 두 사람은 동의의 뜻으로 고개를 끄덕였다.

"다음으로 그의 소유물이었던 희귀 포션을 보고 뱀파이어가 공격을 멈추었다는 점 말입니다만, 만일 그 뱀파이어가 쫓겨서 이곳까지 왔다고 하면 수긍이 가지요. 게다가 여자 모험자가 살아남은 것도, 모몬 씨에게 자신이 이곳에 있음을 알리려는 목적이 아닐까 생각합니다."

"아하……. 이 근방에 있다고 생각하게 만들어, 모몬을 이곳에 구속하기 위해서인가. 포션을 소지한 덕분에 모몬과의 관계를 의심해 놓아주었단 겐가? 정보가 더 빨리 퍼지도록. 앞뒤는 맞는군……."

"모몬 씨가 이곳까지 뱀파이어를 몰아왔다고 생각한다면…… 그가 이곳에 온 것을 솔직하게 기뻐하기는 어렵겠는걸."

"그건 그렇습니다, 도시장님. 그렇다고는 해도, 그가 어느 나라에서 온 어떤 인물인지는 알 수 없지만, 뱀파이어를 토벌할 때까지는 우대하면서 경계하는 건 어떻겠습니까? 개인적으로는 그 정도로 의심할 필요까지는 없다고 생각하지만…… 후우. 모몬 씨와 아이템 이야기를 나눠보고 싶군요. 그 갑옷도 상당히 뛰어난 물건이었던 것 같고."

"……모몬 이야기에 생각났는데, 도시장님. 줄라논의 시체는 어떻게 됐습니까?"

"행방불명일세."

떨떠름한 얼굴로 도시장이 대답했다.

아인즈가 해치웠다고 하는 무참한 시체는 위병대기소의 안치실에 보관되었으나, 아침 해가 뜰 무렵에는 사라지고 없었다. 누군가가 침입해 탈취한 것이리라 추측했지만, 경계했던 위병 중 피해자는 없었으며 수상한 그림자를 봤다는 자도 나오지 않았다.

안치소는 전이 마법 같은 것을 경계해 이를 저해하는 구조로 만들어진 일종의 밀실이었다. 그렇기에 침입 경로도 불명. 그야말로 연기처럼 사라졌다고밖에는 생각할 수 없었다.

현재도 도시에서 은밀히 수색이 진행 중이지만, 발견으로 이어질 만한 정보는 일절 없었으며, 앞으로 찾아낼 가능성도 전무했다. 다시 말해 시체에서 얻어야 할 정보는 완전히 사라진 셈이다.

"언데드의 의식을 했던 놈이니 언데드화해 도망쳤을 가능성도 있지 않겠나?"

"……없다고는 단언하지 못하겠군요."

"난처하게 됐어. 완전히 배후를 잡지는 못했는데……. 유일한 가능성은 그 영묘 아래에 있던 비밀 신전이려나? 그곳에 무언가 증거가 있으면 좋으련만."

"그러고 보니 모몬은 그곳에 들어가지 않았던 것 같은데, 만일 소유자를 알 수 없는 값진 아이템 같은 것이 있다면 그에게 주어도 되겠습니까?"

"뭐, 그들이 행한 의식과 전혀 무관한 것이라면, 모험자의 규칙에 따라 전달해 주게나."

## 4

가도를 질주한다.

뜨뜻미지근한 바람이 헬름 틈새를 통해 들어와 눈에 해당하는 부분에 부딪쳤다. 만일 안구가 있다면 눈을 연신 깜빡였겠지만, 그런 것이 일절 없는 아인즈가 보기에는 '바람이 부딪치는구나.' 하는 느낌밖에 없었다.

시선을 아래로 돌리면 쏜살같이 대지가 뒤로 흘러간다. 지표가 가까운 탓인지, 아니면 또 다른 이유 때문인지 실제 속도보다도 빠르게 느껴졌다. 그렇다고 해서 무섭다는 생각은 들지 않았다. 그저 몸이 크게 뛰어오를 때마다 반사적으로 다리에 힘을 줄 뿐이었다.

햄스케가 능숙하게 균형을 잡아 준다고는 해도, 형상은 초대형이라는 점만 빼면 둥글넓적한 시베리안 햄스터 그 자체였으므로 다리를 쩍 벌려야만 탈 수 있다. 안장도 등자도 없는 불안정한 자세에서 떨어지지 않도록 주의를 기울이는 것은 아인즈처럼 평형감각이 뛰어난 사람에게도 상당히 성가셨다.

'햄스케 위에 타고 검을 휘두르기는 어렵겠는걸. 얼른 햄스케용 안장과 등자를 만드는 게 좋을지도 모르겠어.'

이번 일을 위해 수석 대장장이에게 위장용 갑옷의 제작을 맡겨 놓았는데, 겸사겸사 햄스케의 안장과 등자도 만들라고 지시할까——.

그런 생각을 했던 것은 승차감이 불안한 탓도 있었지만, 더 큰 이유는 옆에서 달리는 자들 때문이었다.

바로 옆에서 달리는 것은 나베랄이다. 군마동물상Statue of Animal: Warhorse라는 매직 아이템으로 소환한, 금속제 중장마갑을 걸친 커다란 말을 타고 있다.

나베랄이 거마(巨馬)를 멋들어지게 제어해 가도를 주파하는 모습은 너무나도 멋있었다. 포니테일을 흩날리고, 몸에 걸친 갈색 로브가 앞에서 부딪치는 바람을 받아 크게 부푼 모습은 마치 영화의 한 장면을 방불케 했다.

아인즈는 자신이 탄 거대 시베리안 햄스터와의 너무나도 큰 차이에 풀이 죽어 시선을 그 너머로 돌렸다. 그러자 남자들의 모습이 보였다.

4인조로 이루어진 모험자 팀이었으며, 요전에 행동을 함께했던 칠흑의 검 멤버들보다도 좋은 무장을 갖추었다. 아인즈는 그들을 기억 한구석으로 쫓아내 과거에 붙들린 생각을 해방시킨 다음, 네 사람이 탄 말을 멍하니 바라보았다.

훌륭한 말이다.

아인즈는 말에 대해서는 잘 모르지만, 털이 곱고 체구도 든든한 것을 보면 나름 명마일 것이다.

그런 말을 탄 4인조가 이등변삼각형과 비슷한 대열로 달리는 모습도 역시 영화의 한 장면 같았다.

'햄스터를 탄 나만 바보 같잖아. 너무 멋이 없어.'

어두운 기분에 사로잡히려 했지만, 그렇게 생각하는 것은 아인즈 혼자뿐인 것 같았다.

"엄청난 마수를 타고 있구만."

옆에서 나란히 달리며 이그발지의 동료 중 하나가 아인즈에게 말을 걸었다. 그 어조에는 이그발지와는 달리 적대적인 낌새가 없었다. 모험자로서 호기심을 자극받은 것인지 감탄과 흥미가 전해졌다.

"뭐라고 하는 마수인가? 상당히 유명한 놈일 테지?"

"……숲의 현왕이오."

"뭐, 뭐야?! 그 전설의 마수라고?!"

눈을 휘둥그렇게 뜬 사내가 경악해 소리를 질렀다.

'역시 이 반응은 암만 봐도 적응이 안 돼. 햄스터에게…… 응?'

시야 한구석에서 햄스케의 수염이 꿈틀꿈틀 자랑스럽게 움직이는 것을 포착했다. 귀도 마찬가지로 움직여, 아인즈와 모험자의 대화에 의식을 반 이상 집중했는지 허리에서 전해 지는 진동이 격렬해지는 것을 알 수 있었다. 아인즈는 건틀릿을 낀 손으로 햄스케의 머리를 딱 때렸다.

옆에서 감탄하는 목소리가 들렸다.

"거참, 이그발지 말로는…… 그랬군. 또 눈이 멀었던 거로군."

"그가 나에 대해 어떻게 설명했소? 아, 아니, 역시 말하지 않아도 되겠소. 그 표정을 보니 대충 예상할 수 있겠군."

"하하하, 미안해. 그놈도 나쁜 놈……은 아니지만, 좀 눈앞의 욕망에 사로잡히기 쉬운 면이 있어서."

"……그런 사람이 동료인데 용케도 이제까지 무사했군. 아니면 몇 번씩 멤버가 바뀌었소?"

"아니, 결성한 후로 아무도 안 죽었지. 인격과 능력은 별개거든. 그놈은 아주 우수한 모험자야."

"우수하다……."

아인즈가 이그발지 쪽을 쳐다보니, 적개심이 가득한 시선이 날아들었다.

"피곤하지도 않나."

아인즈는 코웃음을 치며 내뱉곤, 나베랄에게 슬쩍 손을 들어 이그발지에게 터뜨리려던 격정을 제어하도록 명령했다.

여기서 문제를 일으키고 싶지 않았다. 지금은 그보다도 우선시해야 할 일이 있었다.

아인즈가 나베랄에게 지시를 내리고 있으려니 햄스케가 위를 쳐다보았다.

"주공…… 머리가 아프외다……."

새까만 눈에 눈물로 젖은 광채를 머금고 있다.

너무 세게 때렸나 싶어 약간 죄책감이 들었다. 하지만 이 속도에서 떨어지기라도 하면 어쩌란 말인가. 물론 땅에 떨어진다 해도 아인즈는 절대 대미지를 입지 않는다. 아인즈와 같은 대미지 경감 능력을 가진 서번트를 이용해 행했던 실험에서는 고도 1000미터에서 떨어져도 아픔조차 느끼지 않았 으니까.

문제는 동행자들이 아인즈의 터프함에 의문을 품는 것이다. 여기까지 잘 왔으니 마지막까지 사이좋게 가 주면 좋겠다는 것이 아인즈의 거짓 없는 본심이었다.

"조금 더 안정적으로 달려라. 네 몸을 내 힘으로 조이고 싶지 않단 말이다."

"알겠소이다. 주공은 본좌를 걱정해 주는 것이구료!"

이번에는 감격으로 눈물을 글썽이는 햄스케에게 앞을 보고 달리라고 명령하니, 조금 전에 이야기를 나누던 이그발지의 동료가 감탄한 듯 말했다.

"야, 그건 그렇다 쳐도 그 자세로 용케 균형을 유지하는걸. 평형감각이 뛰어나다 해도 나름 위험하지 않나?"

"익숙해졌으니……. 그렇다고는 해도 조만간 안장을 얹을까 생각하고 있소."

"안장 말이외까……? 조금 싫…… 물론 농담이외다! 주공의 말씀이라면 이 햄스케, 최선을 다해 따르겠소이다!"

나베랄에게서 뿜어져 나온 안광을 받아 햄스케는 필사적으로 충신임을 어필했다. 아인즈의 허리에 주행과는 다른 진동이 부들부들 전해졌다. 아인즈는 헬름 안에서 환영의 얼굴을 찡그렸다.

'그 정도로 햄스터에게 살심을 품어 위협할 필요는 없잖아? 충성이야 기쁘지만 좀 지나친걸. 인간을 우습게 보는 것까지는 좋다 쳐도, 때와 장소를 가리라고……. 그 점도 애매하게 이해해서 말이지. ……그런 설정이라도 해 놨나? 그렇다면 어쩔 수 없지만, 그렇다 쳐도…….'

햄스케라는 존재는 데리고 걸어 다니기만 해도 모몬이라는 모험자의 명성을 높여 준다. 그리고 숲의 현왕이 스스로 충성을 맹세하는 모습과 공포로 움츠러든 모습은, 주위에 주는 인상이 전혀 달라진다. 전자를 본 사람들은 좋은 의미에서 위대한 모험자라고 평가할 것이다. 지배한다는 점에는 변함이 없다 쳐도, 기왕이면 좋은 명성을 높이는 방향으로 가고 싶었다. 원하는 것은 영웅의 칭호이지, 효웅(梟雄)으로 불리고 싶지는 않았으므로.

게다가 나자릭 이외의 존재에게서 충성을 얻는 것은 장래에 분명 도움이 될 것이다.

아인즈는 햄스케를 좀 지나치게 난폭하게 다루었던 것이 아닌가 반성하면서, 조금 전에 때렸던 곳을 부드럽게 쓸어주었다. 작은 동물과 접촉할 때를 상상하며.

"주공……. 멋쩍소이다……."

근처에서 빠드득 이 가는 소리가 말발굽 소리에 섞여 아인즈의 귀까지 똑똑히 들렸다.

'……너 때문이기도 하다고. 게다가 얼마나 힘을 줘서 이를 가는 거야? 역시 질투일 테니 무언가 해주는 게 좋겠군. 나베랄도 나에게 잘 대해주니, 보상으로……. 그런데 뭘 주면 좋지?'

반지를 주면 될지, 아니면 보물을 주는 게 나을지를 아인즈가 고민하고 있으려니 이그발지가 호의라고는 조금도 없는 목소리로 말했다.

"이봐, 모몬. 목적 지점이다."

알았다는 뜻을 보이자 그에 호응한 햄스케가 서서히 속도를 줄였다. 말과는 달리 의사소통이 가능하다는 것이 햄스케를 탔을 때의 가장 큰 이점이었다. 만일 이것이 말이었다면, 기마 경험이 없는 아인즈는 제대로 몰 자신이 없었다.

'햄스케를 타는 건 부끄럽지만, 말을 타지 않아도 되는 만큼 행운이라고 생각해야겠지. 하지만 어쩌면 나중에는 무슨 이유에서든 평범한 말을 타게 될 날이 올지도 몰라. 그때를 대비해 조금은 연습해 두는 게 좋겠어.'

아인즈가 햄스케에서 뛰어내려 감사의 뜻으로 쓰다듬어 주고 있으려니, 나베랄은 말을 동물상으로 바꾸고, 사내들은 말을 그 부근에 풀어놓았다.

"그럼 가지. 대열은 어떻게 할까."

"우리가 앞장서겠소. 그쪽은 뒤에서 따라오기만 하면 되니."

"네가 어떻게 되든 알 바 아니지만, 우리도 생각해서 신중하게 행동하라고."

이그발지가 귀찮다는 투로 대답하자, 아인즈는 나베랄과 햄스케를 데리고 숲속을 나아갔다.

카르네 마을 부근의 숲에서도 그랬지만 인간의 손길이 미치지 않은 숲이란 매우 걷기 힘들었다. 그러나 다양한 매직 아이템의 수호를 받는 아인즈는 평지와 다를 바 없이 걸을 수 있었다. 게다가 샤르티아에 대한 걱정이 상승효과를 발휘해 발걸음이 자연스레 빨라졌으며, 이따금 이그발지에게서 속도를 늦추라는 말을 듣곤 했다.

정론이기는 하지만 적의를 드러낸 난폭한 말투였으므로 곁에 따라오던 나베랄은 몇 차례나 분노를 터뜨리려고 했다.

그러나 아인즈는 이를 강하게 다독였다.

"조금만 가면 된다. 얌전히 있어라."

나베랄의 의아해하는 표정에 아인즈가 헬름 안에서 씨익 웃고 있으려니, 햄스케가 기묘한 움직임을 보였다. 소리를 포착하려는 것처럼 귀를 파닥파닥 움직이는 것이다.

무엇에 반응을 보인 것인지 짐작이 갔던 아인즈는 햄스케의 귀 부근에 입을 가져갔다.

"——멈춰라."

"예? 주공, 무어라고 말씀하셨소이——."

"——네가 들은 소리가 금속성이라면, 그건 내 부하들이니 염두에 두지 마라."

"그, 그랬소이까. 실례했소이다, 주공."

"혹시 그 밖에도 미행하는 자가 있느냐?"

일단 니그레도에게 다시 명령해 감시하게 했다. 그리고 그 밖에도 수많은 수단을 강구했지만, 혹시 몰라서 다시 확인해 본다.

"아니외다. 달리 아무도 없는 것 같소이다."

"이봐~ 무슨 일 있어?"

말을 타고 오며 아인즈와 나란히 달렸던 사내가 고개를 내밀고 물었다. 팀의 대표인 이그발지가 아닌 이유는 말할 것도 없으리라.

아인즈는 가볍게 손을 흔들어 아무것도 아니라고 대답했다.

"그래?"

수긍하지 못하는 분위기이기는 했지만, 아인즈가 그 이상 대답할 마음이 없다는 것을 알자 그는 어깨를 으쓱하며 입을 다물었다.

'뭐, 너희에게는 아무 원한이 없다만.'

아인즈는 입 밖으로 내지 않고 중얼거린 다음, 묵묵히 숲속을 나아갔다.

어느 정도 숲속을 나아갔을 때, 후방에서 거칠게 무기를 뽑는 소리가 잇달아 들렸다. 아인즈는 발을 멈추고는 천천히 돌아섰다.

"뭐지?"

"뭐긴 뭐야. 선두에서 걸을 거면 경계 정도는 하라고."

이그발지의 적의로 넘쳐나는 목소리에 이번만큼은 동료들도 동의하는 뜻을 보였다.

"야, 거기 있는 놈! 천천히 나와!"

이그발지가 소리친 곳에 있던 것은 인간 정도라면 충분히 숨을 수 있는 나무였다.

살벌한 분위기가 퍼져가는 가운데, 아인즈는 그 나무를 향해 태연히 걸어갔다. 뒤에서 황급히 부르는 소리가 들렸지만 완전히 무시했다.

나베랄은 당연하다는 얼굴로, 햄스케는 다소 당황하면서 그 뒤를 따랐다.

나무에 다가가자, 이에 대답하듯 나무 뒤에서 아인즈와 같은 색의 갑옷을 입은 사람이 모습을 드러냈다. 손에는 병든 것처럼 미미한 광채를 가진 도끼형 폴암, 바르디슈(bardiche)를 쥐고 있었다.

위압감이 넘치는 전사가 등장해 기묘한 분위기가 주위를 온통 뒤덮었다. 아니, 주위 일부를 뒤덮었다고 해야 하려나.

아인즈는 한 손을 가볍게 들며 입을 열었다.

"수고가 많다."

"고맙습니다, 아인즈 님."

그 인물── 알베도는 한쪽 무릎을 꿇고 신하의 예를 취했다.

"그런데 샤──."

"──그 자식은 대체 누구야?! 네 동료냐?! 게다가 아인즈 님이라니?"

아인즈의 뒤에서 잇달아 큰 목소리로 질문이 날아들었다.

이그발지 일행의 입장에서 보자면 지극히 당연한 반응은, 아직까지 신하의 예를 풀지 않은 알베도가 보기에는 만 번 죽어 마땅한 행위였다. 분노의 형태를 띤 불꽃이 주위를 태울 것처럼 격렬하게 솟아났다.

햄스케가 부르르 몸을 떨며 온몸의 털을 있는 대로 곤두세웠다.

제3자조차 이런 반응을 보일 정도니, 그 불꽃을 그대로 받은 사내들은 낯빛을 잃고 다음 순간에 기다릴 죽음을 느끼며 이마에 비지땀을 흘렸다.

"소개하지. 내 동료── 알베도다."

"아인즈 님, 저 따위를 동료라니……. 저는 아인즈 님의 충실한 신하이옵니다."

"그랬지. 조금 전의 말은 취소하겠다. 그녀는 나의 신하다. 그것이 너희의 질문에 대한 충분한 대답이 되었나? 그러면 알베도, 연락했듯 다음 행동으로 들어가거라."

사내들이 눈을 껌뻑이는 동안, 자리에서 일어난 알베도가 사내들에게 다가갔다.

"맞아맞아. 답하는 걸 깜빡했군. 내 진짜 이름은 모몬이 아니고, 아인즈라고 한다. 뭐, 기억할 필요는 없지만."

곤혹을 솔직하게 얼굴에 드러낸 사내들에게 알베도는 쿡쿡 귀엽게 웃었다. 다만 그 웃음에서 배어나온 것은 지극히 싸늘한 감정이었다.

"자…… 알베도, 그놈들을 처리해라. 생포할 사람은 하나…… 아니, 예비를 생각해 둘로 하자꾸나. 재밍(jamming)은 이미 발동해두었으니, 마법적인 수단으로 교신할 걱정은 없을 게다."

감정이 깃들지 않은 아인즈의 조용한 목소리에 이그발지 일행이 경악하는 동안, 재차 명령이 떨어졌다.

"시체도 나자릭으로 회수해라. 이 정도 힘이라면 상위 언데드의 매개로 삼을 수 있는지 실험해 봐야겠다."

"분부에 따르겠나이다."

알베도가 거대한 바르디슈를 천천히, 가볍게 쳐들었다.

그 행위에 살의는 없었다. 적개심 같은 어두운 감정도.

그것도 당연하다. 하등생물의 목을 베는 것은 알베도에게 무에서 잎을 쳐내는 것과 비슷한 행위였으니까.

이것이 아인즈의 명령이 아니었다면, 무기를 잠시 휘둘러 자신의 움직임에 문제가 없는지 확인해보는 시늉조차 하지 않았을 것이다.

이그발지 일행은 상황을 파악하지 못하면서도 위험을 감지하고 무기를 뽑았다.

경악의 시선을 온몸에 받으며 아인즈는 어깨를 으쓱했다.

"미안하군. 조합에서는 말을 잘못 했네. '따라오면 죽는다.' 가 아니었지. 이 경우에는 '따라오면 죽인다.' 가 정확했겠는걸."

아인즈는 죽음을 선고했다.

"나는 경고했다. 그리고 자네들은 이에 따르질 않았고. 그렇다면 이것은 자네들이 선택한 결과이지. 기꺼이 감수하게."

이그발지 일행은 도주를 택했다.

손짓 몸짓 같은 의사소통도 없이 도주를 택한 것은 피아의 능력 차이를 알았기 때문이었다. 게다가 한 덩어리가 아니라 뿔뿔이 흩어지는, 가장 생존 확률이 높은 길을 택해서.

여기에 허를 찔린 듯한 분위기의 알베도가 뒤늦게 행동을 개시했다. 아인즈를 훨씬 능가하는 육체능력을 가졌다고는 해도, 숲속으로 뿔뿔이 흩어진 적을 모두 사냥하기란 조금 성가셨다.

처음으로 고른 첫 번째 사냥감을 눈 깜짝할 사이에 따라잡아, 생포하기 위한 목적으로 스킬을 사용해 기절시켰다.

쓰러진 인간이 내는 소리에 섞여 멀어져가는 금속성을 알베도의 예민한 청각이 포착했으나, 수많은 나무에 가로막혀 시야가 좋지 못했으므로 장소까지는 파악하기 힘들었다. 그리고 금속갑옷을 입지 않은 자가 내는 소리라곤 잡초를 밟는 소리가 고작이니, 레인저나 로그(rogue) 같은 클래스를 가지지 않았으면 판별하기가 상당히 어렵다.

못쓰겠다며 알베도는 고개를 가로저었다. 그리고 명령했다.

"마레, 두 명 정도 처리해 줘. 아, 맞아. 아인즈 님께 무례하게 군 놈은 처분하자."

## 5

이그발지는 달렸다.

모몬이라는 사내가 자신을 넘어선 모험자라는 사실은 조합에서도 깨달았다. 하지만 이그발지는 이를 필사적으로 부정했다.

그러나 그가 타고 온 마수—— 이 부근에서 예로부터 전해지는 전설의 대마수 '숲의 현왕'의 위풍당당한 모습을 보면 싫어도 인정할 수밖에 없다. 그만한 마수를, 그것도 힘으로 부릴 수 있다면, 그 역량은 미스릴을 넘어선다고.

조합에서 나누었던 그 말이 거짓이 아님을 깨닫고 이그발지의 마음속에 깃든 것은 분노였다.

어느 나라의 유명인인지는 몰라도 우리에게 민폐를 끼치지 말라고. 정보를 원하면 내가 줄 테니 넌 거기서 닥치고 있어.

자신의 영역을 침범당했다고—— 이그발지는 실제로 그렇게 느꼈다.

자신들이 꿈꾸고, 필사적으로 단련하고, 목숨을 건 모험을 되풀이해 서서히 올라갔던 계단을, 느닷없이 나타난 자가 몇 단계씩 건너뛰어 올라갔다니. 불쾌함만이 느껴졌다.

기회가 온다면 걷어차 떨어뜨려 줄 테다. 나쁜 소문을 퍼뜨려 평판을 떨어뜨려 줄 테다. 그럴 작정으로 동행했던 것이다.

그렇기에 검은 갑주를 감싼 동료가 나타났을 때, 이그발지 일행을 죽이겠다고 선언했을 때, 망설임 없이 후퇴를 선택할 수 있었다. 공포를 느끼면서도 누구보다 빨리 움직였던 것은 모몬—— 아니, 아인즈라는 사내에게 불리한 정보를 조합에 전할 수 있다는 어두운 감정이 작용했기 때문이었다.

'꼴좋다. 반드시 살아 돌아가 네놈이 저지른 짓을 모두에게 퍼뜨려 주마!'

뱀파이어와 한패인지 어떤지는 알 수 없었다. 그래도 그런 방향으로 이야기를 유도할 수는 있을 것이다.

이 순간 바로 뒤에서 그 무시무시한 무기가 날아들 가능성—— 생명의 위험을 느끼면서도 이그발지는 가슴속에서 피어나는 감정을 억누르지 못하고 조소했다.

동료의 안부 따위는 머릿속에 없었다. 아니, 자신이 살아남기 위한 미끼가 되어준다면 만만세였다.

'내가 최고가 될 거야. 그리고 오리하르콘, 아다만타이트. 영웅으로 불리는 존재가 될 거라고.'

자신 이외의 강자는 필요 없다. 동료 따위 자신이 정점에 서기 위한 도구일 뿐. 자신이야말로 십삼영웅이라는 세계를 구한 영웅과 동등해질 것이다. 그것이야말로 어린아이 시절 마을에 찾아온 시인의 사가를 듣고 품었던 이그발지의 꿈이었다.

그 꿈을 방해하는 존재—— 자신들을 넘어서려는 남자. 심지어 별로 고생하지 않고 넘어가려는 놈을 어찌 용납할 수 있겠는가.

달린다. 달린다. 달린다.

숨을 헐떡이지 않고 숲속을 달릴 수 있는 것은 이그발지가 미스릴 클래스의 모험자라는 증거일 것이다.

하지만── 이그발지의 마음속에 파문이 일었다. 그것도 상당히 커다란 파문이.

'어디지? 말을 두고 온 곳은 매복에 당할 수도 있어……. 우회하고 있을 텐데…… 어라……?'

이그발지의 감각으로는 분명 그랬다. 그의 방향 감각은 그렇게 말하고 있었다. 하지만 그의 육감은 아니라고 말한다.

처음 왔던 숲이라 해도 길을 잃을 리가 없다. 그럼에도 어째서인지 자신이 어디 있는지를 알 수 없었다.

기분 탓이다.

그렇게 판단했다. 하지만 정말로 기분 탓일 리가 없다. 불길하지만 인정할 수밖에 없으리라.

"길을 잃어? 그럴 리가……. 포레스트 스토커(Forest Stalker)이기도 한 내가?"

이그발지가 배웠던 클래스는 야외행동에 특화된 것이었다. 숲속은 어떤 의미에서 그의 앞마당과도 같은 장소. 그런데도 지금은 이 숲이 마치 육식짐승의 아가리 안이라도 된 것처럼 기이한 위화감에 사로잡혀 있었다.

"미궁 같잖아……."

친숙해야 할 숲의 급변에 불안인지 초조함인지 모를 것이 마음속에서 치밀어 올랐다.

그때──.

바스락, 조그만 소리가 들렸다.

조금 전의 시커먼 사형집행인을 떠올리고 황급히 소리가 들린 쪽으로 눈을 돌린 이그발지는 나무 그늘에서 고개를 내민 아이를 보았다.

그것은 다크엘프. 엘프의 친척이며 깊은 숲속 오지에 사는 인간종이었다.

'이런 곳에 왜 다크엘프가?'

다크엘프의 거대한 촌락은 더 남쪽의 대삼림 안쪽, 인간이 발을 들이지 않은 곳에 있을 텐데. 그러한 다크엘프는 보통 인간의 문명과 거리를 둔 곳에 주거를 마련하는 법이다. 그 점에서 인간과 교역도 하는 엘프와 크게 달랐다.

그런 다크엘프가 이런 곳에서, 그것도 어린아이 혼자 모습을 드러냈다는 위화감. 이그발지가 의문을 품고 있으려니, 아이는 조심스럽게 몸을 드러냈다.

'계집아이로군.'

여자애 차림이고 매우 단정한 용모에 떠오른 겁먹은 듯한 표정은 가학심을 자극했다. 모몬의 관계자가 아닐까 하는 생각도 잠깐 들었지만 태도에 너무 큰 차이가 보여 말도 안 된다고 웃어넘겼다.

그보다도 이 숲에 사는 다크엘프라면 안전한 루트를 알 것이다. 게다가 만일 검은 갑옷이 쫓아온다면 미끼 정도로는 쓸 수 있으리라. 그렇게 계산한 이그발지는 위협해 말을 듣게 하고자 한 걸음을 내디뎠다.

"――야."

일부러 짐짓 으름장을 놓는 목소리를 내자, 다크엘프의 몸이 흠칫 떨렸다.

"어, 죄, 죄송해요……."

그 쭈뼛거리는 모습에 이그발지는 씨익 웃었다. 아무래도 일이 수월하게 풀릴 것 같다.

"사과할 거 없어. 물어보고 싶은 게 있으니까 이리 와."

"어…… 어, 그게…… 저기, 저기, 죄송해요."

다시 되풀이된 사과의 의미를 이해할 수 없어 이그발지가 머리 위에 물음표를 띄우기도 전에, 다크엘프 소녀는 들고 있던 흑단으로 만든 듯한 스태프를 휘둘렀다.

식물이 사슬이 되어 이그발지의 온몸을 묶었다.

경악에 몸이 떨렸다.

미스릴 클래스인 자신이, 이런 어린아이가 발동한 마법에 저항할 수 없다니?

온몸의 힘을 쥐어짜 구속을 풀려고 했지만, 꼼짝도 하지 않았다. 가슴속이 조바심으로 가득 찬 이그발지는 한껏 허세를 부리며 외쳤다.

"이, 이 새끼가! 당장 해제하지 않으면 죽는다! 앙!"

쭈뼛쭈뼛 눈을 내리깔며 다크엘프는 이그발지 앞으로 나섰다.

이그발지는 그제야 상대가 몸에 걸친 의복이 얼마나 훌륭한 것인지 깨달았다. 너무나도 멋들어진 의복과 갑옷이었다.

그것은 이그발지가 한 번도 입수한 적이 없었던 고급품.

그리고 그 눈동자. 과거에 엘프 지인에게 들었던 기억이 어렴풋이 떠올랐다.

다만 그것이 완전히 형태를 이루기도 전에 그림자가 그의 주위로 밀려들었다.

소녀가 스태프를 크게 치켜들었던 것이다.

소녀의 표정은 변함없이 겁먹은 것이었다. 그러나 눈동자 속에는 아무런 감정도 없었다. 이제부터 이그발지에게 행하려는 행위에 대해 아무것도 느끼지 않는 것이다. 겁먹은 듯한 그 태도는 모두 남에게서 지시받은 연기였던 것처럼.

조금 전의 악마 같은 검은 갑옷과 눈앞의 소녀가 겹쳐 보였다.

"자, 잠깐 기다려! 뭘 하려——."

알베도가 도착한 것은 마침 마레가 든 스태프가 사내의 머리를 향해 휘둘러진 순간이었다. 스태프에 투구는 찌그러지고 그 안에 있던 머리가 움푹 들어가며 압력으로 눈알이 튀어나왔다. 머리는 완전히 파괴되었다. 여름 해변의 수박처럼.

"수고했어."

"저, 저기, 알베도 님. 끄, 끝났어요. ……이, 이러면 됐나요?"

눈을 살짝 치뜨고 쭈뼛쭈뼛 묻는 마레에게 헬름을 벗은 알베도가 웃으며 대답했다.

"완벽해. 조금 지저분하게 죽이기는 했지만 충분하겠지. 아인즈 님도 칭찬해 주실걸."

"저! 정말요?! 에헤헤헤."

기뻐서 웃는 다크엘프에게서 시체로 눈을 돌리고 알베도가 물었다.

"나머지 한 사람은 어떻게 됐니?"

"아, 그, 그게…… 버, 벌써 죽였어요. 그, 그리고…… 시체는, 그 나무 뒤에 놔뒀어요……."

"그래, 완벽하구나. 그러면 마레, 나자릭까지 그 시체를 옮겨 줄 수 있겠니?"

"아……아아, 알겠습니다."

피에 젖은 스태프를 들고 미소를 지으며 고개를 끄덕이는 소년에게 다시 알베도는 미소를 지었다. 정말로 솔직하고 착한 아이라니깐.

하지만 좀 더 당당해도 좋을 텐데.

## 6

"끝났습니다, 아인즈 님."

헬름을 벗어 옆구리에 끼고 돌아온 알베도의 첫마디를 듣고 아인즈는 깊이 고개를 끄덕였다. 이로써 샤르티아가 다른 사람들 눈에 띌 걱정은 사라졌다. 갑옷을 해제해 해방감에 휩싸이면서 알베도에게 말했다.

"수고했다. 그러면 그들을 회수할 준비는?"

"이미 마레에게 명해 나자릭까지 옮겼사옵니다."

"그래. 그렇다면 문제는 해결되었구나. 뱀파이어의 손에 목숨을 잃은 그들은 불쌍하지만, 살아남은 우리는 앞으로 나아가기로 하자꾸나."

"분부에 따르겠나이다. 그런데…… 아인즈 님의 망토 깃을 붙잡고 있는 그건 대체 무엇이옵니까?"

아인즈가 시선을 돌리니, 망토 깃을 은근슬쩍——이라고 하기에는 너무 거대해 고개가 갸웃거려졌지만——붙잡은 햄스케의 모습이 보였다. 눈동자는 물기에 젖었으며 공포로 털을 곤두세우고 있었다. 당연히 알베도 때문이었다.

"이자는 나의 애완동물 같은 것으로, 햄스케라 명명하였다."

"세상에! 나자릭의 모든 이가 동경하는 지위에 그런 자를!"

"응……? 아, 햄스케. 나의 충실한 신하이자, 나의 거성 나자릭 지하대분묘의 총괄책임자인 알베도다. 너의 윗사람이기도 하니 인사해라."

"주공께서 소개하신 대로 본좌는 햄스케라 하외다. 앞으로 모쪼록 잘 부탁드리외다, 알베도 님."

"……잘 부탁해, 햄스케."

"좋아, 인사는 끝났군. 일단 여기서부터는 나와 알베도가 가겠다. 나베랄은 햄스케를 데리고 마레와 함께 나자릭으로 귀환하도록. ……입안에 넣어둔 것에는 조금 경계를 해 두고."

"예!"

나베랄은 빠릿빠릿하게 대답했다. 그에 반해 햄스케는, 묘지에서 입수한 인텔리전스 아이템을 우물우물 입안에서 굴리며 나베랄에게 물었다.

"아, 알겠소이다, 주공. 한데, 어허 시끄럽구나! 그보다도 중요한 일이 있소이다! 너는 잠시 입안에서 닥치고 있거라! 그래서 질문이 있소이다만…… 본좌는 괜찮은 것이외까? 잡아먹히거나 하지는 않는 것이외까, 나베랄 님?"

"아인즈 님의 애완동물이라면 허락 없이 잡아먹거나 하진 않아.

모두에게도 잘 전해둘 테니 걱정할 것 없어."

아인즈는 얼굴은 움직이지 않았지만 미소를 지었다. 에 란텔에서 둘이 지내면서 친해진 모양이었다.

"좋아. 그러면 가자꾸나, 알베도."

"분부에 따르겠나이다."

나베랄과 햄스케의 배웅을 받으며, 아인즈는 알베도를 데리고 샤르티아가 있는 곳으로 향했다.

"한데 아인즈 님, 그 사내들의 시체를 보고 옥좌의 홀에서 하셨던 말씀을 떠올렸습니다만, 어젯밤에 아인즈 님께서 해치우셨던 남녀의 시체는 회수하지 않아도 괜찮았던 것이옵니까?"

"그것은……."

어젯밤 나베랄에게 언급했던 것과 같이 '이번 사건의 주모자로 내세울 필요가 있다.' 고 말하려다가, 이어진 알베도의 발언에 이를 꾹 삼켰다.

"아인즈 님과의 전투를 통해 모종의 정보를 얻었을 가능성이 있습니다. 사자부활 마법이 존재하는 이상 회수하지 않는다면 위험하지 않겠사옵니까? 무언가 특별한 이유라도?"

숨이 멎었다. 아니, 원래 호흡은 하지 않지만.

알베도의 말은 그야말로 진실을 꿰뚫은 것이었다.

'………………야단났다.'

이 세계에는 죽은 자를 되살리는 마법이 있다. 다시 말해 검시보다도 명확하고 상세한 정보를 이끌어낼 수 있다는 뜻이다.

아인즈는 그날 밤을 떠올려보았다. 자신의 정체, 나자릭의 이름, 그리고 나베랄의 능력. 그 남녀는 모든 것을 알고 있다. 특히 위험한 것은 여자 쪽이었다.

실수라고 간단히 치부할 수는 없는 큰 문제. 그것은 너무나도 치명적이었다.

바라옵건대 소생 마법을 쓸 수 있는 자가 존재하지 않기를. 그러나 양광성전에서 얻은 정보에 따르면 슬레인 법국에는 쓸 수 있는 자가 있다고 했다. 게다가 아다만타이트 클래스 모험자라면 그런 마법을 가졌을 가능성이 높다. 국가 상층부에서 사용할 수 있는 자를 비밀리에 포섭해 두었을 가능성도 있다.

그렇다면, 중요한 정보를 지녔으리라 판단한다면, 에 란텔 상부가 소생 마법을 사용할 준비를 갖추었을 것이다. 그들이 일으키려던 사건은 에 란텔을 뒤흔들 수도 있는 것이었던 만큼, 상세한 정보를 얻으려 할 것이다.

아인즈는 있지도 않은 심장이 벌컥벌컥 엄청난 속도로 뛰는 기분을 느꼈다.

'어떡한다.'

뻔하다. 지금 당장 시체를 강탈하면 된다. 하지만 누구에게 명령하지?

어제는 나베랄에게 시체를 그대로 두도록 명령했다. 그것이 실수였음을 드러내야 한단 말인가.

'……아니, 그건 피해야만 해.'

샤르티아가 왜 반란을 일으켰는지 알 수 없는 이 상황에서, 더욱 충성심을 떨어뜨릴 일은 입에 담지 말아야 한다. 지금 허둥지둥 명령을 내려서는 안 된다.

회사에서 상사가 실수를 인정하지 않는 이유를 깨달은 기분이

든 아인즈는, 기도하는 심정으로 결론을 내렸다.

"……너의 말도 옳다만, 어떤 특별한 이유가 있어 그대로 둔 것이다. 안심해라. 모든 것은 내 손아귀에 있다. ……샤르티아만을 제외하고."

"그러셨군요! 과연 아인즈 님. 저 같은 것의 생각은 이미 고려하신 바였군요. 주제넘은 짓을…… 실례했습니다. 한데 왜 아인즈 님은 소생 마법을 전혀 쓰지 않으신 것인지요? 정보 수집 때 사망했던 인간에게 사용하셨으리라 생각했습니다만."

"……어?"

아인즈는 잠시 본분도 잊고 얼빠진 소리를 냈다.

"말하지 않았던가? 그러면 알베도, 데미우르고스의 치유 실험에 대해서는 들었느냐?"

"예. 팔다리를 잘라내고 그곳에 치유 마법을 걸면 어떻게 되는가 하는 것이었죠?"

"그거다. 그러면 다음 질문이다. 소생 마법이란 것은 어디에 거는지 알고 있느냐?"

"시체가 아니옵니까?"

"……아닌데? 응? 아니었나?"

알베도와 아인즈는 서로 생각에 잠기고, 잠시 후 알베도의 표정에 빛이 반짝였다.

"아! 제가 착각했습니다. 아인즈 님의 말씀대로, 시체가 아니라 영혼이었습니다!"

"그렇다. 데미우르고스의 실험에서는 잘라낸 팔다리가 사라지고 몸에서 돋아났다. 그렇다면 영혼에 소생마법을 건다면 시체는 어떻게 되겠느냐?"

위그드라실에서는 경험치 소실 페널티가 발생하는 사망자 부활 마법을 발동할 경우 네 가지 패턴의 소생 방법을 선택할 수 있었다.

첫째는 그 자리에서 부활하는 것. 둘째는 던전 같은 곳의 입구에서 부활하는 것. 셋째가 근처의 안전한 도시 같은 곳에서 부활하는 것. 그리고 넷째가 길드 본거지처럼, 지정해 놓은 홈 포인트에서 부활하는 것이다.

그렇다면 이 세계에서 부활 마법을 사용하면 어떻게 될까.

아인즈가 가장 우려했던 것은 말할 것도 없이 네 번째의 홈 포인트 부활이다. 만일 니군의 홈 포인트가 슬레인 법국이라면, 정보를 얻은 적을 친절하게도 되살려서 돌려보내 주는 바보 같은 짓을 저지르게 된다.

그렇기에 부활계 마법의 실험은 시도할 수 없었다. 그것이 결국 안 좋은 결과를 불러일으키기는 했지만.

"그렇게 된 것이었군요. 분명 주의해야만 하는 점이었습니다. 과연 아인즈 님. 명석하신 판단에 감복했나이다."

감탄의 숨을 토해내며 고개를 숙이는 알베도에게 아인즈는 재빠르게 고개를 가로저었다.

"아니, 괜찮다. 진짜로. 하지만 언젠간 실험해야 할 텐데……. 아무튼 각설하고, 다시 출발하자꾸나."

아인즈는 알베도의 안내에 따라 숲속을 나아갔다.

숲이 탁 트인 장소.

목가적이라고도 할 수 있는 그곳에, 전혀 어울리지 않는 진홍색 갑주가 서 있었다. 햇빛을 받아 눈부시게 빛나는 그 모습은 분명 환상적인 분위기를 풍기고는 있었으나, 피어나는 선혈의 냄새가 그것들을 모두 망쳐버렸다.

샤르티아였다.

〈수정 화면〉에 비쳤던 차림과 무엇 하나 다를 바 없었다.

자세마저 전혀 변하지 않은 것 같았다. 그렇기에 아인즈는 한순간 자신이 지금 그 화면을 보고 있는 것이 아닌가 하는 착각까지 들었다.

그러나 이곳에는 현실감이 있었다. 밀어닥치는 피비린내라는 현실감이.

아인즈는 호흡을 되풀이했다. 물론 숨을 쉴 수 있는 몸은 아니지만, 그런 흉내를 냈을 뿐이다. 어쩌면 기분만 냈을지도.

"샤르티아."

아인즈가 말을 걸었다.

갈라지고 기어들어가는 한심한 목소리가 아니라 위엄으로 가득 찬 것이라고 아인즈가 생각하는 그런 목소리였다.

하지만 대답은 없었다.

다시 말을 걸기 전에, 아인즈는 샤르티아를 물끄러미 보았다.

무시하는 것이 아니었다. 샤르티아의 크게 뜨인 진홍의 눈동자는 공허해서 의식이 있는 것 같지가 않았다.

동행한 알베도는 샤르티아의 태도에 분노의 불꽃을 지폈다.

"샤르티아! 변명도 없고, 아인즈 님께 무례마저——."

"알베도, 시끄럽다! 조용히 해라! 움직이지 말고! 샤르티아에게

다가가는 것은 허락하지 않겠다!"

한 걸음 내디디려던 알베도를 아인즈는 난폭한 어조로 저지했다. 평소의 아인즈 같으면 옛 동료들이 만들어낸 NPC에게 어지간해서는 이런 언행을 보이지 않지만, 이 순간만큼은 자제할 수가 없었다.

그만큼 아인즈는 샤르티아의 현재 모습에 충격을 받았다.

"이건 설마……. 어떻게 그럴 수가 있지? ……믿을 수 없어."

자신이 본 적이 있는 광경과 지금 샤르티아의 모습이 겹쳐, 아인즈는 경악을 품었다. 그와 동시에 정신이 안정을 찾으며 그 가능성이 가장 유력함을 냉정하게 판단했다.

아인즈는 알베도에게 말했다. 다른 자에게 들려주어 스스로도 곱씹어 보고자.

"확실하구나. 샤르티아는 현재 정신지배를 받고 있는 것이다."

"그것은 아인즈 님께서 옥좌의 홀에서 말씀하셨던 이유에 따른 것이옵니까?"

"그것은 모르겠다만……. 양광성전 놈들에게 정보를 얻으면서 그에 가까운 광경을 보았다. 이것은 역시 정신지배에 따른 결과다. 언데드인 샤르티아가 어떻게 정신지배를 받았는가 하는 의문은 남지만, 역시 이 세계 특유의 무언가에 의한 결과일까?"

아인즈는 팔짱을 끼며 멍하니 선 샤르티아를 날카롭게 노려보았다.

"샤르티아는 누군가에게 정신지배를 당했고, 명령을 받기 직전에 무슨 일이 있었을 게다. 어쩌면 샤르티아가 동시에 상대를 죽였을지도 모르지……. 결과적으로 명령이 공백상태인 채 이 자리에 남았을 테고. 어디까지나 추측이다만. 그러나 지근거리로 접근하거나 공격을 가하면 방어행동을 취할 가능성이 있다. 악(惡) 속성에 치우친 경우는 대개 공격이지. 함부로 접근하지 마라."

"분부에 따르겠나이다. 하오나 그렇다면 억지로 속박하여 나자릭으로 데리고 가는 것은 불가능하겠군요……. 이곳에서 시간을 끌 경우, 샤르티아를 정신지배한 누군가가 이미 죽었다면 다행이지만, 만일 살아있다면 오래 있는 것은 위험하옵니다."

"동감이다."

샤르티아가 어떻게 정신지배를 받았는지는 수수께끼였다.

어쩌면 이 세계 특유의 어떤 능력은 언데드에게도 효과를 발휘할지 모른다. 그렇게 생각하면, 이곳에 있을 경우 아인즈까지 정신지배에 당할 가능성도 있다.

"이걸 사용하는 것은 다소 아깝다만, 샤르티아의 정신지배를 가장 쉽게 무효화할 수 있을 것이다."

아인즈가 손가락을 움직였다. 그곳에 낀 반지는 아무런 장식도 없는 간소한 것이었다. 은색 광채를 반사하며 음각으로 새겨진 세 개의 유성이 드러났다. 그러나 그 반지에 담긴 힘은 아인즈가 가진 반지 중에서도 가장 강력했다.

"그것은……?"

알베도의 의아한 표정에 아인즈는——얼굴은 움직이지 않으나——승리를 자랑하는 웃음을 띠며 이름을 댔다.

"이것은 초위마법 〈별에 소원을Wish upon a Star〉을 경험치 소비 없이 세 번 쓸 수 있는 초초레어 아이템, 유성의 반지Shooting Star다."

이것이야말로 아인즈가 보너스를 털어서 당첨됐던 캐시 뽑기 아이템이었다.

아인즈 울 고운 멤버 중에서도 이 반지를 가진 사람은 아인즈와 야마이코 두 사람밖에 없을 정도로 희귀한 아이템이었다.

아니, 희귀 아이템이라기보다는 얼마나 돈을 쏟아부었느냐 하는 어리석음을 증명하는 아이템일지도 모른다.

반지에 담긴 초위마법 〈별에 소원을〉은 소비한 경험치의 퍼센티지에 기반한 숫자의 랜덤 선택지가 뜨는 시스템을 가졌다. 다시 말해 1할을 소모해 발동하면 1개, 5할로 발동하면 5개인 식이다.

이 선택지도 매우 다양해, 공략정보 사이트의 집계 결과에 따르면 200을 넘는다고 한다. 게다가 그중에서도 나오기 쉬운 것과 어려운 것이 있으므로 자칫하면 경험치만 낭비하고 끝날 수도 있는 무시무시한 마법이었다.

게다가 이 초위마법을 습득하려면 매직 캐스터로서 95레벨에 도달해야만 한다. 아무리 레벨업이 빠른 위그드라실이라 해도 여기까지 오면 막대한 경험치가 필요하므로, 소비되는 경험치는 장난으로 쓰는 것이 저어될 정도였다.

이 아이템으로 〈별에 소원을〉을 발동할 때 나타나는 선택지 역시 일반 마법과 마찬가지로 완전히 랜덤이기는 하지만, 유용한 효과는 잘 나타나며 장난스러운 효과는 억제되는 등 어떤 의미에서는 우수한 상위 마법이 되었다 해도 과언이 아니었다. 게다가 동시에 출현하는 소원의 숫자는 최대인 10개이며 초위마법 발동에 걸리는 시간도 0인, 그야말로 최고의 캐시 아이템이었다.

이만한 캐시 아이템을 사용한다는 것이——게다가 도박의 요소가 큰데도—— 아깝기도 했지만, 샤르티아와 바꿀 수는 없었다. 다만 자신의 잉여 경험치를 소비하는 것은, 이것 외에도 경험치를 소비하는 스킬 같은 것이 있는지라 약간 망설여지기는 했다.

아인즈는 반지를 바라보았다.

아인즈가 노리는 소원은 '대상의 모든 효과 해제' 였다. 그 밖에도 몇 가지 후보는 있지만, 가장 직접적인 효과는 그것이었다.

좋은 효과까지 없애버리기 때문에 게임 내에서는 선택하는 경우가 별로 없는 소원이었는데, 이를 바라는 자신에게 웃음이 나왔다.

"자! 반지여, 나 소망하노라(I WISH)!"

물론 이런 대사를 내뱉지 않더라도 마법 아이템을 기동할 수 있다. 그러나 200가지 이상의 소원 중에서 이 자리에 합당한 것을 선택할 수 있게 해 달라는 강한 마음을 담아 아인즈는 외쳤다. 승패가 걸린 게임에서 주사위를 굴릴 때 기합을 담아 굴리는 것과 거의 비슷하다고 보면 되겠다.

위그드라실의 마법이 그대로 효과를 발휘하는 세계이니, 이 반지로 발동되는 힘은 분명 샤르티아에게 걸린 의문의 정신지배를 무효화해줄 것이다. 아니, 그렇게 생각하고 싶었다.

아인즈가 가장 우려하던 사태는 아이템 자체가 발동하지 않는 것이었는데, 이는 아무래도 기우로 끝날 것 같았다. 이 세계에서도 반지는 문제없이 작동해 담아놓았던 힘을 해방했고—— 아인즈의 눈동자에 깃든 붉은 불꽃이 작게 응축되었다.

"뭐야…… 이건……?"

머리에 완전히 새로운 정보가 새겨지는 듯한—— 불쾌감. 그리고 동시에 느껴지는, 거대한 무언가와 연결되는 듯한—— 행복감. 인간이었을 때와 비슷한 몇 가지 감각이 아인즈를 엄습했다.

그 파도가 지나간 후, 아인즈는 이 세계에서 사용하는 〈별에 소원을〉이 위그드라실과는 완전히 다른 것으로 바뀌었다는 사실을 알게 되었다.

운필레아의 탤런트에 대해 알았을 때는 〈별에 소원을〉을 쓰면 빼앗을 수 있지 않을까 망상했는데, 그것도 완전히 빗나간 추측은 아니었다. 이 세계에서 〈별에 소원을〉은 원하는 소원을 실현하는 마법으로 바뀌었던 것이다.

소비되는 경험치에 따라서도 다르지만, 그것은 그야말로 불가능을 가능케 해주는 마법이었다. 게다가 최대 5레벨—— 500%의 경험치를 소비해 더욱 강력한 소원을 이룰 수 있는 것으로 바뀌었다.

아인즈는 이거라면 샤르티아에게 걸린 마법의 효과를 없앨 수 있으리라 확신하고, 승리의 예감과 함께 외쳤다.

"샤르티아에게 걸린 모든 효과를 없애다오!"

목소리가 울려 퍼지고, 한 박자 후, 아인즈의 눈구멍 속에 깃든 불꽃은 단숨에 강대하고 거대해졌다.

"——뭐, 뭐라고?"

아인즈의 동요에 상황 변화를 깨달은 알베도가 불안한 듯 물었다.

"왜 그러시옵니까, 아인즈 님!"

아인즈는 대답할 여유가 없었다. 위그드라실을 오랜 기간 플레이했던 경험. 공략 사이트에서 얻었던 정보. 그리고 이세계에 온 후 얻은 온갖 정보를 연결해 보았다. 그리고 가장 중요한 것은 조금 전 반지의 힘을 사용하려 했을 때 아인즈의 존재를 덧씌우려는 듯 흘러든 〈별에 소원을〉에 관한 지식.

결론이 나온 순간 아인즈는 믿을 수 없을 정도의 조바심과 분노에 사로잡혔다. 그러나 그 이상으로, 정신안정화가 발동되고 있을 텐데도 강하게 느껴진 것의 정체는—— 공포였다.

낭패한 아인즈는 외쳤다.

"처, 철수한다! 알베도, 이리 오거라! 어서!"

"아! 네!"

아인즈는 즉시 전이 마법을 발동시켰고, 다음 순간에는 융기한 대지를 바라보고 있었다. 안전한 자신의 집에 돌아왔으나 그래도 아인즈는 여유를 잃은 채 외쳤다.

"알베도! 추적해서 전이하는 자를 경계하라!"

"예!"

알베도가 무기를 들고 아인즈 바로 곁에 섰다. 아인즈 또한 두 팔을 자유롭게 둔 채 상황변화에 대응해 행동하고자 자세를 잡았다.

그대로 한동안 시간이 흐른 후에야 아인즈는 겨우 팽팽해졌던 긴장을 풀었다. 알베도 또한 자세를 낮추었던 전투태세에서 평상시의 자세로 돌아왔다.

"빌어먹을!"

긴장감이 가라앉고 나서 아인즈가 느낀 것은 강렬한 분노였다. 언데드가 된 후로 강한 감정은 억제되었다. 그러나 억제되어도 순식간에 새로운 격노가 솟아났다.

"빌어먹을! 빌어먹을! 빌어먹을!"

아인즈는 수없이 땅을 걷어찼다.

심상치 않은 육체능력 때문에 엄청난 흙이 튀어 올랐다.

만일 며칠 전에 비가 오지 않았다면 주위에 자욱하게 흙먼지가 피어났을 것이다. 그래도 아인즈의 분노는 수그러들지 않았다.

"아, 아인즈 님! 분노를 거, 거두시옵소서……."

알베도의 목소리에 깃든 공포의 기색을 느끼고, 아인즈는 겨우 자신이 절대적 주인답지 않은 언동을 보였음을 깨달았다. 급속도로 냉정함이 돌아와, 있지도 않은 숨을 크게 토해냈다. 마음에 피어났던 불꽃을 토해내려는 듯.

"……미안하다. 다소 이성을 잃었나 보구나. 지금의 추태는 잊어다오."

"당치 않은 말씀이십니다. 저의 간청을 들어주신 데 감사드리옵니다! 만일 아인즈 님께서 잊으시라고 명령하신다면 모두 잊겠나이다. 하오나── 무슨 일이 있었는지요? 무엇이 아인즈 님을 불쾌하게 만들었사옵니까? 여쭐 수 있다면 두 번 다시 그러한 일이 없도록 대처하겠나이다!"

"……딱히 네게 그랬던 것은 아니다, 알베도. 반지의 힘은 발동했지만, 그 소원을 이룰 수 없음을 깨달았기 때문이었다."

입을 다문 알베도의 모습에 설명이 부족했음을 깨닫고 아인즈는 말을 이었다.

"……초위마법인 〈별에 소원을〉으로도 대적할 수 없는 힘은 단 하나뿐이다."

조금 전 같았으면 이 세계 특유의 무언가로 인해 의도를 이룰 수 없었다고 생각했을지도 모른다. 그러나 이제는 그렇지 않다고 확신을 가지고 말할 수 있다. 발동하려던 순간 흘러들어온 감각으로 그것을 알아차렸다.

"서, 설마…… 그건……."

"그렇다, 알베도. 단 하나. ……세계급 아이템이다."

위그드라실에 존재하던 200가지의 아이템. 길드 무기나 신기급 아이템으로도 대적할 수 없는 아이템. 그렇다. 세계급 아이템이라면 정신적 효과를 일절 무효화하는 언데드를 지배하는 것도 문제가 아닐 것이다.

그리고 아인즈는 나자릭 밖으로 보냈던 수호자들을 떠올렸다. 그들도 마찬가지로 표적이 되었을 가능성이 있다고.

여기에 즉시 생각이 미치지 못했던 자신을 책망하며, 아인즈는 알베도에게 말했다.

"알베도, 밖에 나가 있는 모든 수호자를 귀환시켜라. 이때 샤르티아처럼 정신지배를 받지 않았는지 조사할 필요가 있다. 즉시 옥좌의 홀로 향한다! 그것이 끝난 다음에는…… 보물전이다."

# 4장 사투를 앞두고

# Chapter 4 | Before the Death Match

## 1

보물전으로 전이한 아인즈의 눈에, 천공에 뜬 모든 별들을 모아 놓은 듯 휘황찬란한 광채가 들어왔다.

까마득히 올려다보아야 할 만큼 높은 천장, 시야에 전부 담을 수 없을 정도로 긴 벽. 그 정도로 광대한 방 안에 눈부신 보물이 가득했다.

한복판에는 금화며 보석이 쌓여 그것이 산맥처럼 사방으로 이어졌다. 얼마나 되는지 헤아려 볼 마음이 전혀 들지 않을 만한 양이었다. 게다가 금은보화의 산에 파묻힌 듯한 초일류 공예품의 모습도 보였다.

언뜻 보기만 해도, 황금으로 만든 잔, 다양한 보석을 박은 왕홀, 은백색으로 빛나는 짐승 모피, 금사를 듬뿍 써서 짠 정밀한 태피스트리, 진주색으로 빛나는 뿔피리, 일곱 색깔을 뿜어내는 깃털 부채, 크리스털 물병, 어렴풋한 빛을 내는 치밀하기 짝이 없는 장식 반지, 검은색과 흰색 보석을 박은 모종의 동물 가죽으로 이루어진 가면 등이 눈에 들어왔다.

물론 이런 것들은 극히 일부일 뿐이었다. 이 거대한 금화의 산 속에 이 정도 예술품이라면 아마 2, 300개는 될 것이다. 말 그대로 보물의 산. 이 광경을 본 동행들이 감탄의 신음을 흘리는 것이 아인즈에게 들렸다. 소리를 낸 것은 두 사람이다.

'셋 중에 둘이라…….'

아인즈는 뒤에 선 세 명의 여성을 보았다.

갑옷을 벗고 하얀 드레스로 갈아입은 알베도는 주위를 둘러보며 아름다운 얼굴에 솔직한 감탄의 감정을 띠고 있었다.

나자릭에 돌아온 아인즈에게 반지를 돌려준 유리 알파도 마찬가지였다.

두 사람과 달리 유일하게 감탄하지 않았던 인물이 조용히 아인즈를 돌아보았다.

그녀의 얼굴은 매우 단아하기는 했지만 꼭 만들어놓은 것 같았다. 보석처럼 싸늘한 광채가 깃든 에메랄드 눈동자는 한쪽만 드러났으며, 나머지 한쪽에는 아이패치를 씌워놓았다.

길게 흘러내린 적금발은 천장의 빛을 받아 반짝였다.

그녀는 오토마톤(자동인형)이라는 이형종으로, CZ2128 $\delta$ (씨제트 이일이팔 델타), 줄여서 시즈라고 부른다.

플레이아데스인 그녀 또한 나베랄이나 유리와 비슷한 메이드복을 입었지만, 두 사람과 가장 다른 점은 도시형 위장 무늬 액세서리를 착용했으며, 스커트 자락 한가운데에는 1엔이라고 적힌 귀여운 딱지를 붙여놓았다는 것이었다. 그리고 허리에 찬 무기. 그것은 흰색의 총기였으며 이를 마치 검처럼 걸어놓았다.

참고로 이 마총(魔銃)도, 오토마톤도, 시즈의 클래스인 거너(Gunner)도, 초대형 업데이트 '발퀴리아의 추락' 이후 추가된 데이터다.

유리가 렌즈 없는 뿔테 안경을 손가락으로 올리며, 난잡하게 정리되지 않은 이 상황을 메이드로서 용납할 수 없다는 듯 말했다.

"……아인즈 님, 어찌하여 차곡차곡 보관해두지 않은 것이옵니까? 보호계 마법을 걸어두었다고는 하나 보존 상태가 좋다고는 생각할 수 없사옵니다. 만일 명령만 내려주신다면 저희가 신속히 착수하겠습니다."

"다시 한번 주위를 똑똑히 보도록."

잠시 주위를 둘러본 유리가 고개를 숙이며 사죄했다.

"결례를 범했나이다. 저의 얄팍한 생각을 용서해 주시옵소서."

"마음에 둘 것 없다. 아무튼, 그렇게 된 것이다. 어차피 금화 무더기에 파묻힌 것들은 가치도 낮은 것들뿐이지."

아인즈의 시선 끝에는 유리가 목격하고 사죄한 이유가 있었다. 그것은 주위의 벽에 무수히 배치된, 천장까지 우뚝 솟은 거대한 장식장. 그리고 그곳에 안치된, 황금의 산보다도 더욱 찬란한 광채였다.

블러드스톤을 박은 완드(wand), 가넷을 박은 히히이로카네 건틀릿, 조그만 은제 고리를 끼운 블랙 다이아몬드 렌즈, 흑요석으로 만든 개, 퍼플 아메시스트를 깎아 만든 단검, 백진주를 무수히 박은 소형 제단, 일곱 색깔로 빛나는 유리 같은 재질의 백합꽃, 스타루비를 깎아 만든 섬세한 장미 조화, 흑룡Black Dragon이 날아오르는 모습을 그린 태피스트리, 거대한 다이아몬드로 장식한 백금 왕관, 보석을 흩뿌려놓은 듯한 황금 향로, 사파이어와 루비로 만든 암수 한 쌍의 사자상, 파이어 오팔을 박은 불꽃을 연상케 하는 커프스, 치밀한 세공이 가미된 자단 담배갑, 황금 짐승 모피로 만든 외투, 아포이타카라로 만든 열두 장의 접시, 사색 보석을 박은 은제 발찌, 데만토이드 가넷으로 표지를 장정한 마도서, 황금으로 만든 등신대 여성상, 굵은 임페리얼 토파즈를 누벼 넣은 벨트, 머리에 서로 다른 보석을 박은 체스 세트, 한 덩어리의 에메랄드로 깎아 만든 페어리(fairy)의 조각, 무수한 작은 보석을 꿰매 만든 검은 외투, 유니콘의 뿔로 만든 잔, 수정구를 박은 황금 대좌 등등.

이것도 일부일 뿐이었다.

그 외에도 블루 토파즈를 아낌없이 사용한 거울, 인간 크기의 적수정, 은백색으로 빛나는 치밀하고도 거대한 전사상, 뭐가 뭔지 모를 문자가 새겨진 돌기둥, 한아름은 될 법한 알렉산드라이트 같은 것도 있었다.

그러한 무수한 보물이 유리에게 명확한 답을 주었다. 놓을 곳이 어디 있느냐고.

"가자."

아인즈의 말에 두 사람이 말로 동의했다. 시즈만이 목소리가 아니라 고개를 끄덕여 알겠다는 의사를 드러냈다.

아인즈가 〈전체비행Mass Fly〉을 발동하자 네 사람이 나란히 허공에 떠올랐다.

떠오르고 나서 깨달은 것이지만, 공기가 아주 희미하나마 위험하고 독살스러운 보라색을 띠고 있었다.

유리가 두리번두리번 보라색 공기의 발생원을 찾아보았다. 그러나 천장이나 벽, 주위를 둘러보아도 보라색을 뿜어내는 것은 전혀 보이지 않았다.

아름다운 얼굴에 가벼운 당혹감을 띤 유리에게 밋밋한 목소리가 들렸다.

"…………유리 언니. 공기가 마법계 맹독을 품고 있다."

"뭐?"

의아해하는 유리의 시선을 차디찬 시선이 쳐다보았다. 시즈의 녹색 눈동자였다. 그 눈에 감정은 없었다. 정확히 말하자면 전혀 감정이 느껴지지 않는 눈이었다. 시즈의 얼굴은 매우 단아했지만 나쁘게 말하자면 가면 같았다.

오토마톤인 시즈는 기본적으로 감정을 겉으로 드러내지 않으니까. ——정확하게 말하자면 그런 설정이니까.

"……블러드 오브 요르문간드(Blood of Jormungandr)?"

시즈가 맹독의 효과를 가져다주는 것 중에서는 최대의 효과를 발휘하는 아이템의 이름을 입에 담고, 아인즈가 고개를 끄덕였다.

"그래, 정답이다. 너희에게는 말하지 않았다만 보물전에서도 이 근처는 맹독으로 공기가 오염됐지. 독 무효화 아이템이나 능력이 없다면 3초도 버티지 못하고 죽을 거다."

"그래서 우리—— 실례했습니다. 저희를 선택하신 거군요?"

바로 그랬다.

안경을 슥 올리는 유리는 머리 없는 기사——둘라한(Dullahan)이며, 얼어붙은 표정을 가진 시즈는 오토마톤이다. 두 사람은 이형종의 종족 특성으로 독 무효화 능력을 지녔다. 악마인 알베도에게는 원래 독이 통하지만 당연히 다른 것으로 무효화하고 있다.

"너희를 데려온 것은 그런 이유였다. 다만…… 시즈를 데려온 이유는 그것만이 아니라, 확인을 위해서이기도 하다만."

아인즈 일행은 그대로 〈전체비행〉을 사용해 황금의 산맥을 걷지 않고 건너편의 문까지 도착했다.

아니, 이를 문이라고 형용해도 될까. 그곳에는 문의 형태를 가진, 바닥이 없는 어둠을 연상케 하는 것이 벽에 철썩 달라붙어 있었다.

마치 그림과도 같은 그것을 앞에 두고 아인즈는 생각에 잠겼다.

"이곳이 무기고였지. 패스워드가 뭐였더라……."

"아인즈 님. 무기고라 하시면, 그 밖의 보물은 다른 곳에 수납된 것입니까?"

'……어? 알베도에게도 보물전 내부의 정보는 없는 건가?'

알베도의 질문에 아인즈는 고개를 갸웃했다. 하지만 그것도 수긍이 간다. 보물전은 나자릭 지하대분묘에서 격리된 곳이며, 링 오브 아인즈 울 고운을 사용해 전이하지 않고선 쉽게 드나들 수 없는 구조이기 때문이다. 열흘 전까지만 해도 반지를 가지고 있지 않았던 알베도에게는 그 지식이 없을 가능성이 있다.

NPC가 어느 정도 지식을 가졌는지 아리송한 부분이 다소 있으니, 아인즈는 그런 식으로 대수롭지 않게 생각하고 방금 질문에 대답했다.

"그래, 있다. '겐지로' 라는 동료가 정돈을 좋아해서 말이다. 용도별로 구분해 놓았을 게다."

"저희의 동료 엔토마를 창조하신 분이군요?"

"그래, 유리의 말이 맞다. 음, 정돈을 좋아한다는 말에는 좀 어폐가 있으려나. 만일 그랬다면 저 금화 무더기도 정돈했을 테고, 자기 방을 쓰레기장이라고 부르지도 않았을 테니. 아무튼 이야기를 되돌려서── 방어구, 무기, 장신구, 그 외의 아이템, 소모품, 제작물 등등으로 분류해 정리했을 것이다. 그 외에는 나자릭 내부의 유지관리에 쓰이는 방이 있는데……. 그러고 보니 데이터 크리스탈을 보관해둔 방도 있었지."

약간 수다스럽게 설명한 아인즈가 가리킨 방향으로 벽을 따라 시선을 움직이자, 그곳에도 역시 2차원적인 시커먼 것이 벽에 붙어 있었다.

"뭐, 사실은 안에서 하나로 이어져 있으니 어디로 들어가도 큰 차이는 없다만…… 아차차, 미안하다. 이야기가 너무 길었군."

"아닙니다. 저희의 질문에 흔쾌히 대답해 주셔서 감사합니다."

알베도의 말에 따라 두 전투 메이드가 고개를 숙였다.

'시간도 없는데 뭘 하는 거람. 아무래도 나자릭 자랑 이야기가 나오면 말이 많아진다니깐…….'

아인즈는 어깨를 으쓱하고는 정면의 어둠을 돌아보았다.

이것은 특정한 패스워드에 반응해 열리는 문이다. 마법이나 로그 클래스의 스킬을 이용하면 억지로 문을 여는 것도 가능하지만, 아인즈는 그런 마법을 습득하지 않았으며 스킬도 없다. 그렇기에 패스워드를 말해야만 하는데──.

'응, 까먹었네.'

당연하다.

이런 기믹은 나자릭 내에 얼마든지 있다. 자주 오는 곳이라면 문제없이 기억하지만 보물전에서도 이곳은 별로 올 기회가 없다. 이런 곳의 패스워드까지 기억할 리가 있겠는가.

보물전에 온 것은 나자릭의 유지비로 벌어온 돈을 보관할 때뿐이었으며, 이곳까지 오는 것은 지난 몇 년 동안 없었다.

기억 밑바닥에서 해답을 이끌어내지 못했던 아인즈는 대신 거의 모든 곳에 통하는 패스워드를 말해보았다.

"『아인즈 울 고운에 영광 있으라.』"

그 말에 반응해 화면에 무언가가 떠오르듯 칠흑색 문 위에 문자가 떠올랐다. 그곳에는 이런 말이 적혀 있었다.

『Ascendit a terra in coelum, iterumque descendit in terram, et recipit vim superiorum et inferiorum』.

"……나 참, 타블라님도 집착이 대단하다니깐."

자신도 모르게 툭 던진 말에 알베도가 어렴풋이 반응을 보였다.

아인즈는 길드 '아인즈 울 고운'의 기믹 고안 담당 중 한 사람을 떠올렸다.

나자릭 지하대분묘의 세세한 기믹 중 20퍼센트는 그가 손을 댄 것이었다. 기이할 정도로 치밀한 디테일은 이래저래 나자릭 지하대분묘 내의 자유 설정 데이터 용량을 상당수 잡아먹었다. 이 때문에 마음대로 설계할 수 없다고 다른 멤버들이 불평하자, 스스로 책임을 지고 캐시 아이템을 구입해 데이터 용량을 늘렸을 정도였다.

아인즈는 표면에 떠오른 문자를 진지하게 바라보았다. 이것이 분명 힌트일 텐데, 대체 무슨 뜻이란 말인가.

시간을 들여 자신의 기억 어딘가에 가라앉았던 해답을 찾는 아인즈.

이윽고 아인즈는 기억 안에 있던, 이 문을 열기 위한 패스워드를 떠올렸다.

"분명…… 이로써 너는 온 세상의 영광을 얻게 될 것이며, 모든 어둠이 너를 떠나갈 것이다(Sic habebis gloriam totius mundi. Ideo fugiet a te omnis obscuritas)……였던가?"

그렇게 말하며 시즈에게 확인을 구하듯 시선을 보냈다.

시즈는 고개를 세로로 끄덕였다.

시즈는 타블라 스마그라디나와는 다른 기믹 고안 담당자가 만들어낸 NPC로, 나자릭의 모든 기믹 해제 방법을 숙지했다는 설정이 있다. 그래서 조금 전의 패스워드 힌트도 시즈라면 간단히 풀 수 있었을 것이다.

그럼에도 그녀에게 맡기지 않았던 것은 단순히 아인즈가 스스로 열고 싶다는 변덕을 부렸기 때문이었다.

자신이 이 세계에 오면서 생명을 가지게 된 나자릭 지하대분묘. 그곳에 자신이 처음으로 발자국을 찍고 싶다는, 얼룩 하나 없는 새하얀 눈을 밟는 듯한 욕망에 따라.

그 마음에 화답하듯 어둠이 어느 한 점으로 빨려 들어갔다. 조금 전의 어둠은 즉시 형체도 없이 사라졌으며, 허공에는 주먹 크기의 까만 구체만이 남았다.

앞을 가로막았던 어둠이 사라지면서 뻥 뚫린 구멍을 통해 안쪽이 엿보였다. 그곳에는 이제까지와는 달리 잘 관리된 세계가 펼쳐져 있었다. 박물관의 전시실이라는 말이 매우 잘어울렸다.

다소 광량이 적은 방이 길게, 멀리 안쪽까지 이어져 있었다.

천장은 높아 5미터는 될 법했다. 인간이 아닌 존재가 들어올 것을 전제로 만든 높이였다. 좌우는 10미터에 이르렀다.

바닥은 검은색의 매끄러운 돌이 빈틈없이 늘어서서 마치 하나의 거대한 돌 같았다. 천장에서 드리운 미미한 빛을 반사해 정숙함과 장엄함을 풍겼다.

좌우로는 무수한 무기가 깔끔하게 정돈된 상태로 멋지게 늘어서 있었다.

"가자."

아인즈는 뒤로 물러난 세 사람의 대답을 기다리지 않고 무기고로 발을 옮겼다.

수많은 무기가 그를 맞이했다. 브로드소드, 그레이트소드, 에스톡, 플람베르그, 시미터, 파타, 쇼텔, 쿠크리, 클레이모어, 쇼트소드, 소드브레이커……. 물론 검만이 아니었다. 한 손용 도끼, 양손용 도끼, 한 손용 투척무기, 한 손용 창, 활, 석궁……. 대분류만으로도 헤아릴 수 없을 정도였다.

개중에는 무기라 불러도 되는 것인지 알 수 없는 어수선한 무기도 잔뜩 보였다. 절대로 칼집에 안 들어갈 것 같은, 모양새만을 중시한 무기였다. 아니, 분명 그런 무기가 더 많았다.

대부분은 철 따위의 흔해빠진 소재로 만든 것이 아니었다.

검신이 청수정으로 이루어진 것에서, 순백색 도신에 금색 문양을 가미한 물건, 까만 검신에 보라색 룬이 새겨진 물건, 활시위가 빛으로 구성된 것처럼 보이는 활도 있다.

그 외에 언뜻 보기만 해도 위험이 느껴지는 무기도 있다.

검신에서 신선한 피가 배어나오는 양손도끼, 새까만 금속에서 고통의 표정이 떠올랐다가는 사라지는 거대한 메이스, 인간의 손 같은 것이 얽혀 이루어진 창. 이런 것들도 수를 헤아릴 수 없었다.

대부분이 마법무기라는 것은 알겠지만, 효과까지는 짐작도 가지 않았다. 검신이 불꽃처럼 일렁이는 무기는 그렇다 쳐도, 쳐다보고 있으면 지네처럼 꿈틀거리는 채찍 같은 검은 대체 무슨 효과가 있는지 알 수 없었다.

그런 것들을 곁눈질로 보며 정적 속을 나아간다. 거리는 100미터 정도——진열된 무기의 수는 수천쯤 될까——나아가자, 종착점인 직사각형 방이 나왔다.

대기소와도 같은 곳인지, 휑뎅그렁한 방에 놓인 것은 소파와 테이블뿐이었다. 좌우를 둘러보니 아인즈 일행이 걸어온 것과 같은 통로임직한 것들이 보였다.

왔던 방향과는 반대로 딱 하나만 열린 안쪽 통로는 분위기가 확 달라졌다. 여기까지가 박물관이었다면 이제부터는 고분(古墳)이었다.

폭과 높이는 비슷하지만 조명이 꺼진 어두운 방이 상당히 안쪽까지 이어졌다. 그리고 각도가 좋지 못해 판별하기는 힘들지만, 벽에는 커다란 홈이 수없이 뚫려 있고 그곳에 무언가를 놓아둔 것 같았다.

뒤쪽에서 의아해하는 분위기가 전해졌다. 아인즈가 그녀들의 의문에 대답했다.

"이 앞은 영묘다."

"영묘……라고 하셨사옵니까?"

"응? 알베도는…… 이 너머의 방에 붙은 이름을 모르느냐?"

'내가 지은 이름인데……. 아까도 그랬지만, 알베도는 어쩌면 이 보물전을 관리하는 사람에 대해서도 모르나?'

"그러면 판도라즈 액터에 대해서는 아느냐?"

"예. 이름과 모습, 그리고 직무는 관리상 파악하고 있사옵니다. ……판도라즈 액터. 보물전의 영역수호자이며 저나 데미우르고스와 동등한 힘을 가진 자. 직무는 이곳을 관리함과 동시에 나자릭 내의 방위망이 발동되었을 때 소비될 금화를 준비하는 것이옵니다. 말하자면 재정 책임자이지요."

"그렇다. 다만 조금 불완전하군. 그 녀석은——."

아인즈의 말을 가로막듯—— 그보다도 약간 먼저, 세 NPC가 고개를 돌린 건너편 통로에서 훌쩍 모습을 드러낸 자가 있었다.

기이한 외견이었다.

인간의 몸에, 머리는 기괴하게 생긴 문어와도 같았다. 머리의 오른쪽 절반을 문신으로 덮었는데 이는 모종의 문자가 삐뚤삐뚤 새겨진 것이었다. 그것은 이곳으로 들어올 때 문에서 보았던 문자와도 비슷했다.

피부색은 시체처럼 하얀색에 살짝 보라색이 섞였으며 점액으로 뒤덮인 듯 기이한 광택을 발했다. 손가락은 가느다란 것이 네 개 돋아났으며 손가락 사이에는 물갈퀴가 있다.

그가 입은 것은 온통 검은색에 은색 장식이 가미된, 몸에 착 달라붙는 가죽 광택을 가진 옷이었다. 여기에 수많은 벨트를 늘어뜨리고 검은 망토를 걸쳐 앞에서 여며놓았다.

그야말로 이형종이라고 부를 수밖에 없는 존재는, 입가에서 돋아나 허벅지 언저리까지 내려올 법한 여섯 개의 긴 촉수를 꿈틀거리며, 눈동자가 없는 푸르스름하고 탁한 눈을 일행에게 돌렸다.

알베도가 경악에 물든 목소리로 외쳤다.

"타블라 스마라그디나 님!"

그 인물이야말로 지고의 41인 중 하나. 단순한 화력으로는 아인즈를 웃도는 매직 캐스터였다.

"……이 아니잖아!"

알베도가 즉시 정정했다. 그 반응에 따라 두 메이드도 기민하게 행동을 개시했다. 시즈는 총기를 뽑아 들어 개머리판을 어깨에 대고 총구를 상대에게 돌렸다. 유리는 가슴 앞에서 두 주먹을 딱 마주쳤다. 건틀릿이 부딪치며 징처럼 단단한 금속성을 냈다. 그리고 미끄러지는 듯한 움직임으로 알베도의 옆, 아인즈와 시즈 앞에 선다. 매직 캐스터인 아인즈와 거너인 시즈, 근접격투능력이 떨어지는 두 사람을 보호하기 위한 위치였다.

"웬 놈이냐! 설령 지고의 존재를 본떠 모습과 기척을 흉내 낸다 해도 나의 창조주까지 알아보지 못할 줄 알았더냐!"

알베도의 물음에 타블라 스미그라디나와 닮은 자는 가볍게 고개를 갸웃할 뿐 대답하려 하지 않았다.

"그렇단 말이지. ——죽여라."

싸늘한 목소리가 울려 퍼지자 플레이아데스 두 사람은 약간의 당혹감을 보였다. 정체를 알 수 없다 해도 조물주의 모습을 한 자를 공격하기는 꺼림칙했기 때문이다.

이 경우에는 플레이아데스가 잘못한 것이 아니라, 망설임 없이 판단을 내린 알베도가 우수하다고 해야 하리라. 아인즈라는 호위 대상의 안전을 가장 먼저 생각한 대응이었다.

움직이지 못하는 두 사람에게 혀를 차며 알베도가 발을 내디디려 하기 전에, 불쾌함을 띤 목소리로 아인즈가 끼어들었다.

"그만 됐다. 판도라즈 액터, 원래대로 돌아와라."

타블라 스마그라디나의 모습이 물컹 일그러졌다.

잠시 후, 타블라 스마그라디나와 닮은 자가 있었던 곳에는 역시 이형이기는 하지만 다른 자가 서 있었다.

얼굴은 코며 뺨 같은 융기를 완전히 깎아낸 듯 밋밋했다.

눈과 입에 해당하는 부분에는 구멍만이 뻥 뚫렸다. 안구도 입술도 치아도 혀도 아무것도 없다. 어린아이가 펜으로 대충 칠한 것처럼 시커먼 구멍뿐이었다. 핑크색 계란을 연상케 하는 머리는 맨들맨들 빛났으며 솜털 하나 없었다.

그런 기괴한 존재―― 나베랄과 같은, 도플갱어.

그가 바로 판도라즈 액터. 아인즈가 설정해 만든 100레벨 NPC이며, 이 보물전을 관리하는 존재였다. 그리고 45가지의 외견을 복제하고 그 능력까지도――80% 수준으로 떨어지기는 하지만――구사할 수 있는 존재이기도 하다.

그가 머리에 쓴 군모의 문장은 아인즈 울 고운의 길드 사인. 20년쯤 전, 유럽 아콜로지 전쟁에서 대두했던 제복과 매우 흡사한 것을 쓰고 있었다.

그는 따악 발뒤꿈치를 맞추더니 과장된 액션으로 오른손을 모자챙에 가져가 거수경례를 올렸다.

"잘 오셨습니다, 저의 창조주이신 모몬 님이시여!"

"……너도 잘 지낸 것 같구나."

"예. 덕분에 잘 지내고 있습니다! 한데 무슨 일로 이 누추한 곳까지 왕림하셨는지요? 수호자 총책임자님과 메이드 아가씨들까지 대동하시고."

영역수호자가 나타난 것을 본 유리와 알베도는 추종자답게 아인즈의 뒤로 물러나며 삼인삼색의 태도를 보였다. 플레이아데스라는 지위에 긍지를 가지고 있는 유리는 아가씨라 불린 데에 안경을 슥 올리며 있는 듯 없는 듯 불쾌감을 드러냈다. 그 옆에 선 알베도는 아인즈의 피조물이라는 데에 질투를 느끼고 아인즈의 눈이 닿지 않는 곳에서 입술을 살짝 내밀었다. 시즈에게는 변화가 없었다. 들고 있던 무기만 집어넣었을 뿐이다.

"심장부에 보관해둔 비보, 세계급 아이템을 가지러 왔다."

"아니, 무엇이라고요! 그것들이 힘을 발휘할 때가 왔다는, 그런 말씀이십니까?"

일부러 그러는 것인지 판도라즈 액터는 호들갑스러운 액션으로 놀라움을 표현했다. 그 태도에 아인즈의 있지도 않은 눈썹이 찡그려졌다.

복장도 그렇지만, 왜 이런 요란한 리액션을 취하도록 설정했단 말인가. 아니, 그 이유는 잘 안다.

판도라즈 액터는 아인즈가 만들었다. 다시 말해 그 모든 행동은 아인즈가 '멋있다.' 고 생각해 내심 자랑스레 생각했던 것이었다.

"……끄응, 이거야 원."

옛날에는 군모를 쓴 놈은 멋있다고 생각했고, 액터니까 오버액션을 취해야 한다고 생각했다. 하지만 이렇게 실제로 지성을 가지고 움직이는 모습을 보니――.

"우와~ 촌스러~."

아인즈의 입에서 정말로 조그만, 아무에게도 들리지 않을 만큼 조그만, 솔직한 감상이 흘러나왔다.

그야말로 흑역사.

살아있는 흑역사였다.

살아 움직이는 NPC들이 있는 현재의 나자릭 지하대분묘에 다른 길드원들이 있었다면, 포복절도하는 사람도 수없이 있었을 것이다. 그럴 것 같았다. 딱히 누구라고는 말하지 않겠지만.

"……괜찮아. 마음을 굳게 먹어라, 사토루. 언데드인 주제에 정신적 동요를 느낄 시간은 없어."

아인즈는 작은 목소리로 자신을 타이르며 여유를 되찾았다.

"……음, 그렇다. '강욕(强慾)과 무욕(無慾)', '휘기에이아의 잔', '수억의 칼날', '산하사직도(山河社稷圖)'를 가져갈 생각이다."

"……나머지 두 개는 어찌하시겠습니까?"

"그대로 두어라. 그것들은 한 번밖에 쓸 수 없는 아이템이다. 강대한 힘을 가졌기에, 쓸 타이밍을 충분히 검토해야만 한다. 혹은 다시 확보할 수단을 얻은 다음이 아니고선 쓸 수없다."

"그건 그렇군요. 그처럼 무시무시한 아이템은 그야말로 비밀병기라 불러도 과언이 아닌 힘. 불가능을 가능케 하고 세계마저도 일그러뜨리는——."

"——판도라즈 액터, 너의 지식을 시험해 보고 싶다. 세계급 아이템에는 모두 200가지가 있다고 하는데, 너는 그중 몇 가지를 아느냐?"

"죄송합니다, 모몬가 님. 제가 아는 것은 열한 가지입니다."

아인즈는 고개를 끄덕였다. 그것은 길드 아인즈 울 고운이 보유한 세계급 아이템의 숫자였다. 과거 손에 넣었다가 빼앗겼던 '아틀라스' 같은 세계급 아이템의 지식은 없다. 즉, 아직까지 불명확한 점은 있지만, NPC의 지식은 설정에 좌우되기는 해도 무리가 있는 설정은 파기되었다고 생각해야 할 것이다.

이와 마찬가지로 NPC의 설정에 대해 아인즈가 며칠 정도 관찰해 깨달은 것이 있었다. 설정되지 않은 성격이나 NPC 간의 관계는 옛 길드원의 관계를 일부 받아들인 것으로 보였다. 샤르티아와 아우라의 관계. 데미우르고스와 세바스의 관계처럼 말이다.

아인즈는 얼굴을 움직이지 않고 미소를 지었다.

'그야말로 자식들 같지 않은가.'

사라진 동료들이 바로 곁에 있는 것 같아 아인즈는 기뻤지 만 동시에 쓸쓸함도 느꼈다.

아인즈는 고개를 가로저어 감상을 떨쳐냈다.

"그렇구나. 판도라즈 액터, 괜한 것을 물어 미안하다."

"아닙니다. 저의 지식이 부족하여 면목이 없습니다."

그리고 척 거수경례. 그동안 보인 모든 움직임이 일부러 그러는 것처럼 오버액션이었다.

"…………뭐, 됐다. 이제부터 영묘 안으로 들어가겠다. 이곳의 관리자로서 무언가 할 말이 있느냐?"

"아무것도 없습니다. 이곳에 있는 것은 모두 모몬가 님과 지고의 존재 여러분의 것이니까요."

연극적인 어조와 몸짓으로 주위를 가리킨다.

"하지만 다소 유감입니다. 모몬가 님께서 오셨으니, 제 힘을 쓸 때가 온 것인가 생각했습니다만."

아인즈는 움직임을 우뚝 멈추고 기괴한 존재를 관찰하듯 쳐다보았다.

분명 아인즈도 그 생각을 했다. 판도라즈 액터는 설정상 나자릭 톱클래스에 속하는 두뇌와 지략의 소유자였다. 평상시에는 그 머리를 이상한 방향으로 굴리지만, 그래도 비상시에는 빼놓을 수 없었다.

게다가 판도라즈 액터의 능력도 응용성이 풍부하다. 경우에 따라서는 수호자 전원을 합친 것만큼 활약할 수 있을 정도로.

그러나 아인즈가 그를 만든 이유는 전투나 조직 경영을 위해서가 아니었다. 이 '아인즈 울 고운'의 형태를── 동료들의 모습을 남기기 위해서였다.

"……너는 비밀병기다. 단순한 잡무에 쓸 마음은 없다."

"……고마우신 말씀입니다."

무언가 말하고 싶은 표정을──아마도── 지은 후, 판도라즈 액터는 과장되게 고개를 숙였다.

"분부 받들겠나이다. 그러면 앞으로도 보물전의 관리에 힘쓰고자 합니다."

"잘 부탁한다. 그리고 앞으로 나의 이름은 아인즈라 부르도록. 아인즈 울 고운이다."

"오오! 알겠습니다. 저의 창조주 아인즈 님이시여!"

거수경례를 올리는 판도라즈 액터에게서 아인즈는 이야기가 끝났다는 태도로 발을 돌렸다. 그리고 등 뒤에서 말소리가 들렸다.

"하오나 아인즈 님. 외람되오나 무례가 될 줄 알면서도 말씀드리겠습니다. 세계급 아이템을 사용할 수밖에 없는 상황이라면, 저도 보물전에서 나가 다른 계층에서 일하는 편이 좋을 거라고, 미천한 생각으로나마 판단해 보았습니다."

"……."

그야말로 정론이었다.

판도라즈 액터는 보물이기는 하지만, 장식만 해 두었다가 더 큰 보물을 잃는 것은 어리석은 짓이다. 지금은 비상사태라 보고 일을 시켜야 할 것이다. 게다가 보물전의 금화를 옥좌의 홀로 옮길 필요도 있다.

결심한 아인즈가 돌아서자, 마침 천천히 한 손을 가슴에 대고 자신을 어필하려는 듯한 판도라즈 액터의 모습이 시야에 들어왔다.

표정이 움직이지 않는 시즈가 조그맣게 "으엑."하고 말하는 것이 아인즈에게도 들렸다.

그 목소리가 아인즈의 마음을 벅벅 갈아버리는데—— 그 후, 정신은 안정을 찾았다.

판도라즈 액터의 움직임은 지나치게 오버액션이긴 하다.

특히 행동이나 자세 구석구석에 '나 멋있지?' 하는 감정이 드러나는 것 같았다. 만든 본인이 보기에는.

그야 진짜로 멋있는 남자라면 어울릴지도 모르겠지만, 상대는 달걀귀신이다. 너무 안 어울린다. 보는 사람이 부끄러워질 정도로.

아인즈는 한동안 잠자코 판도라즈 액터를 바라보았다. 그리고 공간에서 반지 하나를 꺼내 판도라즈 액터에게 던져주었다.

반지는 포물선을 그리며 판도라즈 액터의 손에 딱 잡혔다.

"이것은…… 링 오브 아인즈 울 고운. 그 능력은——."

설명을 늘어놓으려 하는 판도라즈 액터에게 한 손을 들어 제지했다. 매우 유감스러워하는 것 같았지만 지금은 그냥 놔두자.

“예비이지만, 받아둬라. 알베도, 나자릭 내의 서번트들에게 판도라즈 액터의 존재를 알려라. 그때까지 판도라즈 액터는 옥좌의 홀과 보물전을 왕복하는 데만 사용하도록.”

“분부에 따르겠나이다.”

두 사람의 목소리가 울려 퍼지고 판도라즈 액터는 소리가 날 정도로 발뒤꿈치를 모으더니 손끝까지 쭉 뻗어 매우 정중한, 나쁘게 말하자면 연극적인 거수경례를 올렸다.

그런 달걀귀신을 바라보며 아인즈는 슬쩍 고개를 가로저었다.

나쁜 녀석은 아니다. 그리고 능력 면에서도 성능 면에서도 나쁘지 않다. 하지만――.

“으엑…….”

‘……왜 이딴 성격으로 만들었담. 옛날엔 저게 멋있다고 생각했다니. 아니, 군복은 아직까지도 좀 멋있는 것 같지만.

만약 아인즈의 얼굴에 피가 돌았다면, 이미 시뻘겋게 물들고도 남았을 것이다.

“이봐, 판도라즈 액터.”

아인즈는 판도라즈 액터의 어깨를 콱 움켜쥐더니 잠깐 따라오라며 잡아끌었다. 당연히 알베도와 메이드들은 그 자리에 대기시켰다.

“중요한 걸 물어봐야겠는데, 난 네 창조자이고 네 충성을 한 몸에 받잖냐. 그렇지?”

“그렇습니다, 아인즈 님. 저는 아인즈 님께서 창조하셨습니다. 다른 지고의 존재들과 싸우라고 하셔도 망설임 없이 실행할 것입니다!”

"그래……? 그럼 말이지, 그런 인간…… 아니, 그런 남자…… 주인의, 명령이든 부탁이든 상관없으니, 경례는 제발 관둬라. 응?"

판도라즈 액터의 뻥 뚫린 눈이 아인즈를 빤히 바라보았다.

그 눈에는 무슨 의미인지 이해할 수 없다고 적혀 있었다.

"응, 그러니까 말야, 뭐랄까, 경례란 건 이상하잖아. 관두 자고. 군복은…… 뭐 강하니까 그렇다 치고. 응? 진짜 그건 관두자고."

"Wenn es meines Gotten Wille(나의 신께서 바라신다면)."

"……독일어냐? 그것도 하지 마. 아니, 해도 되는데, 내 앞에서만 하지마. 알았지?"

"어, 네."

처음으로 판도라즈 액터가 압도된 듯 미묘하게 대답했다. 어느 샌가 마치 키스할 것처럼 접근했던 얼굴을 떼고 아인즈는 힘없이 부탁했다.

"진짜 부탁이다. 이런 일 때문에 정신이 강제로 안정될 줄은 생각도 못했다구. 커다란 햄스터를 타는 것보다 쪽팔린다니…… 이게 뭐야. 좀 더 차분하게 대화를 나눠보고 싶지만, 지금은 긴급사태니까 일단 이 정도로 해두마."

"자, 영묘에 들어가기 전에 할 일이 있다. 알베도, 너에게 준 링 오브 아인즈 울 고운을 판도라즈 액터에게 맡기도록."

무언가를 묻고 싶어 하는 표정을 짓는 알베도에게 아인즈는 이유를 가르쳐 주었다.

"그것이 바로 마지막 함정이다. 이 안에 있는 골렘 '아바타라'

들은 반지를 가진 자를 공격하도록 설정해두었다. 이는 나나 너라 해도 예외가 아니다."

"그렇군요……. 이곳에 침입하려면 반지를 써야 하니. 그렇기에 확실하게 마지막 함정이 발동되도록 하셨군요."

"음흉하지?"

"그, 그렇지 않사옵니다!"

대답하는 알베도는 매우 아쉽다는 듯 반지를 왼손 약지에서 빼더니, 이를 비단 손수건으로 감싸 판도라즈 액터에게 건넸다. 그 광경을 보며 아인즈도 반지를 빼 공간 속에서 꺼낸 반지용 수납함에 넣었다.

"아차차!"

아인즈는 생각났다는 듯 소리를 지르더니, 공간에 넣어두었던 다른 링 오브 아인즈 울 고운도 그 수납함에 넣어두었다. 설령 공간 내에 보관해두어도 소지한 것으로 간주되어, 영묘 안에 들어가면 아바타라들에게 공격을 당할 테니까.

"알베도 님……. 손을 좀 놓아주시겠습니까?"

어이없다는 듯한 목소리에 다시 알베도와 판도라즈 액터 쪽을 보니, 두 사람은 손수건을 가지고 줄다리기를 하는 중이었다.

"내, 내 반지……."

"그러니까 아인즈 님이 말씀하셨듯, 이 반지를 끼고 들어가시면 공격을 당한단 말입니다. 잠깐만 빼는 것이니……."

"무슨 말이야! 아인즈 님께 받은 반지라구! 그거어어어어얼!"

"알베도. 시간이 별로 없다. 네가 반지를 건네지 않겠다면 나는……."

"죄송합니다! 준비 다 끝났습니다!"

갑자기 손을 놓는 바람에 균형을 잃은 판도라즈 액터가 놀라 소리를 지르며 뒷걸음질 쳤다.

"그래……? 그럼 가자. 판도라즈 액터, 유리와 시즈에게 명령해 보물을 어느 정도 옥좌의 홀로 옮겨두어라. ……알베도의 반지는, 귀찮을지도 모르겠지만 그녀의 의지를 중시해 가만히 놔두고, 조금 전 내가 준 반지를 사용하도록."

"고맙습니다, 아인즈 님! 제게 주셨던 반지를 다른 자가 사용하지 못하도록 해주시다니. 물! 론! 비상사태이니 진짜로 싫어했던 것은 아니옵니다! 제가 그렇게 생각하고 있노라고, 아인즈 님께 받은 소중한 반지를 그렇게 생각하고 있노 라고 알아주셨으면 했던 것이었사옵니다. 하오나 제가 호소할 필요도 이해해 주시는 아인즈 님이——."

"——분부 받들겠나이다! ……그런데 아인즈 님께서 돌아오실 때는 누구를 시켜 마중을 나가면 되겠습니까?"

판도라즈 액터에게 어필을 차단당해 우아한 미녀가 결코 지어서는 안 될 표정을 짓는 알베도는 시야 바깥으로 밀어냈다. 미녀에게 품은 환상을 깨뜨리고 싶지는 않았다.

"시간이 좀 걸릴 테니, 나중에 〈전언〉을 날리마. 그때 재빨리 돌아와다오. 반지가 없으면 이곳에서 나가지 못하니."

"알겠습니다."

판도라즈 액터와 두 메이드가 깊은 인사로 배웅하는 가운데, 아인즈는 알베도만을 데리고 영묘 안으로 들어갔다.

어스름한 불빛이 켜진 그곳은 일절 소리가 없는 공간이라 영들을 안치하기에는 딱 좋은 곳이었다. 정적을 더럽히는 데 조금 죄책감을 느끼며 아인즈는 동행에게 물었다.

"한데 알베도. 세계급 아이템에 대해서는 얼마나 알고 있느냐?"

"예. 제가 아는 것은 지고의 존재들께서 모으신 최고의 보물이며, 그중 하나를 제가 소지하도록 허락을 받았다는…… 그 정도이옵니다."

"그래? 그렇다면 그중 내가 아는 아이템을 종이에 적어주지. 정보는 최대한 많은 이들이 알아두는 편이 안전하니. 그 전에 위험한 것에 대해 알려주마."

아인즈는 걸음을 옮기며 세계급 아이템에 대해 아는 것을 대충 설명해 주었다.

세계급 아이템.

그것은 위그드라실이라는 게임 세계관과 큰 관련이 있는 아이템이다.

위그드라실이라는 세계수에는 무수한 잎이 있었는데, 어느 날 그 잎을 먹어치우는 거대한 마물이 출현했다. 그 때문에 한 장, 또 한 장 잎이 떨어져, 마지막으로 남은 것은 아홉 장이었다. 그것이 바로 아스가르드, 알프헤임, 바나헤임, 니다벨리르, 미드가르드, 요툰헤임, 니블헤임, 헬헤임, 무스펠 헤임. 아홉 세계의 토대가 되는 잎이었다.

그러나 마물의 그림자는 마지막으로 남은 아홉 장의 잎에도 닥쳐들었다. 플레이어는 자신들의 세계를 지키기 위해 미지의 세계를 여행한다. 그것이 위그드라실의 배경 스토리였다.

그렇다면 세계급 아이템이란 무엇인가. 이 떨어진 잎── 다시 말해 세계 하나와 동등한 존재였다. 그렇기에 강대한 힘을 가졌다는 설정이 있으며, 실제로도 지나칠 정도로 강력한 것이 많았다.

밸런스 파괴 아니냐는 플레이어들의 의견도 많았지만, 개발진은 "세계의 가능성은 그렇게 작지 않다."라고 단언하며 밸런스 파괴 같은 경향을 패치하려고 하지 않았다.

아무래도 개발사는 '세계'라는 말에 강한 집착이 있었는지, 위그드라실이라는 게임에서는 '세계'나 '월드'라는 이름을 가진 클래스나 에너미는 평범한 것에 비해 매우 강한 설정을 가지고 등장했다.

잎을 먹어치워 거대한 힘을 얻은 공식 캠페인 최종 보스 '구요세계식(九曜世界喰)'으로 대표되는 몬스터 '월드 에너미'. 대회에서 우승한 자에게만 주어지며 아홉 개의 세계가 선발했다는 설정의 클래스 '월드 챔피언' 같은 것들이다.

아인즈가 그런 것들을 설명하는 동안, 좌우의 홈에 무장한 상이 즐비하게 늘어선 곳까지 도달했다.

옥좌 앞의 방 레메게톤과도 비슷한 분위기였다. 다만 레메게톤의 골렘이 일절 무장하지 않았던 것과 달리 이곳에 있는 상들이 무장한 아이템은 하나같이 절대적인 힘을 가진 것들뿐이었다. 내포한 힘은 아인즈의 주무장과 비해도 전혀 손색이 없었다.

"아, 아인즈 님……. 이 형상은, 지고의 존재들이 아닌지……?"

"용케 알아차렸구나. 그렇다. '아바타라'는 나의 옛 동료들을 본떠 만든 것이다. 하지만…… 용케 알아봤구나. 상당히 멋없는 형태이거늘. 그들의 멋진 모습을 1할도 재현하지 못했다고 생각한다만…….”

“지고의 존재들께 창조된 자로서 이를 간파하지 못할 리가 없습니다.”

“그런 게냐?”

“예, 그런 것이옵니다. 하오나 아인즈 님……. 이 장소의 이름도 그렇고, 이 조각상도 그렇고…… 혹시 다른 지고의 존재들께서는 돌아가신 것이 아니온지요?”

“그건…… 정확한 표현은 아니구나.”

아니, 그 표현이야말로 정확할지도 모른다고 생각한 아인즈는 발걸음을 멈추고 조용히 조각들을 바라보았다.

그 침묵을 어떻게 받아들였는지, 알베도가 불안한 표정을 지었다.

절세미녀가 슬픈 표정을 짓는다. 여기에 마음이 흔들리지 않는 남자가 어디 있겠는가. 그것도 자신의 동료가 만든 소중한 존재가 그런 표정을 짓는다면 언데드인 아인즈라 해도 죄책감과 조바심을 느낀다.

그러나 위로할 말—— 센스 있는 말 따위, 현실세계에서는 여성과 사귄 경험은 고사하고 친구조차 없었던 아인즈에게는 떠오르지 않았다. 속으로만 당황하면서 아인즈는 주위를 둘러보고, 화젯거리를 생각했다.

그리고 어떤 것을 발견한 아인즈는 깊이 생각하지도 않고 입을 열었다.

“저, 저기 좀 보거라. 저기 네 개의 공석이 있지?”

알베도의 시선이 돌아간 것을 확인하고, 그곳에 조각이 없는 간단한 이유를 말했다.

"저중 하나에는 나의 아바타라가 놓일 예정이다."

그렇지 않다.

이 아바타라는 원래 누가 만들어 놓았느냐 하면, 사실은 아인즈였다. 그렇기에 아인즈가 은퇴하더라도, 다른 길드원이 없는 이상 이곳에 아바타라가 안치될 일은 없다.

길드 멤버들은 알아서 써 달라며 아인즈에게 자신들의 아이템이며 캐시 아이템을 넘겨주고 은퇴했다. 그런 것들을 장비시키기 위해, 그리고 은퇴한 멤버들을 생각해 캐시 아이템을 사용해 아이템 무장이 가능한 골렘을 만들었던 것이다.

아바타라가 멋이 없는 이유도 그런 것이었다.

길드원들의 외형 데이터는 판도라즈 액터에게 사용했던 것이 남아 있지만, 아인즈에게 그것을 본떠 혼자서 멋있는 골렘을 만들 능력과 기술은 없었다.

그렇기에 구입한 외장 데이터를 골렘에게 억지로 심어 만든 것이다. 그 결과가 뚱뚱해지거나 짤막해진 팔다리, 거대해진 머리 등 악몽에나 나올 것처럼 일그러진 형상이다.

그러나 그 통일성 없는 모습이 기괴한 분위기를 자아내 불안감을 높여주었다. 마지막 문지기의 의미도 겸해 만들었다는 점에서 생각하면 예상치 못했던 장점이 되지 않을까.

'뭐랄까, 어렸을 때 만든 인형을 보는 것처럼 창피한 마음도 좀 들지만…….'

아인즈는 멋쩍음 이상으로 한 가지의 감정에 사로잡혔다.

그것은 쓸쓸함이었다.

아인즈는 동료들이 하나둘 은퇴하는 가운데, 그들이 장비했던 아이템을 보관할 곳으로 아바타라를 만들었다. 그 무렵 남아 있던 길드원들의 질문에는 그렇게 대답했다.

혹은 최후의 문지기라고.

하지만 실제로는, 빗살이 빠져나가듯 인원이 줄어가는 가운데 아인즈가 아바타라를 만들었던 이유는 단순히 쓸쓸했기 때문이었다. 이제까지 함께 플레이했던 멤버가 사라진다는 것이.

아바타라라는 존재는 나자릭 지하대분묘라는 장소에 동료들이 있었다는 것을 나타내기 위해, 그리고 대리 만족으로 만들어낸 것이었다.

이곳에 영묘라는 이름을 붙인 것도 그런 이유였다. 초기 명칭은 보물전 심장부. 그러나 아인즈는 이름을 바꾸었다.

위그드라실이라는 게임을 떠난—— 사라진 동료들을 애도하는, 동료들이 잠든 곳이라고.

'——아니면 미지의 세계로 날아와, 어쩌면 다른 사람들도 이 세계 어딘가에 있을지도 모른다고 생각하고 싶으니…….'

아인즈가 생각에 잠겨 있으려니, 비통한 외침이 통로 가득 울려 퍼졌다.

"그, 그런 말씀은—— 하지 마세요!"

이제까지 느꼈던 적막감은 한순간에 날아가고, 아인즈는 황급히 알베도를 쳐다보며 한층 놀라 몸을 움츠렸다. 알베도의 눈에는, 눈을 깜빡이면 굴러떨어질 정도로 눈물이 그렁그렁했다.

"——아인즈 님. 마지막까지 홀로 남으신 자비로우신 아인즈 님. 저희가 충성을 다해야 할 존재이시여. 그러한 말씀은 결코 하지 말아 주십시오! 언제까지고 저희의 위에서 군림해 주시옵기를 진심으로 바라나이다!"

알베도는 아인즈에게 무릎을 꿇으며 고개를 숙였다.

오열과 함께 "부디…… 부디…….."를 되풀이하는 갈라진 목소리는 기도 같기도 했고, 피를 토하는 외침 같기도 했다. 아인즈는 이제까지 살아오면서 단 한 번도 이렇게까지 자신을 내던지는 사람의 모습을 본 적이 없었다.

자신의 농담이 이렇게까지 알베도를 동요시켰다는 데 큰 죄책감을 느끼며, 아인즈는 무릎을 꿇고 알베도를 안아 일으켰다.

"용서하거라."

자신도 옛 동료들에게 버림받았다고 생 각하지 않았던가.

홀로 남아 나자릭 지하대분묘에 있을 때. 아무도 없는 데 실망하는 하루하루를 보냈을 때.

쓸쓸해서 분노를 품지 않았던가.

그 괴로움을 아는 자신이, 알베도의 마음을 이해하지 못하고 똑같은 괴로움을 주다니, 어찌 그럴 수 있겠는가.

안아 일으킨 알베도의 얼굴은 눈물로 젖었으며, 지금도 계속해서 눈물을 흘리고 있었다.

아인즈는 손수건을 꺼내 서툴게나마 부드럽게 알베도의 눈물을 닦아 주었다.

"…………."

다시 사죄하려다가―― 말하지 못했다. 적절한 말이 떠오르질 않았다.

인간관계가 서툰 탓이었다. 무어라 말하면 그녀의 눈물을 씻어 줄 수 있을까. 그것을 알 수 없었다.

곤혹스러워하는 아인즈에게, 알베도가 흐느끼며 말했다.

"아, 아인즈 님, 야, 야, 약속해 주십시오. 저희를 버리시고 이 땅을 떠나지 않겠다고!"

"미안하구나. 하지만……."

하지만. 그다음을 아인즈는 말로 옮길 수 없었다. 그것은 어떤 생각 때문이었다. 하지만 알베도에게는 다른 의미로 받아들여질 만한 침묵이었던 모양이었다.

"어째서! 어째서!! 약속해 주시지 않으시는 겁니까! 저희를 버리시려는 마음이 있으신가요?! 어째서! 무엇이 불쾌하셨나요?! 말씀해 주시면 원인을 즉시 배제하겠습니다! 만일 제가 방해된다고 하신다면 즉시 자해를!"

"아니야!"

아인즈는 큰 목소리로 외쳤다. 알베도의 어깨가 흠칫 떨렸다.

"들어다오. 우선, 샤르티아를…… 구할 수단이 전혀 없는 거나 마찬가지다. 샤르티아의 정신지배는 세계급 아이템의 효과이며, 그것은 절대적이다. 세계급 아이템의 효과를 받지 않기 위해서는 세계급 아이템을 소지하거나 특수한 클래스를 익힐 필요가 있다."

알베도는 흘러내린 눈물을 어린아이처럼 아인즈가 닦도록 내버려두며 물었다.

"그, 그렇기에, 여, 여기, 세계급 아이템을, 가, 가지러, 오신 것이, 아닙니까?"

"그렇다. 수호자들에게 주기 위해서다. 사실 샤르티아에게 걸린 정신지배를 없앨 방법이 없지는 않다. 같은 세계급 아이템이라면 가능할 테니까. 하지만 이곳에 있는 세계급 아이템을 사용하는 것이 저어된다. ……한심한 주인이지. 충성을 다하는 부하들보다도 아이템 하나를 아까워하다니."

"그, 그렇지 않사옵니다! 세계급 아이템은 지고의 존재들께서 그토록 노력하셔서 얻은 것이 아닙니까. 그 가치는 당연히 저희 같은 것들보다도 높지 않겠습니까!"

"……."

게임이라면 아인즈도 그렇게 생각했겠지만, 이제는 그렇지 않다는 마음이 생겨났다.

그러나 이 상황에서는 비밀병기를 사용할 수 없는 것 또한 사실이었다.

하나같이 밸런스 파괴급인 세계급 아이템 중에서도 '스물' 이라 불리는 20개의 아이템은 그야말로 지나치게 파격적인 성능을 지녔다.

'스물' 중에서도 유명한 것이 사용자가 완전히 소멸하는 대가로 표적을 완전히 없애버리는 '롱기누스' 라는 창이 있다.

이 세계급 아이템으로 데이터를 말소하면, 다른 모종의 세계급 아이템을 사용하는 것 외에는 부활이 불가능하다. 캐시 아이템이든 부활계 마법이든 의미가 없는 것이다. 만일 나자릭의 NPC에게 이런 아이템이 쓰인다면, 본거지 특전으로 주어지는 제작 가능 NPC의 레벨 합계마저도 그만큼 줄어드는 사태가 발생한다.

그런 미친 아이템의 이름이 아인즈의 뇌리에 수없이 떠올랐다.

카르마 수치가 마이너스인 대상에게 강대한 효과를 발휘하는, 세계 하나를 뒤덮는 '아후라마즈다'.

위그드라실 제작사에 마법 시스템의 일부 변경을 요구할 수 있는 '오행상극(五行相剋)'.

'오행상극'보다도 폭넓은 범위에서 제작사에 시스템 변경 등을 요구할 수 있는 '우로보로스'.

그리고 평소에는 곤봉 정도의 공격력밖에 없지만 무한히 강해지기에, 모든 길드원이 존재했을 때의 나자릭 지하대분묘조차 혼자서 함락할 수 있는 최강의 세계급 아이템, '세계 의지World Savior'——.

이러한 '스물'은 강대한 힘을 가졌기에 한 번 쓰이면 사라지는 아이템이었다. 따라서 그리 쉽게 꺼낼 수는 없는 카드였다.

아인즈 울 고운이 자랑하는 세계급 아이템, '스물' 중 두 개는 다른 자가 동격의 효과를 사용했을 때만 써야 한다. '스물'의 힘에 대처할 수 있는 것은 '스물' 뿐이니까.

게다가 아이템을 잃어버리는 정도라면 그나마 낫다.

만일 잃어버린 후, 그것이 남에게, 특히 나자릭을 적대하는 자의 손에 넘어간다면?

나자릭은 세계급 아이템의 수호를 받고 있으므로 내부에까지 영향을 미치지는 못하겠지만, 자칫하면 입구를 봉쇄당하는 상황에 빠질지도 모른다.

그렇기에 샤르티아를 구할 방법은, 세계급 아이템에 의존하지 않는 수단밖에 없었다.

"알베도, 너의 말에 감사한다. 조금 전 너의 말에 침묵으로 대답했던 이유를 들려주마."

과거의 습관이 남은 아인즈는 크게 숨을 들이마시고, 내뱉었다. 살아있는 존재처럼 심호흡을 한 것은 이어질 말의 무게를 알기 때문이다.

"나는 샤르티아와 혼자 싸우러 갈 생각이다. 그렇기에…… 살아서 돌아올지 알 수――."

"――샤르티아와 싸우시려는 것은 잘 압니다. 방치가 가장 어리석은 방법이란 것도!"

아인즈는 마음속으로 고개를 끄덕였다. 바로 그렇다고.

적이 어떤 이유가 있어서 샤르티아에게 명령을 내리지 않는지는 모르겠지만, 명령을 받는다면 매우 성가신 존재가 될것이다. 나자릭의 전모가 누설될 가능성이 있기 때문이다.

"하지만 어째서 혼자 싸우시려는 것입니까! 숫자로 밀어붙이면 되지 않습니까! 저희는 도움이 되지 않기 때문인가요?!"

다시 알베도의 눈에 떠오르기 시작한 눈물을 닦으며 아인즈가 대답했다.

"그게 아니다, 알베도. 나는 너를 신뢰한다. 다만…… 그래, 이유는 세 가지가 있다. 하나는…… 나는 내가 주인으로서 정말 합당한지 의문을 품고 있다."

"아인즈 님은 절대!"

아인즈는 손을 내밀어 그 말을 가로막았다.

"……냉정하게, 플레이어가 있을 가능성에 대해 생각한다면, 세계급 아이템이 존재한다는 것도 고려했어야만 했다. 이런 얼빠진 자가 지배자로서 군림할 가치가 있겠느냐?"

"아인즈 님은 이곳에 계시기만 해도 가치가 있사옵니다! 게다가 부족하나마 저희가 보좌해드리고 있잖습니까!"

"고맙다. 그러나 이번 건에서 가장 책망을 받아야 할 자는 역시 나다."

롱기누스 같은 것이 정말로 이 세계에 존재한다면, 마을 사람 하나의 목숨을 대가로 수호자가 완전소멸당할 가능성도 있다. 샤르티아가 정신지배를 받은 것은 위험한 상황이기는 하지만, 어떤 의미에서는 행운일지도 모른다. 위험을 인식했다는 의미에서는.

"샤르티아와 혼자 싸워 그 죄를 갚으시겠다니……. 그 누가 나자릭 최고지배자이신 아인즈 님을 벌할 수 있단 말입니까!"

"그것만이 아니다. 이것이 두 번째 이유지. ……샤르티아는 그곳에 혼자 있었다. 그것은 함정—— 그것도 죽음의 함정일 가능성이 있다."

의아해하는 표정을 짓는 알베도에게 아인즈가 말을 이었다.

"우리—— 아인즈 울 고운이 PK를 할 때의 수단이, 샤르티아의 현재 상황과 매우 비슷하다. 우리도 길드원 중 누군가를 미끼로 삼아 적을 꼬드긴 후 달려든 자를 사냥해 죽이곤 했다. 물론 미끼도 죽을 가능성이 매우 크지만, 여기에 낚인 자들은 확실하게 죽였지."

"그렇다면 아인즈 님이!"

"자자, 기다려라. 아직 이야기가 끝나지 않았으니. 그런 함정을 펼친 우리가 가장 두려워했던 것이 무엇인 줄 아느냐?"

대답이 돌아오지 않는 것을 기다린 다음, 아인즈는 정답을 가르쳐 주었다.

"미끼보다도 적은 숫자로 덤벼들 경우였다. 소수로 온다면 우리도 복병을 경계해야만 하지. 함정을 파려다 되레 우리가 함정에 빠질 것을 경계해서 말이다."

알베도의 붉게 충혈된 눈동자에 이해의 빛이 떠오른 것을 확인하고, 아인즈는 후우 한숨을 쉬는 시늉을 했다.

"그리고 마지막 이유. 샤르티아를 죽일 것이기 때문이다."

"그거라면 제가 하겠습니다! 세계급 아이템을 하사받은 저야말로 가장 적임이 아닌가요?"

"……너에게 승산이 있느냐? 기탄없이, 가장 높은 승률을 대답해다오."

아인즈의 조용한 시선을 받아 알베도가 분한 듯 입술을 깨물며 고개를 숙였다.

"알베도…… 네 생각대로다. 샤르티아는 강해."

샤르티아 블러드폴른.

나자릭 지하대분묘 수호자 중 진정 최강이며, 알베도는—— 아니, 다른 100레벨 NPC들도 당해낼 수 없다.

"그렇기에…… 내가 가야 하는 거다. 홀로 샤르티아를 이길 수 있는 자는 이 나자릭에 오직 나뿐이다."

"그, 그건…… 분명 아인즈 님의 무장이라면, 이길 수 있을지도 모르지만……."

신기급 아이템을 온몸에 걸치고 캐시 아이템까지 쓰는 아인즈와 신기급 아이템이 스포이트 랜스 하나뿐인 샤르티아.

무장 면에서 생각하다면 아인즈가 압도적으로 유리하다. 그러나 알베도가 말을 흐렸듯, 아인즈가 승산이 낮은 이유도 있었다.

그것은 아인즈도 잘 아는 것이었다.

샤르티아 블러드폴른은 아인즈 울 고운의 천적이다.

아인즈는 언데드 마법사라는 롤플레이의 일환으로, 사령 계통 마법에 치중한 클래스 빌드를 찍었다.

말하자면 장난기가 있는 클래스 빌드였다.

반면 샤르티아는 진지하게 만들어진 NPC였다. 게다가 샤르티아는 언데드에게 효과적인 마법을 다수 보유한 신앙계 매직 캐스터이며, 육탄전에도 탁월하다.

이것만으로도 차이가 날 텐데, 언데드인 샤르티아에게는 아인즈가 주특기로 삼는 사령 계통의 마법은 효과가 별로 없다.

주특기 분야가 사라진 아인즈와, 언데드에게 유리한 전투를 펼칠 수 있는 샤르티아.

그리고 아인즈가 보유한 다양한 아이템. 이것을 빼앗길 가능성을 고려해 무장을 갖추지 않을 경우, 정면으로 부딪친다면 아인즈의 승산은 희박하다. 아니, 어쩌면 전혀 없을지도 모른다.

"내가 불리하다고, 그렇게 말하고 싶겠지?"

알베도는 정곡을 찔려 고개를 숙였다.

그럴 것이다. 아인즈도 그렇게 생각한다. 자신이 샤르티아 에게 이길 리가 없다고.

그러나——

——너희가 나자릭 최고지배자라고 부르는 존재가 장식이 아님을 가르쳐 주마.

“그 생각은 옳다. 그러나 잘못된 것이기도 하다. 너희의 지식은 우리에게서 물려받은 것일 뿐이니까.”

“예? 그것이 무슨 뜻입니까?”

“너는 경험이 좀 있느냐?”

“예? 경험 말인가요?”

한순간 알베도의 얼굴이 새빨갛게 물들었다.

“그래. 전투의 경험 말이다.”

“아아! 그런 뜻이었군요! 예, 지고의 존재들께서 내려주시어 이 몸에 깃든 모든 힘을 빠짐없이 쓸 수 있사옵니다. 따라서 경험은 충분히 있다고 생각합니다.”

알베도의 대답에 아인즈는 고개를 가로저었다. 클레만티느라는 여전사와의 싸움을 통해 깨달은 것이 있었다.

“그게 아니다. 힘을 쓸 수 있는 것과 경험을 하는 것은 완전히 다르지. 전에 나자릭이 대규모 침공을 받았을 때, 샤르티아가 플레이어와 싸웠던 기억은 어떻게 되었는지 아느냐?”

“자세히는 들은 적이 없사오나, 살해당했다는 어렴풋한 기억은 있는 듯했습니다.”

“……그것 말고는?”

알베도가 고개를 가로저었다.

“단발적인 침입자는 보통 우리가 직접 상대했으니……. 거지 근성이 이럴 때는 도움이 되는군. 그렇다면 역시 내가 나가야겠구나. 가장 승산이 높은 내가."

아인즈가 씨익 웃었다. 물론 얼굴은 전혀 움직이지 않았지만.

그러나 그런 기운을 풍기는 절대자의 웃음은 알베도에게도 충분히 전해진 듯, 마치 소녀가 동경하는 남성을 보는 것처럼 얼굴을 붉혔다.

아인즈는 이곳에는 없는 인물에게 말을 걸었다.

"아인즈 울 고운의 길드장인 나의 PVP는 사실 승수가 더 많지……. 허점 없는 빌드를 찍은 자들에게도 이기곤 했다. 성능에만 치중한 자들에게 질 것 같으냐? 그리고 무엇보다도 나와 페로론치노는 평소부터 친했다. '전투는 시작되기 전에 끝난다' 는 거다…… 샤르티아."

"……아인즈 님, 이제는 만류하지 않겠나이다. 그저 마지막으로 약속해 주시옵소서. 반드시 이곳으로 돌아오시겠다고."

아인즈는 조용히 알베도를 바라보며, 고개를 천천히 끄덕였다.

"약속하마. 나는 샤르티아를 쓰러뜨리고 이곳으로 다시 돌아올 것이다."

## 2

녹색 세계가 펼쳐졌다. 방금 전이한 아인즈는 주위를 둘러보고, 우선 사람이 없는지를 확인하는 자신의 태도에 슬쩍 쓴웃음을 지었다. 만일 아인즈가 경계하는 그런 사람이 있다면 이렇게 확인할 여유도 없이 습격을 당했을 테니.

샤르티아에게서 2킬로미터 이상 떨어진 이곳을 전이 장소로 선택한 것은 경계 때문이었다.

마법으로 확인하기는 했지만, 그래도 샤르티아를 정신지배한 세계급 아이템 보유자가 없다는 확증은 없었다. 그러나 그 걱정도 기우로 끝나, 어깨에서 힘이 빠져나간 아인즈는 자신을 따라온 두 사람을 바라보았다.

"여기서 갈라지도록 하자꾸나."

아우라와 마레에게 그렇게 말했다.

이제부터 시작될 치열한 싸움을 앞두고, 아인즈가 동행을 허락한 것은 두 사람뿐이었다.

임무를 맡겨 외부로 보냈던 자들은 대부분 명령을 철회하고 나자릭으로 귀환시켰다. 현재 나자릭에 속한 자 중에서 밖에 있는 것은 아우라와 마레를 제외하면 세바스와 솔류션뿐이다.

두 사람을 선택한 가장 큰 이유는 데미우르고스나 코퀴토스 같은 이형종과는 달리, 귀여운 인간종 아이라면 죽이려다가도 손길이 둔해지지 않을까 하는, 상대의 정에 파고드는 작전을 생각했기 때문이었다.

물론 상대가 냉혹하게 대처할지도 모른다. 그래도 예측하지 못한 사태를 고려해 후방에 누군가를 배치해두고 싶었다.

'어정쩡한 악수일지도 모르지만.'

아인즈는 마레가 두 손에 낀, 형태와 모양이 서로 다른 건틀릿을 바라보았다. 오른쪽은 천사의 손을 모티브로 한 것처럼 매끄러운 형태였으며 은백색으로 빛났다. 반대로 왼쪽은 악마의 손처럼 가시와 발톱이 돋아났으며 딱딱하게 굳은 용암을 방불케 하는 균열에서는 붉은 광채가 흘러나왔다.

다음으로 아우라에게 시선을 돌렸다. 허리 언저리에 걸어놓은 큼지막한 스크롤에.

"……적이 같거나 더 많을 때는 즉시 나자릭으로 돌아가거라."

"……분부 받들겠습니다."

딱딱하게 굳은 표정으로 아우라가 고개를 숙였다. 이어서 마레 또한 황급히 고개를 숙인다.

"명심해라. 반드시 돌아가야 한다. 그것 또한 내 계획의 일환이니까. 그리고 너희에게 맡긴 그것들은 나자릭의 보물이며 절대로 빼앗겨서는 안 되는 물건이다. 경우에 따라서는 너희의 목숨보다도 소중하다고 생각해야 한다."

아인즈는 단단히 못을 박아두었다. 아우라의 대답이 살짝 늦어 불안을 느꼈던 것이다. 충성심 때문에 명령을 어긴다면 치명적인 문제를 일으킬 수도 있다.

두 사람의—— 하나는 씩씩한, 하나는 쭈뼛거리는 대답을 듣고, 아인즈는 마음속으로 고개를 갸웃했다.

'나는, 실제로는 어느 쪽을 더 소중히 여기는 걸까.'

샤르티아를 구하려고 하면서 세계급 아이템을 사용하지 않는다. 그것만 본다면 아이템을 더 중요시한다고 생각할 수 있을 것이다.

다만 그것은 보물전에서 알베도에게도 말했듯, 최대의 비밀병기이자 어떤 상황도 역전할 가능성을 가진 것이다.

샤르티아를 구할 수단이 전혀 없다면 모를까, 구할 수단이 있을지도 모르는 현재 상황에서는 사용하지 않는 것이 더 현명한 처사이리라.

그런 제반 사정을 차치하고서, 동료들이 만들어낸 충실한 신하인── 이제는 하나의 지성체가 되어 움직이는 NPC들과 게임이었던 위그드라실에서 아인즈 울 고운을 높이 성장시켜 주었던 모험의 증거인 세계급 아이템. 어느 쪽이 더 가치가 높을까.

아인즈는 생각에 잠겼다가, 해답을 내지 못하는 자신에게 당황했다.

이 세계에 오기 전이었다면 확실히 단언할 수 있었던 대답이 지금은 나오질 않는다.

길드원들이 고민해 짜놓은 설정의 결과가, 희로애락을 드러내는 이 NPC들이다.

'나는 그런…… 그런 우리의 자식들 같은 존재를, 지금 죽이려 하는 거니까. 페로론치노의 딸을.'

아인즈의 마음이 술렁였다.

죄책감이라고 불러야 할 감정.

그러나──.

아인즈는 날카롭게, 샤르티아가 있을 방향을 노려보았다.

"수단은 이것뿐이다. 세계급 아이템의 지배를 깨뜨릴 방법은."

새어나온 강한 말은 자신을 타이르기 위한 것이었다.

아우라와 마레의 걱정스러운 눈빛을 받고, 아인즈는 이 이상 두 사람을 불안에 빠뜨려서는 안 되겠다고, 다른 화제를 입에 담았다.

"그러면, 저것과 힘을 합쳐 주위 정찰을 부탁한다."

아인즈가 손가락으로 가리킨 것은 앞장서듯 둥둥 떠 있는 네 개의 거대한 살덩어리였다.

직경 2미터 정도이며 색깔은 핑크색. 그러나 그 살덩어리에는 희뿌연 눈이 헤아릴 수 없을 정도로 달려 있었다. 마치 온갖 생물의 시체에서 눈언저리를 도려내 이를 난잡하게 이어붙인 것 같은 몬스터.

상위 언데드 창조로 만들어낸, 백안시체Eyeball Corpse라는 언데드였다.

아인즈가 하루에 만들어낼 수 있는 한도까지 백안시체를 창조한 것은, 이 몬스터가 은밀 계통의 마법이나 스킬 보유자에 대한 천적이기 때문이다.

여러 개의 눈은 희뿌옇기는 하지만 장식이 아니어서, 레인저의 능력이 뛰어난 아우라와 동등하거나 혹은 그 이상의 간파능력을 지녔다. 전투능력은 레벨에 비해 좀 떨어지지만 이번에 중시한 것은 직접적인 전투능력보다도 탐지능력. 아우라의 보좌를 맡긴다는 목적이 있었기 때문이다.

"분부 받들겠습니다! 하지만 명령을 잘 들을까요?"

"걱정하지 말거라, 그 점은 확실하니. 그리고 마법으로 너와 백안시체 사이에 정신적인 연결고리를 만들어두마. 그러면 네가 지령탑이 되어 안전하게 경계할 수 있을 게다."

"그렇구나! 제가 직접 움직이는 게 더 빠르겠지만, 어떤 놈이 있을지 모르니까요! 알았어요! 그럼 마레에게 은밀능력이 올라가는 마법을 쓰라고 하고, 우리는 이 부근에 숨어 있을게요."

"그게 좋겠구나. 그럼 잘 부탁한다."

아인즈는 조용히── 얼굴은 움직이지 않지만, 미소를 지었다.

*

마지막으로 입실한 데미우르고스는 발 빠르게 실내를 가로질러 테이블 앞의 빈자리에 털썩 앉았다. 여느 때 같았으면 결코 보이지 않았을 난폭한 움직임이 그의 내심을 웅변해 주었다.

"그래서, 어디 들어보도록 할까요?"

데미우르고스가 같은 테이블을 에워싼 멤버 중 하나인 알베도에게, 눈을 감은 채 격한 질문을 던졌다.

"어째서 인정한 겁니까?"

어조는 조용하다. 그러나 그것은 감정 위에 얇은 껍질 한장을 씌워놓았을 뿐이었다. 그 밑에 도사린 날카로움은 누구나 느낄 수 있었다.

평소에 냉정한 사람이 감정을 강하게 드러내면 평소와 차이가 두드러지는 만큼 더욱 격하게 느껴진다. 하지만 이 경우는 그것과 달랐다. 실제로 데미우르고스는 동료들조차 어지간해서는 본 적이 없을 정도로 격렬한 무언가를 품고 있었다.

그러나 적의를 넘어서 살의의 영역에 이른 감정을 그대로 받고 있는 알베도는 평소와 다를 바가 없었다.

"아인즈 님이 결정하신 내용인걸? 그런데 우리가——."

"——어째서?"

단두대의 칼날처럼 알베도의 말을 잘라버린다.

"어째서, 아인즈 님께서 인간들의 도시에 가실 때는 수호자를 대동하지 않으시는 걸 그토록 반대했던 당신이, 이번 같은 사태에서는 고개를 끄덕였던 겁니까? 그때도 아인즈 님의 옥체를 걱정했을 터——."

알베도가 고개를 끄덕이자 데미우르고스의 표정이 뚜렷하게 일그러졌다.

"그럼 거듭 묻겠습니다! 어째서 그것을 허용했는지!"

쩌렁쩌렁 실내가 떨릴 정도의 분노. 데미우르고스에게 어울리지 않는 감정의 표출이었다.

코퀴토스가 천천히 얼굴을 움직여, 서로 노려보는 두 사람을 걱정스레 바라보았다.

"……게다가 아인즈 님의 설명에는 거짓말이 있었습니다. 그 점은 알고 계셨겠지요?"

분노를 억제한 무거운 목소리로 데미우르고스가 말했다.

알베도는 다시 고개를 끄덕이고, 코퀴토스가 철그럭 입을 움직였다. 그 딱딱하고 높은 소리는 코퀴토스가 의문을 품었을 때 내는 소리임을 두 사람 모두 잘 안다. 알베도가 말했다.

"……조금 전, 아인즈 님께서 혼자 출정하신 이유를—— 본인께 들은 대로 네게도 말해주었지만, 이상하다고 생각하지 않았어? 아인즈 님의 말씀을 생각해 본다면, 파상공세를 펼치는 편이 안전하지 않을까? 우리가 교대해가며 샤르티아의 체력과 마력을 깎아나가는 편이 더 안전하지 않을까?"

"……그랬던 걸세, 코퀴토스. 우리가 간단히 생각할 수 있는 대책을, 아인즈 님이 생각하지 않으셨을 리가 없지. 즉, 아인즈 님은 일부러 거짓말을 하셨던 걸세. 더 큰 이유를 감추기 위해."

"그것.은?"

"그것까지는 모르겠네만……. 그래서 묻고 싶은 것입니 다, 알베도. 알면서도 어째서 아인즈 님을 보내드렸는지."

"며칠 전의 아인즈 님과 지금의 아인즈 님은 완전히 달랐기 때문이야."

무슨 소리를 하는 건가.

그런 표정을 지은 데미우르고스는 눈을 가늘게 뜨더니, 알베도의 다음 말을 채근했다.

"그때 아인즈 님은 남자의 표정이 아니었어. 뭐랄까…… 결례를 무릅쓰고 말하자면, 도망치고 싶어 하는 어린아이의 표정이었지."

"제게는 그렇게 보이지 않았습니다만? 당신의 기분 탓이 아닐까요?"

흘끔 데미우르고스의 시선이 움직였다. 그곳에 있던 것은 〈수정 화면〉이었다. 그리고 그곳에는 숲을 걸어가는 주인의 모습이 뚜렷이 비쳤다.

"그럴까? 사랑하는 남자의 얼굴에 떠오르는 감정을 잘못 봤을 리가 없다고 생각하는데……."

이를 따르듯 알베도의 시선도 〈수정 화면〉으로 옮겨져, 황홀해하는 여자의 표정을 지었다. 그 얼굴이 조바심을 내는 데미우르고스의 감정에 부채질을 했다.

"그, 래, 서! 이번에는 어쨌다는 겁니까!"

"이번에는 진심 어린 의지가 보였는걸. 여자로서—— 불경한 말이 될지도 모르지만, 사랑하는 남자가 의지를 관철하려 할 때, 그 이상 옆에서 말참견할 생각은 없어. 게다가 아인즈 님은 나와 약속하셨는걸. 이곳으로 반드시 돌아오시겠다고."

더는 할 말이 없다고 단언하는 알베도에게 지극히 불쾌한 표정으로 데미우르고스가 내뱉었다.

"역시 물러터졌군요. 이성이 아니라 감정으로 판단하다니. 아인즈 님은 이곳에 남으신 마지막 지고의 존재이십니다. 그런 분께 위험이 닥친다면 이를 배제하는 것이야말로 우리의 역할입니다. 나중에 벌을 받아 목숨을 잃더라도 행동에 나서야 하는 것 아닙니까?!"

덜컹 소리를 내며 데미우르고스가 일어났다.

"어딜 가려고?"

등을 보이고 걸어 나가는 데미우르고스에게 건넨 목소리는 매우 조용했다.

"당연한 걸 물으시는군요. 저의 부하들을 움직여——."

날카로운 금속성과 달라붙는 듯한 기척에 몸을 돌린 데미우르고스는, 검을—— 그것도 신기급 아이템을 뽑아든 코퀴토스를 보았다.

"그랬군……. 나를 불러들인 것과 동시에 곧장 이곳으로 오도록 엄명을 내렸던 것은 이런 뜻이군요, 알베도?"

"맞아, 데미우르고스. ……너의 제7계층은 나와 아인즈 님의 이름으로 이미 봉쇄했고, 서번트들의 장악도 끝났어. 너와 아인즈 님, 어느 쪽의 명령을 따를지는 말할 것도 없겠지?"

"……어리석기는. 만일 이랬다가 아인즈 님께서 돌아가시기라도 한다면 당신은 어떻게 책임을 질 생각입니까! 아인즈 님이야말로 마지막 남은, 우리가 충성을 다해야 할 분이거늘!"

"아인즈 님은 반드시 돌아오셔."

"그 보장이 어디 있단 말입니까!"

데미우르고스가 눈을 크게 떴다. 거기 있던 것은 눈이 아니었다. 보석이었다. 동공과 홍채가 일절 없는, 그저 빛을 뿜어내는 듯 무수히 섬세한 커팅이었다.

"주인을 믿어. 그것도 창조된 자의 의무야."

입을 뻐끔뻐끔 벌렸다 닫았다 하던 데미우르고스는, 결국 눈을 질끈 감았다.

그럴지도 모르겠다고——.

나자릭의 모든 NPC들은 지고의 41인에게 절대적 충성을 바쳤지만, 그 자세는 저마다 조금씩 차이가 있다. 당연히 데미우르고스와 알베도의 생각도 다르다.

그러나 충성에 대한 알베도의 관념은, 데미우르고스의 마음에 강한 충격을 주었다.

다만, 그래도 불안은 지울 수 없었다. 지워질 리가 없다.

그렇기에 전에도 후계자 이야기를 꺼냈던 것이다.

만일 다른 지고의 존재와 마찬가지로 모습을 감추고 만다면, 자신들은 무엇에 충성을 다해야 한단 말인가.

충성을 다하기 위해 만들어진 자신들의 존재 가치가 사라진다는 것은, 무엇을 뜻하는가.

떠오르는 마음을 얼버무리듯 평소와 다르게 난폭한 움직임으로, 데미우르고스는 다시 의자에 돌아가 앉았다.

"만일…… 아인즈 님께 만에 하나 무슨 일이 생긴다면, 당신은 수호자 총책임자의 자리에서 내려와야 할 겁니다."

"……지고의. 존재들. 께서. 결정하. 신. 지위. 에서. 내려오라.는. 말인.가? 데미우르.고스, 그것.은. 불경.일세!"

놀라는 코퀴토스에게, 알베도는 미소를 지어 보였다.

"좋아. 하지만 데미우르고스, 아인즈 님께서 무사히 돌아오신다면, 나중에도 지금과 같은 일이 일어날 경우에는 불평하지 말고 따라야 해."

"물론입니다."

"그러면 코퀴토스, 아인즈 님의 승산은 어느 정도라고 판단했어?"

무안해진 코퀴토스가 자신의 평가를 두 사람에게 밝혔다.

"삼대. 칠. 아인즈. 님께서. 삼.이다."

데미우르고스가 미미하게 어깨를 떨었다. 이 자리에 있는 자들 중 전사로서 가장 뛰어난 코퀴토스의 불길한 말은 데미우르고스도 흘려들을 수 없었다. 그러나 알베도는 달랐다.

그 말을 듣고서도 요염한 미소에는 확신과 여유가 있었다.

"그래? 그럼 눈을 크게 뜨고 보도록 해. 그 불리함을 날려 버리는 아인즈 님의 승리를."

*

아우라, 마레와 헤어진 아인즈는 샤르티아를 향해 걸어갔다. 망설임 없이 숲속을, 샤르티아를 향해 일직선으로 걸을 수 있었던 것은 자신의 스킬 덕분이었다.

나무 사이를 빠져나가, 전에 왔을 때와 무엇 하나 달라지지 않은, 마치 인형과도 같은 샤르티아가 눈에 들어오자 아인즈는 불쌍하다는 생각마저 들었다. 그와 동시에 자신에 대한 분노와, 그보다도 강한 분노를 세계급 아이템을 사용한 상대에게 품었다.

"빌어먹을."

중얼거린 말소리는 작았다. 그러나 여기에는 격렬한 감정이 있었다. 감정의 기복이 억제되는 언데드인 아인즈조차 억누를 수 없을 정도로.

"동료를 찾기 위해, 수단 방법을 가리지 않고 아인즈 울 고운의 이름을 퍼뜨릴 생각이었다. 그렇다 해도 쓸데없는 다툼은 피하려고 조용히 행동했는데, 대체 어떻게 된 거지?"

누가, 어느 세력이, 무슨 목적으로 샤르티아에게 세계급 아이템을 사용했는지, 그것은 감도 잡을 수 없었다.

"어디의 누군지는 모르겠다만, 샤르티아에게서 정보를 빼냈다면…… 반드시 해치워야만 한다."

시커먼 감정이 주르륵 흘러나왔다. 격렬한 적의와 살의에 물들어, 결코 움직일 리 없는 해골 얼굴이 크게 일그러진 것처럼 보였다.

"자신의 어리석음을 한껏 탄식하게 해 주마. 아인즈 울 고운에 싸움을 걸고도 무사할 줄 알았더냐."

말을 통해 형태로 드러냄으로써 아인즈는 겨우 분노를 집어삼켰다.

이제부터 진짜 싸움이 시작되는 것이다. 머릿속을 환기시킬 필요가 있었다.

"바보지. 좀 더 원활한 수단을 알고 있는데도."

아인즈는 자조의 웃음을 지었다.

"죄책감일까. 아니면 기피하고 싶은…… 도망치고 싶은 것뿐일까."

샤르티아가 수호자 최강이라 해봤자 미미한 차이일 뿐이다. 수호자들을 모아 파상공세를 가하면 승리는 확실하다.

아인즈가 그것을 선택하지 않았던 이유는 단 하나뿐이다.

보고 싶지 않았던 것이다. 사랑하는 자식들이 서로 죽고 죽이는 모습을.

자기 의지로 아인즈 울 고운에 칼을 겨눴다면 그것을 순순히 반역으로 받아들이고 아인즈 자신의 모든 것을 구사해 격멸해야 한다. 그것이 그 NPC의 의지라면 나자릭의 지배자로서 진지하게 대응해야 할 테니까.

설정 때문에 배신했다면 가장 적절한 해답을 찾았을 것이다.

그러나 이번에 샤르티아는 그렇지 않았다. 정신조작을 당했으며, 원인은 그럴 가능성을 생각하지 못했던 아인즈의 잘못이었다. 그렇다면 책임은 모두 자신에게 있다.

모두 자신의 손으로 결판을 짓고 싶었다.

아인즈는 반지 하나를 뺐다. 불이익이 거의 없이 부활할 수 있는 캐시 아이템이었다. 이것을 해제한 것은 배수진 같은 아인즈의 각오를 드러내는 것이었다. 부활 가능성 때문에 방심하는 일이 생기지 않도록.

자포자기와는 다른 확고한 결의를 품으며, 아인즈는 하늘로 눈을 돌렸다.

"아직 적의 공격은 없군. 현재까지는 나자릭에서 오는 정보 계통 마법 외에는 반응이 느껴지지 않고……. 감시가 없는 건가?"

평소에도 아인즈는 항상 수많은 마법방어를 펼쳐놓는다.

카르네 마을의 전투 때 발동되었던 정보 계통 마법에 대한 대항 수단도 그중 하나였다.

위그드라실 시절이라면 길드원끼리의 프렌들리 어택은 무효이기 때문에 동료의 정보 계통 마법은 자신을 어려움 없이 포착할 수 있었다. 그러나 이 세계에서는 다르다. 만일 알베도 일행이 아인즈를 탐지하려 한다면 그 순간 대항마법이 발동될 것이다. 그렇게 되면 나자릭의 방어망과 격돌해, 잘못하면 아인즈가 공연히 대미지를 입을 가능성도 있다.

그렇기에 연동 공격 마법은 해제하고, 어디서 정보 계통 마법이 발동되었는지를 알아보는 마법만을 걸어두는 수준에서 그쳤다. 이를 통해 알 수 있었던 것은, 나자릭 이외에 아인즈를 마법적으로 감시하는 자는 없다는 사실이었다.

아인즈는 이해할 수가 없어 고개를 꼬았다.

'설마 샤르티아는 정말로 우연히 이곳에 방치된 걸까?'

"게다가…… 알베도는 내 거짓말을 눈치챈 것 아닐까? 나 원. 그건 그렇다 쳐도…… 정말 도박이라고 생각하지 않느냐, 샤르티아?"

물론 멍한 표정인 샤르티아는 대답하지 않았다.

아인즈는 샤르티아를 바라보며, 작전을 짜고, 아주 조금 도망치고 싶다는 생각을 했다.

조금 전부터 강한 말을 입에 담으며 자신을 고무시켰지만, 실제로 이 자리에 서고 보니 정신적 압박감이 밀려들었다.

죽음을 각오했어도, 아니 각오했기에 스즈키 사토루라는 인간의 찌꺼기는 겁을 먹고 있었다.

이제부터 시작되는 것은 위그드라실 같은 게임이 아니라, 현실적인 목숨의 쟁탈전── 진정으로 생사를 건 싸움이다.

이 세계에 오고 나서 이따금 겪었던, 클레만티느나 니군처럼 압도적인 전투능력의 차이가 승리를 보장해주었던 유린극이 아니라, 생사를 알 수 없는, 그것도 압도적으로 불리한 데서 시작되는 싸움.

만일 언데드가 아니었다면, 그리고──.

"나자릭 지하대분묘의 지배자이며 길드를 대표하는 자가 아니었다면, 주먹조차 쥐지 못했겠지."

아인즈는 껄껄 웃었다. 그것만으로도 모두 덮어버릴 수 있었다.

죽음에 대한 공포 따위 이제는 어디에도 없었다. 패배할지도 모른다는 불안도 없었다.

긍지가, 찬란한 추억이, 아인즈에게 힘을 주었다.

"나는 아인즈 울 고운. 그렇다면 그 이름에 걸고, 패배는 있을 수 없다."

나자릭 지하대분묘의 주인이라는 지위가 허상이 아니라는 것을 증명할 뿐.

아인즈는 무방비한 샤르티아에게 날카로운 안광을 보냈다.

"그러면…… 시작해 볼까!"

아인즈는 부르짖으며 마법을 발동했다. 무수히 보유한 마법 중에서도 아인즈가 신중하게 고른 마법── 제10위계의 방어 마법을 발동시킨다.

〈광휘록체Body of Effulgent Beryl〉.

아인즈의 백색 육체가 녹주석(綠柱石)과도 같은 광택을 띠었다.

그리고――.

"큭큭큭!"

――마법이 발동되는 동안 샤르티아에게서 전혀 시선을 떼지 않았던 아인즈는 웃었다. 예상이 적중한 데 깊은 만족감을 느낀 것과 동시에, 매우 큰 도박에 승리했기 때문이었다.

"역시 그랬구나. 완전한 적대행동으로 간주하지 않는 이상 전투 준비조차 시작하지 않는군! 마치 게임 같구나!"

위그드라실에서 정신지배를 받고 있는 몬스터의 기본적인 행동과 똑같았다. 이 세계에서도 게임의 이론이 통한다면, 압도적으로 불리했던 현재의 상황은 미미하게나마 완화된다.

"그렇다면 샤르티아, 미안하다만 전투 개시까지 조금 더 그대로 기다려줘야겠다."

아인즈는 잇달아 마법을 발동시켰다.

――〈비행〉, 〈매직 캐스터의 축복Bless of Magic Caster〉, 〈무한장벽Infinity Wall〉, 〈마법으로부터의 보호Magic Ward : 신성Holy〉, 〈생명정수Life Essence〉, 〈상위 전능력 강화Greater Full Potential〉, 〈자유Freedom〉, 〈허위정보False Data : 생명Life〉, 〈간파Seethrough〉, 〈초상직감Paranormal Intuition〉, 〈상위 저항력 강화Greater Resistance〉, 〈혼돈의 외투Manteau of Chaos〉, 〈불굴Indomitability〉, 〈감지증폭Sensor Boost〉, 〈상위 행운Greater Luck〉, 〈마법증폭Magic Boost〉, 〈용의 힘Dragonic Power〉, 〈상

위 경화Greater Hardening〉, 〈천계의 기Heavenly Aura〉, 〈흡수Absorption〉, 〈저항돌파력 상승Penetrate Up〉, 〈상위 마법방패Greater Magic Shield〉, 〈마력정수Mana Essence〉, 〈 마법 삼중최강화Triplet Maximize Magic : 폭격지뢰Explode Mine〉, 〈마법 삼중화Triplet Magic : 상위 마법봉인Greater Magic Seal〉, 〈마법 삼중최강위계상승화Triplet Maximize Boosted Magic : 마법화살Magic Arrow〉—— 이러고도 끝나지 않을 만큼 무수한 마법이 아인즈의 온몸을 휘감았다.

"자, 간다!"

준비를 마치고 터뜨린 말은, 샤르티아와 동시에 자신에게 던진 말이기도 했다.

아인즈가 첫수로 선택한 것은 마법 중에서도 궁극, 제10위계를 넘어서는 곳에 위치한, 위계를 초월한 마법.

그 이름도 초위마법——.

마법의 단계로 치면 번외에 속하는 이 위계의 마법은 마법이지만 마법이 아니다. 우선 MP를 소모하지 않고 발동한다.

그 대신 하루에 사용할 수 있는 횟수에 제한이 있다.

하루에 쓸 수 있는 횟수는 습득할 수 있게 됐을 때 1회, 그리고 70레벨을 넘어서면 10레벨마다 1회씩 늘어난다.

그리고 습득할 수 있는 숫자는 1레벨에 하나.

마법이라기보다는 스킬에 가깝다고도 할 수 있다.

그럼 일반적인 플레이어라면 초위마법을 100레벨에 네 번씩 쓸 수 있으니, 연사로 샤르티아를 쓰러뜨릴 수 있지 않을까 하는 의

문도 생길 것이다. 물론 초위마법은 제10위계 마법과 비교해도 파괴력의 차원이 다르다. 연사가 가능하다면 단순히 대미지의 양만 계산해도 이를 버틸 수 있는 것은 100레벨 플레이어의 극히 일부. 그리고 샤르티아는 여기에 해당하지 않으니, 승리는 확실하다.

그러나 그렇게는 되지 않는다.

왜냐하면 초위마법은 연사가 가능한 마법이 아니기 때문이다.

초위마법은 우선 발동하기까지 각자 설정된 발동 준비 시간이 필요하다. 이것은 캐시 아이템으로 상쇄할 수 있지만, 또 다른 페널티 때문에 연사는 불가능하다.

그것은 초위마법을 발동했을 때, 자신을 비롯해 모든 팀 멤버에게도 강제로 주어지는 페널티―― 쿨타임이라고도 불리는, 발동 불가능 시간이었다.

길드전이 발발했을 때 초위마법 연사로 승부가 나지 않도록 설정된 페널티인데, 이 쿨타임은 어떤 캐시 아이템으로도, 스킬로도 없애지 못한다.

그렇기에 PVP에서 초위마법으로 선수를 치는 것은 어리석다고 보는 추세였다. 상대의 수를 읽지 못한 채 자신의 수만 보여준 사람은 패한다는 것이 정설이기 때문이다. 실제로 PVP에서 초위마법을 먼저 쏜 쪽이 패한 사례는 매우 많다.

그러나 아인즈는 첫수로 초위마법을 발동했다.

표정에 조바심이나 혼란은 없었다. 그 공허한 눈구멍에 떠오른 것은 싸늘한 광채였다.

아인즈를 중심으로 10미터는 될 법한 거대 돔 형태의 입체마법진이 전개되었다.

마법진은 창백한 빛을 발하며 반투명한 문자인지 기호인지 알 수 없는 문양을 그렸다. 그것은 바쁘게 모습을 바꿔나 가며 한순간도 똑같은 형태를 유지하지 않았다.

캐시 아이템을 사용하면 순식간에 발동할 수 있지만, 아인즈는 그러지 않았다. 샤르티아에게서 시선을 움직여 주위를 둘러보았다.

"복병은…… 없나? 아니면 아직도 탐색전인가? 이렇게 공격하기 좋은 기회인데도?"

초위마법을 발동하는 동안 매직 캐스터의 방어능력은 저하된다. 그리고 초위마법은 술자가 일정량 이상 대미지를 입으면 발동이 캔슬된다는 설정이 있다.

그렇기에 초위마법을 발동하려는 매직 캐스터는 수많은 동료에게 보호를 받는 것이 기본이다. 다시 말해 아인즈를 공격하려면 누구에게도 보호를 받지 못하는 지금이 절호의 기회이다.

그러나 변화는 없었다.

"신중한 걸까?"

아인즈는 웃으면서 어깨를 으쓱했다.

어렴풋하게나마, 샤르티아는 함정으로 놓인 것이 아니라 방치되었으리라는 확신이 들었던 것이다.

"나 원, 뭐가 뭔지. 아무튼 신의 눈을 가지지 않은 이상 모든 것을 꿰뚫어보는 힘 따위는 없으니. 있다면 이런 일도 일어나지 않았을 테고."

혼자서 중얼거리며 일부러 어깨를 돌렸다.

초위마법 발동 중에는 이동도 마음대로 할 수 없으므로, 어떤 의미에서는 가만히 서서 시간이 지날 때까지 멍때리고 있어야 한다.

아인즈는 그 한가한 시간을 유용하게 쓰기 위해, 공간을 열어 구부러진 금속판 하나를 꺼냈다. 그것을 팔에 끼우자 착 달라붙는다. 금속판 위에는 여러 개의 숫자가 떠올라 1초마다 시간의 흐름에 따라 변화했다.

이것이 무엇인지는 말할 것도 없다. 손목시계였다.

아인즈는 금속판에 손가락을 얹고 떠오르는 문자를 건드렸다.

『모몬가 오빠! 시간 설정할게!』

억지로 앳되고 달짝지근한 어조로 꾸민 여자 목소리가 울려 퍼졌다. 어쩐지 얼굴을 찡그리고 싶어지는 목소리였다.

"뭐야, 이 시계. 음성은 차단 안 되나……?"

아인즈는 짐짓 투덜거리는 척했다. 크리에이트 툴을 조작하면 소리를 멈출 수 있는데도 이제까지 그대로 두었으니까.

이 시계에 목소리를 집어넣은 것은 아우라와 마레의 설정을 만든 길드원, 부글부글찻주전자였다. 그녀의 목소리가 담긴 아이템에서 목소리를 빼앗으면 평범한 시계와 다를 바가 없지 않은가.

상당한 실력파 성우인 그녀가, 조금 전처럼 눈살이 애매하게 찡그려지는 목소리를 넣은 이유는 아인즈를 놀리기 위해서였다.

샤르티아 블러드폴른의 설정을 만든 페로론치노는 그녀의 남동생이었으며, 아인즈와 친했다. 그렇기에 부글부글찻주전자에게 아인즈는 동생의 친구라는 한 묶음으로 보였던 것이다.

아니, 놀린 것이 아닐 가능성도 있다.

그녀는 야게임에서는 곧잘 로리 캐릭터를 맡았다. 조금 전의 기괴한 목소리도 그런 캐릭터다. 그러니 업무용 목소리였을지도 모른다.

『사고 싶다고 생각한 야게임에 누나가 참가하면 구매 의욕이 뚝 떨어져.』

오랜만에 친구의 푸념을 떠올린 아인즈는 쓴웃음을 지었다.

"……동감이야. 인터넷을 돌다가 부글부글 님 목소리가 튀어나오면 나도 깜짝 놀란다니까."

이 자리에는 없는 길드 친구에게 말을 건 아인즈는, 이어서 공간에서 길이 15센티미터 정도 되는 평평한 나무 막대를 여러 개 꺼냈다. 막대 하나하나에는 문자가 새겨져 있었다.

각기 '츠쿠요미', '예궁', '어스리커버', '여교사 분노의 철권' 같은 글귀였다.

허리에 찬 벨트에는 스크롤을 꽂아놓는 홀더가 여러 개 달려 있는데, 순서를 암기하면서 그곳에 천천히, 꼼꼼하게 나무 막대를 꽂아 넣었다.

이런 준비에 충분히 시간이 경과해, 끝났을 무렵에는 마법진의 푸르스름한 발광이 한층 강해졌다. 초위마법이 발동 가능한 상태로 들어갔다는 증거였다.

"이제 시작해 볼까."

각오를 다진 아인즈의 눈에 힘이 들어가고――

"초위마법――〈추락하는 천공Fallen down〉."

# 5장 PVN

# Chapter 5 | Player vs Non player character

## 1

——소리가 들렸다. 불을 붙인 막대를 수면에 떨어뜨린 듯한 소리가.

위계를 넘어선 마법의 발동은—— 태양이 지표에 현현한 것처럼 시야 전체를 새하얗게 물들였다.

초고열체가 낳은 절대적 열기가 단숨에 부풀며 효과 범위에 있는 모든 것을 탐욕스럽게 먹어치웠다.

절대적 죽음의 광경이 이어졌던 것은 아마도 겨우 5초 정도였을 것이다. 그러나 그 수십 배나 길게 느껴졌다.

이윽고 백색의 세계는 자취를 감추고, 나타났을 때와 마찬가지로 열체가 급속히 사라진 후에는 크게 원을 그리는 범위 안팎의 풍경이 완전히 달라져버렸다.

효과 범위 밖에는 아무 영향이 없다. 나무도 그대로였으며, 여느 숲이 그렇듯 대지에는 생명이 넘쳐났다. 그것은 아무런 변화도 없는—— 지극히 평범한 세계.

그에 반해—— 안쪽에 남은 것은 시커멓게 변색된, 놀랄 만큼 광대한 죽음의 세계.

무시무시한 열량이 휩쓸면서 주위 식물은 모조리 불탔으며, 탄화된 거목의 뿌리만이 어렴풋이 남았을 뿐이었다. 새까맣게 변한 지면 중에는 유리질로 바뀐 곳마저 있었으며 아직까지도 곳곳에서 연기가 피어났다.

생존자를 허용하지 않는 세계의 범위 바로 바깥에 아슬아슬하게 서 있던 아인즈는, 그 안에서 발생한 끔찍한 기적에 꿰뚫렸다.

발생원은 한 사람밖에 있을 수 없다.

생자필멸(生者必滅)의 열량 속에서 살아남을 만한 존재가 달리 있겠는가.

"카카아아하카아아하아하하하."

기괴한 목소리에 섞여 뿌득뿌득, 이를 가는 것으로는 여겨지지 않는 소리가 아인즈의 귀에까지 들렸다.

소리가 들린 곳을 보자, 새까만 세계 속 진홍색이 있었다.

온몸에서 연기를 피우며, 자신을 죽이기에는 부족하다고, 샤르티아 블러드폴른이 웃었다. 적의와 살의로 가득한 진홍색 눈동자가 아인즈를 정면으로 노려보았다.

"아인즈 니이임! 그거 제법 아픈데요오오!"

샤르티아는 천천히 한 발을 내디뎠다. 불탄 대지에 금이 갔다.

한 걸음, 또 한 걸음 아인즈와의 거리를 좁히며, 한 손에 든 스포이트 랜스를 휘두른다. 부웅 공기 가르는 소리를 내 아직 전투행위가 가능함을 어필한다.

원거리 전투에서 진가를 발휘하는 마력계 매직 캐스터이자 전열 담당이 없는 아인즈는 거리가 좁아지면 불리할 뿐이다. 그러나 황급히 물러나거나 하지 않고, 마치 챔피언이 도전자를 기다리듯 당당한 태도로 샤르티아에게 말을 걸었다.

"시시한 선물이었다만 마음에 들었느냐, 샤르티아?"

"아하하하하하!"

진심으로 기뻐하는 목소리로 샤르티아가 깔깔 웃었다.

"멋져요! 이렇게 거대한 힘을 가진 아인즈 님을 죽여야 하다니!"

"…… '아인즈 님' 이라. 샤르티아, 어째서 나를 그렇게 부르느냐? 너의 지금 주인은 누구지?"

"이상한 말씀을 다 하셔요. 아인즈 님이라고 부르는 것이 당연하잖아요. 지고의 존재이신 분을. 그리고 지금 저의 주인은……."

그리고 샤르티아의 얼굴이 크게 일그러졌다. 그것은 곤혹감이었다.

"……제가 왜, 아인즈 님과 싸우는 거죠? 아니, 아닌가? 공격을 당했으니까? 하지만 왜 아인즈 님이 절 공격했죠? ……공격을 당했으니까, 온 힘을 다해 없애야만 하나? 왜죠?"

이윽고 샤르티아의 내면에서는 결론이 났는지, 얼굴에는 조금 전과 같은 웃음이 걸렸다.

"잘 모르겠지만, 공격당했으니까 아인즈 님을 없애야겠네요!"

"……그렇구나. 잘 알겠다, 네 상태를 말이다……."

"어머나? 왜 그러시나요, 아인즈 님? 힘이 빠지신 것 같은데. 그래 가지고 저에게 이기실 수 있겠어요?"

"흥. 무언가 착각하고 있구나. 너 따위가 나를── 아인즈 울 고운을 이길 수 있을 것 같으냐. '아인즈 울 고운' 에 패배란 없다. 샤르티아, 너야말로 내 앞에 무릎을 꿇을 거다."

"아하하하하하! 진짜 무섭다아──!"

질풍마저 느리게 느껴질 속도로, 살기를 띤 샤르티아가 육박했다. 뛸 때마다 발밑의 불탄 대지가 폭발하듯 날아간다. 클레만티느의 돌격도 빨랐지만 샤르티아는 수준 자체가 달랐다. 아인즈는 눈을 깜빡일 필요가 없는 자신의 몸에 감사했다. 만약 한 번이라도 눈을 깜빡였다면 분명히 놓쳤을 속도였다.

웃음소리를 뒤로 흘리며 돌진한 샤르티아의 랜스가 아인즈를 향해 날아들었다. 원래 기창돌격Lance Charge이란 말을 탄 기사가 기마의 속도와 중량으로 사용하는 것. 그러나 차원이 다른 완력과 입이 벌어질 만한 속도로 날린 샤르티아의 일격은 그 수준을 가볍게 능가했다.

일격필살이라는 말조차 미적지근하게 느껴지는 치명적인 공격이 허공을 가르며 아인즈의 가슴으로 날아들었다.

그러나 창 끄트머리가 육박해도 아인즈는 꼼짝하지 않았다.

다만 입을 움직였다. 부드럽게.

"위험할 게다."

샤르티아를 걱정하는 듯 자애가 넘쳐나는 경고. 그것이 샤르티아의 일격에 대한 반격의 한 수였다.

샤르티아가 발을 내디딘 것과 함께, 미리 걸어두었던 〈마법 삼중최강화 : 폭격지뢰〉가 기동했다. 세 겹의 충격파가 발생하고, 샤르티아의 몸이 크게 후방으로 날아갔다.

그 모습에 아인즈는 다시 부드럽게 말했다.

"충고가 늦었던 것을 용서해다오, 샤르티아. 사실은 그곳에 지뢰를 깔아두었단다——〈마법 최강화Maximize Magic : 중력 소용돌이Gravity Maelstrom〉!"

멀찌감치 날아간 샤르티아에게 아인즈는 칠흑의 나선을 그리는 구체를 던졌다. 샤르티아 같은 자에게도 뼈아픈 대미지를 줄 수 있는 초중력(超重力)의 나선이었다.

샤르티아는 자세를 즉시 회복하더니 랜스를 들지 않은 손을 휘둘렀다.

"〈석벽Wall of Stone〉."

거대한 석벽이 샤르티아를 에워싸듯 대지에서 솟아나 아인즈가 날린 초중력과 격돌했다. 일그러지고 삐걱거리며 석벽은 금세 부서졌으나, 그와 동시에 중력 소용돌이도 사라졌다.

"흥! 〈마법 최강화 : 늑골의 속박Hold of Rib〉!"

다시 추격타. 대지에서 튀어나온 거대한 늑골이 마치 호랑이 덫처럼 샤르티아에게 엄습했다. 하얀 뼈의 끄트머리는 예리해서 샤르티아의 육체로 깊이 파고들었다.

"컥!"

원래는 대미지를 입은 후 그대로 속박을 계속하는 마법이지만, 샤르티아는 쉽게 스르륵 빠져나갔다. 이동 저해에 대한 완전내성의 작용으로 속박을 무효화한 결과였다.

"……샤르티아, 미리 말하는 것을 잊었구나. 이 부근에는 함정을 설치해 두었다. 파닥파닥 날아서 덤비는 것이 어떻겠느냐?"

"——아인즈 님, 그런 도발에는 안 넘어가요. 공중에도 함정을 설치해 두셨겠죠?"

"티가 나느냐?"

"네. 티 나요."

서로 가볍게 웃고, 아인즈의 붉은 눈이 약간 광량을 낮추었다.

그럴 리가 있나. 아인즈가 설치한 지뢰 마법은 이것이 전부였다. 그리고 허공에도 마법은 설치하지 않았다. 이 일전은 MP를 함부로 써도 될 만큼 만만한 싸움이 아니다. 효과를 기대할 수 없는 마법에 MP를 쓸 여유는 없었다.

그렇기에 지뢰를 설치했다는 허세로 샤르티아의 기동성을 저해하는 함정을 깔았고, 상대가 여기에 걸려들어 웃은 것이다. 그러나 안도하는 기색은 없었다.

이번 싸움에서는 아인즈가 바로 도전자였다. 이 줄타기에 쓰는 줄은 매우 가늘어서 발을 삐끗할 가능성이 지극히 높다. 그것을 아는 아인즈는 이 정도 작은 승리에 기뻐할 만큼 어리석지 않다.

"하지만 역시 아인즈 님이세요. 그런 단순한 돌진으로는 거리도 좁히지 못하겠네요."

샤르티아의 눈동자와 목소리에는 뒤끝 없는 칭찬이 느껴졌다. 그리고 그와 동시에, 진심을 발휘하려는 전의 또한.

'이제부터가 진짜로군.'

만약 땀을 흘릴 수 있는 몸이었다면 아인즈의 등에서는 땀이 폭포수처럼 흘렀을 것이다.

'아무튼 꾸준히 대미지를 줄 수밖에 없다. 내 MP가 다 떨어지기 전에…….'

그렇지 않고선 아인즈의 패배는 확실할 테니까.

샤르티아는 스포이트 랜스를 고쳐 쥐며, 전방의 매직 캐스터를 가만히 노려보았다. 자신의 주인, 아인즈 울 고운을.

숭배해 마땅한 주인과 어째서 적대해야 하는지는 불명확했지만, 그녀의 뇌는 그것이 별문제가 되지 않는다고 부르짖었다. 죽인 다음 천천히 생각하면 될 일이라고.

여기까지 냉정하게 생각한 샤르티아는, 혼자 서 있는 언데드를 바라보며 자신의 압도적인 유리함에 입술을 웃는 모양으로 일그러뜨리고 말았다.

매직 캐스터, 특히 마력계 매직 캐스터는 강대한 힘을 가졌지만 그 강대함은 MP에 의존한다. MP가 바닥나면 당연히 전투력은 사라진다. 그에 반해 샤르티아는 신성계 매직 캐스터이기는 하지만, 순수한 육체전투능력도 뛰어나다.

MP가 바닥나도 HP가 남은 한 싸울 수 있다.

그렇기에 이 싸움은 HP를 깎아내지 않더라도 상대의 MP가 다 떨어졌을 때 승패가 갈린다. 그렇지 않더라도 마력계 매직 캐스터인 아인즈에게는 효과적인 체력회복 수단이 전무하다.

'그러니 서서히 줄어드는 HP와 MP에 벌벌 떨어보세요. 아하하. 아인즈 님의 겁먹은 얼굴을 상상하니 가슴이 두근두근하네요!'

그렇다면 최적의 전법은 무엇인가. 그것은 지구전이다.

샤르티아는 대충 전투의 흐름을 상정하고 신기급 아이템 스포이트 랜스를 꽉 쥐었다.

이 무기에 담긴 특수능력은 대미지를 주면 그 대미지의 양에 따라 자신의 부상을 회복해 주는 것이다. 아니, 그런 능력에 특화된 무기라고 할 수 있다. 그렇기에 원래는 후열 담당인 아인즈가 전열에 설 자를 소환하지 않는 것이다. 약한 몬스터를 내세웠다간 스포이트 랜스의 회복에 이용만 당하고 끝날 것을 잘 아니까.

'아아, 가엾은 아인즈 님. 쓸쓸하게도 전열을 소환하지 못하고 홀로 싸우셔야만 하다니!'

사디스틱한 웃음을 참으며 샤르티아는 〈마력정수〉를 발동했다.

일시적으로 대상의 마력을 간파하는 힘을 얻어, 아인즈의 남은 마력이 시야에 떠올랐다.

'정말로 막대한 양인걸……. 어떻게 저만한 힘을 얻으셨을까?'

샤르티아의 1.5배는 넘지 않을까 싶은 막대한 마력. 나자릭의 어디를 찾아보아도 이만한 힘을 가진 존재는 없다.

'그야말로 지고의 존재에 어울리는, 오버스펙 언데드……. 슈퍼 언데드…… 아니, 갓 언데드였던가?'

그렇다고는 하나—— 질 거라는 생각은 전혀 들지 않았다.

다른 수호자라면 모를까, 샤르티아에게 사령 계통 마법에 특화한 상대는 강적이 될 수 없었다.

'그렇다고 해서 여유 부릴 상대는 아니지만. 하지만 왜 신기급 아이템을 착용하지 않으셨을까?'

아인즈가 입은 로브는 어딘가 남루했다. 평소에 입던 칠흑의 로브가 풍기는 그런 위엄은 전혀 없었다.

'내 대책으로? 가능성은 충분히 있겠어. 하지만 이대로 노려보기만 해봤자 결판이 안 나겠는걸. 우선 장기전에 대비해 회복을 해 둬야지…….'

"〈생명력 지속회복Regenerate〉."

언데드조차 서서히 체력을 회복해 주는 마법을 발동해 초위마법에 입었던 대미지를 조금씩 회복하기 시작했다. 그런 샤르티아에게, 아인즈는 마침내 공격을 시작했다. 그가 쓴 것은 조금 전과 같은 초중력체였다.

"〈마법 최강화 : 중력 소용돌이〉."

칠흑의 구체가 고속으로 달려드는 가운데, 조금 전처럼 벽을 만들어낼까 하는 생각이 잠시 뇌리를 스쳤다. 하지만 그래서는 상대에게 압박을 주지 못한다. 마력을 많이 소비하게 하려면 역시 이쪽도 공격을 해야만 한다.

샤르티아가 선택한 것은――

"――〈상위 전이Greater Teleportation〉."

전이로 거리를 좁혀 근접전을 노리는 방법.

시야가 일그러지고, 원래는 즉시 바뀌어야 할 광경이―― 느리게 느껴졌다.

'쳇!'

샤르티아는 그것이 공간전이를 저해하는 〈전이지연Delay Teleportation〉의 효과임을 알아차렸다.

예상은 적중해, 스포이트 랜스가 아인즈에게 닿을 만한 범위로 전이해야 하는데도 그의 모습은 상당히 떨어진 곳에 있었다. 그 대신 눈앞에 있던 것은 깜빡이는 세 개의 광구(光球)―― 〈부유대기뢰Drifting Master Mine〉.

기뢰가 샤르티아를 감지하고 터지려는 타이밍에 미스트 폼(Mist Form)으로 변신했다. 이 스킬은 육체를 안개로 바꾸는, 뱀파이어에게 잘 어울리는 기술이었다. 안개라고 해도 기상현상에서 말하는 안개는 아니며, 실체가 없는 성유계체(星幽界體, Astral Body)로 변하는 것이다. 이에 따라 현실 세계의 공격―― 삼중의 폭발을 완전히 피할 수 있다.

"멀었다!"

그러나 이때 아인즈에게서 포효와 함께 〈마법 최강화 : 성유계의 일격Astral Smite〉이 날아들었다.

실체가 없는 몸에 효과적인 일격을 담은 마법이, 안개로 변하면서 약간 방어능력이 떨어진 샤르티아의 온몸을 엄습했다.

고통과 함께 미스트 폼을 해제한 샤르티아는 입술이 찢어지면서 미끈한 액체가 한 줄기 흘러내리는 것을 느꼈다.

"훌륭하세요. 역시 아인즈 님이야!"

솔직한 칭송에 대답은 없었다. 의심하는 듯한 시선만이 돌아올 뿐이었다.

"믿어 주시지 않나요? 하지만 진심으로, 제가 충성을 다해야 할 분에게 어울린다고 생각했는걸요."

역시 마법전투에 뛰어난 분.

그러나―― 역시 샤르티아의 입술은 웃음을 잃지 않았다.

아인즈의 마력이 크게 줄었기 때문이다.

물론 샤르티아의 체력도 줄었다. 그래도 체력의 소모량은 샤르티아의 계산 범위를 벗어나지 않았으며, 아인즈의 마력 소모량은 계산 이상이었다. 본전은 충분히 뽑았다. 다시 말해 샤르티아는 그만큼 승리에 한 걸음 다가섰다는 뜻이다.

'자, 그러면 이건 어떤가요?'

샤르티아는 다음 수에 나섰다.

"〈힘의 성역Force Sanctuary〉."

백색광이 샤르티아의 주위를 에워쌌다. 순수한 마력으로 이루어진 장벽. 자신도 공격을 할 수 없는 대신 상대의 공격도 완전히 차단하는 절대방벽이다.
빛 너머로 아인즈가 황급히 마법을 발동시키려는 것이 보였다.
"그래요. 그렇게 서둘러 마법을 걸지 않으면 위험하시겠죠."
언뜻 보기에 현재까지는 아인즈에게 유리한 것처럼 진행되는 이 전투. 이것이 무엇에 기인했는지, 샤르티아는 이미 간파하고 있었다.
능력── 아니다.
무장── 아니다.
준비── 그렇다.
그렇다. 이 유리함은 아인즈가 미리 준비했던 무수한 방어 마법 덕이었다. 매직 캐스터란 사전 준비에 따라 힘이 크게 달라진다. 물론 샤르티아도 그렇다. 그렇기에 샤르티아가 몸에 걸친 방어벽을 아인즈는 금세 파괴했던 것이고, 지금처럼 방어수단을 갖추도록 놔둘 수는 없을 것이다.
사실 샤르티아는 잘 쓰지도 않는 방어 마법을 걸 생각은 조금도 없었다. 그저 아인즈의 마력을 소비시키는 것이 목적이었을 뿐. 그렇기에 초조한 기색으로 마법을 쓰려는 아인즈의 모습에는 웃음이 나왔다.
'어머나, 제 손 안에서 순조롭게 놀아나 주시네요, 아인즈 님? 그건 그렇다 쳐도 스크롤이며 스태프며 완드를 쓰시지 않는 이유는 아껴두시려는 건가요, 아니면 당황해서 그러시나요, 그것도 아니면 제게 효과가 별로 없을 걸 아시기 때문인가요? 네에~?'
아인즈의 마법 내성은 저위에서 중위 위계에 속한 마법을 완전히 무효화할 수 있다. 이것은 상대가 아무리 강대한 매직 캐스터라도 마찬가지다. 그에 반해 샤르티아의 마법 내성은 상대의 능력이나 레벨에 좌우된다. 약한 매직 캐스터의 마법이라면 제10위계의 것이라도 무효화할 수 있지만, 강대한 매직 캐스터——이를테면 아인즈처럼——가 상대라면 제1위계가 한계일 것이다.

스크롤 같은 아이템에 담긴 마법은, 제작자의 스킬에 좌우되는 면도 있지만, 보통 최저 레벨로 고정된다. 그렇기에 스크롤로 발동한 마법은 샤르티아의 방어를 뚫지 못할 가능성이 높다. 그렇기에 쓰지 않는 것이리라.

샤르티아가 냉정하게 상황을 분석하는 동안에도 아인즈의 마법이 발동되었다.

"〈마법 최강화 : 천본골창Thousand Bone Lance〉."

대지를 가르며 아인즈를 중심으로 한 넓은 범위에 무수한——1, 2천으로는 셀 수 없는 막대한 수의 뼈창이 힘차게 튀어나왔다.

새하얀 창이 난립해 마법장벽에 몇 차례나 펑펑 부딪쳤다. 그리고 유리 부서지는 소리와 함께 샤르티아가 만든 장벽은 덧없이 깨져나갔다. 사방으로 흩어지는 파편은 녹아드는 것처럼 허공으로 사라졌다.

"칫!"

마력을 제법 깎아가며 만든 마법장벽이 일격에 파괴되고 말았다. 이것만큼은 완전히 예상 밖이라 샤르티아가 불만을 느끼고 있으려니 추가타가 날아들었다.

"아직 멀었다! 〈마법 최강화 : 천본골창〉!"

"——〈상위 전이〉."

날아갈 곳은 〈전이지연〉의 범위 밖으로 골라 상공의 적당한 장소를 선택했다.

"놓칠 줄 아느냐——〈마법 최강화 : 중력 소용돌이〉."

모종의 수단으로 샤르티아의 전이를 추적할 수 있는 것이리라. 전이 직후의 타이밍에 맞춘 것처럼 아인즈의 마법이 날아들었다.

아직 여유가 있는 샤르티아는 아인즈의 능숙한 전투에 반할 지경이었다. 어느 정도 경험이 없으면 불가능한, 멋들어진 기술이기에.

"여유가 있구나."

샤르티아가 어째서인지 죽여야만 하는 타깃, 아인즈가 조용히 말을 걸었다.

"어떻게 그렇게 편안함을 보일 수 있지, 나를 상대하면서? 레벨의 차이는 없고, 무장으로는 내가 더 우세하며, 주특기 분야를 쓸 수 없다는 점에서는 내가 불리하지. 그러나 그뿐이다. 그런데도 샤르티아. 너에게서는 압도적으로 자신이 우위에 있다는, 무조건 이길 수 있다는 자신감이 느껴지는구나."

어째서냐고 묻는 주인에게 샤르티아는 우월감을 품었다.

"아하하하. 그러면 여유의 이유를 한 가지만 보여드릴게요. 제게 이런 스킬이 있다는 것, 아셨나요?"

샤르티아는 승자에게만 허용되는 미소를 지으며 〈부정충격방패(不淨衝擊防牌)〉를 전개했다. 피를 연상케 하는 검붉은 충격파가 주위에 펼쳐지며, 부딪치기 직전이었던 칠흑의 중력구를 일격에 날려버렸다.

공격과 방어를 겸하는 샤르티아의 스킬 중 하나였다.

"쯧!"

아인즈에게서 혀 차는 소리가 들렸다. 조금 전 샤르티아가 혀를 찼던 것이 자신의 뜻에 부합하지 않는 것에 대한 것이었다면, 아인즈의 것은 여유가 없어져서 나온 소리였다.

"아핫!"

샤르티아는 그런 태도를 비웃으며 다른 스킬을 선보인다.

손에 떠오른 것은 3미터도 넘는 거대한 무기 전신창(戰神創). 날 부분이 특히 거대했으며, 또한 청정한 기운이 감돌아 단순한 무기가 아님을 증명해주었다. 은백색 광채가 햇살을 반사하는 모습은 미려했다.

"호오…… 처음 보는 것이구나. 스킬로 소환했느냐?"

"아하하하. 언제까지 강한 척할 수 있을까요, 아인즈 님? 이것도 모르시는 것 같으니, 설명해 드릴게요. 이 창의 이름은 청정투척창이라고 한답니다!"

샤르티아는 무지를 조롱하며 은백색 창을 쏘았다. 던진 것이 아니다. 자동으로 떠올라 허공을 질주하는 것이다. MP를 소모해 필중 효과를 담은 창이——.

"커헉!"

——아인즈의 가슴을 꿰뚫었다. 움직이지 않아야 하는 해골 얼굴이 샤르티아에게는 고통에 크게 일그러진 것처럼 보였다.

"아하하하! 역시 신성 속성을 가진 마법무기는 다르네요. 이거, 제대로 통하나 본데요?!"

샤르티아의 손바닥 안에 다시 거대한 창이 모습을 나타냈다. 그리고 그것을 즉시 투척한다. 창은 회피가 불가능한 속도로 날아가더니 이번에는 아인즈의 어깨 언저리를 관통했다.

"크, 감히! 〈마법 최강화 : 현단Reality Slash〉."

강대한 마법이 발동되었다.

월드 챔피언이라는 전사계 최강 클래스의 최종 레벨에서 습득할 수 있는 초초급 최종 스킬 〈차원단절World Break〉의 마이너 버전이기는 하지만, 제10위계 중에서도 톱클래스에 드는 파괴력을 가진 마법이었다.

공간이 절단되고 샤르티아의 어깻죽지에서 피가 분수처럼 높이 솟았다.

마법방어를 거의 완전히 날려버리는 강력한 공격 마법이 준 대미지는―― 마치 시간이 거꾸로 돌아간 것처럼 피가 체내로 돌아감에 따라 무효화되었다.

그 광경을 두고 아인즈가 노성을 질렀다.

"뭘 한 게냐!"

"그렇게 놀라지 마시어요, 아인즈 님. 이것도 스킬이랍니다."

샤르티아는 우월감에 젖어 질문에 대답했다.

"쯧! 나의 스킬은 효과가 없는데, 너는 마음대로 쓴단 말이냐?"

"치사하다고 생각하지는 말아주시어요. 페로론치노 님께서 주신 힘인걸요. 아인즈 님보다 그분이 더 뛰어났다는 증거 아닐까요?"

"――그 말은 네 본심인 것 같구나."

표정이 싹 사라졌다고 해야 할까. 감정이 빠진 듯 조용한 소리에 샤르티아가 의문을 품기도 전에, 아인즈가 다시 노성을 질렀다.

"간다, 샤르티아! 네가 어떤 스킬을 가졌든 나의 마법이 더 강하다는 것을 깨달아라!"

〈마법 최강화 : 현단〉과 청정투척창이 교차하며 서로의 몸을 깎아냈다.

그것을 다시 한번 되풀이하며, 샤르티아는 정말 어리석다고 내심 비웃었다. 그와 동시에 왜 싸우고 있는 것일까 하는 생각도.

샤르티아 블러드폴른은 나자릭 지하대분묘의 제1층에서 제3층까지를 지키는 계층수호자이며, 동시에 충절을 다하는 신하로서 지고의 41인 아인즈 울 고운의 일원 페로론치노에게 창조되었다. 그렇다면 눈앞에 있는 아인즈 울 고운, 한때는 모몬가라는 이름을 썼던 사람과 싸우는 것은 이상한 일이 아닌가. 같은 지고의 41인 중 하나에게 칼을 겨누다니.

자신을 창조해 주신 분의 명령이 있었다면 온 힘을 다해 싸웠을 것이다. 나자릭의 모든 것을 적으로 돌린다 해도 망설이지 않았으리라. 그러나 그것과는 다르다.

아무리 머리를 쥐어짜도 답은 나오지 않았다.

그러나 손을 멈출 수는 없었다. 전력을 다해 해치워야만 한다고, 누군가가 그렇게 속삭이는 것이다.

샤르티아는 아인즈의 MP가 소모되는 모습을 〈마력정수〉로 감시하면서, 치미는 웃음을 억누르고 시간을 되돌려 체력을 회복했다.

강한 마법은 마력 소모도 크다. 그중에서도 〈현단〉은 파괴력과 마력의 소모—— 대미지 효율을 생각하면 나쁜 부류에 속한다. 그럼에도 연속으로 사용한 것은 샤르티아가 근접전에 나서기 전에 얼마나 상대의 체력을 깎아낼 수 있는가가 승패를 좌우한다고 생각했기 때문이리라.

'틀리진 않았어요. 단기결전을 노리신 것은 올바른 생각이에요. 장기전이 되면 제가 유리할 테니까요. ……디버프 같은 마법은 언데드에게는 효과가 적을지도 모르겠지만요.'

샤르티아는 눈을 가늘게 뜨고, 강대한 마법을 연속으로 사용하는 사내를 바라보았다.

'좋아요. 저도 편승해 드릴까요?'

샤르티아의 스킬에도 무제한으로 사용할 수 있는 것과 유한한 것이 있다. 시간역행으로 대미지를 회복하는 것은 하루에 세 번까지 쓸 수 있다. 청정투척창도 그렇다. 부정충격방패는 앞으로 한 번.

그러나 아낄 만큼 매력적인 건 아니다. 샤르티아는 원래부터 최후의 결판은 근접전이라고 생각했다. MP도 스킬도 아인즈의 MP를 깎아내기 위한 도구일 뿐이었다.

'나는 MP가 모두 떨어져도 싸울 수 있지만, 아인즈 님은 MP가 바닥나면 치명적이니까요.'

HP와 MP의 합계로 싸우는 샤르티아와, MP만으로 싸워야 하는 아인즈. 양측에게는 원래부터 압도적인 차이가 있었다.

샤르티아는 마법 이외에 선택의 여지가 없는 아인즈에게 우려의 눈빛을 보냈다. 그것은 어머니가 아이를 걱정하는 모습이라기보다는 강자가 약자를 연민하는 모습에 가까웠다.

마지막 청정투척창을 쓰고, 답례처럼 날아든 〈현단〉을 받아낸 샤르티아는 제2단계 전투로 들어갔다.

"그러면 이런 것은 어떨까요? 〈제10위계 괴물 소환Summon Monster 10th〉."

"어딜! 〈상위 배제Greater Rejection〉."

소환된 몬스터는 순식간에 사라졌다. 자랑스러워하는 아인즈의 목소리가 들렸다.

"시간을 벌게 놔두진 않겠다, 샤르티아."

'웃으면 안 돼, 샤르티아. 이건 그저 스킬 다음에 MP를 사용했을 뿐이니까!'

필사적으로 표정을 간수하며 샤르티아는 마법을 발동했다.

"그래요? 그럼 직접 상대해 드릴까요?! 〈마법 최강화 : 붉은 신성Vermilion Nova〉."

"〈마법 삼중최강화 : 만뢰격멸Call Greater Thunder〉."

약점 속성에 해당하는 홍련의 불꽃이 아인즈를 감쌌다. 그와 동시에 몇 가닥이나 되는 번개를 합쳐 만든 듯 거대한 벼락이 세 줄기나 샤르티아의 온몸을 꿰뚫었다.

체력이 크게 깎여나가는 감각과 함께, 이 전투가 시작된 후 처음으로 샤르티아의 얼굴에 불쾌한 빛이 번져나갔다.

'불꽃 대책을 세워놨잖아?'

아무리 강하다 해도 모든 속성에 완벽하게 대처할 수는 없다. 그것은 내성을 종족적으로 획득하는 이형종이 내성을 획득하는 클래스를 선택하고 내성을 추가하는 신기급 아이템 으로 최대한 무장해도 한계가 있다. 그러나 속성을 한정 지으면 약점 속성이라 해도 완전내성까지 끌어올리는 것이 불가능하지는 않다.

다시 말해 아인즈는 다른 속성을 버리고 불꽃 대책을 중점적으로 세웠다는 뜻이리라.

'귀찮은 짓을 하셨네. 어느 속성을 버렸는지 알 수 없잖아.'

알아보려면 상대의 체력을 간파하는 〈생명정수〉를 사용한 다음 몇 종류나 되는 속성 마법을 하나하나 써나가는 수밖에 없다.

'그런 귀찮은 짓을 어떻게 해. 그렇다면 확실하게 약점인 속성으로――.'

"――〈마법 최강화 : 휘광Brilliant Radiance〉."

"――〈마법 최강화 : 무암True Dark〉."

신성 속성의 빛에 휩싸인 아인즈의 육체가 정화되고, 무속성의 어둠이 샤르티아의 육체를 무너뜨려 나갔다.

그 순간―― 샤르티아는 놓치지 않았다. 아인즈의 몸이 한순간이나마 흔들리는 것을.

지금도 재빨리 자세를 바꿈으로써 시치미를 떼고 있지만, 그런 뻔히 보이는 수법에 걸려들겠는가. 그것은 아픔을 견디는 몸짓이었다.

샤르티아는 얼굴에 드러내지 않고 웃었다. 약점을 발견했다고.

아니, 이것만은 어쩔 수 없으리라. 언데드에게 신성 속성은 치명적인 약점. 이를 없애기란 매우 어렵다. 더군다나 장비를 불꽃 대책에 썼다면 절대 무리일 것이다.

서로 노려보며, 다음 마법을 발동한다. 당연히 샤르티아가 선택한 것은 똑같은 〈휘광〉이었다.

그렇게 몇 차례나 마법의 공방을 주고받았을까. 아무리 샤르티아라 해도 체력이 상당히 깎여나갔다. 이따금 MP를 소모해 마법 효과를 약화하는 스킬을 몰래 기동하지 않았다면 HP가 0이 되었을지도 모른다.

'역시 대단해……. 마법전에서는 아인즈 님이 공방 모두 나보다 압도적으로 위였어. 신성 속성 마법을 연속으로 사용했지만, 그래도…… 나에 비해 대미지는 별로 크지 않았을 걸. 그래도 MP는 제법 깎아냈어.'

시야에 비친 아인즈의 MP는 처음에 비하면 상당히 많이 줄었다. 그래도 그의 눈동자에는 전의라는 이름의 불꽃이 격렬하게 타오르고 있었다.

'아아, 짜릿짜릿해. 저 멋진 사내의 의지가 꺾여서 패배자의 모습으로 일그러지는 모습을 얼른 보고 싶어.'

샤르티아는 하복부에서 치미는 감각을 억눌렀다. 자신의 방이었다면 뱀파이어 브라이드라도 불러들였겠지만 유감스럽게도 이 자리에는 없다. 물론 이 자리에서 자신을 위로해 발산할 수도 없다.

그렇다면── 전투에서 만족할 수밖에.

샤르티아는 정욕에 젖은 눈동자로 아인즈를 바라보며 혀로 입술을 핥았다. 여기서 더욱 차이를 벌려놓는다면 어떤 반응을 보일까.

"그러면 저는 회복을 하겠어요. 〈마법 최강화 : 대치사Greater Lethal〉."

산 자는 플러스 에너지로 회복하며, 마이너스 에너지로 대미지를 받는다. 언데드는 그 반대다. 그렇기에 방대한 마이너스 에너지를 흘려 넣는 〈대치사〉는 샤르티아 같은 언데드에게는 최대의 회복 마법이 된다.

"그렇구나. 나도 체력이 많이 줄어든 참이다. ──〈대치사〉."

샤르티아는 눈을 몇 차례 깜빡였다. 지금 눈앞에서 벌어진 일을 믿을 수 없었다. 하지만 아인즈의 상처가 치유되는 모습을 본 이상 인정해야만 했다.

"……어? 어떻게 아인즈 님이 신앙계 마법인 〈대치사〉를 발동하실 수 있나요? 클래스 습득 리스트에 있었나요?"

"아니, 유감스럽게도 이건 내 힘이 아니라 매직 아이템으로 얻은 힘이다. 특정 마법을 딱 하나 사용할 수 있는 매직 아이템 말이다. 대신 겨우 그것 때문에 장비 슬롯을 하나 소모해야 하지, 마법강화계 스킬을 덧씌우는 것도 불가능하지, 원래 클래스가 발동한 것에 비해 위력도 떨어지지, 이렇게 별로 좋은 것도 없단다."

난처한 듯 투덜거리며 〈대치사〉를 다시 사용하는 아인즈에게 샤르티아는 예정이 조금 달라졌다고 중얼거렸다. 그렇다고는 해도 목적 중 하나였던 MP를 깎아내는 목적은 이루었으니 큰 차이는 없을 것이다.

샤르티아는 그렇게 판단하고 다시 〈대치사〉를 발동해 자신의 부상을 치유했다. 100레벨이나 되다 보니 완전회복까지는 시간이 걸렸다.

그리고 마지막으로――.

"〈마법 최강화 : 대치사〉."

"〈광휘록체〉."

――부상을 치유하는 대신 아인즈는 자신에게 방어 마법을 발동시키고 있었다.

샤르티아는 신앙계 매직 캐스터인 데다, 페로론치노에게 많은 지식을 얻지는 못했으므로 〈광휘록체〉가 어떤 효과를 가진 마법인지 몰랐다. 그러나 조금 전까지 아인즈의 몸을 에워쌌던 녹색 광채가 다시 나타난 것을 보고 방어계 마법이리라 판단했다.

'정답이에요. 지금부터 직접공격을 가하려던 참이었거든요.'

샤르티아가 스포이트 랜스를 마음껏 휘두르기 위해 행동을 개시하려던 그때, 자신도 모르게 흘러나온 듯한 푸념이 들렸다.

"뭐 이리 불리하단 말인가."

그 푸념에 자신도 모르게 허를 찔려 샤르티아는 스포이트 랜스를 쥔 손을 슬쩍 풀었다. 그리고 생각했다.

'그걸 이제 알았어?'

그렇다고는 해도 역시 주인이신 아인즈 님에게 딴죽을 거는 것도 무례하다고 이성적으로 판단해, 결코 입 밖으로 내지는 않았다.

'……주인? 아인즈 님?'

몇 차례나 자신이 뇌리에 떠올렸던 단어에 샤르티아는 의문을 품었다. 왜 자신의 주인인 아인즈 님에게 칼을 겨누었을까. 하지만 그런 것이다. 세상에는 이해할 수 없는 일이 얼마든지 있다. 그저 그중 하나일 것이다.

그렇게 판단하면서도 그것과는 별도로 샤르티아는 아인즈의 행동에 일관성이 없다는 생각을 했다. 그렇기에 전투 중이라고는 생각할 수 없는 편안한 목소리로 평범하게 말을 걸었다.

"불리한 싸움이라면 도망치시는 게 어떨까요?"

"그런데, 그게 말이다……."

아인즈의 움직이지 않아야 할 해골 얼굴에 쓴웃음 비슷한 것이 떠오른 것 같았다.

"나는…… 그래. 매우 이기적이거든, 샤르티아. 도망치고 싶지 않단다."

아인즈는 아무것도 들지 않은 해골 손을 바라본다. 그 모습에 이끌린 것처럼 샤르티아의 시선도 그곳으로 움직였다.

"아무도 이해해 주지 않겠지만, 바보라고 생각할지도 모르지만, 그래도 나는 이 순간 길드장으로서 만족감을 느낀단다. 무얼까……. 나는…… 길드장의 지위에 있기는 했지만, 사실 내가 맡았던 일이라고는 잡무에 조정뿐이었다. 결코 모두의 선두에 서서 행동했던 것은 아니지. 그래도 지금의 나는 길드를 위해 선두에 서서 싸우고 있다……. 자기만족일지도 모른다만."

"그런 건가요? 그건 남자의 긍지라는 것인가요?"

"그렇게…… 되려나? 어쩌면…… 자포자기일지도 모르겠다만. 이거 재미없는 이야기로 분위기를 망치고 말았구나. 미안하다. 그럼 다시 시작할까?"

## 2

샤르티아가 스포이트 랜스를 든 자세를 아인즈는 냉정하게 바라보았다. 승리를 얻으려면 이 근접전을 돌파해야만 한다.

샤르티아의 등 부분에서 장갑이 부풀더니, 갑옷을 관통하고 나온 것처럼 박쥐의 날개가 돋았다. 그 뒤에 무엇이 이어질지 아인즈는 알고 있다.

등에서 돋아난 수많은 거대 박쥐가 날아올랐다. 권속 소환으로 만들어낸 엘더 뱀파이어 뱃(Ender Vampire Bat)이었다. 게다가 뱀파이어 뱃 스웜(Vampire Bat Swarm)도 나타 났다.

별로 강하지는 않지만, 그렇다고 함부로 마음대로 행동하게 둘 수는 없다. 아인즈는 즉시 마법을 발동했다.

"〈거대 턱의 회오리Sharks Cyclone〉."

순식간에 높이 100미터, 직경 50미터에 이르는 회오리바람이 나타났다. 대지를 감아올려 시커멓게 물든 회오리바람은 멀리 물러나려는 박쥐들을 끌어들여 몸속으로 거두었다.

미친 듯이 몰아치는 회오리바람 속에서 천천히 이동하는 많은 그림자가 있었다. 마치 바닷속인 것처럼 헤엄치는 그림자――6미터 정도 되는 상어였다. 필사적으로 회오리바람을 거스르며 날아가는 박쥐들에게, 수면에 떨어진 미끼라도 된 것처럼 무리를 지어 달려든다. 비행 크리처에게 유효한 마법은 그야말로 진가를 발휘해, 엘더 뱀파이어 뱃이 눈 깜짝할 사이에 산산이 뜯겨나가 소멸되어가는 가운데――반대로 폭풍을 물어뜯는 자가 있었다.

정면으로 회오리바람을 관통하며 고속으로 날아드는 진홍색 덩어리. 그것은 칼끝을 앞으로 내민 채, 마치 꽁무니로 폭염을 뿜어내는 제트기처럼 잔상을 남겼다.

미처 반응하지 못한 아인즈의 온몸에 격통이 내달렸다. 우두둑, 몸을 구성하는 뼈가 부서져나가는 것이 느껴졌다.

주의가 흐트러진 한순간 동안, 샤르티아는 아인즈의 눈앞까지 이동해 그 흉악한 무기로 아인즈의 흉골을 꿰뚫은 것이다. 창 끝부분은 뼈를 부수며 등으로 튀어나왔다.

"커억!"

고통에 신음했다. 샤르티아의 스킬을 받아 구타 속성 무기가 된 랜스 일격은 단숨에 아인즈의 체력을 깎아냈다.

언데드인 아인즈는 고통에 강하다. 정신과 마찬가지로 일정 이상의 대미지가 되면 억제되는 것이다. 그렇기에 스즈키 사토루와 같은 전투 초짜라 해도 고통에 사로잡히지 않고 냉정하게 대처할 수 있다.

그러나 이것은 강렬했다.

목숨이 깎여나가는 감각. 마치 대량의 피가 빠져나가 시야가 어두워진 상태와도 비슷하지만 다른 그 감각은 아인즈── 아니, 스즈키 사토루의 나약한 정신을 뒤흔들었다.

그러나 아인즈의 의지는 이를 능가했다.

지금 이 자리에서 싸우고 있는 사내는 스즈키 사토루가 아니다. 나자릭 지하대분묘의 최고지배자, 아인즈 울 고운이니까.

아인즈가 다음 수단을 모색하는 동안에도 샤르티아의 공격은 그치질 않았다.

아인즈를 창끝에 꿴 채 밀어붙이듯 앞으로 앞으로 나아간다. 창날이 깊이 박히면서 그대로 굵은 부분이 우둑우둑 아인즈의 육체로 파고들었다. 몸이 갈라져가는 감각과 함께 몰아치는 아픔. 그리고 더욱 깎여나가는 생명력.

그것이 아인즈에게 〈광휘록체〉의 발동을 결의케 했다.

온몸을 감싼 녹색 광휘가 부서졌다.

제10위계 마법 〈광휘록체〉는 제한시간 내에 받는 구타 속성 대미지를 줄여주는 효과와 함께, 발동하면 딱 한 번 구타 속성 대미지를 완전히 무효화할 수 있다.

창에 입은 대미지를 〈광휘록체〉에 흡수해 마치 시간이 되감긴 것처럼 창날은 아인즈의 몸 밖으로 밀려나갔다.

창에 밀려나는 듯한 위치로 이동한 아인즈는 무슨 일이 일어난 것인지 이해하지 못하는 듯한 샤르티아를 향해 마법을 발동시켰다.

"〈해골벽Wall of Skeleton〉!"

무기를 든 무수한 해골Skeleton을 박아 만든 뼈의 벽이 두 사람을 가로막았다. 벽을 구성한 해골들이 손에 든 무기를 샤르티아에게 내리치고, 내지르고, 휘둘렀다.

그러나 그중 어느 하나도 샤르티아의 몸에는 닿지 않았다.

"〈마법 최강화 : 역장폭렬Force Explosion〉."

보이지 않는 충격파가 샤르티아를 중심으로 휘몰아쳤다. 뼈의 벽이 투명한 충격파를 받고 크게 찌그러지더니, 결국 견디지 못한 채 터져나갔다.

붕괴된 뼈가 비처럼 소리를 내며 쏟아졌다. 그래도 시간 여유가 생겼던 것은 아인즈에게 유리하게 작용했다.

"해방!"

아인즈의 명령에 따라 〈상위 마법봉인〉은 세 개의 마법진에서 각자 30발, 합계 90발이나 되는 새하얀 광탄을 쏟아냈다. 풀려나온 것은 무속성 공격 마법 〈마법화살〉이었다. 잔광을 끌며 날아가는 화살은 천사의 날갯짓처럼 아름다웠지만, 그 천사는 죽음을 선고하는 천사였다.

제1위계 마법으로는 샤르티아의 마법방어를 뚫을 수 없다. 그런 마법을 아인즈가 영창했다는 위화감을 깨달았는지 샤르티아가 황급히 옆으로 회피하려 했지만, 하얀 광탄은 직각으로 꺾이며 완벽하게 추적해 소나기처럼 꽂혔다.

90차례에 이르는 하얀 마법 대미지의 연타가 샤르티아의 체력을 단숨에 깎아냈다.

샤르티아의 마법방어를 꿰뚫은 비밀은, 스킬을 사용해 일시적으로 제10위계에 해당하는 마법까지 끌어올렸기 때문이었다.

아인즈의 공격은 여기서 그치지 않았다.

"춤추어라! 〈마법 삼중화 : 흑요석검Obsidian Sword〉."

허공에 새까맣게 빛나는 세 자루의 검이 떠올랐다. 그것들은 의지를 가진 것처럼 즉시 샤르티아를 향해 날아들었다.

방해하지 말라고 샤르티아가 스포이트 랜스를 휘둘러 쳐냈다. 그러나 흑요석검은 다시 날아들었다. 마력으로 이루어진 검은 물리공격으로 파괴하기가 지극히 어렵다.

"〈마법해체Magic Distraction〉."

샤르티아는 얼마 남지 않은 MP를 소비해 마법해제 마법을 사용했다. MP를 텅 비워가면서 발동한 마법은 두 자루의 흑요석검을 허공에서 없애버렸다. 그러나 한 자루만이 미처 사라지지 않은 채 샤르티아에게 공격을 계속했다. 〈마법해 체〉는 술자의 능력에 따라 해체할 수 있는 확률이 달라진다. 누가 더 매직 캐스터로서 능력이 뛰어난지 증명되었을 뿐이다.

"아아, 짜증 나!"

샤르티아는 달려드는 검을 무시하고 아인즈에게 쇄도한다. 그 정도 마법에 샤르티아가 대미지를 입을 리 없다.

스포이트 랜스의 일격에 아인즈가 옆으로 날아갔다. 아인즈는 구타 속성에 약하다. 그 대미지는 무시할 수 없어, 날아가면서 공중에서 〈비행〉 마법으로 균형을 되찾았다. 그리고——.

"빌어먹을!"

——이 전투가 시작되고 처음으로 이성을 잃은 채 욕설을 내뱉었다.

그 정도 공격에 어떻게 될 만큼 아인즈의 체력이 낮은 것은 아니었다. 문제는 눈앞에서 일어난 현상. 아인즈의 몸에서 빨려나간 체력에 샤르티아의 체력이 회복되었던 것이다.

그 회복 속도는 흑요석검이 입힌 대미지를 능가했다. 회복된 만큼 대미지를 더 주기 위해 아인즈는 즉시 공격 마법을 펼쳤다.

"〈마법 삼중최강화 : 현단〉."

세 차례 잇달아 일어난 공간단절에 샤르티아의 몸에서 피가 솟아났지만, 이를 무시하고 샤르티아는 거리를 좁히기 위해 접근했다. 흑요석검을 뒤에 함께 거느리고.

'MP가 떨어진 샤르티아는 거리를 좁혀 스포이트 랜스의 유효거리에서 싸울 수밖에 없다……. 그것이 가장 마음에 안드는 전법인데…….'

아인즈는 〈비행〉으로 후퇴하면서 공격을 거듭 날렸다.

"〈마법 삼중최강화 : 현단〉."

도망치고는 있으나 피아간의 거리는 눈 한 번 깜빡할 때마다 줄어든다. 〈비행〉 마법의 속도와 스킬로 강화된 비행속도의 차이였다.

피를 뿜으면서도 눈앞까지 접근한 샤르티아가 몸을 콱 웅크리고, 그 순간 공기가 일그러지더니—— 샤르티아를 중심 으로 충격파가 뿜어져 나갔다.

'〈역장폭렬〉이 아니다! 부정충격방패인가?!'

스킬로 만들어낸 충격파는 흑요석검을 산산이 부수며 아인즈에게 밀려들었다. 아인즈는 후방으로 크게 날아갔다.

"컥! 크악!"

부정충격방패의 충격에 모종의 스킬까지 덧씌운 것이 분명했다. 아인즈는 땅바닥에서 두 차례 세 차례 굴렀고——〈비행〉과 매직 아이템의 효과가 아인즈의 자세를 강제로 복구해 주었다.

세반고리관이 없는 덕분인지 아니면 언데드의 특성인지, 어지럼증도 없이 아인즈는 거리가 벌어진 샤르티아를 노려보았다.

이것은 행운이었다. 근접전은 아인즈가 바라는 바가 아니다. 거리가 벌어졌다면 다시 마법을 쓸 시간이 있다는 뜻이다.

마법을 발동하려던 아인즈는 샤르티아의 눈앞에, 두 사람의 사이를 가로막듯 새하얀 빛이 모여 인간 크기의 모습을 만들어내는 것을 보았다.

아인즈는 움직이지 않는 얼굴을 일그러뜨렸고, 반면 샤르티아는 압승하는 자에게만 허락되는 웃음을 지었다.

"왔구나…… 마침내 왔구나. 언젠가 오리라 생각했지만, 이 타이밍에서 사용할 줄이야. '에인헤랴르'——샤르티아의 최대 비밀무기."

백색광은 완전한 인간의 형상을 띠었다.

그 모습은 갑옷이 하얗게 물들었으며 피부가 어렴풋이 흰빛을 발하는 것을 제외하면, 사역자인 샤르티아와 매우 흡사하게 생겼다.

아인즈는 알고 있었다. 외견만 비슷한 것이 아니라는 사실을.

마법구사능력이나 스킬 일부가 사라지고, 아이템도 없기는 하지만, 무장이나 능력치 같은 것은 샤르티아와 비슷하다. 종족은 언데드가 아니라 골렘 같은 것들과 같은 인조물Construct이지만, 내성은 거의 똑같다고 해도 과언이 아니었다.

단순한 직접전투밖에 할 수 없는, 또 하나의 샤르티아인 셈이다.

이렇게 되리라고는 당연히 예상했으나, 그래도 100레벨의 존재를 동시에 둘이나 상대해야 한다는 부담은 매우 컸다.

여기에 샤르티아는 무수한 권속을 소환했다. 늑대, 박쥐, 쥐 무리——등등을.

에인헤랴르만 한 강적은 없지만, 숫자의 폭력은 어떤 것이든 무시하지 못한다.

'범위 마법으로 단숨에 결판을 낸다 치고…… 에인헤랴르는 어떻게 하지?'

아인즈가 탐색을 하고 있으려니, 에인헤랴르가 아인즈를 향해 돌진했다. 그것은 아인즈도 예상하지 못한 상황이었다.

'왜 샤르티아는 움직이지 않지? 숫자의 폭력으로 밀어붙여 결판을 낼 생각이 아닌가?'

그 의문은 시선을 움직이자마자 풀렸다. 그와 동시에 공허한 눈구멍의 불꽃이 확 커졌다.

"우와, 치사해!!"

자신도 모르게 스즈키 사토루의 말투로 불평했다. 그래도 되는 거냐고.

아인즈의 시야에 비친 광경은, 샤르티아가 소환한 권속이 소멸되어가는 모습이었다. 스포이트 랜스에 꿰뚫려서.

샤르티아는 자신이 소환한 권속들을 스포이트 랜스로 공격해 자신의 체력을 회복시키고 있었던 것이다.

스포이트 랜스의 체력 회복량은 말할 것도 없이 입힌 대미지에 좌우된다. 같은 레벨에 방어력도 높은 아인즈와 약한 권속. 어느 쪽이 더 많은 체력을 회복시켜 줄지는 말할 필요도 없으리라. 실제로 아인즈의 시야에 비친 샤르티아의 체력은 쑥쑥 회복되었다.

잇달아 권속들이 창에 꿰뚫리고, 사라져갔다.

너무나도 잔혹하고, 생각지도 못한 사태였다.

프렌들리 어택이 없는 세계이니, 당연한 작전이지만.

아인즈는 냉정함을 되찾고, 생각지 못했던 사태에 작전을 수정하기로 했다. 그래도 스스로 소환한 몬스터를 죽여 체력을 회복한다는, 위그드라실에서는 절대로 있을 수 없는 광경에 완전히 동요를 억누를 수는 없었는지, 아인즈는 눈앞까지 접근한 에인헤랴르의 일격을 그대로 받고 말았다.

"크허억!"

신음하며 날아간 아인즈에게 무표정하게 돌격하는 에인헤랴르.

추격타를 받으며 후퇴를 계속하던 아인즈는 자신도 비밀 병기의 봉인을 풀기로 결심했다.

샤르티아의 권속 소환도 무한하지는 않으므로 슬슬 끝이 날 것이다. 그래도 샤르티아의 주위에 있던 자들을 모조리 회복에 사용한다면 매우 위험하다.

원래 에인헤랴르가 모습을 드러낸 단계에서 사용할 생각이었으므로 계획대로이기는 했다. 권속을 죽여 체력을 회복하는 것만을 제외한다면.

아인즈는 클래스 레벨을 60 정도 찍었는데, 그중에 어떤 클래스가 있다.

그것은 위그드라실 내에서도 극소수만이 보유한, 희소가치가 높은 클래스였다.

그런 클래스를 아인즈가 습득할 수 있었던 것은 강함을 무시하고 롤플레이의 일환으로 사령 계통 마법만을 극대화한 덕이었다. 강한 캐릭터만 만들려던 사람은 발견할 수 없을, 극단으로 치우친 빌드가 낳은 우연.

왜냐하면 전제조건은 오버로드 5레벨, 여기에 사령 계통 마법 클래스를 지나치게 특화한 자만이 총 합계 레벨 95에 도달했을 때 습득할 수 있는 클래스였기 때문이다.

이러한 미발견 클래스는, 다른 게임 같으면 발견 즉시 공략 사이트 같은 곳에 기재되어 공유되곤 한다. 그러나 위그드라실이라는 게임은 정보에 가치가 있기 때문에, 세계급 아이템의 사례를 봐도 알 수 있듯, 발견되어도 거저 타인에게 이야기하는 사람은 적었다. 비밀병기를 가진 클래스라면 특히 그랬다.

그 클래스의 이름은 '이클립스(Eclipse).'

『진정한 의미에서 죽음의 궁극에 달한 오버로드만이 이 클래 스에 올라, 일식처럼 모든 생명을 잠식한다.』——라고 스테이터스의 클래스 설명에 나와 있다.

그리고 지금부터 사용하려는 것은, 이클립스의 한계 레벨인 5레벨에 도달했을 때 얻었던, 100시간에 한 번밖에 쓸 수없는 스킬.

'이클립스' 의 비밀병기.

그 스킬의 이름은, '모든 생명의 종착점은 죽음The goal of all life is death'.

그 순간, 아인즈의 등 뒤에 열두 시를 알리는 시계가 떠올랐다. 그리고 마법을 발동시켰다.

"〈마법 효과 범위확대Widen Magic : 탄식하는 요정의 절규Cry of the Banshee〉."

주위에 여자의 절규가 파문처럼 울려 퍼졌다. 그것은 즉사 효과를 가진 외침이었다.

아인즈의 수많은 스킬로 강화된 그것은 일반적인 외침보다 강력하고 저항하기 어렵다. 그러나 당연하게도 언데드인 샤르티아나 인조물로 간주되는 에인헤랴르처럼 즉사효과에 대한 완전내성을 가진 존재에게는 효과가 없다.

다만, 이상하게도, 즉사내성을 가지지 않은 일부의 권속들도 쓰러지지 않았다.

이상 사태 같지만, 아인즈는 꿈쩍하지 않았다. 오히려 그렇지 않고서는 난감해진다.

철컥.

그런 소리와 함께, 마법의 발동에 타이밍을 맞춘 것처럼 아인즈의 뒤에 있던 시계가 천천히 움직이기 시작했다.

되풀이되는 에인헤랴르의 랜스 공격에 체력이 깎여나가면서, 아인즈는 시야 한구석에 있는 샤르티아의 기색을 살폈다. 그리고 동시에 실망했다.

'……역시 결판이 나지 않는군. 페로론치노 이 인간, 혹시 내 대

책으로 이랬나? 소생 아이템까지 줄 필요는 없잖아. 빌어먹을!'

마음속으로 길드 내에서도 친했던 친구에게 분노를 터뜨렸다.

아인즈가 에인헤랴르의 공격에서 이리저리 도망치며 12초가 지났다. 시곗바늘은 한 바퀴를 돌아, 다시 하늘을 가리켰다.

그리고 아인즈의 비밀병기가 발동했다.

그 순간―― 세계가 죽었다.

비유가 아니다.

죽은 것이다. 모든 것이.

아인즈의 눈앞에서 에인헤랴르가 하얀 안개가 되어 붕괴되기 시작한다. 인조물이며 생명이 없음에도 즉사한 것이다.

마찬가지로 샤르티아의 권속들도 모두 저항할 수 없는 힘에 붙들려 사멸하기 시작했다.

그것만이 아니다.

생명 따위 없는 공기마저도 죽어, 직경 200미터에 이르는 곳이 호흡이 불가능한 공간으로 변했다. 가령 이곳에 호흡으로 생명을 유지하는 존재가 있었다면 죽은 공기에 폐가 오염되어 목숨을 잃었으리라.

대지까지 죽어, 아인즈를 중심으로 직경 200미터 범위가 순식간에 사막으로 변했다.

죽음밖에 없는 세계에서 움직이는 것은 아인즈와 샤르티아뿐이었다.

아인즈의 비밀병기 '모든 생명의 종착점은 죽음'은 즉사 효과를 가진 마법이나 스킬을 강화하는 기술이다. 이 스킬로 강화된 즉사 효과는 설령 무효화능력을 가진 상대라 해도 일정 시간이 지난 후에는 즉사시킨다.

방어할 수단은, 샤르티아가 그랬던 것처럼 12초 이내에 스스로 부활계 효과를 발동시키는 것 등.

공기나 대지 같은 것이 죽은 이유도 그래서였다. 위그드라실에서는 아무리 그래도 이 정도까진 아니었지만, 현실세계에서는 효과가 더 명확하게 표현되었다. 모든 것에 평등하게 '죽음'을 내리는 형태로.

이 이상한 효과에는 아인즈도 놀라고 있었다. 게임의 힘을 현실에서 사용하면 이렇게나 바뀌는 것인가 싶어 자신도 모르게 고개를 가로젓고 싶어졌다.

그러나 아인즈는 놀라움을 삼켰다. 순순히 놀라움을 드러내지 않는 것은 긍지였다. 지배자답게, 그리고 이것이 마치 노렸던 효과라는 양 오만불손한 태도로 조용히 유일한 생존자에게 말을 걸었다.

"생명 없는 자에게조차 죽음을 내려주는 힘을 눈앞에서 본 감상이 어떠냐?"

신선한 바람이 흘러들어와 죽은 공기가 옮어져 간다. 그런 바람에 실려, 서로의 목소리가 들렸다.

"훌륭하세요. 역시 아인즈 님. 권속이 모조리 죽고 말았어요. 하지만 아인즈 님의 MP는 거의 바닥이 났네요. 반면…… 제 체력은 만땅인걸요?"

샤르티아의 눈에 비친 아인즈의 MP는 바닥에 가까웠다. 조금 남기는 했지만, 앞으로 마법을 두세 번 사용하는 정도가 고작일 것이다. 그 정도로는 어떤 마법을 사용하더라도 샤르티아를 죽일 수 없다.

설령, 언데드에게 막대한 대미지를 입히는 초위마법 〈추락하는 천공〉을 사용한다 해도.

"앞으로 제10위계 마법을 두 번 사용하는 것이 고작이려 요? 아인즈 님의 마력은 너무나 강대하니, 이것만으로도 얼마나 대단할지 알 수 없지만요."

"그래. 앞으로 두 개 정도일 것 같구나."

거짓말은 아니다.

이겼다.

샤르티아의 입가에 회심의 미소가 떠올랐다.

승자와 패자는 여기서 확실히 갈렸다. 승자는 샤르티아 블러드폴른이며, 패자는 아인즈 울 고운이다.

샤르티아는 승자의 여유로, 이제까지 건투했던 패자를 칭찬했다.

"훌륭하셨어요. 아인즈 님의 MP가 거의 없듯, 제 MP도 없고, 스킬 사용 횟수도 거의 바닥이 났으니까요. 이제까지 정말로 잘 싸우셨어요."

스포이트 랜스를 쥔 손에 힘을 주었다. 이제 남은 것은 직접전투로 숨통을 끊는 것뿐이다.

"동감이다. 그 칭찬, 솔직하게 받아들이도록 하지."

실룩. 샤르티아의 뺨이 움직였다.

마음에 들지 않았다.

아인즈 울 고운의 저 여유가.

그러나 고개를 쳐들려는 불안이라는 이름의 뱀을, 샤르티아는 단칼에 베어버렸다.

아무리 생각해도 이 상황에서 아인즈가 이 상황을 뒤집을 방법은 떠오르지 않았다. 일발역전의 비밀병기도 이미 사용한 후였다. 그렇다면 저 자세는 최후의 순간을 맞이한 사형수의 자세. 여유가 아니라 각오를 다졌기에 나온 체념이리라.

샤르티아는 천천히 걸어서 거리를 좁혔다. 스크롤로 마법을 발동한다 해도 그보다 빨리 공격할 자신이 있었다. 그렇기에 조바심을 낼 필요는 없었다.

아인즈는 도망치지 않았다. 그뿐이랴, 가만히 서 있을 뿐이었다. 그 자세에서 각오를 느끼고 샤르티아는 물었다.

"남기실 말이 있으신가요?"

"어디 보자……. 내가 불리하니까, 그리고 MP가 바닥나면 피라미가 되니까…… 그렇게 생각해서 아낌없이 힘을 써줘 정말 고맙구나, 샤르티아. 네가 신중하게 싸웠더라면 이렇게까지 잘 풀리지는 않았을 거다."

"……네?"

샤르티아는 자기 귀를 의심했다. 지금, 터무니없이 이상한 말을 들었다.

그런 샤르티아를 내버려둔 채 아인즈는 조용히 말했다.

"PVP에서 가장 중요한 것은 상대에게 얼마나 허위정보를 잘 전달하느냐지. 이를테면 장비를 바꾸어서 신성 속성은 별로 통하지 않는데도, 마치 잘 먹히는 것처럼 행세한다거나, 반대로 불꽃 속성은 약점인 채 놔두는 식으로 말이다. 다만…… 아주 약간 계산과 다르기는 했다. 나는 네가 〈생명정수〉를 사용할 것으로 생각해 〈허위정보 : 생명〉을 써두었는데, 헛수고였지 뭐냐. 만일 다음 기회가 온다면 상대의 체력도 확실하게 보도록 하거라. 작전을 입안하고 실행하는 데 큰 차이가 생기니 말이다."

기대했던 이야기가 아니었다.

샤르티아는 무슨 소리인지 도무지 알아들을 수가 없었다.

아니, 알아듣고 싶지 않았다.

아직 패배를 인정하지 않았을 뿐——.

아니, 그게 아니다. 강한 의지가 느껴진다. 그뿐이랴, 승리를 눈앞에 둔 자가 풍기는 분위기마저 있다.

마음속에서 치미는 무언가가 아인즈에게 다가가는 걸음을 무겁게 했다.

'……왜 거리를 벌리지 않지? 마력계 매직 캐스터인 당신은 이 거리에선 내게 이길 수 없을 텐데. 허풍이야!'

"내 친구 페로론치노가 너를 만들 때, 내게 많은 것을 들려주었지. 이 세계에 온 후로 너희 모두의 데이터를 머릿속에 넣어두기는 했다만, 나자릭의 모든 NPC 중에서도 나의 흑역사인 판도라즈 액터를 제외하면, 내가 가장 자세히 아는 것이 너일지도 모르겠구나."

"아까, 저의 스킬을…… 모르신다고……."

아인즈는 웃어넘겼다.

"당연히 거짓말 아니겠느냐? 그렇게 말하면 기세등등할 거라 생각했을 뿐이지. 부정충격방패 같은 것을 마지막까지 아껴두었다면 승패를 짐작할 수 없었겠다만."

샤르티아는 몸속에 흐르기는 하지만 언데드이기에 의미가 없는 피가 싸악 빠져나가는 듯한 기분을 맛보았다. 그와 함께 솟구치는 조바심에 몸을 적셨다.

거짓말이 아니다.

지금 그 말에 거짓은 일절 담기지 않았다.

눈앞의 아인즈 울 고운은 승리를 얻었다고 생각하기에 여기서 도망치지 않는 것이다.

"아아아아!"

샤르티아는 입을 한껏 벌리며 절규했다. 가슴속에 떠오른 감정을 그저 소리로만 바꾸었다.

사자는 샤르티아였으며 토끼는 아인즈가 아니었던가. 자신이 사냥하는 자가 아니었던가. ——아니, 그렇지 않았다.

원래 사자끼리의 싸움이었던 것이다. 샤르티아가 멋대로 토끼라고 생각했을 뿐——.

조바심에 사로잡힌 샤르티아는 여기서 모든 것을 끝내겠다며, 버텨도 연격으로 죽이겠다고 스포이트 랜스를 내지르고——.

그보다도 아인즈가 한순간 먼저 마법을 발동하고, 동시에 로브를 뜯어내듯 손을 움직였다.

딱딱한 소리가 울려 퍼졌다.

샤르티아는 자신도 모르게 눈을 의심했다.

그것은 정말로 있을 수 없는 일이었다.

스포이트 랜스가 순백색 덩어리에 튕겨난 것이다.
만일 마법이었다면 샤르티아는 즉시 추격타를 가했을 것이다. 아인즈가 아주 약간 MP를 남겨놓았다는 사실을 알고 있으니, 쓸데없는 발버둥이라 생각하면서. 그러나 샤르티아는 눈앞에서 일어난 일을 이해하지 못해 한순간이나마 정신을 빼앗기고 말았다.
그 순백색 광채는 마법이 아니었다.

——갑옷이었다.
순백색 갑옷. 가슴 한복판에 박힌 거대한 사파이어가 청정하고도 신성한 빛을 뿜어낸다.
그런 갑옷이 아인즈의 몸을 보호하고, 스포이트 랜스의 일격을 튕겨냈던 것이다.

체격의 차이 때문에 아인즈의 시선이 높은 곳에서 샤르티아를 내려다보고 있었다.
아니…… 실제로도 내려다보았던 것일지도 모른다.
분노가 치밀어도 좋을 상황인데, 지금의 샤르티아에게 그럴 여유는 없었다. 싸늘한 목소리가 들렸기 때문이었다.

"나도 처음부터 근접전으로 결판을 낼 생각이었다."

*

콰앙. 누군가가 테이블을 내리쳤다. 그 기세에 훌륭한 테이블이 크게 흔들렸다.

이제까지의 전투는 이 자리에서 지켜보고 있었다.

몇 차례나 테이블을 두드리는 소리는 들렸지만, 그자가 테이블을 친 것은 이번이 처음이었다.

"말도. 안. 돼! 저것.은. 그.분의. 갑주!"

"…… '터치 미' 님?"

알베도는 수정 화면에서 눈을 떼지 않은 채 지고의 존재인 한 사람의 이름을 중얼거렸다.

"그렇.다! 터치. 미. 님의. 갑주다!"

흥분한 듯한——아니, 실제로 흥분했을 것이다—— 외침이 코퀴토스의 입에서 튀어나왔다.

아인즈가 걸친 순백의 갑옷은 월드 챔피언이라고 불리는, 위그드라실에 단 아홉 명밖에 없는 클래스에 올랐던 인물의 것이었다.

월드 챔피언 클래스는 공식 무술 토너먼트의 우승자에게만 주어지는 특별한 클래스였다. 그리고 월드 챔피언은 우승 상품으로 운영진에게서 특별한 무장 하나를 받을 수 있다.

터치 미가 고른 것이 저 순백색 갑옷이었다. 월드 챔피언에 어울리는 특제 갑옷은 신기급 아이템의 능력을 넘어섰으며, 길드 무기에 필적하는 영역에 이른 것이었다. 물론 대회 우승 상품이기 때문에 월드 챔피언만이 장비할 수 있지만——.

"전사화 마법——〈완벽한 전사Perfect Warrior〉를 걸면…… 클래스 제한 페널티 없이, 무기 같은 것도 쓸 수 있게 되지요."

데미우르고스의 목소리에 담긴 것은 외경심. 그리고 알베도가 중얼거렸다.

“여기까지 생각하셨던 거야…….”

알베도의 두 손이 몸을 끌어안으며 부르르 떨렸다.

마법으로 전사가 되면 특정 클래스를 얻은 자만이 쓸 수 있는 무장도 사용할 수 있게 된다. 이것은 수리검이나 금강저, 가사(袈裟)처럼 유별난 무장도 즐길 수 있도록 하려는 운영진의 구제조치였다. 그러나 이는 공식 대회에서 우승한다는 조건이 필요한 월드 챔피언의 것이라 해도 예외는 아니었다는 뜻이다.

“이럴. 수가……. 여기.까지. 계산.하셨을. 줄이야……. 감복.했.도다.”

승패는 아직 정해지지 않았다. 그래도 이 자리에 있던 수호자들은 이 정도로 작전을 짜놓았던 아인즈의 지략, 그리고 그것을 원활히 수행한 전투경험치에 감탄했다.

더욱 신성함이 느껴지는 자신들의 주인을 환희인지 찬미인지 알 수 없는 감정과 함께 바라보던 그들은 다시 한번 테이블을 내리치는 소리를 들었다.

“저것.은!”

소리를 지른 것은 이번에도 코퀴토스였다.

### 3

——참격의 소리.

“꺄아아아아악!”

있을 수 없는 광경을 보고 넋이 나갔던 샤르티아가 절규했다. 어깻죽지로 들어온 칼날은 샤르티아의 흉골을 가르고, 움직이지 않는 심장이 있는 위치까지 도달했다.

비틀비틀 후퇴해, 붉은 갑옷을 한층 붉게 물들이며 경악한 표정으로 노려본다.

아인즈의 손에는 검 한 자루가 있었다. 번개를 두른, 예리하고 거대한 카타나. 그것이 샤르티아의 갑옷을 종잇장처럼 베었던 것이다.

샤르티아의 갑옷은 전설급 아이템이지만, 이를 쉽게 가를 수 있는 무기란 신기급 아이템 중에서도 극히 일부였다.

그렇다면── 해답은 바로 그 '극히 일부' 일 수밖에 없다.

그랬다.

아인즈가 든 무기는 '극히 일부' 에 속하는 무기 중 하나──.

샤르티아가 피와 함께 그 무기의 이름을 토해냈다.

"타케미카즈치 팔식!"

다시 날아드는 칼날. 샤르티아는 뒤로 크게 물러나 회피했다. 공격범위 밖으로 멀찌감치 물러난 그 거리가 바로 샤르티아의 공포를 드러내 주었다.

다만 그것을 비웃을 자는 없었다. 특히 나자릭 지하대분묘에 속한 자들은 결코.

오히려 이해하는 기색을 보일 것이 분명하다. 지고의 존재가 휘둘렀던 무기를 두려워하지 않을 자가 어디 있겠는가.

'무인 타케미카즈치' ── 지고의 41인 중 한 사람이 휘둘렀던 무기. 그것이 눈앞에 나타났으니.

"말했을 텐데, 샤르티아. '아인즈 울 고운'에 패배는 없다고."

아인즈가 불쑥 한 걸음을 내디디고, 샤르티아가 후다닥 두 걸음 물러났다.

"톡톡히 깨달아라, 샤르티아. 너의 앞에는 아인즈 울 고운이, 41인의 힘이 모여 있다는 것을. 그리고 네게 승산 따위 처음부터 없었다는 것을."

아인즈는 조용히 말했다.

절대적인 확신과 깨지지 않는 자신감이 있었다.

살얼음을 건너, 조금만 실수해도 바닥 없는 호수로 빠지는 싸움을 돌파해, 지금 아인즈는 적의 본진까지 육박했다.

쌍방의 MP는 0. HP는 샤르티아가 더 많다.

그러나 〈완벽한 전사〉를 사용해 100레벨 전사로 변한 아인즈의 능력은 순수한 전사가 아닌 샤르티아를 능가했다. 무장 면에서도 아인즈가 우세하다.

그렇다면── 이제까지처럼 불리한 전투가 아니다.

압도적인 불리함을 날려버린 사내의 나직한 목소리가 크게 울려 퍼졌다.

"샤르티아 블러드폴른. 나자릭 지하대분묘의 최고지배자, 지고의 존재를 총괄하던 자── 너희가 그렇게 부르고 흠모하던 사내의 힘을 그 눈에 단단히 새겨놓거라."

그것이 공세로 전환하겠다는 신호였다.

아인즈는 걸음을 내디디며 두 손으로 든 카타나를 높이 상단으로 들고, 휘둘렀다.

샤르티아가 한 발 물러난 후 동시에 파고들려 했다. 검을 내리친

후의 허점을 공격할 생각이었다. 실제로 대형검에 속하는 타케미카즈치 팔식은 스포이트 랜드와 마찬가지로 기민한 움직임이 어렵다.

번개를 두른 타케미카즈치 팔식이 바람을 가르고—— 뛰어들고자 자세를 잡았던 샤르티아의 가슴 언저리에서 칼끝이 갑자기 멈추었다. 그리고 뿜어져 나온 것은 신속(神速)의 찌르기.

아무리 근력이 있다 해도 전력으로 내리치면 스피드가 있는 만큼 검을 도중에 멈추기 어렵다. 특히 거대한 무기라면 더욱 곤란하다.

그것이 가능했던 이유는, 아인즈가 온 힘을 다해 검을 휘두르지 않았기 때문에. 다시 말해 회피할 것을 전제로 날린 일격이었으며, 허점을 일부러 만들어냈던 것이다.

이후의 흐름까지 생각해 일격 일격을 짜맞춰 나간다. 전사라면 지극히 당연한 일.

아인즈는 그것을 실천했을 뿐이었다.

그러나 에 란텔에서의 전투를 겪지 않았더라면 생각도 못했을 일이었다. 그저 붕붕 휘두르기만 하다가 샤르티아의 반격을 받았을 것이다.

100레벨 전사가 되었다 해도 능력을 충분히 활용하지 못한 채 보물을 썩히는 꼴이 되었을 것이 분명하다. 자동차 운전과 같다. 면허를 땄다 해도 장롱면허 보유자와 숙달된 드라이버는, 운전을 할 수 있다는 점은 같아도, 다양한 상황에 대한 대응까지 생각하면 완전히 달라질 것이다.

이것이—— 경험이다.

아인즈가 샤르티아와의 싸움에서 유리하다고 생각했던, 최대의 '무기'.

회피하기는 어렵다.

신속으로 날아드는 찌르기를 보며 샤르티아는 냉정하게 판단했다. 그러나 찌르기란 위험한 기술이다. 그 약점을 이용하면 반대로 큰 기회를 얻을 수 있다.

'그렇다면…… 어쩔 수 없지.'

한 팔을 희생하기로 각오하고, 샤르티아는 왼손을 찌르기의 궤도 위에 끼워 넣었다.

카타나가 박히는 순간, 샤르티아는 왼손을 슬쩍 움직여 찌르기에 실린 힘의 방향이 옆으로 비껴나도록 유도했다.

가슴이 아니라 왼손의 손바닥으로 파고든 카타나는 기세를 죽이지 않은 채 그대로 살과 뼈를 가르며 왼팔 안을 헤집었다. 그리고 검신에 맺혔던 번개가 샤르티아의 육체를 내부에서 꿰뚫었다.

언데드라 해도 육신을 헤집어대는 감각에는 소름이 끼쳤지만, 샤르티아는 한쪽 입꼬리를 올렸다.

그것은 웃음—— 결코 대미지를 입은 자가 보일 만한 것이 아니었다. 그러나 허세도 아니었다. 왜냐하면 이것이야말로 샤르티아의 노림수였기 때문이다.

샤르티아는 카타나가 박힌 왼팔에 힘을 주었다. 근육에 붙들린 칼날은 움직임을 멈추었다.

원래 찌르기라는 행위는 공격지점을 놓치거나 근육에 박혀 움직임이 멈춰버리는 경우가 종종 있다. 그렇기에 쓰기 어려운, 다시 말해 약점이 있다. 그 점을 알기에 샤르티아는 왼팔을 희생해 커다란 허점을 만들어냈던 것이다.

왼손에 날이 박히고 팔을 꿰뚫기까지의 1초도 안 되는 짧은 시간에 타이밍이 맞아야만 가능한 엄청난 기술.

"허점이네요!"

칼을 붙들린 아인즈에게 스포이트 랜스를 막을 수단은 없다.

스포이트 랜스로 섬광 같은 일격을 날리려던 샤르티아는 놀라운 광경을 보았다.

아인즈는 신기급의 최고위 매직 아이템인 카타나를, 스스럼 없이 버리더니—— 벨트에 꽂아두었던 여러 자루의 나무 막대 하나를 뽑아 들었던 것이다.

"하! 어리석기는! 스포이트 랜스를 그딴 것으로 막으시겠다고요?! 게다가 무기까지 버리다니, 대응을 잘못 생각하셨네요!"

타케미카즈치 팔식이라는 신기급 아이템에 고집하지 않는 태도는 현명했지만, 그것을 잃고서도 이길 수 있을 리 만무했다.

조소와 함께, 왼손에 받은 대미지 이상의 일격을 입히겠노라 결심한 샤르티아는 온 힘을 다해 스포이트 랜스를 내지르고—— 딱딱한 금속성과 함께 튕겨나왔다.

"어?"

샤르티아가 얼빠진 소리를 냈다.

아인즈의 손에 이미 나무 막대는 없었다. 대신 나타난 것은 스포이트 랜스를 튕겨낸 두 자루의 소태도(小太刀). 태양처럼 찬란한 광채와 달처럼 조용한 빛을 머금은 무기였다.

그것들을 든 아인즈의 손에서는 연기가 피어나, 마치 언데드에게 거부감을 품은 무기처럼 보이기까지 했다.

"어디에 허점이 있다는 거냐, 샤르티아?"

"에엑?! 대체?! 어, 어떻게?"

샤르티아의 왼손을 꿰뚫고 있어야 할 무기의 무게가 없었다. 마치 아인즈가 새로운 무기를 준비하자 같은 세계에 존재할 수 없다는 것처럼 사라졌다. 샤르티아는 어렴풋이 직감했다. 원래 있던 곳으로 돌아갔으리라고.

"페인트도 모르면서, 양손에 무기를 하나씩 들고도 제대로 휘두르지 못할 거면 그냥 한 손에만 드는 게 현명하다고…… 그랬던가?"

무언가를 떠올린 듯한 아인즈의 독백은 이 자리에 없는 누군가에게 건네는 것 같았다.

"글쎄, 과연 지금의 나도 그럴까?"

그 말의 진의를 확인할 틈도 없이, 균형을 잃은 샤르티아에게 달빛을 머금은 소태도가 번쩍 움직였다.

목을 노리고 날아든 것처럼 보였지만 궤도가 교묘히 변해 어깻죽지를 노리고 들어온다. 이를 아슬아슬하게 스포이트 랜스로 튕겨냈다.

그 틈을 노리고 아인즈가 샤르티아의 간격 안쪽으로 크게 파고들었다. 거대한 무기일수록 밀착하면 약해진다.

이를 충분히 숙지한── 경험자의 움직임.

나머지 한 손에는 태양의 소태도가 있었으며── 스포이트 랜스의 허점을 뚫고 샤르티아의 몸에 살짝 박혔다.

"아아아아아아!"

고통에 찬 목소리가 입술 사이로 터져 나왔다.

검의 아픔은 별것 아니었다. 그러나 검에서 독소처럼 흘러든, 언데드에 유효한 신성 속성의 아픔이 샤르티아의 온몸을 휩쓸었다. 여기에는 견딜 수가 없었다.

칼을 박은 채, 상처를 더 넓히려는 듯 아인즈는 검을 옆으로 움직여갔다.

"떨어져!"

스포이트 랜스를 휘두를 수 있는 거리가 아니었으므로 앞차기를 날렸다. 아인즈는 소태도로 막기는 했지만 힘을 모두 상쇄하진 못하고 뒤로 날아갔다. 그리고 샤르티아는 보았다. 소태도를 놓은 아인즈가, 조그만 나무 막대를 손에 드는 것을.

그리고 그 나무 막대가 깨진 순간, 아인즈의 손을 뒤덮으며, 가시가 돋아난 흉악하고 거대한 건틀릿이 모습을 드러냈다. 선 채로도 손이 지면에 닿을 만큼 거대한 건틀릿이——.

"타아앗!"

——한 발 파고들어온 아인즈의 포효와 함께 바람을 갈랐다.

무의식중에 스포이트 랜스로 막았지만, 무시무시한 충격파가 랜스를 타고 샤르티아의 온몸을 휩쓸었다.

"끄엑!"

그야말로 그 거대한 주먹에 얻어맞은 듯한 충격에 꼴사나운 소리를 내며 샤르티아는 뒤로 날아갔다. 충격파에 입은 대미지는 별것 아니었다. 그리고 물리공격도 스포이트 랜스로 막아냈다. 그러나 충격파에 의한 넉백(knock back)은 샤르티아가 착용한 장비의 마법 효과를 뚫고 들어왔다.

흐트러진 자세는 매직 아이템이 재빨리 회복해 주었지만, 뇌리에 시뻘겋게 달아오른 감정이 떠올랐다.

"나, 나에게, 감히 이런 꼴사나운 소리를 내게 하다니! 토막을 쳐 버리기 전에, 똑같은 소리……르르를?"

시선을 되돌려, 거대한 광구를 본 샤르티아는 격정이 순식간에 사라지는 것을 느꼈다.

그것은 아인즈가 든 활에 깃든 태양의 광채였다. 찬란하게 빛나는 화살의 끄트머리는, 당연하지만, 샤르티아를 향하고 있었다.

"마, 말도 안 돼. 아니, 거짓말이야……. 저건, 예궁?"

중국이라는 분열된 나라에서 전해지는, 태양을 쏘아 떨어뜨렸다는 영웅 *예(羿)의 이름이 붙은 무기. 그것은 샤르티아를 창조했던 인물의 주무기였다.

거의 모든 수호자들은 사격무기 대책을 세워두었기 때문에 화살이라면 별로 무서울 것이 없었다. 그러나 저 화살은 물리 대미지가 아니라 속성 대미지의 덩어리였다. 다시 말해 마법으로 간주되며, 이를 막을 수는 없다.

'빌어먹을! MP가 없어! 마법이라면 막을 수 있는데! 스킬이라도 좋은데! 이럴 줄 알았으면 조금 남겨둘걸……. 아니, 그렇지 않아!'

MP가 없는 것도, 스킬 사용 횟수가 남지 않은 것도, 조금 전의 공방이 자아낸 결과. 다시 말해 모두 아인즈 울 고운이라는 사내의 책략대로.

* 예(羿) : 중국 대륙 전설상의 인물. 하루에 태양이 열 개가 떠오르는 바람에 지상이 혼란에 빠지자, 요 임금이 하늘에 청해 내려온 인물로, 열 개의 태양 중 아홉 개를 활로 쏴 떨어뜨렸다.

샤르티아는 안구를 시뻘겋게 물들이며 포효를 질렀다. 다음 순간을 이해한 자의, 패배를 인정하고 싶지 않다는 발악 그 자체였다.

"네 이놈! 페로론치노 님의 무기를! 전부 네놈의 계획이었다는 거냐! 어떻게 그 무기를 준비했지?! 어디에 감춰놨어! 나무 막대를 쪼개 발동하는 건 스킬이었냐?!"

대체 어떤 트릭이 있었단 말인가.

마치 세계 그 자체에 우대를 받는 것 같은 조치가 아닌가.

"트릭을 가르쳐 주는 건 마술사로서 실격 아니더냐."

"그게 마술일 리가 없어! 마술로 어떻게 페로론치노 님의 무기를 꺼내!"

"……하긴, 그건 그렇군. 그에게 실례가 되는 짓이었을지도. 뭐, 정답을 말해주자면 캐시 아이템이었다. 그보다 슬슬 이해했느냐? 모두 내 계획이었다는 것을?"

충전이 끝난 광구가 샤르티아를 향해 날아들었다. 헛수고라는 것을 알면서도 사선을 스포이트 랜스로 가로막고—— 빛의 폭발이 주위를 휩쌌다.

온몸을 불태우는 신성한 빛 속에서 샤르티아는 판단했다. 뒤로 물러나면 위험하다고. 이대로 가다간 손도 쓰지 못한 채 그대로 밀려날 거라고.

은백색 갑옷이 강대할지는 모르지만 스포이트 랜스에 걸리면 멀쩡할 수는 없을 것이다. 그렇다면 체력흡수 효과를 기대하고 방어를 포기한 채 대미지를 주어야 한다.

"오오오오오오오오!"

샤르티아의 목에서 외견에는 어울리지 않는 웅혼한 포효가 터져 나왔다. 이를 상대하는 사내에게서 싸늘한 목소리가 들려왔다.

"승산은 7 대 3…… 정도였으려나. 어느 쪽이 7인지는 말할 필요도 없겠지?"

아인즈는 보라색 광채를 뿜어내는, 적수정으로 만든 기괴하고도 거대한 도끼를 천천히 들었다. 그 압박감은 간격을 좁히는 것이 저어될 정도였다. 그러나 샤르티아는 파고들었다.

이제는 앞으로 나아갈 수밖에 없으니까.

"좋은 각오다. 이제부터가 최종 국면이다, 샤르티아!"

*

"……아인즈. 님의. 승리. 다."

감복한 듯 코퀴토스가 고개를 끄덕이며 중얼거렸다. 반면 전사로서 재능이 없는 데미우르고스는 의문을 던졌다. 당연히 데미우르고스도 자신의 주인이 승리하리라 믿고 있다. 그러나 이지적으로 상황을 판단해야겠다는 마음에서 질문한 것이다.

"어째서지? 내가 보기에는 아직 승패가 나려면 먼 것 같은데."

"샤르티아.는. 방어.를. 버.리고. 공격에. 특화. 했다. 잘못. 된. 판.단은. 아니지. 나.도. 같은. 상황이었.다면. 그리. 했 을. 터이.니."

"하긴 그래. 아인즈 님은 무기를 잇달아 교환하셨으니── 저것 말고도 어떤 무기가 있을지 알 수 없잖아. 정보가 부족한 현재 상황에서는 거리를 두는 게 오히려 뼈아픈 실수가 될 수 있으니까.

활을 봤으면 더욱 그런 생각을 할 거 아냐? 그러니 샤르티아는 하다못해 스포이트 랜스가 닿는 거리에서 싸워야만 하겠지. 게다가 스킬도 마법도 쓸 수 없는 상태가 더욱 그 선택에 박차를 가하는…… 그런 이유 아닐까?"

"아하, 그랬던 것이군. 지고의 존재들은 우리 앞에서 여봐란 듯 무기를 쓰신 적은 없으니. 그렇기에 그분들의 무기를 완벽히 파악한 것은 자네뿐이겠지, 코퀴토스."

코퀴토스가 어깨를 으쓱했다.

"나도. 지식. 으로. 효과와. 이름. 을. 아는. 것뿐, 직접. 본. 적은. 없었. 네만."

"흐음, 나도 대충 이해했네. 다시 말해 방어를 포기한 샤르티아에게 아인즈 님은 도끼를 꺼내셔서——."

"——'피를. 빨. 고 살. 을. 먹는. 다'."

"고맙네, 코퀴토스. 저 '피를 빨고 살을 먹는다'는 보다시피 균형이 좋지 않아 명중 성능이 떨어지지. 하지만 방어를 포기한 샤르티아에게는 문제가 없을 터."

"이. 전투. 에서. 모든. 흐. 름이. 아인즈. 님의. 계획. 대로 였. 다니……. 조금. 전에. 도. 말했네만. 감복하였. 네."

"그분이시라면 신의 시점에서 모든 흐름을 읽는 것도 가능할 테니까. 그야말로 지고의 존재들을 통솔하시던 분에게 어울리는 통찰력이잖아? ……솔직히 우리가 존재하지 않아도 문제없이 나자릭을 지배하셨을 것 같아. 조금 분한걸."

"매직. 캐스. 터. 로서…… 아니, 싸우. 는. 자. 로서. 파격. 적인. 재능. 을. 소유하셨. 음에. 감복. 하였. 네."

"그러나…… 아직 승패가 갈린 것은 아니잖나? 샤르티아와 체력 승부를 벌인다면 아인즈 님이 불리할 텐데."

그 말에 알베도는 미소를 지었다. 그것은 이미 아인즈의 승리를 확신한 웃음이었다.

"그건 괜찮을 거야."

"어째서입니까?"

"저분이야말로 아인즈 울 고운이라는 이름을 쓰시는 분. 우리 모두의 지배자. 높고도 고귀하신 존재. 그런 존재께서, 그 이름으로 승리를 선언하셨으니까."

*

두 사람의 체력은 일격을 나눌 때마다 깎여나갔다.

샤르티아는 공격과 동시에 체력을 회복했지만, 아인즈의 일격은 그 정도 회복을 무시할 만큼 대미지를 주었다. 그와 동시에 아인즈의 체력도 스포이트 랜스에 서서히 깎여나갔다. 그렇듯 모종의 치킨 레이스를 방불케 하는 싸움으로 바뀌어갔다.

갑옷이 부서질 듯이 도끼의 일격을 막았다. 뼈가 부서지고 살점이 짓이겨지는 감촉. 그와 맞바꿔 랜스를 내지르고, 스킬로 구타 속성을 얻은 랜스가 뼈를 부수는 감촉을 전해주었다.

'이 느낌…… 남은 체력을 보면 이길 수 있어……?'

샤르티아는 승리로 가는 길이 아직 남아있음에 기뻐했다. 이대로 공방을 되풀이하면 아슬아슬하게 이길 수 있다.

방어를 완전히 버리고 공격만을 상대에게 꽂아대는 육박전. 누가 먼저 쓰러질지, 그것 말고는 생각할 수 없는 처참한 응수가 시작된 후로 조바심을 내고 있던 샤르티아의 얼굴에 어렴풋한 광명이 비쳤다.

그것은 머리 한구석으로 냉정하게 체력소모를 계산하고 있었기 때문이었다. 조바심을 느꼈던 만큼 희열은 컸다.

"아하하하하!"

공격을 날리고 맞으면서도 웃음이 흘러나왔다.

"아하하하! 아인즈 님! 먼저 체력이 다하는 건 당신이겠는걸요?! 기본 체력의 차이가 여기서 결정적으로 드러났어요!"

그런 샤르티아의 생각에 얼음물을 끼얹는 한마디.

"……정말 그렇게 생각하느냐?"

이토록 고전하게 한 책사, 모든 것을 수중에 장악하고 조종했던 존재의 목소리에, 자신의 어리석음을 깨달았다.

그럴 리가 없다.

하지만 그렇다면 어떻게 이 상황을 역전시키겠단 말인가.

샤르티아는 떠올릴 수 없다. 그 답은 제삼자의 목소리로 나왔다.

『예정 시간 지났어—— 모몬가 오빠!』

여자 목소리.

들어본 적이 없는, 앳된 느낌을 꾸며낸 여자의 목소리는 샤르티아의 기억에 있는 어떤 여성을 떠올리게 했다. 그 인물이 목소리를 꾸미면 이런 느낌이 되지 않을까 하고.

"샤르티아, 무슨 시간이 지났다는 말인 것 같으냐?"

질문의 의도를 이해하지 못한 채 무기로 서로의 몸을 두드리는 육박전을 되풀이하며 샤르티아는 단아한 얼굴에 솔직한 의문을 띄웠다.

"이제까지 모든 상황이 내가 계산한 대로 흘러왔다면, 소모된 시간 또한 상정 범주 내에 있다는 뜻이다. 그렇다면 이 시계가 가르쳐준 시간 경과는 너와 나에게 과연 어떤 의미를 줄까?"

아인즈의 손 안에 들린 도끼가 사라지고 순백색 방패가 나타났다. 갑옷과 잘 어울리는 그것을 든 아인즈는 마치 순백의 성기사가 된 것 같았다.

방패가 단단한 소리를 내며 스포이트 랜스의 공격을 튕겨 냈다.

어째서, 이제 와서 방어에 집중한단 말인가. 조금 전의 여자 목소리가 이유겠지만, 샤르티아는 그 이유를 알 수 없었다. 방어 일변도로 바뀐 아인즈의 싸늘한 목소리가 금속의 반향음에 섞여 들렸다.

"답은 말할 것도 없겠지. 결판이다. 승부를 낼 때가 온 거다."

어째서? 샤르티아의 체력은 아직 25퍼센트가 남았다. 그런데 어떻게 결판을 낸단 말인가. 샤르티아는 그렇게 소리를 지르려 했지만, 말이 입에서 나오질 않았다.

"……초위마법의 일격으로는 체력이 100퍼센트인 너를 쓰러뜨릴 수 없지. 그렇다면 일격으로 쓰러뜨릴 만큼 체력을 소모시키면 그만 아니겠느냐? 그러고 보니 이제까지 육박전을 벌이면서 충분히 체력을 깎아낸 모양이구나."

"……아. 아, 아아아아아아!!"

샤르티아는 여유가 사라져 공격을 퍼부어댔다. 그 말을 막을 수 있다면 그다음에 일어날 패배는 몰라도 된다는 것처럼.

딱딱한 소리가 0.1초보다 짧은 시간에 이어지는 연격. 그것은 호우와도 같았다.

그러나 아인즈는 이를 멋들어지게 모조리 튕겨냈다. 호우가 아니라 대폭포라 해도 자신의 몸에는 물 한 방울 튀지 않으리라고 자신하는 듯한 여유와 함께, 아인즈는 말을 이었다.

"직접 전투능력으로는 내가 떨어지지만…… 그만큼 마법방어력은 내가 높지. 그렇다면── 내가 무슨 말을 하려는지 알겠느냐? 간다, 샤르티아. 그저 내 계산이 틀리지 않았기를 빌 뿐이다."

"크으으으으으으!!"

눈앞에 밀려드는 패배를 이해하고 연격을 되풀이하는 샤르티아. 크게 일그러졌어도 결코 추악하지 않은 얼굴을 보며 아인즈는 마지막 도박을 시작했다.

샤르티아에게는 호언장담했지만, 사실 그렇게까지 모든 것이 확실하지만은 않았다.

우선 초위마법은 분명 스킬과 비슷한 점이 있어서 MP를 소모하지 않는다. 그러나 마법으로 간주되는 만큼 전사로 바뀐 상황에서는 발동할 수 없다.

전사화 마법을 해제하면, 장비할 수 없게 된 갑옷과 방패도 몸에서 떨어질 것이다. 그 순간 날아들 샤르티아의 공격을 막아낼 가능성은 없다. 만일 그 일격에 샤르티아가 온갖 스킬을 싣는다면, 그녀의 남은 체력으로 봤을 때 초위마법으로 결판이 나지 않을 가능성이 있다.

그렇게 되면 패배한다.

그러나 그 외에 승리할 방법은 없었다.

아인즈는 타이밍을 가늠했다. 우선 전사화 마법을 해제하고, 그 다음 손에 든 캐시 아이템을 사용해야 한다.

아인즈는 가볍게 웃음을 흘렸다.

위그드라실의 PVP에서도 이렇게까지 캐시 아이템을 요란하게 쓴 적은 없었다. 이것이 현실과 게임—— 반드시 이겨야만 하는 싸움과 놀이의 차이다.

'지금이다!'

샤르티아의 강한 일격을 친구가 애용하던 방패로 튕겨내고, 아인즈는 눈에 힘을 주었다.

전사화를 해제하고, 초위마법을 발동시킨다.

주위에 조금 전과 같은 마법진이 발동하고, 지체 없이 손에 든 모래시계 모양 캐시 아이템을 파괴하고자 했을 때——.

——한순간, 망설임이 들었다.

동료의 마음이 담긴 NPC를 죽이는 죄책감에서 비롯한 망설임.

그것은 치명적인 실수였다.

샤르티아는 그 허점을 놓치지 않았다. 아인즈의 손에 들린 아이템을 발견하고, 그 팔을 부수고자 스킬을 담은 스포이트 랜스를 겨누었다.

전사화를 해제한 아인즈가 그 일격에서 벗어날 방법은 없다——.

——오싹.

스포이트 랜스가 아이템을 부수려고 했을 때, 등줄기를 타고 오르는 기척. 그것은 적의.

어느새 나타났는지, 샤르티아의 바로 옆에 간과할 수 없을 정도로 적의를 품은 존재가 있었다. 그것은 절대 무시할 수없었다.

샤르티아는 황급히 아인즈에게서 시선을 떼고, 고개를 옆으로 돌려 그 존재를 확인하려고 했다.

그리고—— 그곳에 아무도 없음을 확인했다.

아인즈의 마법이 만들어낸 직경 200미터의 사막. 그 안에 아인즈와 샤르티아 이외의 존재는 없다. 실제로 조금 전 느꼈던 적의는 이미 온데간데없었다. 마치 백일몽이었던 것처럼——.

"아차!"

제정신을 차린 샤르티아가 소리를 질렀지만, 이미 늦었다.

부서진 모래시계가 원래의 발동 시간을 0으로 만들었다.

"〈추락하는 천공〉."

그 목소리와 동시에, 지근거리였던 두 사람 사이에 발생한 섬광이 모든 것을 감쌌다.

작열 속에서 샤르티아는 자기 육체가 허물어지는 것을 알았다.

오른손이 탄화되어 후두둑 부스러지고, 스포이트 랜스가 새하얗게 물든 세계 속에서 천천히, 아마도 지면이라 생각되는 곳으로 떨어졌다. 얼굴은 휘몰아치는 열기에 바짝 말랐으며 시야는 이제 흰색뿐이었다.

목도 바짝 말라——아니, 목이 아직 다 타지 않고 남아있는지는 모르겠지만—— 말을 하기가 어려웠다. 그래도 이 말만큼은 해야 한다고, 희미해져가는 샤르티아 블러드폴른이라는 존재의 생명을 모두 동원해, 말을 이었다.

"……아아, 아인즈 울 고운 님, 만세. 지고하신 당신이야말로, 나자릭 최강의 존재이십니다."

지고의 41인을 통솔하던 최강의 존재에게 솔직한 경의를 표했다. 열파가 속박마저 태워버린 것처럼, 온몸이 움직이지 않는 가운데 마음은 매우 가벼웠다.

동시에 흐려져 가는 의식 속에서 이곳에 없어야 할 인물의 모습이 떠올랐다. 이 승패의 명암을 나눈 상황을 만들어낸 인물.

기본적으로 언데드는 정신계 효과를 무효화한다. 그러나 개중에는 같은 효과를 가졌음에도 정신계 효과로 간주하지 않는 것이 있다. 그것을 사용한 인물.

샤르티아는 그저 미소와 함께 말했다.

"……꼬맹이."

그리고 만족한 것처럼, 하얀 세계 속으로 샤르티아는 완전히 사라졌다.

*

이제까지 기동했던 스킬 '하늘의 눈Sky Eye'을 해제하며, 불쑥 내밀었던 핑크색의 고운 입술을 원래대로 되돌린다. 그리고 아우라는 불만스러운 표정을 짓더니 이곳에 없는 인물에게 욕설을 퍼부었다.

"바보. 언데드 주제에 정신지배를 당하다니, 진짜 바보야."

"왜, 왜 그래, 누나?"

"응? 암것도."

마레는 아우라의 시선 너머를 바라보았지만 숲속인 이곳에서는 어디를 보더라도 눈에 들어오는 것은 나무뿐이었다.

그러나 그녀의 시선 방향을 통해 추측 정도는 할 수 있었다.

자신들의 주인과 샤르티아의 전투를 감시하고 있었으리라.

누이가 가진 레인저 계통 스킬을 사용하면, 2킬로미터 정도 거리는 감시 가능 범위에 들어간다. 그렇기에 백안시체와 함께 주위의 경계를 맡았던 것이다.

"그, 그래서, 승부는 났어?"

"응. 아인즈 님의 압승."

"여, 역시."

나자릭 수호자 최강자도 당해내지 못했다. 마레는 아인즈의 모습을 떠올리며 당연하다고 생각했다. 지고의 존재를 통솔하던 분께 패배가 있을 리 없다.

"그럼 누나, 어, 어어, 샤르티아가 장비했던 아이템 회수는?"

아우라는 스킬을 해제하기 전에 보았던 광경을 떠올렸다.

"아인즈 님이 이미 하신 것 같아. 우리는 명령대로 철수하자."

"으, 응."

누이가 다소 기분이 상했다는 것을 알고, 마레는 아무 말없이 찬성했다.

아우라의 제일가는 친구이기도 했던 인물이 정신지배를 받고, 나아가 경애하며 충성을 다해야 할 주인에게 칼을 들이댔다. 죽어 마땅하다고는 하지만, 다소 날카로워지는 것도 어쩔 수 없는 일 아니겠는가.

4

옥좌의 홀에서 다시 리스트를 열어보니, 예상대로 샤르티아의 이름이 있었던 곳은 공백으로 변해 있었다. 이로서 샤르티아의 죽음은 확실해졌고, 계획의 제1단계는 종료되었음을 알 수 있었다.

아픔이 아인즈의 마음을 감쌌다. 다른 수단이 없었다고는 하나, 역시 이렇게 확인하고 보니 자신이 저지른 행위에 강한 실감이 들어 죄책감마저 치밀었다.

아인즈는 마음속으로 샤르티아에게 사죄하고, 나오지도 않는 침을 삼키며, 그 자리에 모인 수호자들을 쳐다보았다.

"그러면 이제부터 샤르티아의 부활을 거행하겠다. 알베도는 샤르티아의 이름을 보고 있을 것. 만일 전과 마찬가지로 정신지배를 받는 상황이라면……."

"아인즈 님, 외람되오나 그때는 저희가 대처하겠나이다."

데미우르고스의 말에 코퀴토스, 아우라가 즉시 동의를 표하고 마레까지도 소극적으로 긍정했다. 알베도만이 조용히 상황을 지켜볼 뿐이었다.

"데미우르고스……."

아인즈의 중얼거림에, 데미우르고스는 그답지 않게 강한 감정이 드러난 말로 못을 박았다.

"지고의 존재이신 아인즈 님의 말씀은 무엇보다도 존귀하며, 저희가 몸을 바쳐 따라야만 하는 것임은 잘 알고 있사옵니다. 하오나 이 이상 아인즈 님의 옥체에 명확한 위해가 미칠 만한 일을 간과하는 것은 신하로서 가장 부끄러워해야 할일이라 판단했사옵니다."

데미우르고스의 시선이 흘끔 비껴나가 아인즈에게서 알베도에게 움직였다.

"샤르티아가 다시금 반역을 저지른다면, 저희 수호자가 대처하겠나이다. 옥체를 보중하시옵소서."

수호자의 마음도 이해하는 아인즈는 이 이상 고집을 부릴수 없었다.

"알았다. 수호자들이여, 그럴 경우에는 너희에게 맡기마."

수호자들이 일제히 고개를 숙였다.

그런 광경 속에서, 아인즈는 부끄러움에 사로잡혔다.

한심한 주인이다.

결과적으로 '자식' 들끼리 싸울 가능성을 남겨놓고 말았으니.

애초에 원인을 만들었던 것은 자신의 얄팍함이었다. 모두 자신의 잘못이다.

아인즈는 한숨을 토해낼 뻔하다가, 곁에 조용히 선 알베도의 표정에 떠오른 자애와도 같은 감정을 보고 이를 삼켰다.

"아인즈 님은 이 자리에 계시기만 하셔도 됩니다. 지고의 존재께서 모두 사라지고 만다면, 저희의 충성은 어느 분께 바쳐야 한단 말입니까. 게다가 버림을 받은 것이 아님을 알면서도, 한 분도 남김없이 사라지시면 쓸쓸하니까요."

"……그렇지. 아무도 없으면 쓸쓸하지."

아인즈의 시선은 자신도 모르게 옥좌의 홀로 미끄러지듯 움직였다. 그곳에 매달린 40개의 깃발, 거기에 그려진 문양을 따라.

"그래, 그 말이 옳다……. 보물전에서도…… 어리석었지."

아인즈는 중얼거리듯 강한 마음을 흘리고는 수호자들을 바라보았다.

"수호자들이여, 나를 지켜라. 그리고 행동을 개시하라!"

모두가 힘찬 목소리로 일제히 대답하는 가운데, 아인즈는 바로 옆에 떠 있던 스태프 오브 아인즈 울 고운을 쥐고 이를 옥좌의 홀 한쪽에 겨누었다.

그곳에 있던 것은 금화의 산이었다. 개수로는 5억. 샤르티아를 부활시키기에는 충분한 양이다.

원래는 키보드 조작이 필요하지만, 사용하지 않아도 문제는 없다는 것을 안다.

금화 무더기가 형체를 잃으면서 주르륵 흘러내리더니 천천히 고체에서 액체로 바뀌어갔다.

수호자들이 긴장을 잃지 않고 지켜보는 가운데, 녹아서 흘러내린 금화는 강이 되어 한곳으로 모였다. 1만 톤이나 되는 금화는 마치 압축된 것처럼 조그맣게 변하더니 인간의 형체를 이루었다. 이윽고 황금의 인형이 만들어지고, 빛이 서서히 사라져갔다.

잠시 후 금빛이 사라지고 남은 것은 백랍 같은 피부, 긴 은발. 그곳에 있던 것은 틀림없는, 샤르티아 블러드폴른의 모습이었다.

"알베도!"

샤르티아에게서 전혀 시선을 떼지 않은 채 아인즈는 알베도의 이름을 강하게 외쳤다.

"안심하시옵소서. 정신지배는 해제된 것으로 보이옵니다."

"그러한가……."

아인즈는 강한 안도감에 가슴을 쓸어내리고, 정신이 안정되는 것을 느꼈다. 그리고 공간에 손을 집어넣어 검은색 망토를 꺼내곤 바닥에 누운 샤르티아에게 다가갔다.

눈을 감았으며 가슴은 움직이지 않는다. 축 늘어진 채 바닥에 나뒹군 모습은 그야말로 시체였으나, 언데드란 살아 있는 시체. 그 사실 자체는 전혀 이상하지 않다.

'이상한 점——.'

조금 전에 확인했던, 너무나도 납작해 소녀보다는 소년 같다고 해야 할 만한 가슴. 그 순간 아인즈의 시선은 마침내 갈 곳을 잃고 헤매기 시작했다.

막 부활한 샤르티아는 당연하게도 옷을 하나도 입지 않았으므로 어디를 봐야 좋을지 모르는 상태였다. 당황하는 바람에 다른 곳으로 시선을 두면 된다는 생각조차 들지 않았다.

인간이었을 때보다 시력이 극단적으로 좋아져 세세한 부분까지 뚜렷하게 보였다.

벌렁 드러누운 까닭에 살짝 다리를 벌리고 있어서——.

——아인즈는 황급히 손에 들고 있던 검은 망토를 던졌다.

허공에서 펼쳐진 망토는 정확하게 샤르티아의 온몸을 감쌌다.

'아깝다고 생각하지 않았어! 나는 언데드고 성욕은 없으니까! 아니, 거의 없으니까. 그냥 설정하지 않았던 옷 안쪽에 약간 흥미를 느껴서 본 것뿐이라고. 아니 그 왜, 위그드라실에서는 이렇게까지 옷을 벗을 일이 없잖아. 그러니까 그 뭐냐! 그래, 털이 없다거나 그런 데 관심이 있었던 건 아니고!'

누구에게 변명하는 것인지는 알 수 없었지만 아인즈는 마음속으로 우왕좌왕하며 샤르티아에게 다가갔다. 약간 발걸음이 둔해진 것은 머릿속이 열기를 띠었기 때문일지도 모른다. "흥미가 있으시다면 언제든 말씀만 해 주시면 되는데요."라고 뒤에서 들려온 여성의 목소리도 겸사겸사 무시했다.

아인즈가 앞에 서자, 마침 기척을 느꼈는지 샤르티아가 진홍색 눈을 떴다. 늦잠을 자다 일어나는 사람 같은 움직임으로 주위에 시선을 돌리더니, 아인즈에게 멈추었다.

"아인즈 님?"

잠이 덜 깬 듯 멍한 어조. 그러나 그 안에는 뚜렷한 충성심이 느껴졌다. 알베도, 그리고 나자릭 내의 모든 관리 시스템에 보증을 받았다고는 하나 자신의 몸으로 이를 느껴 환희함과 동시에 아인즈는 두 무릎을 꿇더니 자리에 누운 샤르티아를 안아 일으켰다.

"으에에?"

어마어마한 육체능력을 보고 난 다음에는 실감이 안 날 정도로 가녀린 몸이었다.

지금 무슨 일이 일어난 것인지 믿을 수 없다는 듯 얼빠진 표정으로 괴성을 낸 샤르티아에게는 아랑곳하지 않고, 아인즈는 한층 강하게 그녀를 끌어안았다.

"다행이구나……. 아니, 미안하다. 모두 나의 실수였다……."

"네? 아뇨, 뭐가 어떻게 된 건지는 모르겠지만, 아인즈 님께 무슨 실수가 있겠사와요?!"

샤르티아의 차가운 팔이 등에 감겨 몸을 끌어안는다. 손이 더듬더듬 움직이는 것이 미묘하게 징그러웠지만, 죽은 지 얼마 되지 않았으니 감촉을 확인하는 것일지도 모른다고 생각해 아인즈는 그냥 놔두었다.

"아아, 나는 여기서 첫 경험을……."

그런 소리도 들리기는 했지만 무시했다.

다만 알베도가 억양 없는 목소리로 이의를 제기했다.

"……아인즈 님. 샤르티아는 피곤할지도 모르니, 그만하십이."

"그것도 그렇구나."

NPC의 부활도 플레이어 부활과 마찬가지로 페널티가 있을지 모른다. 이번이 이 세계에서 처음으로 시도했던 부활이니까.

"자세한 이야기는 나중에 듣도록 하자. 그 전에 몇 가지 가르쳐 주었으면 하는 것이 있다."

아인즈가 팔을 풀자 샤르티아는 유감스러운 표정을 짓더니 날카롭게 알베도를 노려보았다. 한편, 알베도는 여느 때와 다를 바 없는 다정한 미소를 띨 뿐이었다. 그런 두 사람의 눈싸움은 여느 때처럼 이어질 것 같았지만, 샤르티아가 시선을 움직여 끝나고 말았다.

"예, 무엇이든. ……한데 아인즈 님, 저는 어째서 옥좌의 홀에 있는 것이사와요? 게다가 이런 차림도 그렇고, 아인즈 님의 반응도 그렇고, 폐를 끼칠 무언가 있었사와요?"

"그거야말로 내가 묻고 싶은 내용이다만, 무슨 일이 있었는지 기억나지 않느냐?"

"네, 네에."

"……미안하다만, 샤르티아. 너의 마지막 기억을 가르쳐다오."

샤르티아의 마지막 기억은 닷새 전에 일어난 사건에서 끊어졌다. 그때부터 지금 이 순간까지의 기억은 사라진 것이다.

아인즈도 카르네 마을에서 했던 것처럼 제10위계 마법 〈기억조작Control Amnesia〉을 사용해 기억 소거나 조작을 행할 수는 있다. 그러나 짧은 시간의 기억을 조작하는 것만으로도 매우 많은 MP를 소비한다. 닷새나 되는 기억을 없애는 것은, 일반적인 매직 캐스터의 한계를 넘어선 MP양과 회복 속도를 자랑하는 아인즈라 해도 불가능할 것이다.

물론 NPC가 부활할 때에는 며칠 분량의 기억을 잃는다는 설정이 있을 가능성도 당연히 존재하며, 가능한지 어떤지는 모르겠지만 여러 명이 협력해 기억을 지웠을 가능성도 없지는 않다.

지금 단계에서는 정보가 지나치게 부족해 수수께끼는 풀 수 없을 것이다.

다만 확실한 것은, 샤르티아에게 세계급 아이템을 사용한 자의 정체는 다시 수면 아래로 가라앉고 말았다는 사실이다.

'정체불명이란 것이 성가시군. 물밑에서 나자릭을 물고 늘어질 기회를 노릴 가능성은 매우 크지. ……아니, 그 정도로 그친 데 감사해야 하려나. 뭐…… 이런 일을 저지른 놈에게는 충분히 복수를 해야겠지만.'

아인즈는 언데드의 특성으로도 억제할 수 없는 분노를 억지로 집어삼키고, 샤르티아에게 부드럽게 물었다.

"무언가 달리 이상은 없느냐?"

위그드라실과 같다면 문제는 전혀 없을 것이다. NPC에게는 레벨 다운 페널티도 일어나지 않는다. 그러나 이 세계에서도 똑같을지는 알 수 없다. 어쩌면 PC와 마찬가지로 레벨이 떨어졌을지도 모른다.

샤르티아는 그 질문에 온몸을 치덕치덕 만져보더니 대답했다.

"문제는 없는 것 같사와요."
"그러냐."
대답한 직후, 샤르티아의 얼굴에 경악한 빛이 떠오른 것을 보고 무슨 일인지 싶어 불안에 사로잡혔다.
"아인즈 님!"
"뭐냐! 무슨 일이냐?!"
"가슴이 없어졌사와요."
그 말에 수호자들이 지은 표정을 한마디로 요약한다면 '내 걱정 물어내.' 일 것이다. 데미우르고스조차 입술을 뒤집으며 엄청난 표정을 짓고 있었다.
"너, 네가 이제까지 어떤 상황이었는지 알고서 그딴 소리를 하는 거야?!"
알베도가 전원을 대표해 소리를 지르자 샤르티아가 흠칫 어깨를 떨었다.
두 손을 바닥에 짚을 정도로 힘이 쭉 빠진 아인즈는 샤르티아와 티격태격하기 시작하는 수호자들을 멍하니 바라보 며, 부활에 관한 이런저런 것들을 생각해 보았다.
특히 생각한 것은 클레만티느나 카디트처럼 그 묘지에 있던 자들도 샤르티아와 마찬가지로 부활할 때 기억이 손상되면 좋겠다는 것이었다.
그러나 그것은 지나친 낙관론이리라.
무슨 원인으로 샤르티아의 기억이 손상되었는지 알 수 없으며, 죽음에서의 부활이—— 소생계 마법을 사용하는 것과 금화를 소비하는 NPC의 소생이 똑같으리라는 보장은 없기 때문이다.

아인즈가 그런 생각을 하는 동안, 알베도에게 일방적으로 책망을 당하며 샤르티아는 눈물까지 글썽이고 있었다.

그들의 모습을 보며 아인즈는 자신의 눈동자에 동경의 빛이 떠올랐으리라 확신했다.

동생 페로론치노를 나무라는 누나 부글부글찻주전자의 모습.

그리고 그것을 웃으며 지켜보던 동료들.

여기에 겹쳐 보이는 NPC들.

아인즈는 가볍게 손을 들려다가 허공에서 멈추었다. 마치 그곳에 얇은 유리판이라도 있는 것처럼.

아인즈가 느꼈던 것은 쓸쓸함이었다.

마치 수호자들이 있는 따뜻한 장소가 스크린에 투사된—— 자신과는 다른 장소인 것처럼 느껴졌기 때문이다.

만일 아인즈가 그 안에 들어간다면 그들은 충성의 자세를 보일 것이다. 그것은 위축일 뿐, 옛 동료들 때와 같은 온기는 아니다.

그것이 아쉽다.

손을 힘없이 늘어뜨리자, 무엇을 느꼈는지 갑자기 알베도가 돌아서더니 아인즈를 조용히 바라보았다. 감정을 엿볼 수없는 시선에 왜 그러느냐고 물어보려던 아인즈는 그녀의 눈동자에 깃든 광채에 눈을 크게 떴다.

알베도가 부드럽게 손을 내밀었던 것이다. 아인즈는 망설이다가 그 손을 잡았다. 그리고—— 수호자들 한가운데로 끌려갔다.

처음으로 알베도가 입을 열고, 이어서 수호자들이 외쳤다.

"부디 아인즈 님도 샤르티아에게 지엄하게 말씀해 주시옵소서."

"동감입니다! 이 바보에게 따끔하게 한 말씀 내려 주십시오!"

"그렇.소이다. 강하.게. 말씀하시.는. 편이. 좋을. 줄로. 사료되옵.니다."

"아인즈 님의 소중한 말씀이니까 단단히 새겨들어."

"하, 하지만 너무 엄하게는…… 저, 저기, 그러니까……."

"――하, 하하하."

아인즈는 수호자들의 놀란 시선을 받으면서도 입에서, 아니 마음에서 터져 나오는 웃음을 멈출 수가 없었다.

충분히 웃고 난 아인즈는 조용히 샤르티아에게 눈을 돌렸다.

"전에도 알베도에게 말한 적이 있다만, 이번 건에서 샤르티아에게는 잘못이 없다. 온갖 정보를 얻었음에도 거기까지 생각이 미치지 못했던 나야말로 책망을 받아 마땅할 것이다. 샤르티아, 네게는 죄가 없다. 이 말을 단단히 기억해 두어라."

"고, 고맙습니다."

"샤르티아에게 무슨 일이 있었는지 설명하는 역할은 데미우르고스에게 맡기지. 괜찮겠나?"

데미우르고스가 고개를 숙여 복종하는 뜻을 표하더니 문득 생각났다는 듯 물었다.

"한데 아인즈 님, 세바스는――."

"미끼다."

자신의 동료를 미끼로 삼겠다는 냉철한 아인즈의 말에 수호자들은 한차례 고개를 끄덕여 종속의 뜻을 보였다. 나자릭 지하대분묘 주인의 의지는 동료의 안전보다도 우선시해야 한다고.

"그러고 싶지는 않다만 어쩔 수가 없구나. ……샤르티아가 표적이 된 이유는 모르겠다만, 놈들이 다시 한번 나선다면 목표는 샤르티아와 동행했던 세바스가 될 가능성이 매우 크기 때문이다. 그래서 세바스는 세계급 아이템을 주기 위해 귀환시키지 않았던 거다. ……알베도, 세바스의 주위를 극비리에 감시하기 위한 요원을 선발해라. ……세바스는 미끼이기는 하지만, 호락호락 빼앗길 마음은 없다. 감시요원에게는, 적이 세바스에게 접근했을 때 이를 저지하는 역할도 있음을 알려두어라."

명령을 내린 아인즈는 눈을 가늘게 떴다. 붉은 불꽃이 약간 광량을 낮추었다.

'……샤르티아에게 세계급 아이템을 쓴 놈과는 언젠가 어디선가 반드시 부딪칠 것이다. 이 빚은 그때 확실히 갚아주마!'

"알겠사옵니다. 능력도 고려하여 조속히 배치하겠습니다."

"부탁한다. 샤르티아 덕분에 부활이 가능하다는 것은 알았다만, 그래도 동료들이 만든 너희를 내 손으로 없애는 짓은 두 번 다시 하고 싶지 않다."

수호자들이 감동한 기색으로 고개를 숙였다. 아인즈가 그렇게까지 자신들을 소중히 여겨준다는 것을 알았으리라. 역시 말로 직접 표현하면 파괴력도 커지는 법이다.

샤르티아도 자신의 몸에 무슨 일이 일어났던 것인지 어렴풋이 깨달았는지, 얼굴에는 경악과 함께 수치를 참으려는 듯한 표정이 떠올랐다. 그런 그녀에게 아인즈는 마음에 두지 말라고 몸짓으로 전했다.

그때 옆에서 누군가가 발언했다.

"저, 저기요, 아인즈 님."

"왜 그러느냐, 마레?"

"저, 저기, 어, 그게요, 그 전투의 흔적을, 복구해야 할까 요?"

"그럴 필요는 없다. 그거 아느냐? 마법봉인 수정을 파괴하면 강대한 힘이 폭주해 주위 일대를 파괴하는 힘이 된다더구나."

"네? 그, 그런가요?"

"……미안하다, 거짓말이다. 아무튼 그런 거다. 거짓말도 때로는 진실이 되는 법이지. 마법봉인 수정은 귀중한 것이라고 하니, 실험할 수 있는 자는 없을 테고. 알베도, 니군이 사용했던 마법봉인 수정에 흠집을 내 두어라. 그리고 수석 대장장이에게 제작을 지시했던 망가진 갑옷에 그을린 흔적을 내 두어라. 격전이 있었음을 암시하도록 말이다."

"분부에 따르겠나이다."

"그리고 말인데, 내가 조금 어수룩했을지도 모른다. 우리에게도 피해를 줄 수 있는 미지의 적이 나자릭 근교에 있는 것은 분명하다. 조속히 나자릭 강화계획에 들어가고 싶다. 그 일환으로 나의 스킬을 사용해 언데드 군단을 만들고자 한다. 전에도 말했다만…… 아, 그때는 알베도만 있었던 가? 아무튼, 일단 그것을 최우선 사항으로 하겠다. 그러기 위해 에 란텔 묘지에서 시체를 회수할 작전을 세우고 싶다."

"그 점에 대해 드릴 말씀이 있사옵니다, 아인즈 님."

"무엇이냐, 알베도?"

"아인즈 님의 스킬로 언데드를 창조할 때는, 매개체가 인간의 시체일 경우 중위 언데드 중에서도 약한 것밖에 만들 수 없는 것으로 알고 있나이다."

"그렇다. 그런데 왜 그러느냐?"

양광성전의 시체로 만들었던 언데드의 최고 레벨은 40레벨이었다. 그 이상 레벨을 올리려고 할 경우, 시간이 지나면 언데드는 매개가 된 시체와 함께 사라지고 말았다.

"예. 사실은 아인즈 님의 명령으로 신선한 시체를 얻을 수단을 강구해 두었사옵니다. 인간 이외의 시체를 사용해 보시는 것은 어떨지요?"

"……나자릭 서번트의 시체를 말하는 것은 아니렷다?"

"아니오, 그렇지 않사옵니다. 다른 아인종이옵니다."

알베도가 미소를 지었다. 그것은 잔혹하고도—— 아름다웠다.

"아우라가 리저드맨의 촌락을 발견했사옵니다. 그곳을 습격하여 격멸하심이 어떨는지요?"

# Epilogue

미스릴급 모험자 팀 '천랑' 의 리더 벨로테는 모험자 조합의 문을 열었다.

그 순간 모험자들에게서 경의와 동경의 시선이 모였다.

벨로테에게는 익숙한 광경이었다. 다만 한 달 전에 비하면 약간 열기가 식은 듯한 기척이 느껴졌다.

'어쩔 수 없지만.'

게시판에 붙은 의뢰 내용을 훑어보았다. 유감스럽게도 미스릴급 의뢰는 보이지 않는 것 같았다.

사실 미스릴급이 아니면 받을 수 없는 의뢰가 그리 빈번히 있는 것이 아니다. 그러나 이번 이유는 그것과 달랐다. 미스릴급 이상의 일을 눈 깜짝할 사이에 해치우는 모험자가 있기 때문이다.

"……모몬 씨로군."

그 인물의 이름을 벨로테는 약간 푸념 섞인 어조로 말했다.

약 한 달 전, 강대한 힘을 가진 것으로 보이는 뱀파이어를 물리친 사내의 이름을.

격렬하고도 치열한 사투——실제로 싸움을 본 것은 아니지만, 그 전투 흔적을 보면 그것이 얼마나 무시무시했는지 파악할 수 있다——그렇기에 동행했던 이그발지를 비롯한 '크랄그라' 가 휘말려 전멸했던 것도 놀랄 일은 아니었다.

아니, 그런 전투에 참가하면 죽는 것이 당연하다.

마법봉인 수정을 폭주시키는 바람에, 넓은 범위에 이르도록 시커멓게 죽은 대지. 그 일대는 사막으로 변하기까지 했다. 놀랄 일은 그렇게 하지 않았으면 뱀파이어를 이길 수 없었다는 점이었다. 그리고――.

"――그들은 살아남았지…….”

승리해 생환한 그들은, 벨로테가 도저히 감당할 수 없었던 뱀파이어보다도 괴물이었음이 역설적으로 증명되었다.

조금 전 '모몬 씨' 라고 경칭을 붙였던 것도 경의를 표하지 않을 수 없는 능력을 가졌기 때문이었다.

그런 압도적인 강자를 생각하고 있으려니 문이 열리는 소리가 들리고, 조합 안은 바람이 휘몰아친 듯 술렁거렸다.

그 이유를 어렴풋이 짐작하며 벨로테도 주위 사람들의 시선을 따라가 보았다. 그리고 상상했던 인물의 모습을 보았다.

도시 내의 화제를 한 몸에 모은 '칠흑의 영웅' 모몬.

거대한 검 두 자루를 등에 지고, 뒤에는 미녀를 대동했다.

"앞부분에 아다만타이트를 아낌없이 사용한 갑옷……. 대체 얼마나 들었을까."

별명의 유래가 된 초일급품 풀 플레이트 아머는 귀환했을 때 크게 파손된 상태였다. 불에 그슬리고 날카롭게 베어낸 듯한 발톱 자국이 있었다. 그러나 지금은 말짱하다. 햇살을 반사해 티 한 점 없이 빛났다. 마술사 조합에 속한 모든 매직 캐스터를 동원해 마법으로 수리했기 때문이다.

가슴께에 걸어놓은 플레이트는——살아 있는 전설, 모험자의 동경, 약자인 인간을 강대한 종족들로부터 지키는 인간종의 비밀병기—— 아다만타이트.

그의 공적은 오리하르콘——이제까지 에 란텔에서는 없었던 고위 등급—— 정도로는 평가할 수 없다는 뜻이다.

이야기 속에서나 나올 법한 영웅의 등장에, 모험자 조합 내의 열기는 급상승했다.

"왕국 세 번째 아다만타이트 모험자……."

"저게…… '칠흑의 영웅' 모몬이구나……. 그리고 뒤에 있는 사람이 '미희(美姬)' 나베. 소문대로 아름다운걸……."

"그 왜, 저쪽 숲 말이야. 그 일부를 태워버린 게 저 사람이라던데……. 소문으로 들으니 무투기로 태워버렸다며?"

"에이, 설마……. 무투기로 그런 일을 할 수 있으면…… 그건 인간이 아니게?"

"그걸 할 수 있는 극소수인 거 아냐? 아다만타이트는 최고봉의 모험자인걸. 나는 저 사람이 아다만타이트 중의 아다만타이트라고 해도 믿겠어."

무수한 동경의 시선을 한 몸에 받으며, 모몬은 당당히 카운터를 향해 나아갔다. 카운터에서 안내원 아가씨와 의뢰에 관해 상담하던 모험자들이 최고위 모험자에게 길을 내주었다. 그들의 얼굴에 떠오른 것은 경의와—— 두려움이었다.

모몬은 태연히 안내원에게 말을 걸었다.

"맡았던 일을 끝마치고 왔소. 다음 일을 하고 싶으니, 알선해 주시오."

안내원이 한순간 눈을 동그랗게 떴다. 벨로테도 그 이유를 안다. 모몬 일행이 맡았던 것은 미스릴급 모험자 팀에게도 어려운 것이라 오랜 기간이 필요하리라 예상되었던 일이었다. 그것을 단기간에 끝마치고 온 것이다.

그렇다. 그의 손에 걸리면 미스릴 정도의 일은 쉽게 정리된다.

당연하다. 최고위 모험자란 그런 존재이니까.

"장사 접어야겠구만."

벨로테가 투덜거렸다. 물론 진심은 아니었다. 미스릴까지 도달하면 어지간한 일이 없는 이상 은퇴해도 여생을 놀고먹을 만한 돈이 쌓인다. 이 영역까지 도달한 모험자의 대부분이 금전 이외의 이유로 모험을 계속한다.

"아, 저기, 모몬 님. 죄송하지만, 지금 모몬 님께 의뢰할 만한 일은 들어오질 않았어요. 언짢아하지 마시고 양해해 주세요."

자리에서 일어나 안내원이 고개를 깊이 숙였다.

"그래――."

뭐라고 말하려던 모몬이 잠시 멈춘다. 몇 초 후, 다시 입을 연다.

"――그렇군. 마침 잘됐는걸. 갑작스러운 용무가 생각나 여관으로 돌아가야겠소. 만약 나에게 급한 일이 있다면 여관으로 사람을 보내주시오. 위치는 아시는지?"

"예. 황금휘정이지요?"

모몬은 고개를 끄덕이더니 진홍색 망토를 선드러지게 휘날리며 걸어나갔다.

옆을 스쳐 지나갈 때, 어렴풋이 모몬의 목소리가 들렸다.

너무 작아 띄엄띄엄 들릴 뿐이었으므로, 그것이 어떤 의미인지는 벨로테도 알지 못했다.

벨로테에게는 들리지 않았던, 아인즈가 했던 말. 그것은 먼 땅에 압도적인 무력을 보여주라는 명령이었다.

"가르간투아에게 기동을 명하라. 빅팀도 불러오도록. 코퀴토스가 귀환하는 대로, 기왕이니 모든 계층수호자들을 보내자꾸나."

**OVERLORD**
Characters

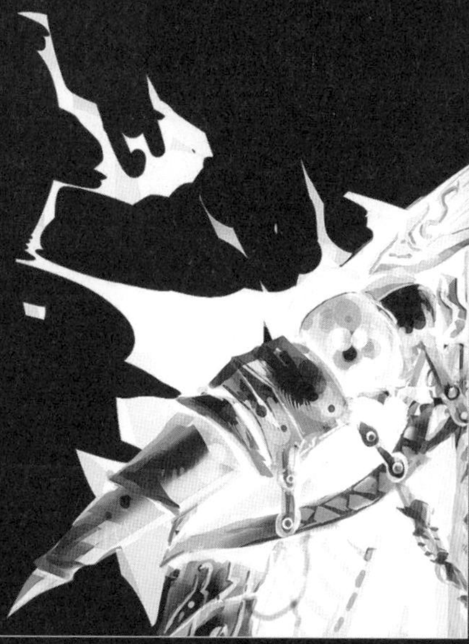

캐릭터 소개

Character 9

# 유리 알파

이형종

*yuri·α*

## 전투 메이드들의 언니

직함 — 나자릭 지하대분묘 제9계층 전투 메이드.

주거 — 제9계층 하녀실 중 하나.

속성 — 선 — [카르마 수치: 150]

종족 레벨 — 좀비(Zombie) — 10 lv

둘라한(Dullahan) — 1 lv

클래스 레벨 — 스트라이커(Striker) — 10 lv

싱글 블로우(Single Blow) — 5 lv

쿡(Cook) — 1 lv

기타

[종족 레벨]+[클래스 레벨] — 합계 51레벨

● 종족 레벨 / 클래스 레벨 ●

취득총계 11레벨 / 취득총계 40레벨

status

**능력표** [최대치를 100으로 했을 경우의 비율]

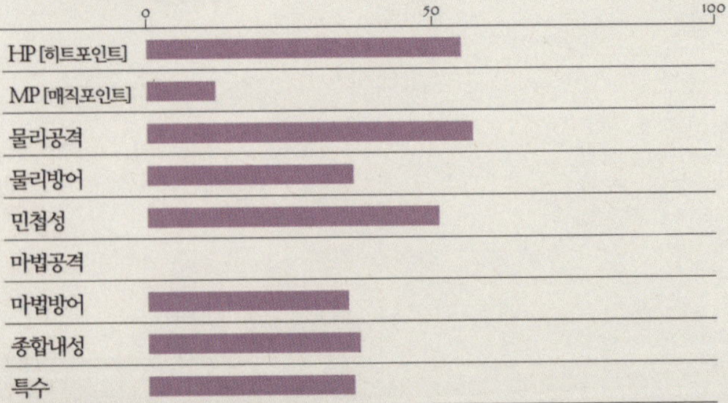

Character 10

# 씨제트 이일이팔 델타

이형종

CZ2128·Δ

## 급습돌격 메이드

직함 —— 나자릭 지하대분묘 제9계층 전투 메이드.

주거 —— 제9계층 하녀실 중 하나.

속성 —— 중립~선 —— [카르마 수치: 100]

종족 레벨 — 오토마톤(Automaton) —— 5 lv

클래스 레벨 — 거너(Gunner) —— 10 lv

스나이퍼(Sniper) —— 3 lv

어새신(Assassin) —— 3 lv

스토커(Stalker) —— 3 lv

기타

[종족 레벨]+[클래스 레벨] —— 합계 46레벨

●종족 레벨 — 취득총계 5레벨

클래스 레벨● — 취득총계 41레벨

status

### 능력표

[최대치를 100으로 했을 경우의 비율]

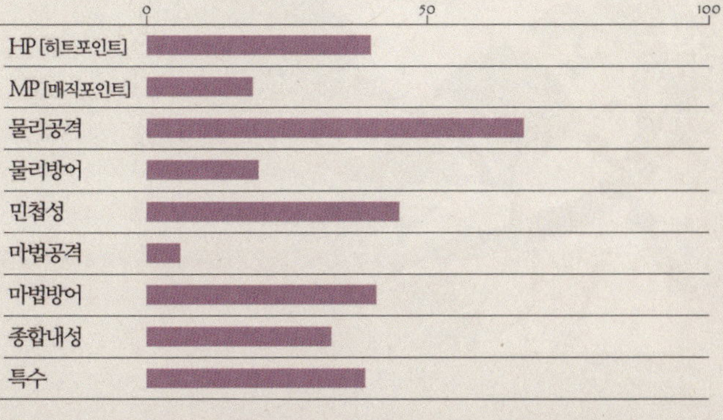

Character 11

# 샤르티아 블러드폴른

이형종

shalltear bloodfallen

## 선혈의 발키리

직함 ——— 나자릭 지하대분묘 제1계층~제3계층 수호자.

주거 ——— 제2계층 사랍현실(死蠟玄室).

속성 ——— 사악~극악 ——— [카르마 수치: -450]

종족 레벨 — 뱀파이어(Vampire) ——— 10 lv

진조(True Vampire) ——— 10 lv

클래스 레벨 — 발퀴레/랜스(Valkyrie/Lance) ——— 5 lv

커스드 나이트(Cursed Knight) ——— 5 lv

클레릭(Cleric) ——— 10 lv

기타

[종족 레벨]+[클래스 레벨] ——— 합계 100레벨

● 종족 레벨 클래스 레벨 ●

취득총계 20레벨 취득총계 80레벨

status

## 능력표

[최대치를 100으로 했을 경우의 비율]

Character 12

# 판도라즈 액터 | 이형종

pandora's actor

## 변화무쌍한 달걀귀신

직함 —— 나자릭 지하대분묘
보물전 영역수호자.

주거 —— 보물전 관리책임자실.

속성 —— 중립 —— [카르마 수치: -50]

종족 레벨 - 도플갱어(Doppelganger) —— 15lv
상위 도플갱어(Greater Doppelganger) —— 10lv
기타

클래스 레벨 — 익스퍼트(Expert) —— 10lv
크래프트맨(Craftman) —— 10lv
로드 오브 어 캐슬(Lord of a Castle) —— 15lv
기타

[종족 레벨]+[클래스 레벨] —— 합계 100레벨
● [클래스 레벨] 클래스 레벨 ●
취득총계 45레벨 취득총계 55레벨

status

**능력표**

[최대치를 100으로 했을 경우의 비율]

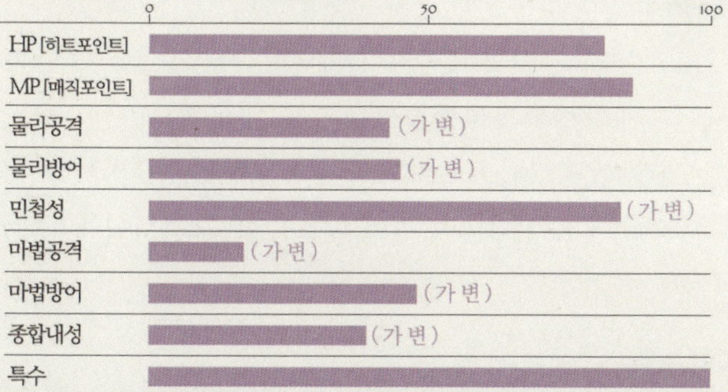

# 후기

2권에서 넉 달 만이지만, 다시 만나 뵈어 기쁘네요! 저자인 마루야마 쿠가네입니다.

『오버로드 3권 선혈의 발키리』는 어떠셨는지요? 재미있다고 생각해주셨다면 다행이겠습니다.

하지만 후기에서 무슨 이야기를 써야 좋을지, 매번 의문을 품습니다. 회사와 집만 왕복하는 마루야마에게 재미난 이야기를 쓸 자신은 없습니다. 그러니 마루야마의 지난 4개월간 스케줄을 짜잔 공개해 볼까 합니다.

우선 한 달 정도는 본편을 집필했습니다. 그리고 담당 편집자님의 체크를 받아, 이번에는 1월 중순쯤 이야기가 완성되었습니다.

그리고 교정자님의 손을 거쳐 마루야마에게 교정고가 돌아옵니다. 이걸 이리저리 고치는 거죠. 저자 교정 같은 것도 포함해 원고를 수정하는 데 다시 1.5개월 정도가 지났나? 이렇게 작품이 완성된 것입니다.

그런고로 「선혈의 발키리」에 걸린 시간은 총…… 단순 계산으로 3개월 정도가 될까요?

출판까지 걸린 시간과 비교해 보면 한 달 정도가 비는데요, 마루야마는 이걸 넷으로 쪼개 한 달에 한 번 WEB 갱신에 사용합니다.

마루야마의 업무는 꽤 편해 회사에서도 일찍 퇴근할 수 있기 때문에 어떻게든 가능하긴 하지만, 매번 늦게까지 일하시는 분들은 수면 시간을 쪼개는 등 빈 시간이 한 달도 없지 않을까요. 힘드실 것 같습니다.

……그러고도 석 달 만에 책을 내시는 분들은 어떻게 시간을 쪼개는 걸까요. 좀 배우고 싶네요.

그러면 여기서부터는 감사를.

so-bin 님, 코드 디자인 스튜디오, 오오사코 님, F다 님.

여러분이 안 계셨더라면 이 작품은 완성될 수 없었을 거예요. 이번에도 고맙습니다.

하니, 지적해줘서 고마워. 재빨리 고쳤어.

그리고 사 주신 독자 여러분. 정말 고맙습니다. 의견이 있으시면…… 이 책의 투고 엽서(우푯값이 들어서 죄송합니다.)나, WEB을 보시는 분들은 WEB에서도 감상을 적어 주시면 고맙겠습니다.

그럼 다음 권은…… 한 권을 통틀어 리저드맨 편을 다룰 예정이니, 함께해주시면 고맙겠습니다!

그럼 이만.

2013년 3월 마루야마 쿠가네

라스트의 아인즈 님 너무 좋아요.
그리고 화내는 데미 님도 신선했고요(웃음)
ラストのアインズ様
とても好きです。
あとイライラしてるデミさん新鮮でした(笑
2013. so-bin

# 역자 후기

대결! 1대 100!……이 아니라 100대 100!

안녕하세요, 역자입니다.

아인즈의 전투 준비처럼 차곡차곡 스포일러가 쌓인 후기이므로 아직 본문을 읽지 않고 이 후기를 보시는 분들은 재빨리 1페이지로 전이해 주시기 바랍니다. 전이 지연Delay Page Flip 마법은 걸어놓지 않았습니다.

노블엔진 최 팀장님의 말씀을 빌자면 '열혈 독자들이 목을 빼고 기다리던' 오버로드 3권 되겠습니다. 오버로드 독자들이 어느 정도로 열혈하냐 하면, 음, 열혈하기 때문에 책을 가능한 빨리 내야 하고, 그러면 번역도 빨라야 하고, 일찍 시작하면 더욱 좋고…… 그런 흐름으로 제 손에는 일본의 정식 발행 예정일보다 사흘 일찍 책이 들어왔습니다. 일본에서 노블엔진 편집부로, 편집부에서 제게 보낸 시간을 고려하면 대체 책이 언제 찍힌 건지도 모르겠습니다.

덕분에 저는 국내에서는 아마도 최초일 테고, 일본과 비교해도 상당히 일찍 오버로드 3권을 읽은 사람이 되었습니다.

번역을 하다 보면 이런 콩고물도 좀 있죠. ^^;

그래서 열혈하게 읽고 열혈하게 번역한 3권 되겠습니다만, 내용의 분위기가 1, 2권과는 완전히 다르더군요. 이제까지가 '이 세계에 대해 모르기 때문에 조심하면서 최소한의 힘으로 작살을 내는' 싸움이었다면, 이번에는 '지극히 잘 아는 상대이기 때문에 과감하게 최대한의 힘으로 어렵사리 넘어서는' 싸움이었습니다. 뭔가 모순된 말뿐인 것 같지만, 이제까지 함께하셨던 독자 여러분이라면 제 감상에 공감하시리라 생각합니다.

상대는 수많은 나자릭 NPC 중에서도 최강인 100레벨의 수호자. 그 중에서도 최강인 샤르티아. 게다가 언데드인 만큼 아인즈의 주특기인 사령 마법은 거의 통하지 않는 상태.

믿을 수 있는 건 장비빨(웃음)과 정보뿐.

신중한 뼈다귀 아인즈의 소심 무쌍난무에 덜컥 제동을 걸어 버리는, 그야말로 최강의 바리케이드가 나타난 거죠. 개인적으로는 저런 물리적인 스펙의 제약보다도, 창조자라는 이름의 '부모'로서 자신의 '자식'과도 같은 존재와 싸워야 하는 아인즈 자신의 고뇌가 더욱 큰 바리케이드 아니었나 생각합니다.

데미우르고스도 말했듯 수호자들이 떼로 몰려가 제압해버렸다면 이야기가 쉬웠을 테고, 고생할 일도 없었겠지요. 하지만 자식들끼리 싸우는 모습은 보고 싶지 않기 때문에, 일부러 어려운 길을 택하는 모습이 참 멋졌습니다. 남자다! 사나이다!

사실 아인즈의 통쾌한 최강행진을 기대하셨던 분들도 분명 계실 테고, 그런 분들께는 좀 시들할 수도 있는 에피소드가 아니었나 싶지만, 자극이 될 만한 좋은 에피소드였다고 생각합니다. 그리고 4권에서는 웹 연재판에서도 유명했던 리저드맨 마을 이야기, 이른바 나자릭 무쌍이 시작되니 다시 통쾌하게 보실 수 있을 거라 생각합니다. 다만 예고편을 보니 이것도 웹 연재판이랑 전개가 상당히 달라진 것 같아 섣불리 뭐라고 말씀드리지는 못하겠네요. 이제까지 한 것처럼 그저 기대하고 기다릴 뿐입니다.

아참, 3권의 내용 중에 한 가지 언급하고 넘어가야 할 것이 있습니다. 샤르티아를 정배(웃음)했던 세계급 아이템, '경성경국(傾城傾國) 케이 세케 코크'라는 것이 등장했는데요. 일본어를 조금 하시는 분들은 아시겠지만 '케이 세케 코크'란 '경성경국(성이나 국가를 무너뜨릴 수 있다는 뜻)'의 일본어 발음을 꼬아놓은 것입니다. 마치 일본어를 모르는 사람이 발음만 듣고 받아 쓴 듯한 그런 느낌이죠. 원문에서는 '경성경국'이라고 쓰고 '케이 세케 코크'라 읽는 방식으로 표기되었습니다. 이 아이템의 이름은 1권에서도 잠시 등장하지만, 이런 표기가 쓰인 것은 이번이 처음이었습니다.

말하자면 아인즈보다도 먼저 이 세계에 온 플레이어가 존재할 수 있다는 암시입니다. 게다가 상대는 노파의 모습이었으니 이곳은 현실세계의 시간 흐름이 다를 수도 있다는 뜻이고, 그렇다면 혹시 이 세계를 움직이는 중진들도, 과거의 전설에 등장했던 영웅 마왕들도, 이제까지 이상한 이름으로 등장했던 이런 아이템이나 저런 NPC도 혹시나? ……등등 참으로 많은 것을 생각하게 해주는 대목이었습니다. 다만 국내와 다른 일본 특유의 표기방식을 번역으로 옮기지 못한 저의 한계 때문에, 이렇게 후기 지면을 빌려 설명드리는 못난 짓을 할 수밖에 없네요. 죄송합니다.

앞으로 또 무슨 한계를 맞을지 모르겠지만, 그래도 최대한 열심히, 열혈하게! 번역해 보고자 합니다. 그래서 이렇게 작가님보다도 긴 후기를 써버리는 것 아니겠습니까 핫핫핫;

그러면 저는 다음 작품에서 뵙겠습니다.

2013년 4월 김완

평화로운 리저드맨의 촌락에
죽음의 군세가 밀려든다.
나자릭에서 출
격한 언데드의
군세. 지휘관은
'동하의 지배자' 코퀴토스.

Lizard man vs
Underground large grave of Nazarick.

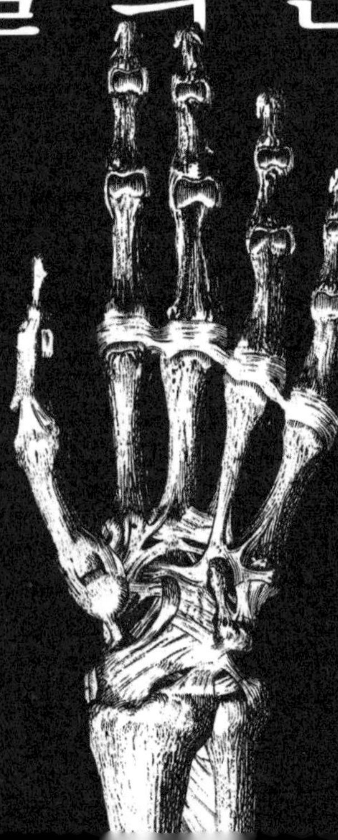

# 오버로드 3 선혈의 발키리

2025년 12월 30일 제2판 인쇄
2026년 01월 10일 제1쇄 발행

**지음** 마루야마 쿠가네 | **일러스트** so-bin

**옮김** 김완

**제작 · 편집** 노블엔진 편집부

**발행** 미스터블루(주)
**등록번호** 제 2008-000093호
**주소** 07551 서울특별시 강서구 양천로 570 NH서울타워 19층
**대표전화** 02-2013-5665

ISBN 979-11-380-6656-3
ISBN 979-11-380-6265-7 (세트)

OVERLORD Vol.3 SENKETSU NO WARUKYURE

**애니메이션 시즌 2 제작 중!**
**마법과 총알이 교차하는 〈세계대전〉을 봐라!!**

# 유녀전기

# 1~14

**전쟁의 영웅은, 나이 어린 소녀의 탈을 뒤집어쓴 괴물.**

전장의 최전선에 있는 어린 소녀가 하늘을 날며 사정없이 적을 격추한다.
그 이름은 타냐 데그레챠프. 신의 폭주 탓에 여자로 다시 태어난 엘리트 회사원.
일의 효율과 자신의 출세를 무엇보다 중시하는 데그레챠프는
제국군 마도사 중에서도 가장 위험한 존재가 되어가고,
시대는 바야흐로 '세계대전'에 돌입하는데——.



카를로 젠 지음 / 시노츠키 시노부 일러스트

**애니메이션 제작 결정! 모든 것이 재구축된 세계에서,**
**소년은 운명적인 만남을 통해 저 높이 올라간다!**

# 리빌드 월드

## 1~8[상]

옛 문명의 유산을 찾아서 수많은 유적에 헌터들이 몰리는 세계.
슬럼의 소년 아키라는 풋내기 헌터가 되어서 목숨을 걸고 구세계의 유적에 첫발을 내디딘다.
그곳에서 아키라가 마주친 것은 유령처럼 배회하는 정체불명의 미녀 〈알파〉.
알파는 아키라가 유적을 공략하게 도와주는 대신, 특별한 의뢰를 요청하는데――?

**의지와 각오를 품고, 소년이여 날아올라라!**
**옛 문명의 유적을 둘러싼 헌터들의 뜨거운 SF 배틀 액션!**



나후세 지음 / 긴, 와잇슈 일러스트